河出文庫

いいなづけ
17世紀ミラーノの物語
上

A・マンゾーニ
平川祐弘 訳

河出書房新社

目次

上

●第1章……17
アッボンディオ司祭の散歩と二人の闘士《ブラーヴォ》と称する与太者との出会い。レンツォとルチーアの結婚式を挙げてはならぬ、とこの村の司祭は闘士に脅される。アッボンディオの性格。脅迫された司祭の反応――恐怖の苦悶。下女ペルペートゥアの意見。

●第2章……51
アッボンディオ司祭とレンツォ。結婚式を先に延ばそうとして司祭は口実を設ける。ペルペートゥアのそれとない一言でレンツォは真相を看破する。レンツォの報復計画。

●第3章……80
ルチーアは領主ドン・ロドリーゴが前に不埒な真似をしかけたことを打明ける。ルチーアの母アニェーゼはレンツォにアッェッカガルブーリ弁護士と相談するよう忠告する。一方、胡桃《くるみ》の喜捨《きしゃ》を乞いに来たカプチン会のガルディーノ托鉢修道士に頼んでアニェーゼとルチーアはクリストーフォロ神父を呼んでもらう。アッェッカガルブーリ弁護士に頼んだがうまく事が運ばないのでレンツォは苛立って帰って来る。

●第4章 …… 112
クリストーフォロ神父。その前半生。改心の動機と機会。

●第5章 …… 143
クリストーフォロ神父はレンツォたちのために領主ドン・ロドリーゴと対決しようと腹を決める。領主の館の昼食の光景。会食者たちの議論。クリストーフォロ神父が食卓に加わる。

●第6章 …… 175
ドン・ロドリーゴとクリストーフォロ神父が面と向いあう。ロドリーゴは誤魔化そうとする。神父は怒り心頭に発して応酬する。ロドリーゴの年老いた召使の一人がルチーアの誘拐が目論まれているという秘密をクリストーフォロ神父に通報する。一方、ルチーアの家では母アニェーゼが若い二人にアッボンディオ司祭の不意をついて結婚式を挙げてしまうことを提案するが、ルチーアは躊躇逡巡する。

●第7章 …… 207
ルチーアもついに同意する。レンツォはトーニオとジェルヴァーゾを誘って村の飯屋で食事する。口実を設けて二人

のいいなづけはアッボンディオ司祭の館にはいる。その間アニェーゼは司祭館の下女ペルペートゥアを外へ連れ出す。

第8章 …… 245

アッボンディオ司祭は結婚式を不意打ちで挙げるという企みをすばやくかわす。二人の計画は失敗する。早鐘が鳴る。ロドリーゴの腹心のグリーゾが指揮する闘士の一隊がアニェーゼの家を襲うがもぬけの殻である。危険を女たちに通報に来たメーニコ少年は闘士たちと鉢合せするが、早鐘が鳴ったためうまく逃げおおせる。悪党どもの狼狽。レンツォ、ルチーア、アニェーゼは慌てて司祭館を後にし、メーニコ少年と出会う。少年は、クリストーフォロ神父が三人を待っているペスカレーニコの修道院へ避難するよう伝言をつたえる。修道院付属教会での祈りとクリストーフォロ神父との別れ。神父が用意してくれた逃走経路に従い、コーモ湖を渡る。故郷の山々との別れ。

第9章 …… 289

モンツァでレンツォはルチーアとアニェーゼに別れ、ミラーノへ向う。モンツァのカプチン会の院長がルチーアを「シニョーラ」と呼ばれる修道院の実力者のもとへ連れて

登場人物一覧

●アッボンディオ　村の司祭。人は善いがたいへんな臆病者。近くの城館に住む領主で暴君のドン・ロドリーゴの家来の「闘士《ブラーヴォ》」と自称するやくざ連中に脅迫され、予定されていたレンツォとルチーアの結婚式を教会で挙げるだけの勇気がない。

●ペルペートゥア　ドン・アッボンディオ司祭の家に下女として住みこんでいる独身の中年女。お喋りで教育はないが、司祭よりも世間の常識に富んでいる。

●レンツォ　正式にはロレンツォ・トラマリーノという。この話の舞台となるレッコの近くの村の若者で、両親を早く亡くしたが実直な働き手。絹糸を紡ぐ腕もある。ルチーアといいなづけの仲で、二人は本来ならば一六二八年十一月八日に村の教会で結婚式を挙げることになっていた。

●ルチーア　同じ村の娘でレンツォといいなづけの仲。暴君のロドリーゴに目をつけられ、一旦はモンツァの修道院に匿《かくま》ってもらうが、後にそこから誘拐されてしまう。

●アニエーゼ　ルチーアの母。世間智もあるやさしい百姓女。

●ロドリーゴ　レッコの北の城館に住むこの辺りの領主で暴君。仕事場から帰る途中のルチーアを見そめ、自分のものにしようという良からぬ考えを抱き、配下の「闘士」に命じてアッボンディオ司祭を脅迫させ、レンツォとルチーアの結婚式を強引に無期延期させる。
●アッティーリオ　ロドリーゴの従弟で悪友。ロドリーゴが聖マルティーノの祭日（十一月十一日）までにルチーアをものにすることが出来るか否かでロドリーゴと賭をする。
●グリーゾ　ロドリーゴの腹心の部下。悪事を働く時はこの忠義面のグリーゾが配下の者を取りしきる。
●クリストーフォロ神父　元の名をロドヴィーコといった。若気のいたりで喧嘩し家令のクリストーフォロが自分の身代りに刺されて死に、自分も相手を殺した。その事件がきっかけで発心しカプチン会修道士となりレッコの南の湖畔、ペスカレーニコの修道院に住む。正義漢で世のため人のために尽くそうとする。
●ジェルトルーデ　ミラーノの公爵家の末子。家の事情で心ならずも尼にされてしまう。モンツァの修道院内では奥様を意味する「シニョーラ」と呼ばれ特別待遇を受けている。ルチーアを一旦は修道院に匿うが、後に悪党に引渡してしまう。
●インノミナート　この近辺の悪党の大将。インノミナートとは「名前が明かされていない男」の意味で、世間はその名を明示することを憚るほどおそれた。ロドリーゴに頼まれルチーアを修道院から攫《さら》うが、その直後に改心する。
●フェデリーゴ・ボㇽロメーオ　ミラーノの大司教で枢機卿。

17世紀初頭の北イタリア

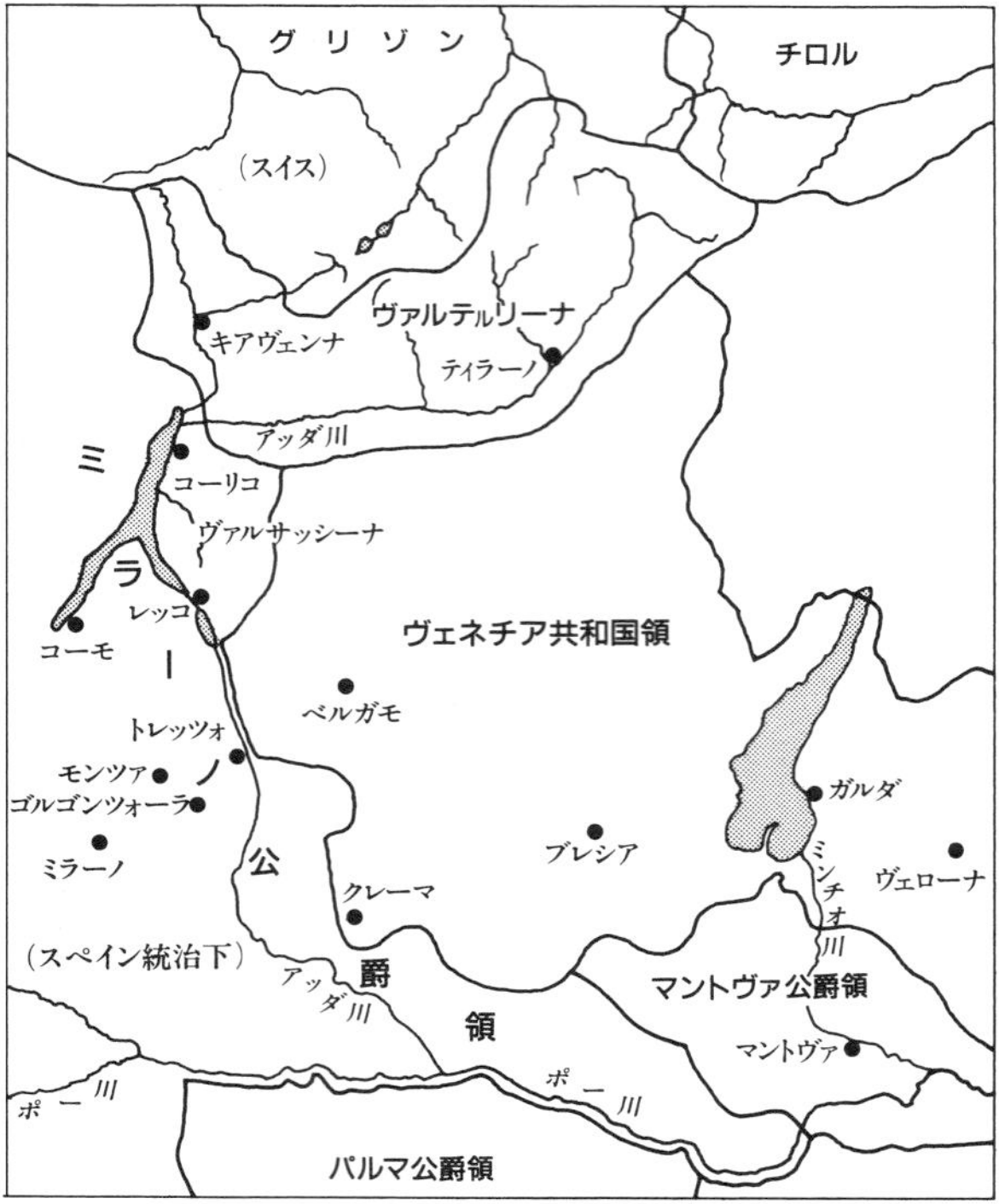
グリゾン
チロル
(スイス)
ヴァルテルリーナ
キアヴェンナ
ティラーノ
アッダ川
ミラーノ公爵領
コーリコ
ヴァルサッシーナ
レッコ
コーモ
ヴェネチア共和国領
ベルガモ
トレッツォ
モンツァ
ゴルゴンツォーラ
ミラーノ
ガルダ
ブレシア
ミンチオ川
ヴェローナ
クレーマ
(スペイン統治下)
アッダ川
マントヴァ公爵領
マントヴァ
ポー川
ポー川
パルマ公爵領

歴史上・地理上の説明

アレッサンドロ・マンゾーニ（一七八五―一八七三）の『いいなづけ』は一八二七年に初めロンバルディーア方言で刊行された（現行のトスカーナ語版は一八四〇年に出版された）。『いいなづけ』には「十七世紀ミラーノの物語」の副題が添えられ、元の序文ではマンゾーニが匿名の著者の原稿を発見しそれに手を入れた、という体裁を取っているが、この種の形式を踏んだ小説は当時のヨーロッパには数多い。『いいなづけ』は十九世紀初頭オーストリアの支配下にあったミラーノの人マンゾーニが、丁度二百年前の十七世紀初頭スペインの支配下にあったミラーノの人々の苦衷を共感をこめて書いたものである。本訳書では、今では誰もが知っているその「芸術的偽装」の四ページ弱の序を略して、読者が直接本文にはいれるように按配させていただいた。

物語の舞台はレッコ近辺とミラーノ市で、レッコは（地図参照）漢字の「人」状のコーモ湖の右脚下の右（すなわち東）側に位置する。一六二八年十一月七日、村の司祭アッボンディオは翌日に予定されているレンツォとルチーアの結婚式を挙げてはならないと脅迫される。

十一月八日、レンツォは弁護士に相談に行くが脅迫の主が領主ロドリーゴと聞くや弁護士は顔色をかえ、埒《らち》があかなくなる。

十一月九日、ルチーアの身の上を心配し、クリストーフォロ神父がアニェーゼ、ルチーア母娘に会いに駈けつけ、昼過ぎレッコの北およそ五キロの城館へロドリーゴに面会に行くが、暴君は言うことを聞かない。

十一月十日、ロドリーゴは腹心のグリーゾに命じて夜ルチーアを攫《さら》わせようとする。一方アニェーゼはレンツォとルチーアが夜、アッボンディオ司祭の不意をついて一方的に結婚を通告することを企てる。が失敗し、三人はクリストーフォロの助けで、小舟でコーモ湖を渡りモンツァへ逃げる。

十一月十一日、女たちはモンツァの修道院に匿《かくま》われ、レンツォは一人ミラーノへ向い、この聖マルティーノの祭日に起ったパン暴動にまきこまれる。

十一月十二日、朝、警察へ連行されるところをレンツォは運よく脱出し、ミラーノから逃げ、ゴルゴンツォーラを経、野宿し、

十一月十三日、アッダ川を渡りヴェネチア支配下の安全なベルガモ領へ逃げこみ、従兄のボルトロの所へ行く。

翌一六二九年九月、ドイツ軍はスイスのグリゾン地方からヴァルテルリーナを通過、コーリコからミラーノ公爵領に侵入する。コーモ湖の東岸を南下、ヴァルサッシーナを経てレッコに出、橋を渡り、アッダ川の西岸をポー川の合流点まで南下、そこからマントヴァへ向う。

一六二九年十月、このドイツ軍南下の直後、ペストがその道筋に沿って発生

し、翌一六三〇年の初めにかけて事態は緩慢に悪化、五月になって爆発的にひろがる。八月の末ロドリーゴは発病し、グリーゾも死ぬ。そのころペストからなおったレンツォは、混乱に乗じて故郷の村へ寄り、ミラーノ市中にいるはずのルチーアを探しに行き、避病院《ラザレット》で再会する。

なおペストの伝染は、マンゾーニの接触感染という考えと違って鼠や蚤の媒介による。そのペスト菌が北里柴三郎等によって発見されたのはマンゾーニの死（一八七三年）の二十一年後である。マンゾーニの死に心動かされてヴェルディが作曲した鎮魂曲が有名な『レクイエム』である。

いいなづけ

17世紀ミラーノの物語

上

挿画●フランチェスコ・ゴニーン〔一八四〇年刊のトスカーナ語版に添えられた版画〕

第1章

連綿《れんめん》と続く二つの山脈と山脈にはさまれて南へのびるコーモ湖の峡谷《きょうこく》の一つは、その山脈が突き出したり退《ひ》いたりするにしたがって、あるいは岬や鼻となり、あるいは入江や湾となっているが、右手から山の一角が張り出して、その向いからもなだらかな斜面が迫ってくると、湖面はにわかにせばまって、湖はまるで川の流れのような姿をとる。そしてそこに橋があって両岸を結びつけていることが、湖が川に変ったという印象を見る人の目にいっそう強く刻みつける。橋はコーモ湖が終り、アッダ川がふたたびはじまる徴《しるし》なのである。ところが両岸の間の距離がまたのびて、水面が新しい入江や新しい湾の中へひろびろとひろがり、流れがまたゆるやかになると、水面はふたたび湖のようになる。三つの大きな渓流の沖積土《ちゅうせきど》でできた斜面は、相接した二つの山——サン・マルティーノ山と、ロンバルディーア方言でレーゼゴーネと呼ばれるいま一つの山——にもたれたような恰好で、一

連の尾根《おね》からなだらかに下へのびているが、その尾根のぎざぎざした形はいかにも鋸《のこぎり》に似ていた。それだから正面から見るかぎり、たとえばミラーノ市の城壁にのぼって北方を見わたすと、はじめて見た人でもその鋸状の尾根はすぐさまそれと見当がつくのである。連綿と続く広大な連山の中で、それは平凡な、名も知れぬほかの山々と判然《はんぜん》と異なる姿を呈している。下から見上げると、斜面はしばらくの間、ゆったりとなだらかに湖畔から上へのびてゆく。ついで二つの山の骨太《ほねぶと》の山背《さんぱい》とそれをえぐろうとする水の侵蝕作用の結果、小さな丘や小さな谷の凸凹が続き、斜面や平地が交錯する。渓流の河口によって切りとられた斜面のいちばん下の縁《へり》は、ほとんどすべて小石や砂利から成っているが、そのほかは農作地や葡萄畠で、村や別荘や一軒家が点々と散在する。ところどころに林や森があり、中には山頂までのびている森もある。レッコはこの地方ではいちばん大きな村で、それだからこの地方は土地全体もレッコと呼ばれていたが、その村は橋からほど遠からぬ湖畔に位置する。いや湖畔というどころか、湖が増水した時には、レッコの一部は湖の中にまで張りだしたような恰好となる。今日レッコは大きな町で、市制《し》が布かれる日もそう遠くはないにちがいない。

これから語ろうとする事件がこの町で起きたころ、レッコはもうかなり大きな町になっていたが、城郭に町全体が囲まれて城のようになっていたために、なんと占領軍司令官をお泊め申すという栄誉と、スペインの兵隊が常時駐屯してくださるというとんでもない利点を背負いこまされてしまった。なにしろスペインの兵隊ときたら、土地の女たちに、既

婚たると未婚たるとを問わず、淑《しと》やかさのなんたるかを教えこんでくれる始末だし、時々は何某女の亭主や何某女の父親の肩を意味ありげにぽんと叩くという仕儀で、しかも夏の終りごろになればかならず葡萄畠の中へ繰りだして葡萄の房をまびいては御親切にも百姓たちの葡萄摘みの骨折りを軽減してくれる次第であった。

　この地方にはあるいは丘から丘をつたい、あるいは峰から湖岸にいたるまで、急な坂や緩《ゆる》やかな坂や、平坦な街道が、昔も今も縦横に通じているが、そうした道は時々両側の高い石壁の間に埋《うず》もれてしまうので、そのような窪地にさしかかるとたとい目をあげてもわずかの青空か山の頂きしか見えなくなってしまう。かと思うとまた時には盛土《もりつち》の上へ道が出るので、そこからはあるいは近くあるいは遠くへ視界がぐっと開けるが、周囲の広大な景観の中からさまざまの地点が浮き出たり、沈んだりするのに応じて、またあちらの一部やこちらの一部が際《きわ》だったり縮んだり突き出たり消えたりするのに応じて、その視界からはいつも新しいなにかが次々と目に映ずるのである。あちらにもこちらにも湖面が見える。また別のところでも広い水面が、鏡のようにとりどりの色を映しながら、ずっと長くのびている。手前の湖は、山々が行き交う山脈の中で行先がなくなって迷ってしまったような感じだが、それでもほかの山々が一つ一つ目に見えてのびてゆくその間を次第次第にひろがって、周囲の山々や湖畔の小村落をさかしまに映している。向うの方では川がしばらく細く白く光り、ついで湖が見え、また川となって蛇のようにくねくね曲って光っていたが、やがて両岸の山々の間に消えてしまう。そして山々もだんだんと低くなって、やがて地平のかなたへ消え失せてゆく。そして読者がこのようなさまざまな景色を眺めることのできる地点そのものも、周囲から見ればこれもまた一つの眺めなので、読者がその麓《ふもと》を散策している山は、そのあたり一帯から上の方にかけて、山頂や断崖を突出させているが、その稜線《りようせん》は劃然《かくぜん》と際だっていて、一歩進むごとにその形そのものも変化するかのようである。はじめは一つの峰と思われていたものが分れていくつもの峰となってさまざまの曲線を描き、いまさっきまで山腹にあったと思われていたものが山頂に現出したりする。そしておだやかな山麓《さんろく》の風光が頂上付近の峨々《がが》たる光景をいわばこころよくなだめ、幾多のすばらしい景観にますます色彩《いろど》りをそえるのであった。

　このような小道の一つを、西暦一六二八年十一月七日の夕方、この地方の一村落の司祭のドン・アッボンディオは、散歩からゆっくりと家路に向っていた。この村の名前も、この人物がどこの家の出であるかも、元の原稿には後にも先にも記入されていないが、ドン・アッボンディオは静かに聖務日禱《にっとう》を唱えていた。時々、詩篇をうたいおえると、次の詩篇にうつる前に、聖務日課書を閉じたが、読みかけたページを忘れないよう右手の人差指をその中へはさんだ。そうしておいてからその手を背中にまわして左手と組むと、おもむろにゆっくり道を進んだ。目を地面に向けて、けつまづきそうな小石を見つけると片方の足でそれを壁の方へ蹴るのであった。それから顔をあげるとのんびりと辺《あた》りを見まわして、目を遠くの山の一角に向けた。太陽はもう沈んでいたが、その光線だけは向いの山々の合間《あいま》からさしこんで、突出した前方の山塊《さんかい》のあちらこちらを赤紫のとりどりの形をした幅の広い布のように染めあげていた。

それからドン・アッボンディオはまた聖務日課書を開いて、次の一篇を誦すると、小道の曲り角まで来たが、そこではいつも目を書物からあげて、前方を見るのがならいであった。そしてその日もいつもと同じように前方を見たのである。曲り角から先、およそ六十歩ほど道はまっすぐのびていて、そこで大文字のYの上肢のように二つの小道に分れるのだが、右の道は山手へのぼり坂となって司祭館へ通じ、左の道は谷間へ下ってしまいに渓流のほとりへ出る。そしてこのあたりまで来ると道の両側の壁は低くなって人の腰くらいの高さにしかならない。向うの二つの小道の内側の壁はその角までのびてきているが、そこで一つに合する代りに壁が凹んで壁龕《へきがん》となっていた。その壁龕にはいくつかの細長い、くねくねしたものが先細りに描いてあった。それを描いた作者のつもりでは、そしてこの辺の住民もどうやらそう見ているらしいのだが、その図は炎なので、その炎と交錯していわくいいがたいものがなかにもいくつか描かれていたが、それは煉獄にいる魂たちの姿なのであった。魂と炎は鼠色の地に赤黒い煉瓦色で描かれていたが、あちらこちら石灰が剝がれて色が落ちていた。小道の角を曲った司祭は、例によってその日も目をこの壁龕に向けたが、その時予期せざるもの、絶対に見たくもないものを見てしまった。というのは二つの小道がいわば合流したところに、向いあって二人の男がいたからである。一人は低い壁に跨《また》がって片脚は壁の外へぶらぶらと投げだし、もう片方の脚はしっかりと道の地べたの上へ据えていた。もう一人の男は突ったったまま背を壁にもたせ、両腕を胸の上で組んでいた。その身装《みなり》といいその態度といい、また司祭がいま来た地点からでもほぼ察しのつくその表情といい、この二人が何者であるかはもはや疑う余地がなかった。二人は頭のまわりに髪留《かみど》め用の緑色のリボンを巻いていたが、リボンは左肩に垂れかかり、その先は大きな総《ふさ》となっていて、前髪が結《ゆわ》えたリボンの間から額の上にふさふさと垂れていた。鼻の下にはやした髭は左右に長くのびて先は縮れていた。腰に艶々と光った革のベルトを締めていたが、そこに二丁ピストルがさしてあった。火薬のいっぱいつまった小さな角《つの》がまるで首飾りのように胸にぶらさがって、ゆったりとふくらんだズボンのポケットからは刃物の柄《え》がのぞいていた。真鍮板に穴をあけて組合せ文字のような意匠をこらしたその大きな籠《こ》手《て》は、磨きあげられてぴかぴか光っていたが、この二人はそんな籠手のついた大きな佩剣《はいけん》

をぶらさげているのだ。一見してこの二人が、ブラーヴォ（闘士）と呼ばれる与太者《よたもの》であることが知れた。
　この種の人間はいまではすっかり見かけなくなったが、その当時はロンバルディーア地方ですこぶる幅を利かせたもので、その起源はだいぶ昔にさかのぼる。その種の与太者がいかなる人間であったか見当のつかない人に、その主要な性格と、その種の人間の絶滅をはかった当局側の苦心と、その連中のしぶとくなんとも旺盛な生命力とを説きあかすに足る当時の文献の抜萃《ばっすい》をいまいくつかここに引用しておこう。
　すでに一五八三年の四月八日以来こんなお布令《ふれ》が出ていたのである。すなわち、カステルヴェトラーノの君主、兼テッラノーヴァ公爵、兼アーヴォラ侯爵、兼ブルヘート伯爵、兼海軍大元帥、兼シチリア総軍司令官、兼ミラーノ総督、兼スペイン皇帝陛下のイタリア駐屯軍総司令官であった、いとも高名にして英邁《えいまい》なるアラゴンのドン・カルロス殿下は、「イハユル闘士並ビニ無頼ノ徒ノ為ニ当ミラーノ市民ノ生活甚ダ耐ヘ難キマデノ悲惨ニ陥リタル過去並ビニ現在ニ就イテノ詳報ニ接シ」、彼等に対して追放令を布告した。「此ノ追放令ニ該当スル、イハユル闘士並ビニ無頼ノ徒ト認定セラルル者ノ条件オヨソ次ノ如シ。……外人タルト当市出身者タルトヲ問ハズ、イカナル職業ヲモ有サズ、マタ職業ヲ有シタリトイヘドモソノ職業ヲ行ハズ……正規ノ収入無ク、又仮ニ収入アリトスルモ、騎士、紳士、役人、商人等ニ寄生シ、ソノ権力ヲ借リテ、他人ニ対シ無法ノ行為ヲ働カントスル惧レアル者……」このような者に対して、六日間の期限内に国外へ退去することを命令し、違反者は投獄する旨警告した。そしてその命令の施行に際しては、司法当局者に対して奇怪といえるほど広範でかつ不確定の権能をも授けたのであった。

しかし、その翌年の四月十二日、右と同じドン・カルロス殿下は「当市ニ依然トシテイハユル闘士ナル者ノ多数存在シ、従前ト同ジク不逞ナル生活ヲ送ルベク当市ニ定着シ、ソノ生活習慣ヲ毫末《ごうまつ》モ改メズ、ソノ数ノ減少セザル事態ニ鑑《かんが》ミ」、また次のような一段と強硬かつ重要なる禁令を出した。その中には数多くの規定があり、次のようなことも定められていた。

「当市出身者タルト外人タルトヲ問ハズ、二名ノ証人ニヨリ証セラレ、一般ニ闘士ト目セラレ、ソノ名ヲ有スト認定セラレタル人物ハ、タトヒ如何ナル犯罪行為ニ及ビタル証拠ナクトモ……オヨソ闘士ト目セラルル限リニオイテハ、上記ノ法官又ハソノ法官ニヨリ指名セラレタル者ニヨリテ、予審調書作成ノ為ニ拷問ニ掛ケラルルコト有ルベシ。ソノ際嫌疑《けんぎ》ノ有無ハ不問トス。……又タトヒ如何ナル犯行ヲ自白スルコトナカルトモ、一般ニ闘士ト目サレ、ソノ名ニヨリテ呼バルル者ハ、ソノ事実ノミニヨリテモ、上記ノ如ク、懲役三年ノ刑ニ処スルコトヲ得」そしてこの件についても、またここで省略した他の件についても、「殿下ハコノ命令ヲ断乎トシテ遍《あまね》ク実施セラルル御決意ニテアラセラル」

このようなお偉い殿下のこのような爽快な決然たるお言葉とその御命令をうかがうと、その鶴の一声でもって、与太者という与太者、闘士という闘士はみな永久に姿を消しただろうと思いたくなるが、しかしこの殿下に劣らず高名で肩書の数も多いいま一人の殿下の証言を聞くと、はからずもそれとはまったく逆のことを信ぜざるを得ない。それはカスティリャ総軍司令官、兼侍従長、兼フリアス市公爵、兼ハーロならびにカステルノーヴォ伯爵、兼ベラスコ家当主、ならびにラーラの七王子家当主、ミラーノ領総督、等々の要職を占める、いとも高名にして英邁なるホワン・フェルナンデス・デ・ベラスコ殿下である。一五九三年六月五日、殿下もまた「コノイハユル闘士並ビニ無頼ノ徒ガモタラス夥《おびただ》シキ災厄《さいやく》、並ビニコノ種ノ人物ガ公共ノ福祉ヲ害シ、目ニアマル法秩序ノ蔑視ニヨリテ世相風俗ヲ損ズルコトノ甚シキ」実状についての詳報に接し、再度彼等に警告を発し、六日以内にこの土地から退去するよう、前任者とほぼ同様の命令を、やはり同じような脅迫的言辞を連ねて繰返したのであった。ついで一五九八年五月二十三日、「当市並ビニソノ周辺領士ニ於テカカル人物（イハユル闘士並ビニ無頼ノ徒）ノ数ハ日々増加ノ一途ヲタドリッツアリ。乱暴狼藉《ろうぜき》、殺害略奪、ソノ他アラユル種類ノ犯罪ハ昼夜ノ別ナク行ハレ、シカモソノ犯罪流行ノ背後ニハ有力者ノ保護アリト認メラル。カカル事態ノ報告ニ接シ、不快ノ念ニ堪ヘズ」殿下はまた先と同様の処置を、執拗な病気を退治する際と同様、薬の処方を一段と強めて公布した。そしてその結論として、「各自ガコノ布告ノ如何ナル部分ニモ違反スルコトノナキ様十分注意スルコトヲ望ム。コノ布告ハ最終的且ツ絶対的ナル警告デアル。殿下ハコレヲ断乎トシテ実施スル御決意ニテアラセラル。コノ布告ニ違反スル者ハ、殿下ノ逆鱗《げきりん》ニフレ、殿下ノ御慈悲ニアヅカルコトナク、懲罰ニ処セラルベシ」

しかしながらその布告でもってすべてが終りとなるというのはフエンテス伯爵、兼ミラーノ領総司令官ならびに総督であった、いとも高名にして英邁なるドン・ペドロ・エンリケス・デ・アセベード殿下の御意見ではなかった。そして殿下がそのような御意見でなかったことにも十分な理由はあったのである。殿下は「ミラーノ市並ビニソノ周辺領土ニオイテ多数横行スル闘士ヲ自称スル無頼ノ徒ノ為ニ人々ノ生活ノ頓《とみ》ニ貧窮ニ陥リタル事態ノ詳報ニ接シ、……カカル有害分子ノ完全一掃ヲ決意サレ」、一六〇〇年十二月五日、厳罰に処するという威嚇にみちた新しい布告を出された。「此等ノ罰則ヲ、毫末ノ仮借《かしやく》モ無ク、断乎タル決意ヲ以テ、厳重ニ、全面的ニ施行スル所存デアル」

しかし殿下は、御自分がその政敵アンリ四世に対してさまざまの策謀をめぐらし煽動を行なったほどには熱心にこの法律の施行にあたられなかったようである。というのは政敵アンリ四世を倒そうとして殿下がサヴォイア公を武装蜂起させ、そのためサヴォイア公は一市を失う破目となり、またビロン公を陰謀に加担させ、そのためビロン公は首を斬られる破目となったことは歴史の証するところだが、闘士連という悪の種に関していえば、その種からは依然として一六一二年九月二十二日にも新しい芽は生えつづけていたからである。その日にヒノホーサ侯爵、兼総督、兼等々のいとも高名にして英邁なるドン・ホワン・デ・メンドーサ殿下が真剣にこの悪の種を除去することを考慮されていた。殿下はそのために宮内省御用の印刷屋パンドルフォならびにマルコ・トゥルリオ・マラテスティに例の布告の文面を修正追加してお渡しになると、与太者どもを根絶するために印刷するよう命じた。しかし連中は生きのびて、一六一八年十二月二十四日、フェリア公、兼総督、兼等々のドン・ゴメス・スアレス・デ・フィゲロア殿下から同様文面のいちだんと強硬な非難を蒙《こうむ》るのであった。しかしそれでも死に絶えなかったとみえて、いとも高名にして英邁なるゴンザロ・フェルナンデス・デ・コルドバ殿下――その統治下にドン・アッボンディオの散歩と事件が起ったのだが――は、いわゆる闘士連に対する例の戒告を、文面をさらに修正して、一六二七年十月五日、すなわちあの記念すべき事件の起る一年一カ月と二日前に、再公布するの止むなきにいたったのであった。

もっともこの件はこれでもって落着《らくちゃく》したわけではない。しかしそれ以後の布告の公示・公布については、ここで取扱う歴史の時代の枠外へ出るものとして、もはや言及の必要はないだろう。それでもただ一つだけ一六三二年二月十三日に宣布された布告にふれておくと、ふたたび総督に任命された、いとも高名にして英邁なるフェリア公はその布告文中で「極メテ多クノ悪事ガ、所謂《いわゆる》闘士ト称スル者ノ所業デアル」ことに警告を発している。このように見てくると本書で私たちが取扱う時代に闘士と称する与太者がいたことは確実になったと思う。

さて前に記した二人がそこで誰かを待ち構えていることは、明々白々であったが、ドン・アッボンディオにとってひどくいやな感じがしたのは、その二人の態度から察して、待たれている人間はどうやらほかならぬ自分だ、と認めざるを得ないことであった。というのはアッボンディオ司祭が現れた時、その二人がたがいに顔を見あわせて、

「あいつだ」

と言ったのが、頭を起した仕種《しぐさ》からはっきりと見てとれたからである。壁に跨がっていた男は、道の上に勢《いきお》いよく脚をぐいとのばして立ちあがった。もう一人の男は壁から背をはなした。そして二人の与太者はともにアッボンディオの方に向って歩き出したのである。ドン・アッボンディオは、まるで神妙に読書でもしているかのように聖務日課書を開いたまま両手でずっと持ちあげていたが、目をあげると向うの二人の動作をこっそり盗み見た。そして二人がまちがいなく自分の方へ向ってやって来るのを見、にわかにさまざまな思いに襲われた。すぐ急いであの与太者たちと自分との間に、右手なり左手なり、曲って脇へ出られる道はないものかと自問自答した。が、すぐないとさとった。自分が誰かお偉方か執念深い男に向って悪さかへまをしたかと考えた。が、このように狼狽した時でも、良心

に曇りがないということがいくらか慰めとなった。しかし例の与太者風の二人は、彼の方をじっと見つめながら近づいてくる。ドン・アッボンディオは左手の人差指と中指を、まるでカラーを直そうとするかのように襟首《えりくび》の中へ入れ、その二本の指を首筋にそってまわしながら同時に顔も後ろへ廻した。そして口を歪《ゆが》め、目尻《めじり》から見えるかぎり遠くまで誰か来てくれないかと後ろを見やったが、しかし人っ子ひとり見えない。壁の向うの畠の方にも一瞥《いちべつ》を投げたが、誰も見えない。またおずおずと道の正面を眺めたが、例の二人を除いては誰も見えない。どうしたものだろう？　引返すのはいまさら具合が悪い。一目散に逃げるのは「追っ駈けてくれ」と言ってるようなものだ。それに逃げ出せばただごとでは済むまい。災難は不可避だと観念すると逆にそちらに向って急ぎだした。というのはどっちつかずの状態というのがアッボンディオにはたまらなくやりきれなかったからで、早く決着をつけてしまいたい、と思ったからである。それで歩《ほ》を速めると、前より高い声で詩篇の一節を朗誦し、出来るだけ平然快活の風を顔に装《よそお》い、微笑を浮かべようとつとめた。そして二人の伊達《だて》な闘士の前に来た時、心中で「さあ、来ました」と言って立止った。

「司祭さん」

と二人のうちの一人がドン・アッボンディオの顔をまじまじと見つめて言った。

「なにか御用で？」

とドン・アッボンディオは目を聖務日課書からあげてすぐに答えた。聖務日課書は彼の両手の上で、まるで書見台に載せられてでもいるかのように、左右に大きく開いたままである。

「あなたはどうやら」

と相手は、目下《めした》の一人が悪企《わるだく》みを働こうとする現場《げんば》を取押えた男のような怒りをふくんだ脅迫的な態度で言った、

「あなたはどうやら、明日レンツォ・トラマリーノとルチーア・モンデルラとを結婚させるおつもりのようだな」

「それはつまり……」

とドン・アッボンディオはふるえ声で答えた、

「それはつまり、皆さん方は世情にお詳しくて、こうした事の次第がどういう風に運ばれるかようく御存知と思いますが、村の司祭などと申すのはこうしたこととは実際はおよそ関係がないので、連中はおたがいの間で勝手に取決めて、それから……それから司祭のところへやって来るだけで、連中にしてみればいわば銀行へ金を引き出しに行くようなもの。私たちは……私たちはただただ村のために仕えるためにおりますので」

「もういい」

と闘士はドン・アッボンディオの耳もとで、荘重《そうちょう》なまるで命令でも下すかのような口調で言った、

「この結婚式は挙げてはならない。明日も駄目、永久に駄目」

「でも、あの」

　とドン・アッポンディオは気の短い男をなだめようとして、いかにも優しいおだやかな声で答えた、

「でも、あの、私の立場にもなってくださいまし。もし私の一存でどうにでもなるというのならともかく……おわかりでしょうがこの件で私は一文だって嚢中《のうちゅう》が豊かになるというわけでなし……」

「もういい」

　と闘士がさえぎった、

「お喋りで事が決まるなら、お前さんの舌先三寸で俺たちが途方に暮れもしよう。しかし俺たちは余計なことはなにも知らない、知りたくもない。お前さんも多少才覚があるなら、俺たちの言うことを聞いた方がためだぜ」

「しかし皆さま方はまことに御立派な、道理をおわきまえになった……」

「おい」

といままで口をきかなかったもう一人の与太者が今度は割ってはいった、

「おい、結婚式はやらないんだぜ、さもないと……」

とここで罰あたりな悪態をつき、

「結婚式をもし挙げるとなるとそいつは後悔もしないだろう、なにせそいつは後悔するだけの暇もあるまいからな」

とまたここで罰あたりな悪態を吐《つ》いた。

「まあまあ静かにしろ」

とはじめの男がまた言葉巧みに話しだした、

「司祭様は世間がどういうものかよく御存知だ。俺たちも紳士だから、司祭様が間違ったことをしでかさぬ限りは痛い目におあわせしようなどとは考えたこともない。司祭殿、私どもの主君、ドン・ロドリーゴ閣下から貴殿によろしくとのお言伝《ことづ》てでした」

この名前は、夜半の嵐の最中に瞬間的に光った稲妻のように、アッボンディオ司祭の脳裏に映じた。稲妻の光は一瞬、錯綜《さくそう》した事物を明るく照し出し、恐怖をひとしお強めたのである。司祭は本能的に深々と一礼して言った、

「もしみなさまがなにか私に御意見することがございましたら……」

「へへ、ラテン語を御存知のあなたのような学問のあるお方に御意見ですか！」

なかば突慳貪《つっけんどん》な、なかば残忍な笑《え》みを浮かべて与太者がアッボンディオの発言をさえぎった、

「これから先はあなたの責任だよ。いいかい。あなたのためを思ってあなたに御注意したのだから、他言は無用だぜ。さもないと……えへえ、いいかい、さもないと結婚式を挙げたと同じ結果になってしまうからな。さあ、あなたからのお言伝てとしてロドリーゴ閣下へなんと申し伝えればよいのかね？」

「私の敬意を……」

「もっとはっきり言ってもらいたいね」

「……いつでも……いつでも閣下の御命令に従いまする所存で」

そして、こうした言葉を口にしながらも、ここで約束したのか、それともふだん通りの御挨拶の口上を述べたのか、自分でもはっきりしなかった。闘士たちはその言葉を約束の意味に解した。というかそう解したふりをした。

「まことに結構。それではあばよ、司祭殿」

二人のうちの一人が仲間を連れて立去りざまに言った。するとつい先刻まではこの二人から逃げ出そうとして目をきょろつかせていたアッボンディオが、まるで話を長びかせ、取引の決着を先にのばそうとするかのように、

「みなさま」

と両手で本を閉じて話しはじめた。が、相手の二人は、アッボンディオ司祭の言うことにはもう耳をかさず、彼がやって来た方の道に沿ってさっさと立去ってしまった。そして立去りざまに卑猥《ひわい》な歌をうたったが、それはここに書き写すわけにはいかない。哀れにもアッボンディオは一瞬魂を奪われたかのように口をあけたまま茫然と突っ立った。それから二つの小道のうち自分の家へ通じる方の小道にさしかかると、まるで両足が痺《しび》れてしまったかのように一歩また一歩と辛うじて前へ踏み出して進んだのであった。その時のアッボンディオの気持がどのようなものであったかは、彼の性質や、彼が生きなければならなかった時代について多少言及した後でおのずから了解されることと思う。

ドン・アッボンディオは、読者もすでにお気づきのことと思うが、獅子のような雄心をもって生れついた人ではなかった。それどころか彼は幼少のころから、その当時として最悪の状態は爪もなく牙もない獣の状態だということを身にしみてさとらねばならなかったのである。しかもそれでいてほかの獣に食われてしまうのは真平御免という気持であった。その当時は法の力は、穏やかで無害でおよそ他人に脅威を与えるような手段を持たない人々を全然保護してくれなかった。個人的な暴力に対する法律や刑罰が存在しなかったわ

けではない。それどころか法律は次々と制定されており、犯罪は一々列挙され、詳細に分類されていた。刑罰は途方もなく重いもので、しかもほとんどあらゆる場合、立法者自身の恣意《しい》や幾百の執行者の恣意によってさらに重くすることもできたのである。法律手続は裁判官が判決を下すのを妨げるような一切《いっさい》の事から裁判官を自由にするという目的にそって入念に工夫されていた。与太者や闘士連に対する布告文の抜萃を先に掲げたが、それは短いにせよその種の文章として好適の例である。それにもかかわらず、というかむしろそのような性質のために、代々の政府によって公布され強化された一連の布告は、結局のところその公布者の無力を天下に周知させるのに役立っただけであった。そしてその種の布告がただちになんらかの効果を発揮したとするならば、それは主として気の弱い、穏やかな人々が悪者からすでに蒙《こうむ》っていた迷惑や難儀をさらに増すか、あるいは狡《ず》賢《る》い悪者どもを一層増長《ぞうちょう》させるかだけであった。だいたい悪者どもは組織的に罰を受けないで済む仕組みになっており、布告もその悪の根にはふれておらず、またその根を掘り出すことはできなかったのである。そのように罰を受けずに済むというのがある種の階級の特権なのであり、それは一部は法の力によって認められ、一部は心中に怨みをいだく人々によってさえも黙認されていたのであった。その種の特権に対し抗議する人々もいないわけではなかったが、抗議はおおむね空しく、特権は事実上維持され、利害関係もからんで、その階級によって執拗に守り抜かれたのである。ところでこのような罰を受けずに済むという特権は、布告によって非難され、特権維持は脅やかされもしたのだが、しかし撤廃されたわけではなかったので、非難を浴び、その維持が脅やかされるたびに、なんとか工夫努力して既得権の確保がなされたのは当然の成行きであった。暴力沙汰を事とする与太者や闘士連を抑制するための布告が出ると、与太者連は布告が禁止を狙ったことを引き続いて行なうために実力を用いて適当な新戦術を次々と編み出すのであった。それだから布告は悪者退治というよりも、後楯《うしろだて》もなく力もないお人好しをなにかといえば苛《いじ》めたり邪魔立てしたりする道具にはなり得たのである。というのは当時の法律はいかなる犯行に対してもそれを予防したり処罰したりすることの出来るよう、あらゆる人を自己の規制下に置けるようにありとあらゆる個人の行動を執政者の恣意の下に——その執政者が善人であろうと悪人であろうと——従属させていたからである。しかし犯罪を犯す前に、適当な時機に僧院とか宮殿とか、およそ警察が足を踏みいれることの出来ない場所に身を隠すことのできるようあらかじめ手を打っておいた人であるとか、そのような手配は別にせずとも何々家とか何々組とかのお仕着せを着用して権勢家《けんせいか》誰某とかその階級の利害や名誉を口実にわが身の安全を図ることのできる人とかは、思い存分に振舞って、布告の仰々《ぎょうぎょう》しい文句を鼻先でせせら笑っていたのであった。それにその布告通りに法律を執行させる任務を課せられた官吏のうちでも何人かは生れつき特権階級に属していたし、何人かはそれをお得意様として特権階級に依存していたのである。その両者とも、教育や利害や慣習や模倣によって、特権階級の原理原則を我が物としていたのである。だから町角に貼り出されたたかが一枚のお布令《ふれ》に敬意を表して、その原理原則に背《そむ》くような真似をするはずもなかった。他方、直接手を下して法の執行にあたる下僚どもは、たとえ彼等が英雄のように果敢で、僧侶のように命令を遵守《じゅんしゅ》し、殉教者のように甘んじて自身を犠牲にする覚悟でいたとしても、それでもなお目的を達することは出来なかったであろう。というのは彼等は取押えるべき相手より数からいっても劣勢であったし、それに彼等に行動することを抽象的に、というか理論的に命令したはずの上司そのものからおそらく見捨てられてしまうであろうからである。しかもそれだけでなく、そうした男たちの大半がそもそも当代切っての卑劣な悪党ときていたから、彼等の役職は、本来はそれに対して惧《おそ》れを抱いてしかるべき連中からも軽蔑され、彼等の肩書はもっぱら悪口の対象となっていた。それだからそうした下僚たちが、決死の覚悟で悪党の逮捕に向うなどということはせず、自分たちの無為無策《むいむさく》を売物にしていたとしても別に不思議はなかったので、なかには権力者と通じていることを売物にするものも現れる始末であった。なにしろ彼等は世間から忌み嫌われている自分たちの権威や権力をもっぱら身に危険の及ばない場合にのみ行使したのである。いいかえると後楯もなく力もない、おとなしい人々を苛めたり苦しめたりするためにその権力を用いたのであった。

人を侮辱しようとする男とか、常時人から侮辱されることを惧れている男とかは、当然のことながら仲間や味方や同志を求める。それだから当時は個人個人がみな身分に応じて仲間をつくり、群をなし、自分が属している党派をできるだけ強いものにしようとしたのは当然の傾向であった。僧侶たちは自分たちの特別免除という恩典の維持拡張を狙っていたし、貴族はその特典を、軍人はその免税の権利を固守しようとしていた。商人や職人はそれぞれ同業会や組合に登録していたし、法曹家は連盟を結成し、医者は医者で医師会にはいっていた。こうした小さな支配組織は一つ一つがそれ独自の特殊な勢力を持っていて、人々は自分の権勢と手腕次第によって、多数の人の結集した力を自分のために使うことも出来たのであった。清廉潔白な人々はこうした組織の力をただ自分自身を不利益から守るためにのみ用いたが、狡賢い悪者は、悪辣《あくらつ》な目的を成就《じようじゆ》する際、自分自身の力だけでは足らないと思うと、この組織の力を巧妙に利用して、罰を蒙らないですむよう立ちまわったのである。しかしこうした連盟や組合の力はおよそ種々様々で、とくに田舎では富裕で乱暴者の貴族が、周囲に一団の闘士や大勢の百姓を従えて、権勢をほしいままにしていたが、この百姓たちというのが家代々の慣習や利害や強制やらで自分たちを領主の家来か兵士であるかのように思って振舞うものだから、この勢力に対しては他のいかなる連盟も組合もまるで歯がたたなかった。

われらのドン・アッボンディオは、貴族でもなく、金持でもなく、ましてや勇気があるわけでもなかったから、年ごろになる前から、自分はこのような社会では鉄製の壺と壺の間で旅することを余儀なくされた素焼《すやき》の壺のようなものということにいちはやく気づいていた。それだから両親が彼を坊さんにしようとした時、その意向に素直に従ったのである。実をいうと、自分が一生を捧げる聖職の義務であるとか高貴な目的であるとかについてはそれほど深く考えたわけではなかった。多少とも楽に暮せる身の上となれてしかも世間から尊敬される、勢力のある階級の一員となれるというだけで、彼にはこのような道を選ぶに足る十分な理由となったのである。しかしいかなる階級もある程度以上は個人の安全を保護してはくれない。どのような階級に属していても人々はみなそれなりに身の安全を保証する工夫をこらさなければならない。ドン・アッポンディオは自分自身の平安ということばかりを絶えず考えていたから、だいそれた利益を手に入れようなどとは夢にも考えたことはなかった。それにそのような得になる仕事をするにはいろいろ苦心もいるし多少は危険な目にあう覚悟も決めなければならなかったからである。

アッポンディオの生活の第一の指針は、およそ世間の争いごとには一切《いっさい》かかわらないという主義で、万一かかわらざるを得なくなった場合には相手方に譲るという方針であった。そのころの彼の周辺では、僧侶たちと世俗の権力の間の対立、軍人と市民の間の抗争、貴族同士の衝突、はては二人の百姓の間で一言口《ひとことくち》がすべったために持ちあがった喧嘩で、腕力沙汰で決着のつくものや、刃傷沙汰《にんじょうざた》に及ぶ騒ぎにいたるまで、次々と争いやいさかいが頻発《ひんぱつ》していたが、アッポンディオ司祭はそうした大小もろもろの戦争に際して非武装中立を唱えていたのであった。しかしそれでも敵対する当事者の一方にどうしても与《くみ》せざるを得ない状況に追いこまれると、いつもきまって強い方についたが、しかしそれも後衛の方について、相手側にはなにも好きこのんで敵方にまわっているのではありませんということを了解させようとつとめたのである。そのアッポンディオの様子を見ていると、まるで「お前さんはなぜいちばん強い人になれなかったのです？　お前さんがいちばん強ければ私はお前さんの側についたのですよ」と相手に言いかけているかのようであった。権力者のもとからなるべく遠ざかって、権力者が気まぐれをおこして横柄な態度に出た時は素知らぬ顔をし、権力者が慎重熟慮の上、高圧的な命令を下した時はいちはやくその命令に服し、気難しい傲慢な権勢家と道ですれちがった時は愉快そうな御挨拶や御辞儀でもって相手の口もとを思わずほころばせ、どうかこうかこの哀れな男は六十歳を越した今日まで大過《たいか》なく無事に暮してきたのである。

しかしアッボンディオといえども身中に不快の苦汁《くじゅう》が多少湧かないわけではなかった。大体このようにいつも辛抱に辛抱を重ね、このようにいつも表では相手の言うことに「ごもっとも」と相槌をうち、腹のうちでは黙々として苦虫《にがむし》を嚙みつぶしているかぎり、腹がふくれていらいらするのは当り前の話で、もし時々それを爆発させなかったならば、彼の健康はかならずや損われてしまったことであろう。しかし世の中はまた実によくしたもので、ドン・アッボンディオの周辺には、およそ悪いことのできない人が何人もおり、アッボンディオはそれを重々承知していたものだから、長い間抑えに抑えてきた不機嫌を時々その罪のない人々にむかって爆発させ、わけもないのにがみがみ怒鳴りつけ、それでもって溜飲《りゅういん》を下げていたのであった。それにまたアッボンディオはまわりの人々が自分自身と同じように振舞わないと妙に厳しくけちをつけることがあったが、しかしその種の風紀取締りを行なうのは、およそ危険の気配のない場合に限られていた。アッボンディオにいわせると殴られたりぶたれたりするような男はせいぜいよくても不注意な間抜け、殺されるような男は必ずどこか気の変な頭の混濁した男なのであった。権力者に抗して自己の正義を主張し、そのために頭を割られてしまったような男を見ると、ドン・アッポンディオは必ずその男の側に悪い点があるといいだすのである。それはなにもそう難しいことではないので、正邪の別というのは黒白のけじめがはっきりしない方がむしろ普通だから、どちらの側にも良い点もあり悪い点もあるからである。しかしアッポンディオがとくに難詰《なんきつ》したのは、自分の同僚の僧侶の中に身の危険を賭《と》して難渋《なんじゅう》している弱者の側に立ち権勢をほしいままにする強者に敵対する者が時々あらわれることで、彼はそうした同僚の行為を、厄介な仕事を現金払いで買いこむのも同然とか、犬の脚をまっすぐにのばそうとするのと同様の企みとか呼んで、聖職の尊厳を犠牲にしてまで世俗の事にかかわるこの種の行為を手厳しく非難していた。もっともそうした非難を発するのはいつも気心の知れた仲間うちが話相手の時だけで、それも相手が個人的に関係があって腹を立てたりするのでないということがはっきりしている時には、ますます難詰の口調が熱を帯びるのであった。そしてこうした話題については、いつもそれでもって話をしめくくる彼の好きな文句があった。およそ紳士たるもの自分の事に気をつけて余計な事に口出ししない限りは酷《ひど》い目に遭うはずがない、という台詞《せりふ》で、それが彼の十八番《おはこ》であった。

この本を読んでくれる二十五人の読者諸君、先に物語った事件がもちあがった時、この哀れなドン・アッポンディオがどのような印象を受け、どのような精神状態におちいったか、察してもらいたい。あの闘士どもの獰猛《どうもう》な面《つら》つき、あのどすの利いた言葉——アッポンディオはそれでもってすっかり仰天してしまった。なにしろ連中の大将の脅しは口先だけでない、というのが定評であった。何年もかけて粒々《りゅうりゅう》辛苦《しんく》して築きあげた平穏無事の生活、それが一瞬のうちに狂ってしまって、さあどうやってこの場を切り抜けたものか見当もつかない。さまざまな思いが一斉にアッボンディオの低くうなだれた頭の中で騒然と唸りを立てた。——もしレンツォに向って結婚は駄目だときっぱり気楽に断って追っ払ってしまえるものなら。しかしいくらなんでもなぜ結婚してはいけないのか理由を知りたがるだろう。その時一体全体なんとあの男に返事をしたものか。それに、それに、それにレンツォだって頭のある男だ。誰も余計なことをしなければふだんは羊のようにおとなしいが、しかし誰かが前言《ぜんげん》をひるがえして逆さのことを言えば……いやはや、それに、いやそれにあの若造はルチーアに惚れこんでもう夢中になっている。……一体ろくでなし連中は何をしていいのかわからないもんだから、すぐ惚れては結婚したがって、そのほかのことを考えてくれない。奴らのおかげでこの私が哀れにもどんなに辛い目にあっているか考えたこともありやしない。ああひどいものだ！　まあ考えてくれ、あの獰猛な面《つら》をした二人は一体なんで道のまんなかに突っ立ってこの私にいちゃもんをつけなければならなかったのかね！　一体私になんの関係があるのだね？　結婚したがっているのはこの私かね？なぜあの連中は私よりむしろほかのところへ話をつけに行かなかったのだね……だがちょっと考えてくれ、気の利いた事を思いつくのがいつも肝腎の時より一足遅いというのが、私の運命なのだ。あの闘士連に、話をつける御用事がおありならほかの方へどうぞ、とすすめるだけの才覚がもしあったなら……

しかし、そこまで考えた時、悪事を助言しなかったり悪事に協力しなかったということを悔《くや》んでいるというのはわれながらいくらなんでもひどすぎるということに気がついた。それで心中の怒りを自分からこのように平穏を奪い去ったいま一人の男に向けた。ドン・アッポンディオはドン・ロドリーゴを遠くから見たことがあるだけだった。その評判はかねがねよく承知していたが、数回道端でお会いした時、顎を胸につけ帽子の先を地面につけて恭《うやうや》しくお辞儀した以外は別になんのかかわりあいを持ったこともなかった。世間の人の中に、溜息を洩らし天を仰いで、ドン・ロドリーゴの悪業の数々を低い声で呪う者がいたりすると、ドン・アッポンディオは一再ならず、この御領主の肩をもって、何度も何度も繰返して「あの方は立派な紳士ですよ」と言ったものだった。しかしこの今という今ばかりは、世間のほかの人々もけっして口に出して言わなかったような数々の形容詞を心中で浴びせて、「畜生め、畜生め」とひっきりなしに唸っていたのだった。

こうした数々の思いに頭を悩ましているうちに、小さな村の奥にある自分の家の扉口《とぐち》の前に来た。もう手に取りだして持っていた鍵を急いで錠《じょう》の穴にさすと、扉を開け、中へはいり、きちんとまた扉を閉めた。そして気心の知れた人のそばにいたいという気持にせかされて、すぐさま、

「ペルペートゥア！　ペルペートゥア！」

と居間の方へ行きながら大きな声で呼んだ。いまごろはこの女が居間で夕食のためテーブルの上を整えているはずだった。ペルペートゥアは、読者ももうお気づきのように、ド

ン・アッボンディオの下女なのである。主人に忠実でまめに仕え、場合によっては主人の言うことによく服従し、場合によっては主人に命令を下し、主人が突拍子《とっぴょうし》もないことを言いだしたりぶつぶつ文句を言っても時には我慢し、時には逆に主人に自分の文句や苦情を我慢させるのであったが、この不平や苦情はペルペートゥアが司教区会議で決められた〔司祭の家の住込み下女となってもよいという〕四十歳という年を越してもまだひとりでいるために日々ますますくどくやかましくなるのであった。ペルペートゥアは、彼女自身に言わせるとあらゆる結婚申込みを断ってしまったために、近所の口さがない女たちに言わせると彼女と一緒になろうというような酔狂な男は誰一人いなかったために、いまだに独り者なのである。

「はい、ただいま」

とペルペートゥアはテーブルの上のいつもきまりの場所にアッボンディオ司祭の好みの葡萄酒の小瓶《こびん》を置くと、ゆっくりと歩きだした。しかし居間の閾《しきい》をまだ跨がぬうちに、アッボンディオが先に居間へはいってきたが、その脚は縛られたように硬直し、その眼は曇り、その表情は動顚《どうてん》して歪んでいたので、ペルペートゥアのようによく慣れた人の目でなくとも、これはなにか本当に一大事が起ったのだということは一目でわかった。

「まああ、旦那さま、どうなさいました？」

「なんでもない、なんでもない」

とドン・アッボンディオは全身であえぐと、肘掛椅子に崩れるようにすわりこんだ。

「なにが『なんでもない』ですか？　わたしを騙《だま》そうとおっしゃるんですか？　こんな変な顔をしていらして？　なにか大変なことが持ちあがったにちがいない」

「おい、おい、私がなんでもないという時は、なんでもないか、さもなくば私が口外できないようなことだぞ」

「で、それはわたしにも口外できないとおっしゃるのですか？　一体誰があなたの身のまわりの世話を焼いているのです？　誰があなたに忠告したり意見したりしているのでございます？……」

「ああ、もう黙って、食事の用意はもうせずともよいから私にいつもの葡萄酒を一杯注《つ》いでくれ」

「それなのにまだなんでもないといいはるおつもりなんですか？」

とペルペートゥアはコップに葡萄酒を注ぐ

と、もうこれ以上勿体はつけずに打明けないと葡萄酒はあげないよ、といわんばかりにそのコップを手に握った。

「さあ、酒をくれ、さあ、ここへくれ」

とドン・アッボンディオは、あまり力のない手で下女からコップをとりあげると、まるでそれが飲薬《のみぐすり》ででもあるかのように、いそいで飲みほした。

「それではわたしは自分の主人の身の上になにが起ったのか近所をあちこち聞いてまわらなければいけないというおつもりなんでございますね？」

とペルペートゥアはアッボンディオ司祭のまん前に突っ立つと、両掌《りょうてのひら》をうらがえして両脇につけ、両肘を前へ突きだして、主人の目玉から秘密を吸い出そうとするかのような目つきでじっとアッボンディオを見つめた。

「お願いだから、余計なお喋りはしないでくれ、近所へ触れまわらないでくれ。うっかり洩らすと……命が危いぞ」

「命が！」

「命だ」

「旦那さまは御承知と思いますけれど、旦那さまがわたしになにか真面目に打明けてくださいました時は、わたしけっして秘密……」

「いやいや御立派、ちょうどいつかの時のようにな……」

ペルペートゥアはまずいことを言ってしまったと気がついて、すぐさま口調を変えると、

「旦那さま」

と自分も感動し他人も感動させるような声でいった、

「わたしはいままでずっと旦那さまにまめに仕えてまいりました。わたしがいまどうしても知りたいというのは旦那さまのお身の上を案じてのことでございます。旦那さまをお助け申したい、なにか名案を工夫して、旦那さまの気持をひきたてて進ぜたい……」

実をいえば、ペルペートゥアの秘密を知りたいという気持と、アッボンディオのこの胸を圧迫する秘密の重荷を解き放ちたいという気持とはほぼ同じくらいであったから、下女のしつこい攻撃に対して彼はだんだんと抵抗しなくなった。その挙句、秘密は洩らさないという誓いを一度ならず女に誓わせた後に、幾度か躊躇《ちゅうちょ》し、幾度か溜息をついた後に、ついに聞くも哀れ語るも哀れな事件をくだくだしく物語ったのである。そしてこの事件の黒幕の恐るべき名前を物語る条《くだ》りまで来た時、ペルペートゥアはまた新たに荘厳《そうごん》な誓いを立てねばならなかった。そしてひとたびこの名前を口にすると、アッボンディオは肘掛椅子の背に仰向けにもたれて、深い溜息を洩らし、命令するとも懇願するともとれるようなしぐさで両手を上へのばすと、

「後生だから神かけて決して言ってはならんぞ」

と言った。

「まあ、あいつならやりそうなこと」

とペルペートゥアが叫んだ、

「まあなんという悪党！　なんというならず者！　なんという神を畏《おそ》れぬ奴でしょう！」

「おい、黙らないか。私が殺されてもいいという気か？」

「ここはわたしたちだけで誰も聞いてはおりません。でも旦那さま、一体どうなさるおつもりです？」

「それみろ」

　とアッボンディオは怒りを含んだ声でいった、

「それみろ、この女の忠告なんてのはざっとこうしたものだ。一体どうなさる、どうなさる、と私に訊くのがせいぜいで、まるで困っているのは自分で、私が助けてやらねばならぬみたいじゃないか」

「でも、それは、わたしにもいい案がないわけではございませんが、でもそれは……」

「でもそれは、なんだ」

「あの、世間の評判ではわたしどもの大司教様はたいへん気丈な、聖人さまのようなお方で、誰にも遠慮気兼《きがね》はなさらぬお方というお話。そして村の司祭の肩を持って時々横柄《おうへい》な御領主の一人や二人をへこましてわたしたちの胸をすっとさせてくださいます。ですからわたし考えますに、是非とも大司教様にきちんと立派なお手紙をお書きになって、一体全体どうしてこのようなことになったかを御報告……」

「おい、黙らないか、余計な口は慎《つつし》んでくれ。それが私みたいな窮した男への忠告か？私が背中に一発喰らうか喰らわないかという時に一体全体、大司教様が私を助けてくださるとでも思っているのか？」

「まさかいくらなんでも鉄砲の玉はお祭の豆みたいにばらばらばら撒《ま》きはしませんよ。こうした野良犬どもでも吠えるたんびに嚙みつかなければならないとしたら、いくらなんでもそりゃ大儀ですからね。わたしの目に狂いがなければ、世間様から尊敬されるよう時々歯を剝き出して怒れるだけの腹のある人には世間の敬意もおのずと集まるというもの。旦那さまはいつもへいへいして相手にごもっともごもっともとばかりおつむをお下《さ》げになるから、それだものだから、わたしたちはこんな有様になって、世間ではみんな、失礼ですが、……」

「おい、黙らないのか？」

「じき黙ります。でもこれは間違いないと思いますね、誰かさんはいつでもほかの人と出会うたんびにすぐ尻尾を振るということが世間で評判になれば……」

「おい、いい加減に黙らないか？　一体いまはそんな馬鹿馬鹿しいことを言っていていい時だと思っているのか？」

「はい、はい、わかりました。その件は今晩とくとお考え願いましょう。でもいずれにしても御自分でくよくよして御健康を損ねるという術《て》はありません。ひとつ召しあがってくださいませ」

「その件は私がとくと考える」

　とアッポンディオがぶつぶついいながら答えた、

「たしかにその件は私がとくと考えよう。とくと考えなければならぬことだ」

そして立ちあがりざま言った、

「なにも食べたくない、なにもいらん。ほかに考えることがある。私はこれでもその件をとくと考えねばならぬということは承知している。それにしてもまさかよりによって私の身の上にこんなことが起ろうとは思ってもいなかった！」

「それではもう一杯だけお酒をお飲みなさいませ」

とペルペートゥアが葡萄酒を注ぎながらいった、

「これをお飲みになれば胃の具合がいつでも良くなること御存知でいらっしゃいましょう」

「馬鹿、ほかに用事があるのだ、ほかに用事が」

こういうと、燭台《しょくだい》を摑んでなおもぶつぶつ呟いた、

「くだらんちっぽけなことだ！　こともあろうに私のような紳士に！　一体、明日はどういうことになることか？」

そう嘆きながら、二階の寝室へ上ろうとして扉口《とぐち》に近づき、閾《しきい》のところまで来るとペルペートゥアの方を振返って、指を口のところへ当てると、ゆっくりと荘厳な調子で、

「いいか、後生《ごしょう》だ、神かけてだぞ」

と言うと姿を消した。

第2章

ロクロワの戦闘の前夜コンデ公はぐっすり熟睡したという話である。しかしその理由は第一に非常に疲れていたからであり、第二に必要な命令はすでにことごとく発しており、翌朝なすべき手筈は一切《いっさい》整っていたからである。それに反してアッポンディオは翌日が戦闘の日となるであろうということ以外はまだ全然なにも確知していなかった。それだからこそその夜をほとんど夜通し不安懊悩《おうのう》にみちた評定《ひょうじょう》のうちに過ごしたのである。悪党どもの言ったことや脅《おど》しを黙殺して結婚式をあげるという案だけはまったく考慮の対象にもしたくなかった。昨日の出来事をレンツォに打明けて、レンツォと一緒になにかいい策を立てる……とんでもない、「他言は無用だぜ。さもないと……えへえ、いいかい」とあの闘士風の男の一人が言ったではないか。耳の奥で「えへえ、いいかい」という声の響くのがいまも聞えてきて、アッポンディオはそのような掟《おきて》を破るというだいそれたことを考える

どころか、ペルペートゥアに喋ってしまったことさえもすでに悔《くや》んでいるのであった。逃げようか？　だがどこへ？　それにそいつはまたなんという厄介なことだ、なんという面倒の数々だ！　一つ一つ案を考えて駄目だ駄目だというたびに、哀れなドン・アッボンディオは寝台の上で次々と寝返りを打った。あれやこれやと考えて、いちばんいいというかいちばん悪くなさそうな術《て》は、愚図愚図とレンツォを引きまわして時間を稼ぐことであった。しかも都合のいいことに（十一月十二日の待降節から一月六日の主顕節までの）婚礼禁止の期間にあと数日ではいるではないか。アッボンディオははっとそのことに気がついた。

「とするともしこの数日の間あの若造をうまく引留めておけば、それから二カ月の間はほっと一息つけるわけだ。そうすればその二カ月の間になにかいろいろいい事も起るだろう」

そしてなにかいい口実はないものかといろいろ思いめぐらした。そしてその口実がどれもこれもみな重みが多少足りないような気もしたが、司祭である自分の権威をもってすれば結構重みもつくだろう、それに自分の年の功をもってすれば無学無知の若造を煙《けむ》にまくのはわけはないとだんだんと自信を取戻し、

「考えてみると」

と内心でひとり呟いた、

「あの男は自分の好きな女のことを考えている。だが私は自分の命のことを考えている。

どちらが重大事かといえばそれは私の方だ。ま、私の方が抜目がないということは別にしてもだ。さあお前さん、たといお前さんの背中がひりひり痛むようなことがあったとしても、知ったことではないね。私はとにかくかかわりあうのは真平御免だよ」

このようにしてどうかこうか決心をつけて多少気持を鎮めると、ようやく瞼を閉じることができた。しかしまたなんという眠りであったことか！　なんという夢また夢であったことか！　闘士、ドン・ロドリーゴ、レンツォ、山の小路、断崖、逃走、追跡、叱声、銃撃。

ひどい目にあって窮地から脱せないでいる時、朝、目をさますのはひどくいまいましい一瞬である。頭がまだ完全にさめきらぬうちは、それまで通りの平穏な生活のありきたりのことがまず思い出される。しかし新事態のことが意識の上に突然、不様《ぶざま》にもぬっと顔を出す。その瞬間おだやかな気持は突如掻き乱され、対照的に不快ないまいましさが一層つのる。その瞬間の不愉快さ加減を苦々しく味わったアッボンディオは、ただちに昨夜考えたいろいろの計画をあらためてとりまとめ、それで間違いないと確めると、きちんと整理し、起きあがってレンツォが来るのを不安の念をもって待ち構えた。と同時に待ちきれないようないらいらした気分も覚えた。

ロレンツォ（皆はレンツォと通称で呼んでいるが）はそう長くは待たせなかった。もう司祭のもとにうかがっても失礼に当る時刻ではないと思うと、すぐそこへやって来たが、彼の心は、好きな女とその日結婚することになっている二十《はたち》の男の心がみなそうであるように、わくわくと喜びに躍っていた。レンツォは幼少の時に両親を失って、自分の家でいわば家業《かぎよう》となっていた絹の製糸をやはり生業《なりわい》としていた。これは一昔前はかなり実入《みい》りのいい職業だったが、この話のころはもう不況におちいっていた。といっても腕の達者な職人ならまっとうな暮しを送れる程度の儲けはあったのである。仕事は目に見えて減りつつあったが、働き手が近隣の国へより良い給料や待遇や権利やうまい話につられて離村していくので、村に居残った職人たちには仕事に事欠くようなことはなかった。しかもこの生業のほかに、レンツォは小さな地所も持っていたので、製糸場が休みになるとその土地を自分で耕したり、人を雇って耕させたりした。それだからその身分の者としては暮し向きはまあ楽だといえたのである。そしてその年が前の年や前の前の年にもまして不作で、そのために本当に飢饉《ききん》の徴候があらわれはじめたにもかかわらず、この若者は、ルチーアに目をつけて以来、なかなか締り屋になって、かなりの額の貯金もしたので、空腹に悩むなどという心配はなかったのであった。彼は颯爽《さつそう》とした身なりで、アッボンディォ司祭の前へ現れた。帽子にはとりどりの色をした羽をつけ、ズボンのポケットには立派な柄《つか》のついた短剣を一振《ひとふ》りさしていたが、その様子は、祭の日の晴着姿とも御自慢の恰好ともいえた。だがこれは当時としてはごく静かで穏やかな人々も皆していたなりだったのである。ところでアッボンディォの曖昧ではっきりしない出迎えは、この若者の陽気できっぱりとした態度と奇妙な対照をなしていた。

「なにか考え事をしていらっしゃるのかな」

とレンツォは相手の様子を見て心中で呟いてから口を開いた、

「司祭さま、私どもが何時に教会へ参ればよろしいか、司祭さまの御都合をうかがいにまいりました」

「それはまた何日《いつ》の何時のお話で？」

「なに、何日ですって？　式は今日に決めたのを憶えていらっしゃらないのですか？」

「今日ですと？」

とアッボンディオはまるではじめてその話を聞いたような口調で問い返した、

「今日、今日ですと……待てよ、待てよ、だが今日は駄目ですよ」

「今日は駄目ですって？　一体どうしたのですか？」

「まず第一にどうも気分が、御覧の通り、すぐれない」

「失礼ですが、でも司祭さまがなさらねばならぬことはほんの僅かの時間とほんの僅かのお骨折りで……」

「それに、それに、それに……」

「それに何ですか?」

「それに面倒なことがある」

「面倒なこと? 一体全体どんな面倒なことがおありなのですか?」

「このような事柄について厄介なことがいかほどあるか、決着をつけねばならぬ件がいかほどあるか、それをよくわきまえるには我々司祭の立場になっていただかないとおわかりにならないだろうが、私はどうも気が優しすぎて、邪魔だてを取除いて万事万端うまく整うよう、他人さまのお気に召すようにばかり取計らうものだから、ついつい私の義務をないがしろにすることになる。それで私はお叱りを受けたり、もっと酷い目にあったりするわけだ」

「でもお願いですから私をこんなどっちつかずの状態に放っておかないで、一体どういうことであるのかもっとはっきりとおっしゃってください」

「お前さんは正式の結婚式をとどこおりなく行なうためにどれほどの手続きを踏まねばならぬか御存知かな?」

「それは多少は知っております」

とレンツォは答えたが、だんだん腹が立ってきた、

「なにしろそのためにここ何日というもの、頭が痛くなるくらいごちゃごちゃやってきた

のですからね。でもいまでは全部片づいたんでしょう？　するべき事は全部してしまったんでしょう？」

「お前さんには全部が全部済んだと見えるかもしらん。しかしちょっと辛抱してもらいたい。私は他人を苦しい目にあわせまいとして自分の義務をないがしろにしている愚か者だ。しかしいまはだな……まあよい、私は自分の言うべきことはわきまえている。私どもは哀れな司祭で、いわば鉄床《かなとこ》と鉄槌《かなづち》の間にはさまれているようなもの。お前さんがいらいらなさるのは、お若い衆、私にはその気持がよくわかります。しかし上司というのもいる……まあよい、全部は言うわけにいきません。私たちはちょうどその間にはさまれているようなものだから」

「ではもう一度教えてください。いまおっしゃったまだし残してある手続き。教えてくださればすぐにいたしますから」

「お前さんは婚姻無効障害《こんいんむこうしょうがい》がいくつあるか御存知かね？」

「無効障害なんて知るはずがないじゃありませんか？」

「Error, conditio, votum, cognatio, crimen, Cultus disparitas, vis, ordo, ligamen, honestas, Si sis affinis……（過失、条件、誓願、近親関係、犯罪、宗教不同、暴力、叙階、結婚、直系二親等、縁族……）」

とドン・アッボンディオは指の先を一つ一つおさえてかぞえはじめた。

「私をからかうおつもりですか？」

と若者がさえぎった、

「あなたのラテン語と私とどんな関係があるというのです?」

「とにかく詳しく御存知ないなら、ちょっと辛抱してもらいたい。そして事情通の人に一任してもらいたい」

「なにっ!」

「まあ、レンツォ、そう腹を立てなさんな。私はとにかく私に出来ることはすぐにでもするつもりだ。私もお前さんが満足するのを見ればそれは嬉しい、お前さんの為に出来るだけ面倒はみてやりたい。やれやれ……お前さんはあれほど結構な身分でいたのに一体なにが不足なのかね? 一体全体またなんで結婚しようなどという気まぐれを起したのかね?」

「あなた、それはまたなんというお話ですか?」

とレンツォは怒ったとも呆れたともいえないような顔で大声をたてた。

「つまりそのちょっと辛抱してもらいたい。つまりそのお前さんが満足するのを見ればそれは私も嬉しいのだ」

「要するに……」

「要するに、息子よ、この件で私が悪いわけではない。私が法律や規則を拵《こしら》えたわけではない。それに婚姻を整えるためには私どもはいろいろと取調べて、婚姻無効障害がないことをきちんと確めねばならぬよう義務づけられているのだ」

「でも、ひとつはっきり言ってください。一体どんな邪魔立てが出て来たんです？」

「ちょっと辛抱してもらいたい。大体この件はこのように即座に解決できるという性質《たち》のものではない。別に障害はあるまいと思うが、しかしとにかくこの種の取調べを私たちはしなければならぬ。法典の文章は明々白々だ、『婚姻を告ぐる前に《アンテークワム・マトリモニウム・デヌンキエット》……』」

「あなたに言ったでしょう、ラテン語はもう聞きあきたって」

「しかしともかくお前さんに説明しなければならぬ……」

「でもそうした取調べはもう全部片づいたのでしょう？」

「いや、申した通り、やらねばならぬ取調べを全部すませたわけではないのだ」

「なぜきちんと間に合うようになさらなかったのです？　なぜ全部すんだとおっしゃったのです？　なぜ待てと……」

「御覧！　お前さんは私が親切にしすぎたので咎めだてをする。早くしてあげようと思って私は事を簡略にした。ところが……ところが差障りがおこって……もうよい、わかっている」

「それでは私はなにをすればいいとおっしゃるのです？」

「数日の間辛抱してもらいたいのだ。息子よ、数日の間だ、永久に待てというのではない。辛抱してもらいたい」

「何日の間です？」

――しめた、これでうまくいった――とドン・アッボンディオは内心で思った。そして

いままで以上に勿体をつけて、

「さようだな」

と言った、

「二週間以内に取調べて……万事万端整えることと……」

「二週間だって！　そんな話は聞いたこともなかった！　あなたがお命じになったことは全部片づけ、日も決めた。そしてその日になると、二週間待てとあなたは言いだした！　二週間……」

それから腕をのばし、拳《こぶし》を宙に打ち振りながら、甲高い、怒りを含んだ声でまた叫びだした。その時もしアッポンディオがいま一方の腕を押えて相手の言分《いいぶん》を遮《さえぎ》らなかったなら、どんなとんでもないことをレンツォが言いだしたかわかったものではなかった。アッポンディオはおそるおそる愛想よく気をつかいながら、レンツォに向って次のように話しかけた、

「さあ、さあ、そう腹を立てるものではない。私もひとつ一週間で出来ないかどうか試してみよう、見てみよう……」

「でもルチーアにはなんと言えばいいのです?」

「私の間違いだったと言ってくれ」

「それでは世間の噂は?」

「私があまり慌てて、あまり気が好すぎて間違えたと皆に言ってくれ。一切の責任はみな

私に背負わせてくれ。これ以上のことを私が言えますか？　さあ、あと一週間我慢してくれ」

「そうすれば、もうほかに差支えはありませんね？」

「私がお前に言うことがわからないのか」

「それなら結構です。あと一週間辛抱しましょう。でも忘れないでください。一週間経ったら、もういくら弁解なさっても誤魔化されませんよ。それではその時まで、さようなら」

そう言うと、ふだんほど頭を深く下げずお辞儀をし、敬意を表するというよりはむしろ意味ありげに眼をぎろりと光らせた。

そうして外に出ると、レンツォははじめて不機嫌な気持で自分のいいなづけの家に向って、腹を立てながら、歩きだした。そして歩きながらいましがた司祭と話したことをいろいろと思い返したが、考えれば考えるほどその話が奇妙に思われた。アッボンディオ司祭は妙に窮屈そうに自分を出迎えたが、その態度が馬鹿に冷たかった。その話しっぷりは一生懸命のようでいてその癖いらいらしていた。話している最中その灰色の両の眼は、自分の口から出る言葉とかちあうのを惧《おそ》れてでもいるように、あちらこちらへいつも逃げてまわっていた。あれほどはっきりと取決めてあった結婚式の日取りをことさら初耳のように聞きなおしたりした。それになにか口に含んではっきりと言わずになにか重大事が背後にひそんでいるような口吻《こうふん》を洩らした。こうした事情をあれこれすべて取り揃えて考えると、ドン・アッボンディオが口先で言っているのとは違う秘密がどうやらもう一枚下に隠されているらしい。レンツォは一度は引返して、無理矢理にアッボンディオに白状させてやろうかとも考えたが、目をあげると、向うからペルペートゥアが歩いて来、家からほど遠からぬ菜園へはいろうとするのが見えた。彼女が戸口を開けようとした時、後ろから声をかけ、歩《ほ》を速めて追いつき、閾《しきい》の上で彼女を引き留めた。なにかもっとはっきりした証拠をあげてやろうと思って、そこでペルペートゥアに向って次のように話しはじめた。

「今日《こんにち》は、ペルペートゥア、俺は今日《きょう》はみんなもっと楽しくやれるかと思っていたんだよ」

「まあ、でも万事神さまの思召《おぼしめ》しだよ、レンツォさん」

「ひとつお願いだ。司祭様はとてもとても良い方だけれど俺にはよくわからない理窟をいくつもこねて俺たちは今日結婚できないとおっしゃった。なぜ司祭様が結婚式を今日挙げることが出来ないのか、それとも挙げたくないのか、ひとつ俺にきちんと説明してくれないか」

「おや、わたしが旦那さまの秘密を知っているとでも思っていらっしゃるのかね？」

――それみろ、この件にはどうもくさい秘密が裏にあると思ったが、その通りだ――とレンツォは内心考えた。そしてその秘密を明るみへ引き出すために、すぐ先を言った、

「なあペルペートゥア、水くさいことは言わずに話してくれよ。俺は弱り切っているのだから、知っていることは教えて、ひとつ助けてくれ」

「どうも、レンツォさん、貧乏に生れるというのは損だねえ」

「ほんとうだ」

とレンツォは相槌を打ったが、これは怪しいと睨んだ通りだとますます確信を強めて、疑惑の正体に近づくために、

「ほんとうだ」

と繰返してからこうつけ加えた、

「しかし坊さんともあろう人が貧乏人に辛くあたってもいいのかねえ?」

「でもレンツォさん、お聞き。わたしはなにもいうことはできないけれど、なぜって……なにも知らないんだから、いうことはできないけれど、だけどおまえさんに誓っていえることは、うちの旦那はおまえさんにもよそさまにも悪い事はしたくない、うちの旦那さまに罪はない、それは確かだね」

「それじゃ、誰に罪があるのだね?」

とレンツォは気をゆるめたような口調で、その実、耳はそばだて、疑心暗鬼に心をふるわせながらたずねた。

「わたしはなにも知らないといったでしょ……でも旦那さまが誰かよそさまに御迷惑をおかけしているなんていうのを聞いたら黙って捨てておけないね。お気の毒な方だよ、ああいう方がかりに間違いをしでかしたとすれば、それはあまりお人が好すぎるせいさ。なにしろこの世の中には権力を笠にきた悪党やならず者、神を畏れぬ連中がたくさんたくさんいるんだから……」

「権力を笠にきた悪党やならず者！」

とレンツォは内心で考えた、

「こいつらは司祭のいった上司とはちがうぞ……」

そう考えるとだんだんと胸騒ぎが高まったが、それを辛うじておさえると、

「さあ」

といった、

「さあ、誰だか言ってくれ」

「ははあ、おまえさんはわたしに口を割らせようという魂胆《こんたん》かい。だけどわたしはなにも言わないよ。だって……なんにも知らないんだから。わたしがなんにも知らないという時は、口を利くまいと誓ったも同然さ。おまえさんがこのわたしに綱つけて引っ張ったって、なんにもわたしの口から出やしないよ。はい、さようなら。こんなことしたって二人とも時間潰し、時間潰し」

こういうと女はさっさと菜園にはいり戸口を閉めた。レンツォは彼女の方に一礼すると、

そっと女に行く先を気づかれぬように後へ引き返したが、もうあのお人好しの女の耳には聞えないな、と見てとると、やにわに大胆になり、たちまちアッボンディオの扉口《とぐち》の前へ来るや、先刻司祭と別れたばかりの客間へ一直線に飛んで行った。はたして司祭はそこにいた。レンツォは眼をひきつらせ、憤然と相手のもとへ詰めよった。

「ほい、ほい、これはまた何事かね」

とアッボンディオ司祭が言った。

「一体その権力を笠にきた悪党とは誰ですか？」

とレンツォは、正確な返事を引き出さずにはおかぬという決意のあふれた声で迫った、

「私がルチーアと結婚するのに邪魔立てをする、その権力を笠にきた悪党とは一体どこの誰です？」

「え、え、え、なんだと？」

と司祭はたまげて、顔を一瞬、洗ってしぼったばかりの雑巾のように、白くくしゃくしゃさせた。そして、口籠りながらも肘掛椅子から飛びあがって一目散に扉口へ駈けよった。しかしレンツォは、相手がこのような動き方をすることもあろうかと、用心ぶかく待ち構えていたから、司祭よりも先に扉口へすっ飛んで、鍵をゆっくり締めるとおもむろに抜いて自分のポケットの中に納めた。

「さあ、司祭さん、ひとつここで洗いざらい話していただきましょう。私を除いてほかの人は皆さん誰でも私の件を御承知だ。私も是非、知りたい。そいつは何という名前です？」

「レンツォ、レンツォ、お願いだ、お前さん何をしようとしてるのか気をつけてくれ。お前さん、自分の魂のことも、いいか、考えてくれ」

「考えていますよ、そいつの名前をいますぐに知りたい、とね」

そしてそう言いながら、多分自分でも気づかなかったのだろうが、手を内ポケットからのぞいている短剣の柄《つか》にかけた。

「お慈悲だ、助けてくれ」

とアッボンディオ司祭は弱々しい声で叫んだ。

「そいつの名前を知りたい」

「誰がお前さんに言った……」

「いや、いや、作り話はもう結構。はっきり、いますぐ話していただきましょう」

「私が死んでもいいのかね?」

「知ってもいいことを知りたい」

「しかし話せば、私は死ぬ。命を大切にしなくともよいというのかね?」

「それならそれで是非話していただきましょう」

レンツォがその「それならそれで」という言葉を非常に力をこめて口にし、見るも恐ろしい形相《ぎょうそう》をしたので、アッボンディオ司祭はもはや相手の言うことを聞かないわけにはいかないと観念した。

「誰にも言わない、誰にもけっして言わないと私に約束してくれるか、私に誓ってくれるか？」

「あなたがいますぐにその名を言わぬなら、私がとんでもない事をしでかすということ、それは約束しますね」

この前代未聞の誓言《せいごん》を聞くと、アッボンディオ司祭は口の中に抜歯用のやっとこがはいっている人のような顔をして、

「ドン」

といった。

「ドン？」

とレンツォが繰返した。まるで患者の口中に残っているものを外へ吐き出すのを助けるかのようであった。レンツォは前かがみになって、耳を神父の口の上までのばし、両腕をのばして、両の拳《こぶし》を相手の背中でぐっと握りしめた。

「ドン・ロドリーゴ！」

と無理強いされた神父は大急ぎで言ったが、早口で子音《しいん》を滑らせて発音したのは、なかばは気持が動揺狼狽していたからである。だがなかばは、自分にまだ自由の利いたわずかばかりの注意力を働かせてあちらとこちらとどちらが恐ろしいかを考量し、余儀《よぎ》なくその言葉を口外したものの、もうその途端に、その言葉を取消してしまいたいと思ったからである。

「うぬ、犬め！」

とレンツォが唸った、

「で、どのようにしたのだ？　一体なにをあなたに言って……？」

「どのようにだって？　どのようにだって？」

とアッボンディオ司祭は、ほとんど侮蔑《ぶべつ》するような口調で答えた。彼にしてみれば、これだけの大きな犠牲を支払ったからには、今度はいってみれば自分の方が貸し方になったような気がしたからである。

「どのようにだって？　いやまったくこの私が遭ったような目にお前さんが遭えばよかった。私はこの件には本来なんの関係もないのだ。そうすればこれほど私が頭を悩ますことはなかったろうに」

そう言ってそこで酷い目に遭った、世にいわゆる闘士なる者との出会いの場面を空恐ろしい色彩りでもって描いてみせた。そして話していくうちに、体内に潜んでいて、それまでは恐怖の情に転じていた憤怒《ふんぬ》の情が、面《おもて》に現れてき、しかもレンツォが怒りと迷いの間でどうしたものかと動かずに頭を垂れて突っ立っているのを見て、アッボンディオははしゃいだような声で続けた、

「お前さんは結構なことをしでかしてくれたよ。それはそれは立派なことを私にしてくれました。このようなことをれっきとした紳士、お前さんの司祭にたいして、その家でやらかすとは！　ところもあろうに神聖なこの場所で！　いやはやお前さんの勇敢なのには驚いた。私の身の災《わざわ》い、お前さんの身の災い、お前さんのためを思って私が隠していたのに

そいつをこの口から無理強いに引き出すとは！　さあそれを知った今となって、どうだ、ひとつお前さん、私に誓ってもらいたいが、いやはや、冗談事ではないぞ。これは正義とか不正義とかいう問題ではない、これは力のあるなしの問題だ。それで今朝、私がお前さんによい知恵を授けてやった時……それ、お前はすぐに怒ったが、私には私なりにお前さんのためを考えていたのだ。だがどうする？　すくなくとも扉は開けてくれ。私に鍵を返してくれ」

「私が間違っていたのかもしれません」

とレンツォは、優しさを取戻した声でアッボンディオ司祭にそう答えたが、しかしその声にはいまや正体のはっきりした敵に対する怒りが感じられた。

「私が間違っていたのかもしれません。でも胸に手をあてて私の立場になって考えていただいたなら……」

そういいつつ、ポケットから鍵を取りだすと、扉口へ歩いて鍵を開けた。アッポンディオはレンツォの後からついて行くと、彼が鍵を錠前にさしこんで廻している間に、彼の前へまわって、深刻な不安な表情で、相手の目の前へ右手の三本の指を立てて、今度は自分が相手を助けるかのように、

「これだけは誓ってくれ」

と彼に言った。

「私が間違っていたのかもしれません。許してください」

とレンツォは扉を開けて出ようとして答えた。

「誓ってくれ」

とアッポンディオ司祭が、震える手で相手の腕を摑んで、ぶっきら棒に言った。

「私が間違っていたのかもしれません」

と相手から身を振り離すと、レンツォはそう繰返して、怒ったまま立去った。こうしてその問題は――文学、哲学等の問題と同様、両者ともに自分の見解を繰返すばかりで何世紀でも続き得る問題だったのであろうが――一刀両断されてしまったのであった。

「ペルペートゥア、ペルペートゥア！」

アッポンディオ司祭は立去ったレンツォを呼び戻そうとしたが無駄と知ると、下女を呼んだが返事がない。アッポンディオはもうどうしたらいいのかわからなくなった。

アッボンディオよりもずっと地位の高い人物でも、この種の面倒な事件にまきこまれ、どのような措置を講じたらよいのかわからなくなった時、熱があると称して寝込んでしまうのが最善の方策のように思われたことがもうすでに幾度もあったが、アッボンディオはこの方策を別に自分から探しに行かずとも済んだ。というのはこの方策の方が自分から進み出てきたからで、前日の恐怖、前夜の不安、先刻の惧れ、将来の心配、それらが効を奏して疲労困憊《ひろうこんばい》の極に達し、安楽椅子に坐りこむと、背中に悪寒《おかん》を覚え、ドン・アッボンディオは溜息を洩らしながら爪の色を見、時々怒りをふくんだ震え声で、

「ペルペートゥア！」

と呼ぶのであった。ついに女が、大きなキャベツを腕にかかえて、何事もなかったかのように、日に焼けた顔でのっそりと現れた。ここで二人の間に交わされた嘆きやらいたわりやら非難やら弁護やら、「お前だろう、話したのは」「話しゃしません」とかのやり取りは、一切省略することにする。読者には次のことを述べれば十分であろう。すなわち、アッボンディオ司祭はペルペートゥアに命じて扉に閂《かんぬき》をかけさせ、いかなる理由があっても開けぬよう命じ、もし誰か扉を叩く人がいたら、司祭は熱を出して寝ていると窓から答えるよう言いつけた。それからゆっくりと階段をのぼり、三段ごとに、

「わしはもうくたばった」

と繰返した。そして本当に寝台に横になったが、アッボンディオ司祭のことは一応そこまでにしたい。

さてその間、レンツォは怒りに狂わんばかりの足どりで、なにをなすべきかを決めかねたまま、なにか知らないが途轍《とてつ》もなく恐ろしいことをしでかしてやるという狂おしい気持にとりつかれて、家に向って急いでいた。人になんらかの方法で危害を加える横柄《おうへい》な連中は、単に危害を加えたという点だけで罪があるのではない。被害者の精神がそのために悲惨な状況におちこんだことに対しても罪が深いのだ。レンツォは流血を嫌うおだやかな人柄で、喧嘩沙汰とはおよそ縁のない素直な若者であった。しかしその瞬間には、彼の心は殺してやるという気持で高鳴り、彼の頭はただただどうして殺すかという手段を考えることでもういっぱいとなった。ドン・ロドリーゴの家へ駈けつけてロドリーゴの首筋をひっつかみ……だがすぐにその家がいわば要塞《ようさい》で、内は内で闘士連が用心棒を勤めているし、外は外で番兵がいる、ということが頭に浮んだ。顔見知りの親しい人や下男下女なら別に頭の先から足の先までじろじろ見られずとも出入りは自由だが、顔のきかぬ職人の青二才はただではいれないだろう、まして俺みたいな男は……それにもう俺は目をつけられているかもしれない。それでは、とレンツォは考えた。それでは俺は猟銃を取り出して、どこか垣根の蔭にひそんで、万一奴が一人で通るその機会を狙う。そう思うと残忍な笑いが浮かんで、足音、その足音を聞くような気がした。そっと頭を起して、間違いなく悪党と確めると、猟銃の銃口を向け、照準を定めて、引金を引く。奴が倒れて喉をごろごろ鳴らして悶え死ぬ。その死体に呪詛《じゅそ》を浴びせると、国境に通じる道を急いで安全なところへ逃げのびる。

——だがルチーアは？
その言葉が凶暴な狂おしい空想の中で発せられると、レンツォがふだんよく思い浮かべた善良な考えが、一斉に群をなしてあらわれた。レンツォは思い返した、自分の両親の最後の日々の思い出、神さまのこと、聖母マリヤさまのこと、聖人さまのこと、そして自分はいままで罪を犯したことがないということで何度嬉しく心慰められたかということ、人殺しの話を聞いて何度いやな思いをしたかということ。そうこう思い返すうちに、狼狽とも後悔ともつかぬ気持で血なまぐさい夢からはっと目をさまし、ああ空想だけでなんにもしなくて良かったという一種の喜びに似た気持さえ覚えた。だがルチーアのことを思うと、次々といろいろなことが思い出された。堅い約束を交わし、胸を希望にふくらませ、未来に望みをかけ、もう確実に手に入れたと思っ

て、待ちこがれていた今日のこの日——そう思うと、一体なんといって、どういう言葉でこの事をルチーアに知らせたものか。それに自分はどんな覚悟を決めればよいのか。あの名にしおう悪党の力を無視してルチーアを自分のものにするにはどうすればよいのか。そう思うと、もう一抹《いちまつ》の疑念が生じたなどというものではなくて、苦渋にみちた影が彼の胸中をよぎった。一体ドン・ロドリーゴがこのような無理無法を言い出したのはルチーアに対して横恋慕《よこれんぼ》したからに相違ない。それではルチーアの方は一体なにをしたのだ？　ルチーアがほんのわずかでもあの男の眼を惹くような素振りを見せ、ほんのわずかでもあの男の気持を誘うような真似をしたということは、レンツォにとってはたとい一瞬頭の中でちらりと思い浮かんだだけでも、もうたまらなかった。ルチーアはそのことを知っていたのか？　一体ルチーアがそれに気づかずにあの男が自分の方だけでこんな道ならぬ恋心をいだくことがあり得るのか？

いままでなんらかの方法でルチーアを誘惑もせずにおいて、いきなりこのような思い切った事をしでかすだろうか？　だがルチーアはいままでそうしたことについては自分に、彼女のいいなづけである自分に一言《ひとこと》も話さなかった。

そうした物思いに心を奪われたまま、村の中央にある自分の家の前を通り過ぎ、村を抜けて、村の奥というか、ややはずれにあるルチーアの家の方へ向った。その小さな家は、家の前に小さな庭があって道からそれだけへだてられており、庭は周囲が低い土塀で囲まれていた。レンツォがその庭にはいると、二階の部屋から人の声のいりまじったざわめきが絶え間なく聞えてきた。ルチーアにお祝いや御挨拶を述べにきた近所の小母さんや女たちにちがいない。レンツォはそう思うとこうした口さがない人々の前へ、こうした知らせを告げに来た自分——自分の顔にも体にもその知らせの内容がはっきりと出ている——が姿を現してはまずいと思った。中庭にいた女の子が一人レンツォの方へ向って走ってくると、

「お婿さま！　お婿さま！」

とはしゃいで叫んだ。

「静かに、静かに、ベッティーナ」

とレンツォがいった、

「ここへおいで。いいか、上のルチーアの部屋へ行って、ルチーアを脇へ呼んで、そっと耳もとでいってくれ……いいか、ほかの人に聞えないように、誰にも怪しまれないようにだぞ。わかってるな。私がルチーアに話す用があるから下の部屋で待っている、だから早く来てくれ、そう言って来ておくれ」

女の子は自分が秘密の用事を果すのだと思うと、いそいそと得意気になり、大急ぎで階段を駈けあがった。

その時、母親の手ですっかり着付けのすんだルチーアが花嫁姿で出て来た。女たちは我先に花嫁を自分のところへ引き留めて、花嫁を前へ向せたり後ろへ向せたりして見ようとするので、ルチーアはしまいには百姓娘らしい、多少こわい感じのする慎しさでもって、

肘で顔を隠し、顔を胸の上に伏せ、長い黒い眉をひそめて、前の方へ進んだが、しかしその口もとはほころんでいまにも笑《え》みがこぼれそうな風情《ふぜい》であった。ルチーアの若くて黒光りする髪の毛は、額の上の白い細い分け目でくっきり左右に分れ、頭の後ろにまわって幾重にも輪を成して編まれていたが、そこに長い銀の留めピンが何本も刺してあった。

その風俗はいまなおミラーノ領内の農民の女たちの間に残っているが、銀の留めピンはルチーアの頭のまわりに光背《こうはい》というか後光《ごこう》のようにひろがっている。首のまわりには柘榴《ざくろ》石《いし》と金色の飾り玉が交互に連ねてある首飾りをかけていた。その金色の飾り玉には線条細工がほどこされている。身には花模様のついた金襴《きんらん》の美しい胴着をつけ、その胴着と分れている両の袖に左右の手を通していた。その袖は色美しいリボンでもって胴着と結んであった。釜糸の絹を使った短いスカートは、襞《ひだ》が細かくつまっている。朱色の靴下、これもやはり絹製で刺繡のほどこしてある上履《うわばき》。

これらはお式当日の特別な飾りだったが、ルチーアにはそのほかにも、つつましやかな美しさというふだんのままの飾りがあった。この日ルチーアの表情にあらわれたさまざまな感動――気持の動揺も多少あっておさえられている歓びと、世の花嫁の表情に時々あらわれては、その美しさを乱すことなく、花嫁に独特のある気品を添える、明るく澄んだ悲しみの情――そうしたさまざまな感動によって、ルチーアの持って生れた美しさはふだんにもましてひときわ光を放っていた。ベッティーナは大人たちの中にまぎれこむとルチーアに近づいて、なにか伝えることがあると目くばせで知らせると、耳もとで伝言を囁いた。

「ちょっと行ってすぐ戻ってきます」

ルチーアはそう女たちにいうと急いで階下へ降りた。レンツォの只事ならぬ表情と不安を隠し切れぬ様子を見て、

「どうしたの？」

と恐ろしい不吉な予感に声をはやめてたずねた。

「ルチーア」

とレンツォが答えた、

「今日は万事休すだ。いつ夫婦になれるかわからない」

「なんですって？」

すっかり狼狽してルチーアが答えた。レンツォは手短かにその日の朝の事を話した。ルチーアは心配そうに聞いていたが、ドン・ロドリーゴの名前を耳にすると、

「まあ」

と叫んで、顔を赤らめ、身をふるわせた、

「まあ、そこまで！」

「それではおまえは知っていたんだね？」

とレンツォがいった。

「でも、まあ、まさか、そこまで」

「どうしたというのだ？」

「いまはちょっと待って。いまわたしを泣かさないで。お母さんを呼んできます、皆には帰ってもらいます。わたしたちだけで相談しなくては」

ルチーアが駈けだそうとした時、レンツォが低い声で囁いた、

「おまえ一度も俺にその事は言わなかったぞ」

「レンツォ！」

とルチーアは、立ちどまりはしなかったが、一瞬振向いていった。レンツォはルチーアがその時自分の名前を呼んだ声音《こわね》から、ルチーアの気持がよくわかった。ルチーアは「わたしが黙っていたとしたら、それにはそれだけのちゃんとした理由《わけ》があることをあなたは信じないおつもり？」といおうとしたのだった。

そうこうするうちにアニェーゼ（ルチーアの善良な母である）が何事が起ったかと気にして下へ降りて来た。先ほどのベッティーナの小声の囁きや、それを追うように娘が姿を消したことで心配になり気にし出したのである。娘は母をレンツォと二人きりで残すと、階上に集っている女たちのもとへ戻り、できるだけさりげない風をして、声も整え、

「司祭様が御病気なんですって。今日は何も出来ないわ」

と言った。そしてそう言うと急いで女たちに挨拶し、また下へ降りて行った。

女たちは列をなして外へ出、散らばってその司祭様急病の事を皆に話した。その中の二、三人は司祭館の扉口まで行って、司祭が本当に病気になったのかどうか確めに行った女もいた。

「ひどい熱が出てね」

と窓からペルペートゥアが答えた。そしてその残念な報せがほかの女たちのもとへもたらされると、もうそれまでに女たちの脳裏を横切った不吉な推測や、会話の端々にのぼった謎めいたヒントや噂は、すぐにぴたりと止んでしまった。

第3章

レンツォは痛ましい表情でアニェーゼに向って話していた。アニェーゼもまた心を痛めた表情でレンツォの言うことに耳を傾けていた。その時ルチーアがその一階の部屋へはいってきた。母親と婿は、ルチーアの方を向いて、この件について自分たちより事細かに知っているにきまっているルチーアからはっきり言ってもらおうとしたが、その申し開きが辛い内容であることはまだ聞かぬ先からもう見えていた。二人は、それぞれ心を痛めていたけれども、そしてルチーアに対しそれぞれそれなりに深い愛情を寄せていたけれども、それでもめいめいそれなりに一抹の腹立たしさを覚えていた。一体なぜ自分たちに隠しだてをしたのか、それもよりによってこうした大事なことを黙っていたのか、という非難がましい気持だった。それでアニェーゼとしては娘の口から早く話が聞きたくてじりじりしてはいたけれど、それでもまず娘に向ってついつい叱責《しっせき》の言葉をいわずにはいられなかっ

た。「こともあろうにこうした事をおっ母《か》さんに何も言わないでいたなんて！」

「いま洗いざらいお話しますわ」

とルチーアは前掛けで目を拭きながらいった。

「さあ話して頂戴」

「さあ話してくれ」

と母親とレンツォは一斉にせっついた。

「マリヤさま！」

とルチーアは叫んだ、

「まさかいくらなんでもこんな事になろうなどといったい誰に思えたでしょう！」

そして涙にむせて途切れがちな声で、数日前製糸場からの帰り道、連れから遅れて一人戻ってくる途中、ドン・ロドリーゴがいま一人のお偉方と一緒に自分を追い抜いたこと、そして追い抜きざまにロドリーゴが自分に向い「ちっともきれいでない」（とルチーアがいった）言葉でしつこく自分を引留めようとしたけれども、自分は耳をかさず、急いで友だちに追いついたこと、するとお連れのお偉方がからからと打ち笑う声が聞え、ロドリーゴが「よし、賭《か》けよう」と言ったのが聞えたことなどを話した。翌日もまたその二人が道の真中に突っ立っていた。しかしルチーアは仲間の女たちの間にいて目を伏せていた。するとドン・ロドリーゴの相手は彼を嘲《あざけ》るように冷笑したが、ロドリーゴはそれに答えて、

「まあ見ていろ、まあ見ていろ」

と繰返し言った。等々……

「でも有難いことに」

とルチーアは話を続けた、

「その日が製糸場に行くしまいの日でした。それですぐそのことを打明けました……」

「おまえ、誰に打明けたのだえ?」

とアニェーゼは、乗り出すように、腹立たしさのまじった口調で、その相手、娘がよりによって打明けた相手の名をたずねた。

「クリストーフォロ神父さまに、告白の時によ、お母さん」

とルチーアはさわやかな声で釈明するように答えた、

「神父さまにすっかり打明けました。この前お母さんと御一緒に修道院の教会へ行った時です。おぼえていらっしゃるかしら、あの日の朝、わたしはあれしたりこれしたりわざわざ愚図愚図して、同じ方向へ行く村の人が通るのを待ってたの。それは御一緒したかったからなの。だってあんな事が起ってからというもの、わたし外を出歩くのがおそろしくておそろしくてたまらなくなったの……」

クリストーフォロ神父という立派な人の名前が出たので、アニェーゼの腹立ちはすっとおさまった。

「いいことをしたね」

とアニェーゼはいった、

「でもなぜ一切合財《いっさいがっさい》まずおっ母さんに打明けてくれなかったんだい？」

ルチーアが黙っていたのには二つ訳があった。一つには打明けたところで、年老いた母親を驚かせ悲しませるばかりで、母がなにかいい手だてを見つけてくれるというわけのものではなかったからだし、二つにはこうした話が世間の噂の種になるような酷い目にだけはどうしても遭いたくない、どうかしてそっとそのまま葬ってしまいたい、とにかく自分がさっさと式さえ挙げてしまえば、こうした言語道断の弱い者いじめは綺麗さっぱりおしまいになる、とそう思ったからだった。それで話さなかったのだが、しかし二つの訳のうちルチーアがその場で口に出して言ったのは第一の訳だけだった。

「それにあなたにも」

とルチーアは今度はレンツォの方へ向き直って、好きな人に、その人の過ちを認めさせようとする優しい口調でいった。

「それにあなたにも、こんなことまで打明けなければいけなかった？　いまになってはあなたにもすっかり知れてしまったけれど」

「でも神父さまはおまえになんてお言いだね？」

とアニェーゼがたずねた。

「できるだけ早く式を挙げるように、そしてそれまでは家から外へ出ないで神さまによくお祈りするようにおっしゃったわ。わたしの姿を見かけなければ、それきりもうわたしのことを気にしなくなるのじゃないか、ともおっしゃったの。それでわたし厚かましいと思ったけれど無理にお頼みして」

とまたレンツォの方を向き、顔を赤くして、目は伏せたまま、続けて言った、

「それでわたし厚かましいと思ったけれどあなたに無理にお頼みして早く繰上げていただき、予定より前にお式を挙げるよう取計らっていただいたの。そんなことお頼みしたわたしのことを本当にまあなんてお思いになったかしら！　でもわたし良かれと思ってそうお頼みしたの。それにそうするように御忠告も受けていたのだし、それにわたしもう間違いはないと思っていたわ……今朝の今朝までまさかこんな事になろうとは本当に思いもかけませんでしたもの……」

といったかと思うとわっと激しく泣き出して、声が途切れた。

「ええ、畜生、地獄落ちの人殺しめ……」

とレンツォは、室内をあちらこちらつかつかと歩きまわり、時折り短剣の柄《つか》を握りしめながら、声を荒らげてそう叫んだ。

「ああ神さま、またなんでこんな災難にあうのかねえ！」

とアニェーゼは繰返し愚痴を洩らした。若いレンツォは突然、泣いているルチーアの前で立ちどまると、悲しみと怒りのまじりあった、それでいて優しいいたわりのこもった態度でルチーアをじっと見つめ、そして言った、

「あの人殺し野郎が悪さをするのもこれが最後だ、これ以上のさばらせてたまるか」

「ああ、レンツォ、後生だからよして頂戴！」

とルチーアは叫んだ、

「駄目よ、駄目よ、後生だから。神さまは貧乏な人のためにもいらしてくださいます。それなのにもしこちらが悪い心を起すなら、どうしてお助けをお願いできますか？」

「後生だから、やめにしておくれ」

とアニェーゼも繰返した。

「レンツォ」

とルチーアは前よりも落着いて、覚悟を定め、なにか決するところがあるような調子でいった、

「あなたには職人の腕前があるし、わたしだって働けます。だから二人ともわたしたちの話があんな男の耳にはいらないくらい遠い所へ行ってしまいましょう」

「ああ、だけれど、ルチーア、それはいいが俺たちはまだ夫婦になってはいないんだぜ。一体あの司祭は俺たちに結婚証書を出す気があるのだろうか？　あんな男がさ？　俺たちもし結婚さえしていれば、それならば……」

ルチーアはまた涙を流しはじめた。そして三人ともじっと黙りこくってしまった。その意気沮喪《そそう》した様は、三人の派手な衣裳とあまりにも哀れな対照をなしていた。

「おまえたち、わたしの言うことをよくお聞き」

と暫くしてからアニェーゼが言った、

「わたしはおまえたちより前に生れたから、それだけ多少は世間の事も知っています。だ

から言うけれど、おまえたちあんまりびっくりすることはないよ。悪魔は絵で見るほど怖くはないもんだ。わたしら貧乏人はもつれた糸の糸口を見つける術《すべ》を知らないもんだから、それで実際以上にこんがらかって見えるのさ。でも時によると学問した人の御意見とかほんの一言とかで……そう、わたしにはどうすればいいかよくわかっています。わたしの言う風にやりなさい。レンツォや、レッコの町へ行ってアツェッカガルブーリ博士のお宅を探して、その方に一部《いちぶ》始終《しじゅう》をお話しなさい……あっと、とんでもない、そう呼んじゃいけない。そのアツェッカガルブーリ（三百代言というほどの意味）は綽名《あだな》でね、本当はええと、なに博士様だったかな、なんとおっしゃるのかな、おや困った、どうしても本名が思い出せない。みんながアツェッカガルブーリ博士というものだから。まあいい、その背が高くて、痩せぎすで、禿頭で、鼻が赤く、頬っぺたに苺色の痣《あざ》のある……」

「その人なら見憶えがある」

　とレンツォが言った。

「それならそれでいい」

　とアニェーゼは続けた、

「あの人は名士だからね。なにしろ麻屑《あさくず》の中でまごついてるひよこみたいにどこのどっちを向いていいか訳がわからなくなってあわてふためいている人が、アツェッカガルブーリ博士（ああそんな風に呼んではいけないよ、だからよく気をつけるんだよ）、その博士と一時間ばかり面と向いあって話した後では、もう何事もなかったみたいににこにこ笑って

るのを見かけたことが一度ならずありますよ。あすこの雄鶏《おんどり》を四羽手土産にさげて行きなさい。やれやれ本当はこの日曜日に絞《し》めて御馳走にしようと思っていたのだが、先生にそれを進上しなさい。ああした先生方のお宅へは手ぶらでうかがったら絶対駄目だからね。いままで起ったことを全部話して御覧。そうすりゃわたしらが一年間かかって考えても頭に浮かばないようないい知恵をたちどころに貸してくださるだろうから」

レンツォは成程もっともだと思った。ルチーアにも異存はない。アニェーゼは自分がいい知恵を出したので得意になって、籠から鶏を一羽ずつ取り出すと、その八本の脚を、まるで花束でもこしらえるように、揃えて、巻いて、紐でくくると、レンツォの手に渡した。レンツォは女たちに「よし、大丈夫」といい、女たちから励まされると裏の菜園を通って外へ出た。それは近所の子供たちに見つかると、「お婿さん！　お婿さん」と大声ではやしたてられ、追いかけられるにきまっているからだった。こうして畠、というかそのあたりでは畠《カンピ》といわず土地《ルオーギ》というのだが、その土地を横切って細い道をすたすた歩いて行った。自分の身に振りかかった不幸を思うと体が震えた。そしてアツェッカガルブーリ博士になんと話したものかと頭の中で何度も何度も考えた。その間、四羽の鶏がどんな目に遭ったかは読者も御想像になるがよい。紐でくくられた脚をつかまれ、頭を下にぶらさげられている。しかもその脚をひっつかんでいる男というのが、激情に駆られてひどく興奮しているものだから、脳中にあれこれの思いが雲のごとく湧いてくる。そしてそれにつれて五体を大きくゆするのだ。ある時は怒りのあまり腕を前へ突き出したかと思うと、またある時は絶望のあまり拳を天に向ってえいと差し出す。かと思うと誰か人を脅迫でもするかのように腕を空《くう》で振りまわす。そしてそのたびに鶏も手荒らく振りまわされ、つるされた四羽の首があちこち踊る始末だった。もっともそんな有様でいながら鶏はそれでも互いに嘴でつつきあうのをやめなかった。不幸にめぐりあった仲間同士というのはとかくそうした風に仲間割れをするものだが。

町へ着くと人に博士の家をたずね、教えられた通りそこへ行った。さて中へはいろうとすると、学問のない人がお偉方や博士方の前へ出る時に覚える例の威圧感に襲われて、道すがら、口の中で繰返し唱えて覚えてきた折角の挨拶の口上をすっかり忘れてしまった。しかし鶏の方を一瞥《いちべつ》するとまた元気を取り戻し台所の口から中へはいり、そこにいた下女に先生様にいまお話しできるかどうかとたずねた。女はこうした贈物にはよほど慣れていると見え、すぐ鶏の方へ手をのばした。レンツォは自分がやはりなにか手土産を持参したことを先生に直接見覚えておいてもらわねば困ると思い、あわてて後ろへ手を引こうとしたが、女は、

「そこへ置いて、前の部屋へおはいり」

と言った。が、ちょうどそこへ先生が現れたので、レンツォは深々とお辞儀をした。先生は、

「さ、遠慮せずにこちらへおはいり」

と言うとやさしくレンツォを迎えて、自分と一緒に書斎の中へ招き入れた。それは広い部屋で三方の壁には十二人の皇帝《カエサル》の肖像が掛っていた。第四の壁には大きな書棚があって古色蒼然とした書物が埃をかぶっていっぱい並んでいる。書斎の中央には抗弁書や嘆願書、請願書や布告文等の類《たぐい》が堆《うずだか》くテーブルに積んであり、そのまわりに椅子が三つ四つ並べてあった。そして奥の方にはひときわ高い、四角い背凭《せもた》れのついた肘掛椅子が据えてあった。その背凭れには両の角に木でできた飾りがついており、それは上へのびて鹿の角《つの》の形となっていた。その椅子にはまた牝牛の皮が大きな飾り鋲《びょう》で留めてあったが、その飾り鋲のいくつかはもうずっと昔に抜けてしまい、そのために革カヴァーの角《かど》があちこち勝手にめくれあがっていた。先生は部屋着、というか何年か前までなにか重大事件でミラーノへ行って大勢の見ている前で派手に雄弁をふるったころに着用していたが今ではもうすっかりお

古になった法服を部屋着として着用していた。扉口を閉めると、次のような言葉をかけて若者を元気づけた。

「さあ、私にお前の用件を話して御覧」

「そのごく内密にちょっと申しあげたい話なのですが」

「承りますよ」

　と先生が答えた、

「さ、お話しなさい」

　そして先生は大きな肘掛椅子に腰をおろした。レンツォはテーブルの前で突っ立ったまま、片方の手を帽子の先へやり、もう片方の手でその帽子をぐるぐる廻しながら、また言った、

「学問をなさいましたあなた様からちょっとばかしおうかがいしたいことがあるので」

「どうしたことかありのままの事実をお話しなさい」

　と先生はレンツォの言葉をさえぎった。

「どうも申訳ございません。私ら下々《しもじも》の者はきちんとした喋り方を知らないもんで。その要するに私がおうかがいしたいのは……」

「いやはやおめでたい連中には困ったものだな！　お前たちはいつもこうだ。事実を話す代りにお前たちはすぐなにかかにか訊きたがる。頭の中でこうしてやろうという目論見《もくろみ》がもうすっかりできているからだ」

「申訳ございませんが、先生様、私がおうかがいしたいのは、もしも結婚式を挙げさせぬよう司祭を脅迫したとしますと、そいつは法律でもって処罰されましょうか」

「わかった」

と博士は内心でそう言ってうなずいたが、実は博士はなにもわかってはいなかったのだ。

「わかった」

そう言うとすぐに真面目そうな表情になったが、そこには相手に対する同情の念とともに配慮の念がまじっていた。ぎゅっと両唇を締めて、意味をなさぬ音を洩らしたが、その音にはある感情がこめられていた。そしてその感情は彼がその次に言った最初の言葉にさらにずっとはっきりした形で示された。

「深刻な事態ですな、法律書にも載っているよくある場合だ。私の家へ来て良いことをなさった。これは明白な事例で沢山の法令にも記載されている。そう……丁度去年出たばかりの今の総督様のお布令《ふれ》にも載っている。いまお前がその目でしかと見るようお前にその法令を見せてあげよう」

こう言いながら例の肘掛椅子から立ちあがり、例の書類の堆く積んである山へ手をやると、上下さかさにかきまぜるように探しはじめたが、その様《さま》はまるで桝《ます》の中へ小麦を入れる時のようだった。

「どこへいったんだ？　出て来い、出て来い。なにしろいつも沢山のものを手に抱えていないとならないものだから。しかし間違いなくここにあるはずだ。なにしろ重要な法令ときているから。ほら、あった、ありました」

その法令をつかむと、それをひろげ、発布の日付を見、さらにいちだんと深刻そうな表情をして、大きな声を出して叫んだ、

「千六百二十七年十月十五日。間違いなし。昨年のです。まだ新しい法令だ。こういう法令がいちばん恐ろしい。お前、字は読めるかね?」

「はい、多少は読めますが」

「結構。私の後ろへ来て、一緒に見て御覧」

そしてその法令を宙《ちゅう》にひろげると、ある箇条では急ぎがちに口中でもぐもぐ読み飛ばし、また別のある箇条では必要に応じて声を張りあげてゆっくりと一語一語発音しながら読んでいった。

「フェリア公ノ命ニヨリ千六百二十年十二月十四日ニ公布サレ、ゴンザロ・フェルナンデス・デ・コルドバ殿下ニヨリ批准セラレタル布告等ニヨリ、陛下ノ忠良ナル臣民ニ向ヒ圧迫、脅迫、恐喝等ヲ加ヘタル者に対シテハ特ニ峻厳ナル罰則ガ規定サレタノデアル。然ルニ最近ニ至リ目ニ余ル行為、悪事等ノ著シキ増加ニ鑑《かんが》ミ、総督閣下ハ止ムヲ得ズ……上院、評議員会等ノ意見ヲ徴サレタ上、次ノ布告ヲ公示スルヤウ決意サレタ。

過去ノ経験ニ徴スルニ、マヅ恐喝ニツイテイヘバ、本国ノ都市部タルト農村部タルトヲ問ハズ……(お前聞いているか?)多数ノ者ガ無法ニモ脅迫ヲ行ヒ、様々ノ手口ヲ用ヰテ弱者ヲ圧迫シテヰルノガ実状デアル。例示スレバ、当人ノ意志ニ反シテ売買契約、貸借契

約、等ノ締結ヲ強要スルガゴトキガソレデアル。……ええとどこまで読んだかな？　ああ、ここだ、ここだ、よく聞いてもらいたい。マタ圧迫ヲ加ヘテ結婚縁組ガナサレタル場合、或ハナサレザル場合。ええ？」

「それはまさに私の場合です」

と、レンツォは言った。

「ま、よく注意して聞きなさい。まだいろいろ書いてある。それを読んでから刑罰の方を見るとしよう。証人ノ有無ニ拘ラズ、自己ノ居住地ヲ立去ルヤウ強要シタル場合。他人ニ借金ノ支払ヒヲ強要シタル場合。他人ガソノ水車小屋へ行ク際ソノ邪魔立テヲシタル場合。こうしたことは一切私らと関係はないな。あ、見つかった、見つかった。司祭ガソノ職務上ナスベキ義務ヲ遂行スルヲ妨ゲ、或ハ司祭ニ対シ本来関係ナキ事ヲ行フヤウ強要シタル場合。ええ？」

「まるでこの法令はわざわざ私のために作られたみたいです」

「ええ？　そうだろう？　聞いて御覧。マタ右ニ類似ノ暴力行為ニシテ、封建領主、貴族、平民、賤民、下層民、ニヨリナサレタルモノ。天網恢恢《てんもうかいかい》だ。全員洩れなくはいっている。ヨシャパテの谷といってもいいな。さあ今度は刑罰がどんなものか聞いて御覧。以上ノ、並ビニ同種ノ悪事ハ法律ニヨリテ禁止サレテヰルニモ拘ラズ、ヨリ厳重ナル措置ヲ講ズルノ必要アル現状ニ鑑ミ、総督閣下ハ本法令ニヨリ、従来ノ法令ニ抵触スルコトナク、次ノ如キ布告命令ヲ発セラル。上記並ビニソレニ類似ノ諸点ニ違反シタル者ニ対シテハ、国ノ裁判官ニヨリ罰金刑マタハ懲役刑、追放、ガレール船、サラニハ死刑ニ処スコトヲ得。へへ、恐れいった話だ！　以上ハ閣下又ハ上院ノ意見、事情、人物、犯罪ノ特質ニヨリ決定セラル。ナホ刑ハ容赦仮借ナク執行サルルモノトス。ふん、どうだい、え？　ここに署名があるから見て御覧。ゴンザロ・フェルナンデス・デ・コルドバ。そしてもっと下の方に、プラトヌス、そしてここに、認証済、フェレール。書式は抜かりなく整っているよ」

弁護士が声を立てて読んでいる間、レンツォは意味をはっきり摑もうとして後からゆっくり目で追っていった。必ずや自分の助けとなるに相違ないこうした尊い言葉を自分の目でしっかり見届けておこうと思ったからである。弁護士は自分の新来の客が意気銷沈するどころか注意深く意気軒昂《けんこう》としているのに一驚《いっきょう》した。「こいつはひょっとするとしたたか者かもしれないぞ」という考えが心中に閃いたが、おもむろにレンツォに声をかけた、「は、はあ、それであなたは前髪を切っちまったんだな。なかなか用心深くていらっしゃるが、私に身柄をお委せになった以上、その必要はなかった。事態は深刻だ。しかしこうした際、私の腕前がどれほど物を言うかあなたはまだ御存知ないとみえる」

弁護士のこの発言の意味を理解するには、その当時、職業的な闘士ややくざやあらゆる種類の犯罪人はみな前髪を長く垂らしていたという事実を知らなければならない。思い出された方もあろうが、闘士連中は誰かを襲撃する際、変装の必要を認め、力も無論ふるうが用心するに越したことはないと判断した場合には、顔の上へまるで面《めん》でもつけるようにばらりと前髪を垂らしたものなのである。お布令《ふれ》はこうした流行も黙過してはいなかった。

「閣下――イノホーサ侯爵――ノ命令次ノ如シ。髪ノ長サガ額ヲ蔽《おお》ヒ眉毛ニ及ビタル者、マタ編髪ノ長サガ耳ノ前後ニ達シタル者ハ三百スクードノ罰金刑ニ処ス。支払不能ノ際ハ初犯ニ限リガレール船三年ノ刑。再犯ノ場合ハ上記ニ加フルニ閣下ノ御裁量ニ基ク罰金刑ナラビニ体刑ニ処ス。

タダシ禿頭《とくとう》、傷痕等尤モナル事由ノアル場合ハ、本人ノ健康品位ノタメ右ノ部分ヲ蔽フニ足ル（ソレ以上ハ許サズ）長サノ髪ヲ伸バスコトヲ得。他ノ違反者ニ科セラルル刑ニ処サルルコトノナキヤウ、髪ノ長サハ必要最低限ヲ越エザルヤウ留意スベシ。

同様、理髪業者ニ対スル命令次ノ如シ。顧客ニ対シ上記ノ編髪、前髪、髪房等ハ一切残サザルヤウ散髪スベシ。髪ノ長サハ均一トナルヤウ留意シ、前面、側面、耳ノ後部タルトヲ問ハズ、通常ノ長サヲ越ユルコトナキヤウ注意ヲ要ス。タダシ前述ノ禿頭ソノ他ノ障害アル場合ハ此ヲ除ク。以上ニ違反セル業者ニ対シテハ罰金刑百スクード、或ハ公衆ノ面前ニオケル鞭打刑三回、マタハ上記ノ通リ閣下ノ御裁量ニ基ク更ニ大ナル体刑ニ処スルコトモマタアルベシ」


このようなわけで前髪はやくざ者やならず者の印であり、その武装の一端でさえあった。そのためにイタリアではやくざのことを「前髪族」と呼ぶようになったのである。この呼び方は、意味はよほど弱まったけれども、いまでもミラーノ地方には伝わって生きている。ミラーノ生れの読者のうちで幼年時代に両親や先生や家族の友人や召使から、

「まあこの子は前髪族だねえ」とか「ちょっと前髪を生やしているじゃないか」

などと言われた覚えのない人はまずいないといっていいだろう。

「いやとんでもない、私は貧しい百姓の伜《せがれ》で」

とレンツォは答えた、

「生れて以来この方前髪を生やしたことなぞございません」

「その調子じゃあ何もできないよ」

と弁護士は頭を横に振って答えた。その顔には半ば意地悪な、半ば性急な微笑が浮んだ。

「もしお前さんが私を信用してくれないなら、それじゃあ何もできないよ。弁護士様には嘘をつく男は、いいかね、判事様には本当の事をいってしまうお馬鹿さんだ。弁護士には事をはっきり打明けなければいかん。その打明けてもらった事をうまく誤魔化すのが私らの仕事だ。私に助けてもらいたいなら、私に一部《いちぶ》始終《しじゅう》司祭様に懺悔する時みたいに洗いざらい打明けなければいかん。お前は一体誰から命令を受けたのかその人の名前をまず言ってもらおう。どうせ大物にきまっている。その場合は、その人の家へ行って私が御挨拶してくる。お前に命令を下したのがその人だ、ということをお前から聞いたなどとは言わない。だからその点は私を信頼してもらいたい。無実の罪を被《き》せられている哀れな若者のために保護をお願いに参りました、と言うつもりだ。そしてこの一件を無事に目出度く片づけるためにその人と相談して適切な処置を講じるつもりだ。お前にもわかるだろうが、その人は自分の身の安全を図《はか》るためにも、下っ端のお前を助けなければならないはずだ。またたといこの件がすべてお前さんの責任だとしても、それでも、いいかな、私は引き退《さが》るつもりはないよ。私はもっとずっと性質《たち》の悪い事件を解決したことがある。……ただし条件がある。お前さんがそのお偉方の名誉を傷つけるような真似はしておらぬというのが条件だ。おわかりだろうな。それならお前さんを面倒から救い出すよう全力を尽す。多少費用はかかるがその点はお含み願う。まず誰が、そのいわゆる被害者であるか私に言っていただこう。それからお前のその御友人だが、その人の身分、地位、気質に応じてこちらとしても策を立てねばならん。いいかえるとその相手側を保護するようにして目標を達成する方が得策か、それとも逆にこちらから相手を叩いて相手を犯罪者のように仕立て、相手の耳にいわば蚤を入れてちくちくさせた方がよいのか、ということだ。というのはいいかな、お布令というのは解釈次第で、悪い奴でも黒とはいえず、無実の者でも白とはいえないのだ。次に司祭の方だが、左様、その司祭が分別のある男なら、黙って口をつぐんでおるだろう。万一頭の固い奴であったとしても、それならそれでまた対策がある。どんな面倒でもうまく切り抜ける手はあるものだ。要はこちら様の腕次第だ。お前の件はなかなか厄介だ、言っておくが、厄介だ。お布令にもはっきりと処罰規定がうたってある。もしこの一件がお前と司祭の間で、いわば差しで、決着するというのなら、お前の方が旗色は悪い。友人として御忠告するが、ここで巧く逃げおおせようと思うならその代価はきちんと払わなければいかん。もしここでするりとうまく躱《かわ》そうと思うなら、入用なのは一にお金、二に誠実だ。お前さんのためを図る人を信頼し、その人に従い、その人が言う通りにしなければならん」

弁護士がこうした言葉を滔々《とうとう》と述べる間、レンツォは聞き惚れたように相手を見つめていた。それはまるで鈍重《どんじゅう》な男が広場で手品師に見とれているかのようであった。手品師は口の中へ麻屑を次から次へ抛《ほう》りこんだかと思うと、そこからリボンをするするととめどなく引き出してみせるのである。しかし弁護士が何を言おうとしているのか、そもそもどのような誤解をしているのか、それを察知するや否や、レンツォは相手の口から出てくるリボンを一言のもとに裁ち切ってしまった。

「ああ、先生、先生は何を勘違いしていらっしゃるのです？　話はちょうど逆です。私は誰も脅したりしやしません。そうした類《たぐい》の事は私は一切していない。村の者に聞いてください。そうすりゃ私がお上《かみ》とかかわりあうようなことを決してしたことがないのがおわかりになります。酷い目にあったのはこの私です。それだからお宅に参上してどうしたらお上《かみ》の裁きが得られるのかうかがいに来たのです。あのお布令を拝見させていただいてたいへん有難く思っております」

「馬鹿者！」

と博士は眼を見ひらいて叫んだ、

「なんという手間をかける。まあ、そうしたものだ。お前たちは皆こうだ。もう少しきちんと話をすることが出来ないのか？」

「しかし、失礼ですが、私が話をしようにも、そのひまを与えてくださいませんでした。それではどうなっているか訳をお話しいたします。実は私、今日結婚するはずになってお

りました」

　と言ってここでレンツォの声は感情に震えた。

「今日結婚するはずになっておりました。相手はこの夏から私がずっと言い寄っていた娘です。で今日という日取りは、申しました通り、司祭様と打合せた上で決めた日でした。万事万端整っていたのです。ところが司祭様が突然くどくどと口実を設けて結婚式をのばしはじめました。そこで愚図愚図させては事が面倒と、別に悪い事ではないから、司祭様に本当の理由を吐かせました。で司祭様が言うには、この結婚式を挙げてはならぬと命令が出た。挙げれば司祭の命がないと脅かされた。それはあの極悪非道のドン・ロドリーゴが……」

「おい、言葉を慎め」

　と眉をしかめ、赤い鼻に皺を寄せ、口を歪

めて弁護士がさえぎった、

「おい、言葉を慎め。一体お前は私の家へそうしたつまらない事を言いに来てそれで私の首を飛ばす気か？　そうした言葉は自分の言葉の重みも計れないような連中の間で使うがいい。私のような一語一語の重みを心得た紳士の家へ来てそうした言葉は使わないでもらいたい。さあもう出て行ってくれ。お前らは自分が話している言葉の意味がはっきりわかっていないのだ。私はそうした世間知らずの青二才とはかかわりあいになりたくない。そうした種類の話は真平御免だ。大体そんな話は雲をつかむみたいじゃないか」

「誓って申しますが」

「出て行ってくれ。私にどうしろというのだ？　お前が誓って申そうがどうしようが私には無関係だ。私はこの件からさっさと手を引く。さっさと手を洗う」

と言うと、まるで本当に手を洗うかのように、両手をこすりはじめた。そして言った、

「実際少しは口の利き方を心得るがいい。そんな風に出し抜けに紳士方を驚かしにやって来るものじゃない」

「でも訳を聞いてください、ちょっと訳を」

とレンツォはすがるように繰返したが空しかった。依然として大声を張りあげていた弁護士は、両手でレンツォを出口の方へ押しやり、そこまで押し立てると扉を開け、大声で女中を呼んだ、

「今すぐこの男に持参した品物をお返ししろ。何も欲しくない。何も取ってはならんぞ」

女は、この邸へ奉公に来てからこの方、このような言いつけに従ったためしは一度もなかった。しかしその言いつけがいかにもきっぱりとした言いつけであったから、躊躇せずそれに従った。四羽の哀れな鶏を引っ摑むと、それをレンツォに返したが、その時女の眼には相手を侮蔑するような憐《あわれ》みの色が浮んだ。その目付きは「おまえさんはきっとよりによってよっぽど馬鹿な事をしでかしたんだね」といっているかのようだった。レンツォはそれでもなお贈物だけは受取ってもらおうとしたが博士は頑として受付けない。それで若者はすっかり途方に暮れ、かつてない怒りに五体を燃やしながら、断られたいけにえをぶらさげて村へ引返さねばならなかった。この遠出の大層立派な成果を女たちに報告すべく。

さてレンツォが留守の間に、女たちは悲しげに婚礼の晴着《はれぎ》を畳んで普段着《ふだんぎ》に着換えると、ルチーアは泣きながら、アニェーゼは溜息をつきながら、またまた相談をはじめた。母が弁護士先生の助言からきっとなにかいい知恵が湧いてそれを当てにすることができるにちがいないと言うと、娘はなんとかしてお互いに助け合わなくてはと言った。そしてクリストーフォロ神父は貧しい人を助ける際にはただ単に忠告してくださるばかりでなく実際に御自分で手助けしてくださる方だと言った。それだからこうした事態になってしまったことを神父様に知らせることができたならばどんなにいい事かしれない、ともつけ加えた。

「そりゃそうだ」

とアニェーゼも言った。そして二人して何か手だてはないものかと探し始めた。その日そこから二哩《マイル》ほど離れた修道院まで歩いて行くだけの気力が二人の女にはもう失せていた。

それに分別のある人なら誰でも女たちにそこまで歩いて行けとは忠告しなかったろう。だが二人があれこれ言いあっているうちに、戸口を叩く音がした。そして同時に、低い、はっきりした声で、

「今日は」

という挨拶が聞えた。ルチーアはそれが誰であるのか、すぐ見当がついたので、戸口に駈け寄ると扉を開いた。するとすぐ親しげにお辞儀をしてカプチン会の在家の修道士が托《たく》鉢《はつ》にはいって来た。左の肩に頭陀袋《ずだぶくろ》を掛け、その口を丸く絞って胸の上で両手で握りしめている。

「まあガルディーノさん」

と二人の女がいった。

「主《しゅ》が皆さまとともにありますように」

修道士はいった、

「胡桃《くるみ》を探しに参りました」

「神父さま方のために胡桃を取っておいで」

とアニェーゼはいった。ルチーアは立ちあがって隣の部屋へはいりかけたが、しかしそこへはいる前に、はいって来た時のままの恰好で立っているガルディーノ修道士の背後で立止って、口に指をやると母に目配《めくば》せした。それは母に秘密を守るよう、そっと優しく、しかも一種の威厳をもって、頼んだ目配せであった。

托鉢の修道士は遠くからじろじろアニェーゼを見ていたが、

「でお式の方は？　今日のはずじゃなかったのかな？　なにか新しく事が起ったらしくて村の中が多少ごたごたしていたようだが、一体どうした訳かな？」

「司祭様が急に御病気でね。それで延ばさなければならないのさ」

と急いで母親は答えた。もしルチーアが目配せしていなかったならば、返事はきっと違ったものになっていただろう。

「それでお布施《ふせ》の方はいかがですか？」

と話題を変えるためにつけ加えた。

「良くないねえ、おかみさん、良くないねえ。全部でこれしきだよ」

と、こう言って、背中の頭陀袋を持上げると、修道士はそれを両手で宙へ抛《ほう》りあげてみせた。

「全部でたったこれしきだよ。しかもこれだけ集めるのにかれこれ十軒立寄らなけりゃならなかった」

「しかし今年は収穫が少ないからね、ガルディーノさん。パンをけちらなけりゃならぬ年には、ほかのものだって鷹揚《おうよう》にくれてやるわけにはいかないさ」

「それではどうしたらいい天気が戻ってくるか、その仕掛けを御存知かね？　それは御喜《ご き》捨《しゃ》すればいいのだよ。もう何年も前になるがロマーニャのカプチン会の修道院で起った胡桃の奇蹟を御存知だろうな？」

「いや存じません。ちょっと聞かして頂戴」

「話というのはこうさ。その修道院に神父様が一人いらして聖人様だったのだな、名前はマカーリオ神父と申された。ある冬の日、私らの修道会の後援者で、その人も実にいい方だったが、神父様がその人の畠の間の小道を通って行くと、その人が大きな胡桃の樹のそばに立っているのが見えた。そばにお百姓が四人いて鍬《くわ》をふりあげている。胡桃の樹を掘り起して根をお日様にさらそうというわけさ。『皆さん、その哀れな樹をどうなさるおつもりか』とマカーリオ神父がおたずねになった。『いやあ神父さん、なにしろこの樹に胡桃がならなくなってからもう何年も何年も経ちますもんでねえ。それで薪《たきぎ》にしようというわけさ』『いやそいつはお待ちなさい』と神父様が言った、『今年は葉っぱよりももっと多いくらい実がなりますよ』地主様はそう申した人が誰様だかよく存じていたので、お百姓にすぐ掘るのを止めさせ、また根っこに土をかけさせた。そして先を急ぐ神父様に声をかけて、『マカーリオ様、実がなったらその胡桃の半分は修道院へさしあげます』。神父様の予言の噂がひろまって皆その胡桃の樹を見に集って来たものだが、実際春になるとそれはそれは沢山花が咲いて、やがて時節になるとそれはそれは沢山実がなったがな。しかしその善良な地主様はその実を叩き落す楽しみを御存知なくてしまわれた。というのは取入れの時節より前にこの世を去って、いろいろの施しの報いを受けにあの世へ行かれたからだ。しかしこの奇蹟はじつはもっともっと大きいのだよ、いまお話し申すがな。その地主様の息子は父親とはだいぶ気性が違った。で取入れの時節になると托鉢僧が修道院にはいるはずの半分を頂戴しに参上したが、そうするとこいつはまったく知らん振りをして、その上あつかましくも『カプチン僧が胡桃の樹に実をならす方法を知っているなどと聞いたためしがない』とぬかしおった。で何事が起ったと思うかね？　まあちょっと聞いて御覧。ある日、このろくでなしは自分と同類の極道者《ごくどう》を何人か呼び寄せて御馳走を鱈腹《たらふく》食った挙句、胡桃の樹の話をして坊主のことを笑い物にしおった。青二才どもはそれでその胡桃の実の大山を見たいと言い出した。だもんだから息子が連中を納屋《なや》へ案内したわけだ。するとどうだ。納屋の戸をあけて、胡桃の実の大山が積んである隅の方へ行って『見てみろ』といって自分でもそちらを見ると、またなんとしたことか、胡桃の実の大山はいつの間にか胡桃の枯葉の大山に化けていた。どうだね、これはいい教訓ではないかね？　お蔭で修道院は損をするどころか大得《おおどく》をした。というのはこうした大事《おおごと》の後では、胡桃の托鉢の実入りが大層よくなってな、それで托鉢僧の難儀に同情したお金持が修道院へ驢馬《ろば》を一匹寄進して、それでもって胡桃を運びなさい、と言ってくださったほどだ。それからたくさん油が採《と》れたので、貧しい人は皆さん欲しくなれば修道院まで取りに来る。というのも私らカプチン僧は海のようなもの、いたるところから水が注ぎこむが、それをまたいたるところの川へ返してやるという仕儀さ」

この時ルチーアが前掛けに一杯胡桃を入れてまた現れた。両腕を長く伸ばして前掛けの両端を高く持ちあげ、辛うじて胡桃をこぼさずにすんでいる様だった。それを見てガルディーノ修道士は頭陀袋を持ちあげて床におろし、その口をゆるめると、この沢山の御喜捨を中へざーっと流しこんだ。母親は娘のあまりの気前の良さに呆れて厳しい顔をしたが、ルチーアは意味ありげな目付をした。これには訳があるの、といっているかに見えた。ガルディーノ修道士は思いがけぬ喜捨に長々と讃辞を述べ、きっと良いことがありますぞと祝福を垂れ、いろいろ約束もし、お礼を述べ、また肩に頭陀袋を背負うと、外へ出ようとした。それをルチーアが呼び止めて、

「ちょっとお願いがありますの。すみませんが、クリストーフォロ神父様にこうお言伝《ことづ》てしてくださいませんか。神父様に是非とも急いでお話し申しあげたいことがありますので、すぐにもわたしたちの家まで神父様に御足労《ごそくろう》願えませんか。と申すのもわたしたちの方から教会へ行くわけに参りませんので」

「ほかに御用はありませんか？　一時間も経たぬうちにクリストーフォロ神父にあなたのお言伝ては必ず伝えますよ」

「お願いいたします」

「御心配なく」

こう言うと、はいって来た時よりも少し背をかがめ、ずっと満足気に立去っていった。一介《いっかい》の娘がこれほど信頼しきった様子でクリストーフォロ神父を呼んでくれと頼み、また托鉢修道士の方も別に驚きもせず文句もいわずその用を引受けたのを見て、このクリストーフォロ神父がどこにでもざらにいる、誰にでも勤まりそうな神父だなどとは考えてはいけない。クリストーフォロ神父は修道士たちの間でも、その地方でも、たいへん権威のある人だった。しかしそれがカプチン会士の流儀なのだが、何事もカプチン会士にとっては低過ぎるということはなく、また何事も高過ぎるということもなかったのである。かよわい人に自分の方が仕える時も、お偉い人に自分の方が仕えられる時も、宮殿へはいる時も、陋屋《ろうおく》へはいる時も、同じように謙虚な態度でしかも堂々と振舞う。時には同一の家の中でお慰みやお笑いの対象となるかと思えば、その人抜きでは何事も決まらないような人物となる。皆から喜捨を求めもするが、修道院へ喜捨を求めに来る人がいれば皆にそれをくれてやりもする。そうした事すべてにカプチン僧たちは慣れていた。彼等が町を歩いていてばったり王侯貴族に出会った時、その王侯貴族の側が恭しく腰をかがめて修道士の腰の綱の端に接吻することもある。かと思うとばったり与太者の一団に出会った時、その連中が仲間同士で取っ組み合いをやっている風に見せかけて、修道士の山羊鬚に泥をひっかけたりするようなこともある。その当時は「修道士《フラーテ》」という言葉は、いまよりも一際《ひときわ》大きな尊敬の念が、あるいは一際大きな侮蔑の念かがこめられて、人々の口にのぼったものであった。そしてカプチン会修道士は、おそらく他のどの修道会士よりも、その相対立する二つの感情の対象となっていただけに、二つの対照的な運命を甘受することとなったのである。というのは何物も所有せず、普通の人といかにも目立って異なった服装をし、その上他の修道会と違って公然と謙譲ということを掲げていたので、カプチン会修道士はそれだけ一層あらわに崇拝もされ、またあらわに非難される対象にもなったのである。そうした崇拝やら非難やらは、人間の気質が多種多様であり、思考が多種多様である以上、そうした場合には避けられないことなのであったろう。

ガルディーノ修道士が立去ると、

「まあなんであんなに沢山の胡桃を！」

とアニェーゼが叫んだ、

「よりにもよってこんな年に！」

「お母さん、すみません」

とルチーアが答えた。

「でも、もしわたしたちがほかの人と同じくらいしか御喜捨をしなかったとしたら、ガルディーノさんはきっとまだ何軒も廻らなければ袋が一杯にならなかったでしょう。そうするといつ修道院へ帰れたかわかったものじゃないわ。それにきっといろいろお喋りを聞いたりしたりもするでしょうし。そうなればわたしが頼んだお言伝てを忘れずに伝えてくれ

るかどうかもわからないものだから」

「よくそこまで考えたね。それに人に施しをすれば必ずいい報いがあるというじゃないか」

　とアニェーゼもいった。この女はいろいろ欠点もあったが、しかし根は善良な、なかなかの偉物で、自慢の種のこの一人娘のためには水火も辞せずという風さえあったのである。

　そうこうしている間にレンツォが帰って来た。部屋へはいってきた時の表情は口惜しまぎれのいらいらした顔付で、テーブルの上へ雄鶏《おんどり》をどさりとほうり出したが、これが一日中さんざんな目にあわされた鶏たちの、この日最後の受難であった。

「いやはや結構な忠告をしてくださったものだから」

　とレンツォはアニェーゼに言った、

「お蔭でたいへん立派な紳士のところへ行っ

て来ましたよ。それはそれは本当に困った貧乏人を助けてくださるお方さ」

そういってレンツォは弁護士との遣取《やりと》りの一部始終を物語った。アニェーゼはあまりにみじめな結果に唖然としたが、それでも自分の意見に間違いはなかったのだ、ただレンツォの話の切り出し方がまずかったのに相違ない、と言い張ろうとした。しかしルチーアがもっとあてになる助けがあるらしいといったので、その問題はそのままになった。不幸の中にいて途方に暮れている人はそうした時すぐにそうしがちなものだが、レンツォもすぐそのルチーアの話に飛びついた。

「だがもし神父様が」

とレンツォはいった、

「だがもし神父様がなにかいい策を見つけてくださらない時は、その時は俺が、どうかこうかして解決してみせる」

女たちはレンツォに辛抱強く慎重に振舞ってけっして物騒な真似はしないように忠告した。

「明日になれば」

とルチーアはいった、

「明日になればクリストーフォロ神父様は必ずここへいらっしゃいます。そうすればきっとなにかよい工夫、わたしたちみたいなものには到底考えの及ばぬようななにかよい工夫をしてくださるにちがいありません」

「そうなればよいが」

とレンツォはいった、

「だが、いずれにせよ、俺が正しいということを俺の手で示してやる。俺の手で出来なけりゃ人に頼んででも示してやる。この世にはとどのつまり正義というものがあるのだ」

この痛ましい議論と、すでに述べた行ったり来たりのうちに、その日一日は過ぎ、あたりはだんだんと暗くなりはじめた。

「おやすみ」

と悲しげにルチーアは、立去りかねているレンツォにいった。

「おやすみ」

とさらに物悲しげにレンツォが答えた。

「きっとどなたか聖人様がわたしたちを助けてくださると思うわ」

とルチーアはいった、

「だから気をつけてね。辛抱してね」

母親も同じような忠告を二、三添えた。そして婿となるべき人は、心中を嵐が吹き荒《すさ》ぶようであったが、あの不思議な言葉「この世にはとどのつまり正義というものがあるのだ」を繰返しながら、立去っていった。苦悩に打ちひしがれた人には自分でも何を言っているのかその意味がもはや言っている本人にもわからないものであるが。

第4章

クリストーフォロ神父がペスカレーニコの修道院を出て、自分が待たれている小さな家に向って坂を登り始めた時、太陽はまだ地平線上に昇りきってはいなかった。ペスカレーニコはアッダ川の、というか湖の左岸の、橋からほど遠からぬところに位置する小村である。僅かにかたまった家々は、大半が漁師たちの家で、あちらこちらにさまざまな網がまるで飾物のように干してあった。修道院はその村はずれにあって（その建物だけはいまも残っているが）、村の入口と向いあっていた。その間をレッコからベルガモへ至る道が通じていた。空は一片の雲もなく澄み渡っていた。山の背後から太陽が次第に昇るにつれて、反対側の山々の頂きから日光が斜面を、まるで急速に展開するように、下の裾の方へ降りて行くのが見えた。秋の微風が桑の枯葉を小枝から吹き掃《はら》うと、葉は樹の幹から数歩離れたあたりへ舞い落ちた。右手を見ても左手を見ても、葡萄畠の、まだ支えに結んだままの

枝には、濃淡さまざまに赤味がかった葉が光り輝いていた。そして露に白く光った、麦の刈り株の残った畠の中で、新しく耕された部分だけが、はっきりと黒茶色に目立っていた。その景色は明るかったけれども、そこに現れた人々の姿は、どれもこれも、見る人の目や心を痛ましめるものばかりであった。時々痩せこけて襤褸《ぼろ》をまとった乞食とすれ違った。昔から乞食をして年老いた者もいたが、近頃になって止むを得ず手を差し出して物乞いするようになった者もいた。乞食たちは黙ってクリストーフォロ神父の脇を通って行った。そして敬虔《けいけん》な眼差《まなざし》で神父を見つめた。カプチン会修道士は絶対に金銭に手を触れないので、神父からは何物をも期待できないことは知っていたが、それでも神父に向って感謝のしるしに頭を垂れた。それはカプチン会の修道院から前に受けたか、あるいはこれから受けに行く施物《ほどこしもの》に対する礼なのである。畠にまばらに見え隠れする百姓の姿はさらに一段と心を痛ましめた。ある者はいかにも物惜しそうに、種を、まるで自分にとってあまりにも貴重な品を賭《か》ける人のように、心ならずもその種をまばらに播《ま》きながら進んでいた。他の者はやっとのことで畠に鋤《すき》を押しこみ、のろのろと土くれを掘返していた。痩せ細った牝牛の綱を引張って牧場へ向う痩せっぽちの娘が、前方の地面を見ては、時々急いで腰をかがめると、なにか草を摘んでいた。家族の食物にあてるのだろうが、人間も餓えてくるとどんな野草ならばひもじさを凌げるものか見当がつくようになる。こうした一連の情景は、一歩ごとに、神父の悲しみにみちた心を重く暗くした。クリストーフォロ神父は歩いて行くうちに、心中にはもう悲しい予感が湧いてきたのである。なにか悪い事をきっと聞かされるに相違なかった。

だがなぜこれほどまでルチーアのことを気にかけるのだろうか？　そしてなぜ、報せを聞くや否や、まるで管区長からお呼出しがかかった時のように、急いで修道院を出て来たのだろうか？　一体このクリストーフォロ神父というのはいかなる人なのであろうか？　まずこうした質問すべてに答えなければならない。

＊＊＊出身のクリストーフォロ神父は五十歳よりは六十歳に近い人だった。カプチン会の掟《おきて》に従って、頭は円くまわりに環のように生えた髪を除いて、すっかり剃ってあった。時々その頭をすっくと起したが、その動きになんともいえぬ威風と無気味な感じさえ看てとれた。そしてじきに謙譲ということに思いをいたすかのように、またすぐ頭を垂れるのであった。長く白い山羊髯が頬と顎を蔽っていたが、その髯のために彫りの深い顔面の上半部がいっそう際立って見えた。もう久しい以前から禁欲と節制が習慣となっているために、顔付には、表情はさほど以前と変っていないが、なかなか深みが加わっていた。凹んだ両の眼はおおむね地面の方を向いていたが、時々突如として激しい閃きを発することがあった。それはちょうど馭者に手綱をひかれた二頭の駻馬《かんば》のようで、その駻馬はいままでの経験から馭者には打勝てないと知ってはいるが、しかしそれでも時々暴れて跳ねまわる、しかしそれも轡《くつわ》を上手に取りさえすればまたじきに静まる、といった感じであった。

だがクリストーフォロ神父はいつもこのような人であったわけではない。また生れてからこの方ずっとクリストーフォロを名乗ってきたわけでもない。この人は洗礼名をロドヴ

ィーコといい、＊＊＊市（この星印はすべて匿名の原著者の配慮に由来するものである）の商人の息子であった。その父親は晩年、裕福な身の上となると、子供は跡取りのロドヴィーコ一人なので、商売は畳んで、それから先はまるでお殿様気取りの生活を送るようになった。

そしてにわかに閑ができたとなると、いままでこの世でなにかをすることによって過ごしてきた過去の歳月がことごとく汚辱に塗《まみ》れたものに見えはじめ我慢がならなくなった。このような妄想にとりつかれた老人は自分がかつて商人であったことを人に忘れさせるよう、ありとあらゆる方策を尽《つく》した。自分自身も自分がかつて商人であったことをできるなら忘れてしまいたかったのである。しかし店であるとか、荷であるとか、帳簿であるとか、寸法であるとかが絶えず記憶の中でよみがえり、それらは豪華な宴会の席にも、食客の微笑の間にも、まるでマクベスのバンクォーの亡霊のように立ち現れるのであった。招待主の元の身分を暗示したと思われるような言葉はいっさい避けようとする招《よ》ばれた側の気遣いも並大抵のものではなかった。そうした事の実例を一つ示すと、ある日、宴会の終り近く話がいちばん愉快にはずんだころ、そしてその日いちばん楽しんだのが御馳走を平らげた客人の側だか、御馳走をもてなした主人の側だかちょっと言えないほど話が愉快にはずんだころ、主人は会食者の一人ですこぶるうまそうに食事をした男に向って、いかにも主人側らしい打ちとけた鷹揚《おうよう》な態度で冗談を言いかけた。するとその男は、主人の冗談に応じようとして、一片の悪意もなしに、いわば幼児のような素直さでもって、こう答えた、

「へへえ、そうした話は私は聞いても聞かない振りをしますね、商人《あきんど》の耳」

と言ってしまって、言ったその本人が自分の口から出た言葉の音《おん》にはっとした。そしておずおずとした表情で主人の顔を見た。その顔はもうすでに曇っていた。二人とも以前の顔付を取戻そうと思ったが、それはもうできなかった。他の客たちは、この小さな失言をもみ消して話をそらす法はないものかと、めいめい心中で考えた。しかし考えるうちに黙ってしまい、また黙りこくってしまったためにその失言が沈黙の中で一層はっきり失言になってしまったのである。誰もが自分の目が他人の目とかちあうのを避けた。誰もが感じたのは皆の頭が皆が隠そうと思っている考えでいっぱいだということだった。その日、楽しみの気分はそれきり宴席から消えてしまった。そしてその迂闊《うかつ》な男、より正確にいえば、

その不運な男はその後二度とこの家へ招かれることはなかった。このようにしてロドヴィーコの父親はその晩年を、人に馬鹿にされておりはしまいか、という絶えざる不安と惧《おそ》れのうちに過ごしたのである。そして、物を売るのが物を買うより恥ずかしいことであるはずがないのに、そうしたことには一切《いっさい》考えが及ばぬらしく、また今になって恥辱だと思っている以前の職業をその昔は何年も何年もの間、公衆の面然で平然と恥しいとも思わず、悔みもせず、ずっと営んできたのだということにも一向に考えが及ばぬ様子であった。それで自分の息子には、その時代の風に合せて、法律習慣の許す限り、貴族風の教育を授けた。子供には人文学の家庭教師と馬術の教師をつけ、そしてその子がまだ成人せぬうちに莫大な遺産を残して亡くなった。

ロドヴィーコは若殿様のような習慣を早くから身につけてしまった。阿諛追従《あゆついしょう》の徒に囲まれて育ったのだが、そのために人から敬意をもって遇せられるのが当然という態度が身についてしまったのである。しかし自分が町の有力者と交際しようとする段になると、事がいままで通りには運ばず、すべてが別様に見えた。そして自分が望み通りに町の有力者の仲間入りをさせてもらうためには、自分はもっと頭《ず》を低くし、辛抱する習練を積み、いつも人より一歩後ろに控え、たとい苦い薬を出されようともいつでもそれを嚥《の》みほすだけの心構えがなければ駄目だと悟った。しかしそのような生き方は、この青年が受けた教育とも、また気性とも合わなかった。ロドヴィーコは腹を立てて彼等のもとを去ったが、しかし離れてみるとやはり心はそちらに残った。なぜならこうした人々こそ自分が付きあうのに真にふさわしい人々のように思われたからである。ただ彼としてはこうした人たちがもう少しお高くとまらずにいてくれればよかったわけだった。このような好悪《こうお》のいりまじった感情を胸に秘め、親しく交際もできぬまま、しかも何らかの形でこうした人たちと張合いたいと思うまま、ロドヴィーコはついにこうした名士たちを相手に絢爛豪奢《けんらんごうしゃ》を競うようになった。そしてそのために多くの敵意と羨望と失笑とを買ったのである。しかしロドヴィーコの激しやすいが根は真直《まっすぐ》な性質は、その次にはそれとは別個のもっと真面目な行為へと移らせた。彼は公権の乱用や圧迫に対しては生来心底からの怖れと怒りを覚える性質だった。とくに日常茶飯事のようにそうした悪事を働く連中の身分を思うと、その怖れと怒りは一層激しくつのった。彼がもっとも深く憎んだのはこうした連中である。それでロドヴィーコは、心中に渦巻くこうしたもろもろの情念を一時《いちどき》に静めるために、というか一時に霽《は》らすために、自分から進んで、酷い目にあわされている弱い者の肩を持ったのである。そしてそうした際に自分が親分然として振舞えることにいささか得意を感じ、ある事件にかかわりあったかと思うと、すぐまた別の事件を背負いこんだ。こうして彼は被圧迫者の保護者、虐《しいた》げられた者の味方としてだんだんと頭角《とうかく》をあらわしたが、しかしこれはなかなか気骨の折れる仕事であった。そうした役柄を引受けたロドヴィーコには気の毒にも大勢敵が出来、心配事がふえ、面倒な用事が増したのはいうまでもない。しかも外部の敵との争いのほかに、ロドヴィーコはひっきりなしに手下の内輪揉めにも悩まされた。というのは何事であれうまくやりおおすためには（自分の方が分《ぶ》が悪い時は無論のこと）ロ

ドヴィーコとしても暴力を揮《ふる》い奸策《かんさく》を弄《ろう》さねばならず、そうしたことは後からなんと理窟をつけたところで良心に背《そむ》くことであった。自分の身辺にも少なからぬ数のやくざを置いていたが、生きのいい助人《すけつと》としても、また用心棒としても、やはり命知らずを選《え》り抜いて揃えておく必要があった。ところがその命知らずというのがやはりいちばんの大悪党で、そうなると結局、正義のために悪者とともに暮す、ということになってしまうのである。そうしたわけで、悲惨な勝利のあとで意気銷沈したり、差迫った危険に不安を覚えたり、絶えず身辺を警戒せねばならぬ気苦労に厭気がさしたり、自分の仲間たちがいかにも腹立たしく思われたりする。自分の資産が日に日に立派な事業だか虚栄の事業だかに費《つい》やされてゆくが、そうしたことも含めて自分の将来をつくづく考えざるを得ないような折には、

髪を剃って坊主になろうかという思いが一度ならず念頭をかすめた。そしてそれがその当時にあってはもろもろの面倒から抜け出すためのもっとも常套《じようとう》的な手段だったのである。しかしそうはいうものの彼のこの思いは、ある事件、彼の身の上にふりかかった彼の生涯でももっとも深刻なある事件——そのお蔭で彼には真実決心がついたのだが——その事件がもし起らなかったならば、彼のこの思いは一生思いのままでとどまっていたにちがいない。

ある日彼は二人の手下を引連れ、クリストーフォロという元はお店の召使で店が閉ざされた後は当家の家令《かれい》となった男と連れだって、町の通りを歩いて行った。そのクリストーフォロという男は年は五十がらみで、ロドヴィーコが生れた時からずっとロドヴィーコの世話を親身に焼いてくれた忠僕で、ロドヴィーコの方でも、ただ単に本人が食っていけるという賄《まかない》扶持《ぶち》だけでなしに子沢山の家族をきちんと養ってゆけるだけのものは、給料やら祝いやらの形で渡してあるのだった。

さてロドヴィーコが町の通りを歩いて行くと、遠くから貴族が一人近づいて来るのが見えた。それはいかにも傲慢《ごうまん》な親分肌の男で、こちらもいままで一度も口を利いたことはない。相手は慇懃《いんぎん》ではあるがこちらに敵意を抱いているらしい。それはこちらとても同様で心底から相手を憎んでいた。実際これがこの世の特権の一つというものだろうか、おたがい相手をよく知らぬ癖に、憎んだり憎まれたりもできるのである。相手は四人の手下を引連れ、真直に、威風堂々と進んで来た。頭《かしら》を高く起し、ぎゅっと結んだ唇には敵意と高慢がむき出しに浮かんでいた。双方とも壁に沿って歩いて来たが、ロドヴィーコは――ここが大事な点だが――自分の右脇で壁を擦っていた。それはその当時の慣習に従って、向いから来る人が誰であれ道を譲る必要はなく、彼の方は壁側から離れずともよいという優先権――一体全体どこでそのような優先権が出来あがったのか知らないが――を彼に与えていた。そしてそうした慣習はその当時はなかなか重きをなしていたものである。ところが相手は、それとは逆に、その優先権は貴族である自分の方にある、だからロドヴィーコが道を譲るのが当然だ、と考えていた。別の一慣習に従えばそういう考え方にも道理があったのである。それでこうしたことはよそでもしばしば起るものだが、この場合も正反対の慣習が二つともに正しいとして通用しており、しかもそのどちらに従えば良いという決め手があるわけではないのだから、そうなると意地っ張りと意地っ張りが出会《でくわ》すたびに必ずといってよいほど喧嘩が持上るおそれがあった。で、その二人はともに壁沿いに、まるで浮彫り中の二人の歩行者のように、ゆっくりと近づいて来た。二人が面と向いあった時、相手の貴族はロドヴィーコの頭の天辺《てっぺん》から爪先までを威丈高《いたけだか》に睨みつけ、表情を荒らげ、声も荒らげ、

「そこを退《ど》け」

と言った。

「そちらこそそこを退け」

とロドヴィーコが応じた、

「こちらに優先権がある」

「お前らごときに対してはわしの方にいつでも優先権がある」

「左様、お前らごときの傲岸不遜《ごうがんふそん》がこの世の掟《おきて》で、わしらごときがその掟に従わねばならぬというのなら、いかにも左様だ」


双方の手下は、それぞれ主人の背後で、相手の出方をうかがい、手を刀の柄《つか》にかけて、いつでも一戦をまじえる身構えとなった。あちらこちらから通りがかった町の人々は、遠巻きに見守って立っている。そしてそのような見物人がいるということが、敵味方の敵愾《てきがい》心《しん》を一層あおった。

「卑しい職人風情《ふぜい》はもっと道の中ほどへ寄れ。さもないと一度いやというほど貴族とのつき合い方をお前に教えこんでやるぞ」

「卑しいとはよくも嘘をついたな」

「嘘をついたとはよくも嘘をついたな」

この買い言葉はいわば決り文句のうちであった。

「もしお前がわしと同様貴族紳士の身分であるなら」

と相手はつけ加えた、

「それならばこの太刀《たち》を抜いて一刀の下《もと》に斬り捨て、嘘つきはお前だ、ということを天下に示してやるところだ」

「ふん、口の先では大層偉そうなことを言ったが、刀の先ではそうはいかぬと見えて、上

手な口実を設けるではないか」

「このならず者を泥の中へ叩きこめ」

とその貴族は手下の方を振返って叫んだ。

「そうは問屋《とんや》がおろすものか」

といいざま、ロドヴィーコもすばやく一歩退《すさ》って刀の柄へ手をかけた。

「無礼者めが！」

と相手は刀の鞘を払うなり叫んだ、

「お前の卑しい血でこの太刀が汚れた時は、この太刀を真二つに折ってくれるわ」

こうして両者入り乱れて果し合いが始まった。双方の手下もそれぞれ自分の主人を守ろうとして突進する。だがこの決闘は、数の上からいっても、ロドヴィーコの側に不利であった。その上ロドヴィーコは相手の突きをかわしつつ、相手の命を狙わずに武器を叩き落すことを狙った。それだからますます劣勢になったのである。だが相手の男はあくまでロドヴィーコの命を狙っていた。すでにロドヴィーコは右腕に敵の従者の一突きをくらい、片方の頬にも軽い傷を負った。そして敵の大将はとどめの一撃を浴びせるべく背後から躍りかかろうとしている。危い、と主人の危急を目の前にした忠僕のクリストーフォロは短剣をかざして相手の背中めがけて飛びこんだ。すると相手は振向きざまに、全身の怒りをクリストーフォロに注いで、ぐさりと長剣でその男を突き通した。クリストーフォロが刺されたのを見たロドヴィーコは、かっとして我を忘れ、力まかせに自分の刀をこの人殺しの下腹深くへ突き刺した。その敵方の大将が息も絶え絶えになって地面へどうと倒れたのは、哀れな忠僕クリストーフォロが地面へ崩れ落ちたのとほとんど同時であった。敵の手下たちは、勝敗が決したと見るや、さっと逃げだした。ロドヴィーコの手下も、手荒く痛めつけられ、顔は傷だらけになっていたが、なにしろ相手もいなくなったことだし、ここで愚図愚図して駈けつけてきた弥次馬共に取っつかまったりしては面倒だと、これまた逆の方角へ姿を消してしまった。こうしてロドヴィーコはただ一人、この足もとに横たわる二人の不吉な仲間とともに、群衆の真只中へ取残されたのである。

「どうした、どうした？」

「一人だ」

「二人だぞ」

「下っ腹に穴を開《あ》けやがった」

「誰が一体殺された？」

「あの偉そうな面《つら》した男よ」

「まあ、マリヤ様、またなんというひどい目に！」

「自業自得《じごうじとく》だな」

「さんざ悪い事をした報いが一遍に出た」

「この男もこれでおしまいだなあ」

「また見事にぐさりとやったもんだ」

「こいつは後々まで尾を曳いて厄介なことになるぞ」

「それにもう一人は気の毒に！」

「可哀想で見ちゃいられねえ！」

「助けてやれ、助けてやれ」

「いやこいつも無理らしい」

「見てみい、散々ぶった斬られて、全身血塗《まみ》れじゃないか」

「お逃げなさいよ、お逃げなさいよ。そうしていると捕まっちまうよ」

その弥次馬の騒然とした声の中から、はっきりと聞えたこうした言葉は、集まった群衆の共通した気持を代弁していた。そして皆ただ忠告するばかりでなく実際に手を貸してくれたのである。事件が起ったのはカプチン会の教会の近くだったが、この教会というのは、周知のように、その当時は警察も、また司直と呼ばれる人や物の複合した組織も、絶対に手をつけることのできない場所であった。怪我をした下手人は群衆によってそこへ連れて行かれた、というか皆寄ってたかって茫然自失のロドヴィーコをそこへ担《かつ》ぎこんでしまったのである。修道士たちは群衆の手からロドヴィーコを受取ったが、人々は口々に、

「この人はいい人だからしっかり頼みますよ。高慢ちきなならず者を一人冷たくしちまったが、正当防衛でやったんだ。無理矢理に喧嘩に引っ張りこまれたんだ」

ロドヴィーコはその時までは他人の血を流したことがなかった。それで、その当時は殺人が日常茶飯事であって、そうした話は耳にたこができるほど聞かされ、また事実しばしば目撃もしたのだが、しかしそれでも自分のために男が一人殺され、自分の手で男が一人殺されたのを見たのは、それはなんとも筆舌《ひつぜつ》に尽しがたい、かつて受けたことのない印象であった。いまだ知らなかった感情に突然新しく目覚めたかのようであった。自分の敵がばったり倒れ、見る見るうちにその顔から威丈高な憤怒の色が失せ、力が脱けたかと思うと死の静かなる荘厳が支配する。それはその相手を殺したこのロドヴィーコの魂を一瞬のうちに変えてしまった。修道院まで引きずられるようにして連れてこられたが、いま自分がどこにいるのか、皆が何をしているのかほとんどわからない。そして、はっと気がついた時には修道院の看護室の寝台で外科医の修道士の介抱を受けていたのである（普通、カプチン会では各修道院に一名ずつ外科医の修道士を置いていた）。修道士はロドヴィーコが斬合いの際に受けた二箇所の傷に湿布《しっぷ》を当て繃帯を巻いてくれた。病人や怪我人の末期《まつご》をみとるのが役目の神父は、街中でそうした役目を果すことも多かったのだが、斬合いの場所へすぐに呼ばれて駈けつけた。暫くして戻ってくると看護室にはいり、ロドヴィーコ

が横になっている寝台へ近づいて、

「御休心ください」

といった、

「ともかく死様《しにざま》は立派でした。あなたのお許しを乞うよう、またあなたに自分の許しを伝えてくれるよう、私に依頼しました」

この言葉を聞いたロドヴィーコははっと我に返った。心中に混沌《こんとん》と渦を巻いていた感情がいまこの言葉を聞いてにわかに生き生きと鮮明な形を取ってあらわれた。死んだクリストーフォロをいたむ気持、我を忘れて思わず手を出してしまったことへの後悔、また同時に自分が殺してしまった男へのおそれにも似た済まぬという気持。

「で、もう一人は？」

と不安気な口調で彼は修道士にたずねた。

「もう一人の方《かた》は、私がその場へ着いた時にはもう息が絶えておりました」

そうこうするうちに修道院の入口や周辺は弥次馬でいっぱいになり出した。しかし巡邏《じゅんら》隊は到着すると、群衆を追い払い、修道院の門からほど遠からぬところに番所を定めた。こうなれば誰一人巡邏の目を誤魔化して修道院から外へ出る、というわけにはいかない。一方、殺された貴族の兄、従兄二人、年取った伯父一人が、頭の天辺から爪先まで武具で固め、大勢のお伴を引連れてやって来た。そしてそのあたりの巡回をはじめたが、その顔付や身振りには、弥次馬連を威嚇《いかく》する風があった。というのは弥次馬たちは口にこそ出さなかったが、その顔付にはありありと「あの男には当然の報いさ」という感情が示されていたからである。

ロドヴィーコは自分の気持を取りまとめることができるとすぐ聴罪司祭《ちょうざいしさい》を一人呼んだ。そしてその人に頼んでクリストーフォロの寡婦に会いに行ってもらい、たとい自分にはそうなるつもりはまったくなかったにせよ、とにかく自分がこのたびの災いの因《もと》なのであるから、どうかその許しを自分の名において乞うてもらいたい、またそれと同時に遺族の面倒は自分が一切引受ける旨伝えてもらいたい、と依頼した。ついで自分の身の上を考えると、修道士になりたいといういままでも念頭をかすめたことのある例の考えがかつてなく強く真剣にまた湧いてくるのを感じた。彼にはまるで神様御自身が自分にその御意志の徴《しるし》を授け給い、こうした状況下で自分を修道院へ運びこませ、自分にその行くべき道をさし示し給うたような気がした。こうして決心はついた。修道院長に来ていただくと、自分の望みを打明けた。あまり軽率な決心は慎まねばならぬが、しかしもし気持がずっと変らないようであれば、望みが斥《しりぞ》けられることはあるまい、というのがその御返事であった。そこで公証人を呼んでもらうと自分に残っている全財産（それはまだまだ結構な資産だったが）をクリストーフォロの家族へ贈る証書を口述し、寡婦にはまるで第二の持参金とでもなるかのように一定額を定め、その残りをクリストーフォロの八人の遺児に贈った。

　ロドヴィーコがそう決心したのはこの男を匿《かくま》った側にとってはたいへん好都合であった。というのは坊様たちはこの件で結構面倒な目にあっていたからである。ロドヴィーコを修道院の外へ出し司直の手に委ねる、いいかえると彼の敵に引渡しその報復に委ねる、という策はこれはまったく問題外であった。それはいってみれば自分たちの特権を放棄することであり、民衆に対する修道院の信用を落すことであり、全世界のカプチン会士の非難を浴びることであった。なぜならそれは会士全員の権利を破らすがまま放置したこととなり、この権利の守護者をもって任じる教会権力に対する反抗を許したこととなるからである。ところが一方死者を出した家族の側は、これがなかなかの豪族で、自分たちのためにも、また一門郎党のためにも、是非とも復讐を挑まねばならぬ立場に立たされていた。そしてそれを妨げようとする者は誰であれ敵とみなすと公言していた。世間の話では殺された男を悼む人が別に多くいたとは聞かないし、親戚縁者中でその男のために涙を一滴でも流した人もいないという噂であった。そのくせその連中の皆が是が非でも犯人を、生捕りにするなり殺すなりして、自分たちの手中におさめたいと躍起《やっき》になっていた。ところでこうした際、ロドヴィーコがカプチン会の僧衣をまとうのは、あらゆる点からいって好都合なのであった。それはある点からいえば償《つぐな》いの行為であり、自らに苦行《くぎょう》を課したことになる。口には出して言わないが罪を認めたことであり、あらゆる争いから身を引くこととなる。要するに彼はおとなしく武器を引渡した敵ということになる。そして死者を出した一族の側では、その気になればロドヴィーコは自分たちの怒りを惧れ、それが心配で坊主になったと解釈もでき、自慢もできる。いずれにせよ、一人の男が、財産についてはすっかり丸裸になる、頭は剃る、跣《はだし》で歩く、寝る時は藁布団の上で寝る、他人の喜捨で暮す、という状態になったことは、相手方のいかに小うるさい男にとっても、ともかく結構な懲罰《ちょうばつ》であるように思われた。

修道院長は気さくなへりくだった態度で、殺された人の兄の邸へ行き、深々と敬意の辞儀を繰返し、その御一門のためにできることならば何でもいたしましょうという挨拶を繰返し述べた後、ロドヴィーコの悔悛《かいしゅん》、その決心などについて語った。そして相手側もそのことで御満足いただけるはずだということを上手に匂《にお》わせた。そしてさらに巧みに、いかにも淀みなく、好むと好まざるとにかかわらず、事態はこのようにしか落着《らくちゃく》しないはずだと遠廻しに述べた。兄は怒り狂ったように罵詈雑言《ばりぞうごん》を浴びせたが、カプチン会の修道院長は時々、「御心痛はまことにごもっともで」と言いながら、相手の怒気が散じるのを待っていた。すると相手は、自分たち一門はいかなる場合でも満足のゆく結果を得ることができるのだ、と言った。修道院長は、内心で何を考えていたかはともかく、別にそれに異議はさしはさまなかった。結局、相手側は条件として次のことを要求し、それを課した。それは弟の殺害者は直ちにこの町を立去れ、というのであった。修道院長はすでにこうなるであろうことを予想していたけれども、そのようにいたします、と言い、相手側がこれが自分たちの服従の徴《しるし》であると思いたいならばそう思っても構わないことにした。こうして万事が落着したのである。事件を名誉ある解決に持込むことのできた相手の一族はこれで満足であった。一人の人の命を救い、自分たちの特権を守り、しかも誰一人敵も作らなかった修道士たちもこれで満足であった。騎士道精神を説く人々はこの一件が首尾良く解決したことで満足であった。自分たちが好意を寄せていたロドヴィーコが難儀を脱したのを知った民衆は、彼が僧院入りの決心をしたことにも讃嘆の念を抱いていたので、これまた満足であった。そして最後に、他の誰にもまして満足したのは、苦悩の只中にいたけれども、ロドヴィーコその人であった。彼は罪の償いと人に奉仕する生活を始めたが、それは一度犯した悪事を元に戻すことはできないにしても、少なくとも償いを払い、悔悟の堪えがたい疼《うず》きを多少はいやすこともできるはずであった。彼の決心が彼の恐怖心に由来するのではないかという世間の疑惑は暫くの間彼を悩ませた。しかしすぐに、そのような世間の誤解も自分にとっては一つの懲罰であり、贖罪《しょくざい》の一便法である、と思い直して自らを慰めた。こうして彼は三十歳の時、僧衣をまとったのである。そして習慣に従い、自分の名前を捨てて別の名前をつけねばならなかったので、いついかなる時にも、自分が贖《あがな》うべき罪を思い起すことのできる名前を選んだ。こうして彼はクリストーフォロと名乗ったのである。

着衣式がすむやいなや修道院長は彼に修錬期を六十哩《マイル》離れた＊＊＊市で過ごすよう、そして翌日出発するよう、命令した。新しく修錬士となった彼は恭しく一礼し、一つだけお許しを乞うた。

「神父様、お願いでございます」

と彼はいった、

「この町で私は人様《ひとさま》の血を流し、御一族の名誉をたいへん傷つけました。でございますからこの町を立去ります前に、故人の兄上に謝罪して、少なくともその御一族の名誉を回復し、御一族に与えた害が元に戻らぬことについて少なくとも私の遺憾の意を表し、そしてもし神が私の願いを良しと思召しますならば、相手の心中にわだかまる遺恨《いこん》の念を多少なりとも減じたいと存じます」

修道院長には、このような申出は、それ自体としても結構な事であるばかりでなく、その一族と修道院の関係を今後も久しく円滑に保つ上でたいへん役に立つように思われた。それで直ちに故人の兄の邸へ行き、クリストーフォロの願いを伝えた。思いもかけぬ申出に、相手は、驚きもしたが、またしても怒りが鬱勃《うつぼつ》と湧くのを感じた。それとともに惻隠《そくいん》の情が多少動かぬでもなかった。一瞬考えた後、「明日来るように」と申渡し、時間を定めた。修道院長は修錬士に相手の承諾が得られたことを伝えに帰った。

相手の貴族はすぐさまこう考えた。この謝罪の儀式が荘厳で盛大であればあるほど、それだけますます自分は一族内部でも世間でも重きをなすに相違ない。そうすればこれは

――近代風のエレガントな言い方をすれば――一族の歴史の中にすばらしい一ページを加えることとなる。すぐに人をやって一族郎党にこう知らせた。明日正午御足労ながら拙宅まで御光来の上――そのころは御光来などという言いまわしを用いたものだ――一同揃って先方の謝罪を受けることといたしたい。翌日のお昼ごろになると、その館は老若男女の貴顕《きけん》紳士、その同伴者等で騒然としてきた。大きなマントや高い羽飾りが宙を舞い、佩剣《はいけん》と佩剣が音を立ててふれあい、折目も鮮やかな糊の利いた襟飾りが荘重に進み、アラベスク模様の長い裳《もすそ》がもつれるようにして床を摺って行った。控えの間《ま》や中庭や通りは召使、お小姓、用心棒、弥次馬等でいっぱいとなった。フラ・クリストーフォロはその仰々しい様を見、相手がどういう魂胆でそのようにしたのかをすぐに察して多少心が動揺したが、しかし一瞬の後には心中でこう独語した、

「結構だ。自分は公衆の面前で、彼の敵が大勢見ている前で、彼を殺した。俺が犯した悪事はそれだ。それならそれの罪滅《つみほろぼ》しがこれでもいいではないか」

こうして、目を伏せると、介添《かいぞえ》の神父につきそわれて、館の門をくぐり、不躾《ぶしつけ》な好奇の眼差でじろじろ見つめる群衆の間を分けて中庭を横切り、正面の階段を登った。そこには今度は彼をじっと見守る百余の貴族が集まっていた。その貴族たちが左右に分れた間を通り抜け、その家の主人の前へ進み出た。当主は近親に囲まれて二階の大広間の中央に起立していた。眼は下を向いていたが、顎は上へ向けてそらし、左手は力をこめて剣の柄《つか》の上に据え、右手はマントの襟を胸の上でぎゅっと握っていた。

人間の表情や態度には、時に、いかにもまごうことのない感情が示されることがある。内心の流露《りゅうろ》といったものだが、それはいかにも直接的にはっきり表面へ現れるので、その人の内面の感情が何であるのか、見ている人々が下す判断が一つでしかありようのない時がある。クリストーフォロの表情や態度を注視していたその場に居合せた人々の目には、彼が修道士となったのも、この辱《はずかし》めの場にやって来たのも、神を畏れたからのことであって人を恐れたからのことではないことが、はっきりとわかった。そしてそのことがきっかけとなって、この男に対する皆の気持がなごみはじめた。クリストーフォロは自分が名誉を傷つけたこの家の主人を認めると、つかつかとその前へ近づき、その足もとにひざまづいて、胸の上で手を十字に組んだ。そして剃髪《ていはつ》した頭を垂れて、次のような言葉を述べた、

「私があなた様の弟御《おとうとご》を殺した者でございます。もしも私の血でもって弟御を元通り蘇《よみがえ》らせることができるものでございますなら、私それも厭《いと》いはせぬつもりでございます。さりながら今となりましては、申して甲斐《かい》なき謝罪の言葉を遅ればせに申しあげるよりほか、なんの手だてもございませせぬ。それであなた様に謹んでお願い申しあげます。なにとぞ神の愛により私の謝罪の微意《びい》をお受けくださいませ」

その場に居合せた人々の目はみなすべて、この新しく僧衣をまとった修錬士と、その修錬士が言葉を述べかけた相手の当主の上に注がれた。その場に居合せた人々は皆耳をそばだてて緊張した。クリストーフォロ修錬士が謝罪の言葉を述べ了えて黙った時、大広間のいたるところから同情と尊敬に似た囁きの声が湧いた。相手の貴族は無理にゆったりとし

た態度を作り、心中の怒りを抑えていたのだが、こうした言葉に接していちじるしく動揺した。そしてひざまづいている男の方へ背をかがめて、

「立ちなさい」

　とうわずった声で言った、

「無礼な振舞い……たしかに事実……しかし身にまとった僧衣……ただそればかりでなく、あなたのためにも……どうぞお立ちください、神父様……私の弟は……どうも否定できませぬ……あれは多少気性の激しい……多少生《いき》のよすぎる……騎士……男でした。しかし万事、神の御心《みこころ》次第で起きたことです。どうかこのことについてもうこれ以上おふれになりますな……神父様、いけませぬ、いけませぬ、そんな恰好をそれ以上長くなさってはいけませぬ、さ、さ」

　そういって腕を取ると、クリストーフォロ

を立ちあがらせた。クリストーフォロは起立したが、頭は垂れたまま、こう答えた、

「それではあなた様が私にお許しをお与えくださると考えても宜しうございますか！　あなた様がお許しをお与えくださいますならば、ほかの方で私を許さぬという方はもうおらぬはずでございます。ああもしあなた様のお口から『許す』という言葉をじきじきうかがうことができますなら！」

「許す？」

　と相手の貴族は言った、

「そのような必要はあなたにはもうないではございませんか。しかし、あなたがたってお望みとおっしゃるならば、それはそれは結構です。私は心からあなたを許します。そしてそのほかの人みなも、みな全員も……」

「みなも、みな全員も！」

　とその場に居合せた人々は声を一つに揃えて叫んだ。修錬士の顔には晴々とした感謝の喜びが溢れた。しかしそれでもその喜びの表情の下には、人々が許してくれたにせよ、もうけっして元に戻らぬ自分が犯した悪事に対する深い悔悟《かいご》の情がつつましやかに浮んでいた。相手の貴族はその表情に心打たれ、その場に居合せた人々皆の感動に引きずられて、クリストーフォロの肩に両手を投げかけると、相手に和解の抱擁《ほうよう》を与え、相手もまたその抱擁を返した。

「いいぞ！」

「良《よお》し！」

という叫びが一斉に大広間のいたるところから湧きあがった。皆動き出して修錬士のまわりへ寄って来た。そうこうする間に召使たちがつまみ物や飲物をいっぱい運んではいって来た。主人がクリストーフォロに近づくと、クリストーフォロはお暇乞《いとまご》いをしたいという身振りをした。主人が言った、

「神父様、どうぞ何か召上れ。友情のお徴《しるし》にどうぞ何か召上れ」

そしてほかのどの客よりも先に、神父に食物《たべもの》をすすめようとした。しかしクリストーフォロは丁寧ではあるがその申出を断って身を退《ひ》いた。

「こうした事は」

と彼は言った、

「こうした事はもう私に対してはしていただくわけには参りません。しかしあなたの御喜捨を私がお断りするようなことは今後けっしてございません。私はただいま旅へ出る身でございます。パンを一ついただけましたら幸甚《こうじん》でございます。そういたしましたらあなた様から私は有難い御慈悲を賜わった、あなた様のパンを食べた、そしてあなた様のお許しのお徴《しるし》を得た、と申すことができましょう」

主人は感動の面持《おももち》で、直ちにそうするよう召使に命じた。すると立派なお仕着せで身を飾った給仕頭が、銀の皿の上にパンを一つのせてすぐにはいって来、恭しく修錬士に差出した。修錬士はパンを取り、礼を言うと、それを籠の中へ入れた。そこで暇を乞い、また

あらためて家の主人を抱擁した。たまたまその近くに居合せた人々は一瞬の間だったが彼にとりすがって放さない。その人々にも抱擁すると、ようやくのことで身を脱した。控えの間でも次の間でも召使たちや用心棒までが彼の僧衣の裾や、腰の綱や、マントの頭巾に我勝ちに接吻しようとしたので、それから身を振りほどくのが一苦労であった。大通りへ出たが、まるで凱旋のようで、一群の民衆はついに町の門まで彼を送りについて来た。その門をくぐって外へ出、クリストーフォロは新しい修練の土地へ向けて、彼の徒歩の旅を始めたのである。

殺された男の兄や親族一同は、その日、高慢という悲しい喜びを味わうつもりで集まって来たのだが、実際にはそれと違って、人を愛し人を許すという清らかな喜びに満たされたのであった。一同はなお暫くその場で談笑していたが、かつてなく良い気分で、心からの笑い声も洩れた。そして皆の話題も当日そこへ来る道すがらには、誰にも考えの及ばなかった話題となっていたのであった。相手方の理不尽《りふじん》を責め、謝罪を強要し、当方の品位を守る、というような主張の代りに、修錬士の立派な人柄や、善隣、和解、友好といったことが談笑の主題となったからである。それでたとえば、このような折には、いままでもう五十回も同じ話を人に聞かせたことがあるにもかかわらず、「小生の父ムーチオ伯は、かの有名なる事件に際し、天下に周《あまね》く知られたる法螺《ほらふ》吹き男スタニスラオ侯爵にその罪過《ざいか》を認めさせ云々」……といった昔話を蒸返すのがきまりの男も、今日はさすがにそうした話ではなしに、もうずっと前に亡くなったシモーネ修道士の悔悟の苦行やその天晴《あっぱ》れな忍耐力などについて物語るのであった。人々が散じると、館の主人は、いまなお感動が心の底に残っている様子であったが、自分がこの目で見聞きしたこと、自分自身がこの口から言ったことを一種驚嘆の念をもって、また内心で味わっていた。そして思わず呟いた、

「大した化物《ばけもの》だ、あの坊主は！」

その言葉づかいが何であれ、やはり正確に、その言葉を書き写しておくべきかと思う。

――

「大した化物だ、あの坊主は！　もしあすこで後暫くあのままひざまづいていられたら、まず間違いなく俺の弟をぶち殺してくれたことについて俺の方から奴に許しを乞う破目になっていたに相違ない」

そして歴史書に特記されたところによると、その日以来その館の主人は以前ほど性急ではなくなり、多少はつきあいやすくなった、ということである。

クリストーフォロ神父は、あの恐ろしい日以来――あの恐ろしい日を償うために彼の一生は捧げられなければならなかったのだ――あの日以来もはや心に得ることのできなかった慰めをはじめて得た心地で街道を歩いていた。新しく修錬士となった人々に課せられる沈黙の規則を別にそれと意識せずに、守っていた。自分の過ちを償うためにこれから自分が耐えねばならぬさまざまな労苦や不自由な生活、恥ずかしい目や辛い目を思うと、それにすっかり気を取られてしまっていたのである。食事の時間が来た時、信者の家に寄って、一種の法悦《ほうえつ》にひたりながら、許しのパンを食べた。しかしその一片は残して、それを籠の

中へまた戻した。その一片はずっと記念《かたみ》として後々まで取っておこうと思ったからである。

著者の意図はここで彼の修道院生活を叙することにあるのではないが、ただ次のことだけは述べておきたいと思う。クリストーフォロ神父は日常の義務として課せられた説教の仕事と末期《まつご》の人々をみとるという仕事をいつも進んできちんと果す一方、自分で自分に課した他の二つの仕事を果すこともかつてゆるがせにしたことがなかった。それは喧嘩を仲裁し、弱い者を弱い者いじめから救うという仕事であった。このような仕事を進んで引受けるというところに、自分ではそれと気づいていなかったが、彼の前々からの性癖や、武張《ぶば》ったことの好きだった気質《かたぎ》の名残りがやはり伝わっていたのである。そのような性癖や気質は、いかほど難行苦行《なんぎょうくぎょう》を積もうとも、すっかり消し去ることのできないものであった。神父はふだんは謙遜なおだやかな言葉づかいであった。だがひとたび正義や真理を歪めたりする者が現れると、その人柄は俄然《がぜん》昔の熱気を帯びた。しかも長い間説教をしつけてきたために、その熱を帯びた口調は荘厳な調子の高いものとなり、彼の言葉づかいに一種独特の風格を与えるにいたったのである。その人の態度も、その人の風貌《ふうぼう》も、内にひそむ相対立する性質の長い相克《そうこく》を物語っていた。すなわち一方には火のような激情があり、他方にはそれを抑えようとする、そして平常はそれに打克つことのできる意志とがあった。その意志は常に警戒を怠らず、常により高い動機とより高い発想によって導かれていた。彼を熟知していた同じカプチン会の修道士で彼の友人でもある男が一度クリストーフォロ神父を次のようにたとえたことがあった。ある種の言葉はその元来の形ではあまりに露骨に過ぎるので、躾のいい人は激情に駆られた際には、その言葉を変形して、どこか一、二字取り替えて、発音する。そうした言葉は、しかしそのように変形して発音されたとしても、それでもなお元のどぎつさを感じさせる。クリストーフォロ神父はそんな言葉に似ている、というのである。

それだから、たとい相手が見知らぬ小娘であったとしても、その娘がルチーアと同じような哀れな気の毒な境涯に落ちて神父の助けを求めたとしたなら、クリストーフォロ神父はやはり即座にその場へ駈けつけたであろう。ましてや相手がルチーアとあれば、その純情無垢《むく》を知っており、それに常日頃感心していただけに、取るものも取りあえず駈けつけたのである。実際ルチーアの身に差迫っている危険を思うと、義憤を覚えずにはいられなかった。ルチーアを狙い、ルチーアを苦しめる男たちのなんという卑劣さ加減！　しかも、自分は先日ルチーアに忠告をしてしまったのである。それはそれ以上具合が悪くなることのないよう、誰にも口外せず外出もせずじっと家にいる方がよい、という忠告だった。その忠告がいまとなってはかえってあだとなったのではないかと神父には危ぶまれるのだった。それだけに神父にとっては天性ともいえる隣人愛の性向に、この場合は良心の呵責《かしやく》が加わったのである。良心の呵責というのは善良な人々をもしばしば苦しめるものなのであるが。

だが、こうしてクリストーフォロ神父のことをずっと話して来た間に、その当の神父ははや家に着いた。そして戸口のところへ突っ立った。女たちはそれまで糸繰機を軋《きし》らせな

がら廻していたがその柄《え》から手を放して立ちあがると、声をそろえて叫んだ、
「まあ、クリストーフォロ神父さま、ようこそおいでくださいました」

第5章

そのクリストーフォロ神父は閾《しきい》の上へ突っ立った。そして女たちに一瞥《いちべつ》を投げるやいなや、自分の予感が不幸にも的中したことを悟った。それで、(頭を後ろへ軽くそらし髯を上へあげながら）自分の質問が悲しい答にあうにちがいない時のあの探るような口調で、

「でどうした?」

と言った。ルチーアは答えるかわりにわっと泣き伏した。母親は、あつかましいことをお願いしてとくどくど挨拶をはじめたが、しかしクリストーフォロ修道士は構わず前へ進み出て、脚が三本の腰掛に腰をおろすと、母親の挨拶をさえぎって、直接ルチーアに言った、

「まあ、気をしずめなさい。そしてあなたから」

と今度は母親のアニェーゼに言った、

「あなたからひとつ何事が起ったのか私に話してもらいましょう」

善人の母親が一生懸命いたましい話をして聞かせる間、修道士の顔色はさまざまに変った。ある時は両の眼を天にあげ、ある時は両の足で地団駄《じだんだ》を踏んだ。話が終ると、両手で顔を蔽《おお》い、そして叫んだ、

「おお神よ、一体いつまで……」

だが、その句を途中で句切って、また二人の女の方に向うと、

「気の毒なお前たち」

と言った。

「神様がお前たちをお試《ため》しになったのだ、ルチーア」

「神父さま、わたしたちをお見捨てにならないで」

とルチーアは啜《すす》り泣きながら言った。

「お前たちを見捨てるなどと」

と神父は答えた、

「一体お前たちを見捨ててしまうような私なら、一体どんな面《つら》をして神様になにかお願い事が出来ますか？　お前たちをそんな有様に放っておいて！　神様から私に委《ゆだ》ねられたお前方を！　さあ失望落胆するではない。神様がきっと助けてくださる。神様は一切《いっさい》をお見通しだ。私のようなものの役に立たぬ男でも神様はきっと何かの役に立ててくださる。そしてきっと退治してくださる、ああした男を……ひとつ何がやれるか、考えてみよう」

こういうと、まるですべての精神力をしっかと集中させるかのように、左の肘《ひじ》を膝につき、額《ひたい》を掌《てのひら》にのせ、右手で髯と顎をよじった。しかし注意深く考えれば考えるほど、ますますはっきりしたことは、事態がいかにも緊迫した面倒な件だということであった。そしてそれに対抗できる確実な妙案は一向に見当らず、なにをするにせよ危険が伴うということだった。アッボンディオにお前も多少恥を知れと言ったら、自分がどれだけ義務を怠《おこた》ったか身にしみて感じるだろうか？　だが怖気《おじけ》づいた時のあの坊主には、恥も義務もへちまもあったものじゃない。それでは逆に脅《おど》してみるか？　しかし鉄砲の一斉射撃を上廻る脅しの手段は私にはどうも思い浮ばない。一切合財《いっさいがっさい》大司教様に報告して、そのお力にすがろうか？　しかしそれにはよほど時間がかかる。それではそれ迄どうするか。またその後は？　たといこの哀れな罪のない娘が正式に結婚できたとしても、それでもってあの悪者のする事なす事に歯止めがかかったというわけではあるまい。いったい悪事がどこまで行くやら誰にもわかったことではない。それに奴に抵抗するとなると？　どうすればいいか？　ああ私が、とクリストーフォロ修道士は窮して考えた。ああ私がここの修道士たちやミラーノの修道士たちを皆自分の側へ引張ってくることが出来たなら！　だがこれはとてもただ事ではすみそうにない。となれば皆が私の味方になるどころか私が皆から見捨てられるのが落ちだろう。なにしろあの男は修道院の友という顔をしているし、カプチン会修道士の味方ということを鼻にかけている。その手下の自称闘士連中は一再ならず私たちのところへ難を逃れに来たではないか。となると私は一人で踊りを踊ることになる。その上そうこうするうちに私は落着きのない陰謀家で喧嘩好きということにもなりかねない。しかも、もっといけないことに、時宜《じぎ》を失した振舞に出ると、この哀れな娘の立場をもっと悪くしかねない。

いろいろな案の是非を検討してみたが、結局自分でドン・ロドリーゴ本人と直接面と向って対決するのが最上の策のように思われた。面と向って相手に懇願し、来世の惧《おそ》れや現世の惧れを諄々《じゅんじゅん》と説いて聞かせ、出来ることなら、ドン・ロドリーゴのいまわしい申出を引込めさせる。そうすれば、たというまく行かずとも、相手がその下劣《げれつ》な企みにどれだけ執着しているかがはっきりわかろうし、相手の目論見《もくろみ》も知れてこようから、それに対する手の打ちようもあろうというものだ。

クリストーフォロ修道士がこのように思いめぐらしていた時、レンツォが――レンツォがこの家からもう遠くないところに来ているに違いない、と皆さまも当然お察しだろうが――そのレンツォが戸口のところへ姿を現した。しかし神父が思いにふけっている様を見、また女たちが邪魔をするのでないよ、と目配《めくば》せしたのを見、黙って閾の上で立止った。自分の計画を女たちに打明けようと思って顔をあげた神父は、レンツォに気づくと、憐みの情ゆえにひとしお深さの増した例の愛情にみちた態度で挨拶をした。

「もうお聞きになりましたか、神父様？」

と感動に震える声でレンツォがたずねた。

「ええ聞きましたとも。それでここに来たのです」

「あの悪党《あくとう》のことをなんとお考えです？」

「なんと考えるのなんのといっても、はじまりません。私がなにか言ったところでいまここでなんの役に立ちますか。私が、レンツォ、お前に言えることは、神様を信じなさい、神様はお前を見捨てるようなことはしない、ということです」

「お言葉有難うございます」

と若者は言った、

「あなた様は、貧乏人がいつも悪いんだ、とおっしゃる人ではないらしい。しかしあの司祭様とか、勝目のない訴訟は駄目という弁護士の博士とか……」

「思い出してもいらいらするばかりでほかになんの用にも立たぬ話は口にするのはよしにしよう。私はしがない一修道士に過ぎないが、それでも多少でもなにか出来る限り、女たちにも言ったが、お前たちを見捨てはしないつもりだ」

「ああ、あなたはあのお喋り連中とは違う。この世間をうまく渡るだけがすべての人とは違う。連中は調子に乗って、いざとなったらお前の肩を持ってやる、などと景気のいいことを言っていたが、まったく当てにならなかった。やれ、やれ。皆いざとなれば俺のために血を流すのも厭《いと》わない、俺のためとあらば悪魔を相手にしても戦う、などと大口を叩いたが。万一俺に敵でも出来たら、ちょっとそう言ってくれ、そうすりゃ悪者はすぐにも食《くい》物《もの》もなくなって日干《ひぼ》しになっちまう、などとも言ってくれていたが。だが前に大きな口を利いた連中がいまは尻尾をまいて逃げてゆく、その有様をもしも御覧になったら……」

とそこまで言って、レンツォは眼をあげて神父の顔を見た。そしてその顔がすっかり曇っているのを見て、黙っていればよかったのについ余計なことを口にしてしまったことに気がついた。それでもその場を取繕《とりつくろ》おうとして口よどみ、口ごもりながらこう言った、

「いや、言いたかったことは……別にその気でなくて……つまり、言いたかったことは……」

「お前は何を言いたかったのだね？　なんだね？　お前は私が仕事を始める前から、私の仕事にけちをつけたかったのだろう。結構なことだ、お前は騙《だま》されずにすんだわけだ。やれやれ、お前は友達を探しに行ったそうだが、お前がそんな態度なら、助けてやろうといううつもりの友達でも、お前を助けるわけにはいかんじゃないか。しかもお前はお前を助けることのできる唯一の方、お前を救おうとなさる唯一の方まで捨ててちまおうとしている。知らないのか、神様は難儀《なんぎ》な目に遭っても神様に信頼の念を寄せる人々の友であり、助けであるということを？　お前は知らないのか。弱い者が偉そうに牙《きば》を剝《む》いたところで、とうてい勝目はないということを？　また仮にあったとしても……」

と言って神父は強くレンツォの腕を握った。その表情は、威厳を失うことはなかったが、沈痛な悔悟《かいご》の情を帯びるかに見えた。神父は目を伏せ、声はまるで地の底で呻くような低い声となった、

「また仮にあったとしても……それは恐ろしい勝目だ。レンツォ、お前は私を信じてくれるか？　いやこの取るにも足らぬ人間、たかが一介《いっかい》の修道士の私を信じろなどとはとんで

もない。お前は神様を信じてくれるか？」

「もちろん信じます」

　とレンツォは答えた、

「神様だけが本当に主《しゅ》なのですから」

「よろしい。それなら約束してもらおう。お前は誰にも手向わないこと、誰も挑発しないこと。そして私の指図に従って動くこと」

「約束します」

　ルチーアはほっと大きな息をついた。まるで背中から重たい荷が取れたかのようであった。アニェーゼは言った、

「この子はいい子だ」

「お前たち、お聞き」

　とクリストーフォロ神父がまた語《ご》をついだ、

「私は今日あの男のところへ話しに行くつもりです。もし神様があの男の心を動かし、私の言葉に力を与えてくださるなら、それはそれで結構だ。しかしもしそれがうまく行かなかったとしても、神様は必ずやそれ以外の方策を私たちにお授けになるでしょう。お前たちはそれまで静かに、引込んで、あまりお喋りしないよう、また人目につかぬようにするがいい。今晩か、どんなに遅くとも明日の朝までに、また私がお前たちに会いに来ます」

　こう言うと神父は皆の礼や感謝の言葉を言葉半ばにさえぎってその場を去った。修道院

へ引返すと、ちょうど正午で六時課をとなえる合唱席に着くのに間に合った。昼食をすませると、またすぐ外出して、あの獣が棲《す》む巣窟《そうくつ》へ向った。その獣を手馴づけようと思ったのである。

ドン・ロドリーゴの館は、ぽつんと孤立して、城塞《じょうさい》のように、湖畔から隆起《りゅうき》した、とある丘の頂上に聳《そび》えていた。この記述に加えて匿名の原著者は、その場所は（なにもそう持ってまわらずに名前を書いておいてくれればよさそうなものだが）いいなづけの二人が住む村より、およそ三哩《マイル》ほど上手《かみて》で、修道院より四哩ほど離れている、と付記している。その丘の麓の南に面した、すなわち湖に面した辺りに、ドン・ロドリーゴの小作人が住むあばら家がかたまっていた。それはいうならばドン・ロドリーゴの小さな王国の小さな都のごときものであった。その国の風俗習慣や生活状態について知るためには一度そこを通れば事は足りた。通りに面した部屋で、たまたま開いている戸口から中を一瞥《いちべつ》すると、壁に猟銃、ラッパ銃、鍬、熊手、麦藁帽子、小網、火薬壜《びん》などがごたごた混ってぶらさがっていた。そこで出会う人間は眉をひそめた、ずんぐりした男どもで、長くのばした前髪は頭の上へ撫でつけ、その先はネットで束ねてとめてあった。老人どもは、歯は抜けていたけれど、取るに足らぬ事であれ、けしかけられれば、いつでも歯茎《はぐき》を剝《む》き出して喧嘩を買って出そうな気配であった。また男のような顔付をした腕っぷしの強そうな女たちもいたが、舌だけで勝負がつかない時は、その両の腕が応援に参上しそうな気配であった。また道端で遊んでいる子供の様子や動作にしても、なんともいえぬ、人を小馬鹿にした、横柄《おうへい》

な態度がうかがわれた。
　クリストーフォロ神父は村を横切り螺旋状《らせん》になった小路を登って、館の前の小さな広場にやって来た。正面の扉は閉まっていたが、それは主人がただいま昼食中で、人に邪魔されたくないという意思表示である。通りに面した大きな壁面にある数少ない小さい窓には歳月のために古びた、はずれかかった鎧扉《よろいど》が閉まっていたが、その外側はさらに太くて頑丈《がんじょう》な鉄棒で守られていた。一階の窓はずいぶん高いところにあってもう一人の男の肩の上に登ればようやく手が届きそうな高さである。あたりはしんと静まりかえっていた。それだからたまたま通りがかった旅人は、もし四個の生物——二つの生きている物と二つの死んだ物——が、外に対称的に並べられて、人が住むことの証《あか》しになっているのでなかったならば、この館は無人の廃屋《はいおく》だと思ったかもし

れない。二羽の大きな禿鷹《はげたか》が翼をひろげ、首を垂れ、正面の大門《だいもん》の両扉《りょうとびら》にそれぞれ一羽ずつ釘で打ちつけられていた。一羽は羽も毛も抜け、だいぶ古くなって傷《いた》んでいたが、もう一羽はまだ羽が揃っていて新しい感じだった。そして二人のお抱えの闘士が大門《だいもん》の左右に置かれた床几《しょうぎ》の上でそれぞれ寝そべっていた。それが門番で、殿様の食卓のおこぼれを頂戴するよう早く声がかからないかと待っているのである。クリストーフォロ神父は、しばらく待つ心づもりをした人の態度で、その門前に立ちどまった。すると用心棒の一人が起きあがって言った、

「神父さん、神父さん。どうぞ中へおはいりください。ここではカプチン会の皆様はお待たせしないことになっています。私等は修道院の味方ですからね。実は私も、外にいるとあまり具合のよろしくない時、ちょいとした時にあすこに御厄介になったことがありました。あの時、門前払《もんぜんばら》いを喰らったなら、ひどい目に遭うところだった」

こう言うと扉についた金輪でもって扉を二回叩いた。するとその音に応ずるように内から即座《そくざ》に猛犬や猟犬が吼《ほ》えるのが聞えた。そして暫くすると、ぶつぶつ呟きながら年老いた召使が出て来た。しかし神父を見ると、深々とお辞儀し、手や声で動物たちをなだめ、客人を狭い中庭へ招《しょう》じ入れ、大門をふたたび閉めた。それから応接室まで御案内すると、驚きと尊敬をこめた様子で言った、

「ひょっとしてあなた様は……ペスカレーニコのクリストーフォロ神父様ではございませんか」

「いかにもその通りです」

「あなた様がここに?」

「御覧の通りですよ、お爺さん」

「それならばなにか良い事をなさりにお見えになったにちがいありません。良い事を」

と歯の間で呟きながら、年老いた召使は奥へ引返しつつ続けた、

「その機会はいたるところにございます」

薄暗い部屋を二、三横切って二人は宴会場の口まで来た。フォークやナイフやコップや皿のがちゃがちゃと喧《やかま》しい騒音に混って一際《ひときわ》高く、その場で代る代る相手を言い負かそうとする不協和な声が聞えた。クリストーフォロ神父は引き退《さが》っていようと思い、扉の後ろで召使に言って、食事が済むまでこの家のどこか一隅にほっておいてもらおうとした。だがその時扉が開いて、ちょうど真向いに坐っていた伯爵アッティーリオ某が——彼はこの家の当主の従弟《いとこ》である。その人物のことは名前はあげなかったが、すでに話題には上っていた——剃った頭と僧衣姿を見かけ、神父の遠慮勝ちな様子に気づくや、

「これは、これは」

と叫んだ、

「神父様、お逃げになってはなりませぬ。どうぞ、どうぞこちらへ」

ドン・ロドリーゴは、この訪問客の用事が何であるかはっきり見定めたわけではなかったが、それでもなんともいえぬ漠然とした予感に襲われて、この客は断りたいような気が

した。しかし思慮分別のないアッティーリオが大声をあげて呼んでしまった以上いまさら引込みもつかない。それで言った、

「どうぞ、神父様、どうぞこちらへ」

クリストーフォロ神父は前へ進み出で、主人に対して一礼し、会食者一同の挨拶に対しては、両手を振って、応《こた》えた。

一般に世間の人は、もちろん例外もあるが、正義の人が邪悪な人と対決する時、正義の人は昂然と胸を張り、面《おもて》を高くあげ、眼はじっと相手を見据えて、理路整然と説くものと空想しがちである。だが実際は、そうした態度を取るにはなかなか条件が必要で、そうした数多くの条件がうまく出揃うことは滅多にない。だからたといクリストーフォロ神父が、良心に非の打ち所が全くなかったにもかかわらず、また自分がそれを主張するために来た件の正義を深く確信していたにもかかわらず、またドン・ロドリーゴに対して嫌悪《けんお》と憐愍《れんびん》のまじりあった感情を抱いていたにもかかわらず、その当のドン・ロドリーゴの前で、いかにも恭しくへりくだって敬意を表したとしても、読者は別に驚くには及ばないのである。ドン・ロドリーゴはそこで食卓の主座《しゅざ》に坐っていた。我が家の中、我が領地の中で、友人に取巻かれ、お愛想に取巻かれ、自己の権力を示すさまざまな徴《しるし》に取巻かれていた。その顔はその場に居合せた人々が、なにか願い事を申出ようとしても、その声が口の中でかすれて消えてしまいそうな顔だった。願い事でもそうであるから、忠告や諫言《かんげん》、まして叱責《しっせき》に類することは到底口に出せる雰囲気ではなかった。

ドン・ロドリーゴの右手には従弟のアッテイーリオ伯が坐っていた。いうまでもないが、遊蕩乱行《ゆうとうらんぎょう》のお仲間で、この数日、ドン・ロドリーゴと一緒に保養するためミラーノから当地へ遊びに来ているのである。左手には、食卓の角をまわった側に、いかにも恭しいが、しかしそれでもある種の落着きと傲慢さとがなくはない市長《ポデスク》が坐っていた。レンツォ・トラマリーノに公正な措置を施し、ドン・ロドリーゴに義務に従うよう命令するのは、法理論からいえば、先に見た通り、この人であるべき人物だった。この市長の向いに、いかにも心から敬意を表するように恭しい態度で坐っているのが例のアッツェッカガルブーリ博士で、黒い弁護士の法衣をまとい、ふだんよりも一層赤い鼻を赤くしていた。二人の従兄弟たちの前には、身元のよくわからぬ二人の客が坐っていた。その二人について元の原稿に

は、ただ食い、頭をさげ、お追従笑《ついしょう》いを浮べ、食卓で誰かがものを言って誰もそれに反論しない際は、必ず賛意を表した、ただそれだけだった、とのみ記されている。

「神父様がお掛けになるお椅子を」

とドン・ロドリーゴは言った。召使が椅子を差出すと、クリストーフォロ神父はそれに腰をおろし、このような時刻柄もわきまえぬ時に来た非礼を謝した。

「あなたの御都合の宜しい時に、後程《のちほど》二人きりでお話し申しあげたいのです。重要な件なものですから」

と神父はドン・ロドリーゴの耳もとに口を寄せると低い声でそうつけ加えた。

「よろしい、よろしい、後で話しましょう」

と領主は答えた、

「だがその前に神父様にお飲物をお出ししてくれ」

神父は辞退しようとしたが、ドン・ロドリーゴはふたたび騒々しくなった食卓の中央で声を張りあげて叫んだ、

「いや、とんでもない。そうした道理に背《そむ》くことをしていただいては困ります。もしもあなたがお酒をお飲みにならないと、拙宅へ立寄ったカプチン会の坊様で当家の酒を一献《いっこん》召さずに帰った坊様はない、拙宅へ立寄った横柄な債権者で当家の森の特製の棍棒の味をいやというほど味わわずに帰った者はない、というこれまでの話がこれから先は嘘出鱈目《うそでたらめ》ということになってしまう」

この言葉を聞いて皆一斉に笑い崩れた。そしてその時会食者の間で熱く沸騰していた議論を一瞬中断してしまった。召使の一人が、敷皿の上に葡萄酒の瓶《びん》を載せ、聖餐杯《せいさんはい》の形をした長いグラスを持って現れそれを神父に差出した。こうなると神父もこの熱心な勧めは断りかねた。なにしろこの相手の好意をかち得ることが肝腎なのだから。それで躊躇《ちゅうちょ》せずに葡萄酒を注ぐと、ゆっくりと飲みはじめた。

「市長さん、タッソーに依拠してもあなたのお説は成り立ちません。それどころかあなたのお説と逆になる」

とアッティーリオ伯がまた大声で議論をし始めた、

「というのはあの博学の偉人は騎士道のあらゆる規則を掌《たなごころ》をさすように心得ていたが、アルガンテの使者は、キリスト教徒の騎士に挑戦を発する前に、あの敬虔なブリオーネにまで許しを乞うた……」

「しかしそれは」

と市長も劣らず声を張りあげた、

「それは余計な、まったく余計な、詩的な修飾にしか過ぎません。というのは使者は、その性質上万国公法、いまの国際法ですな、によって不可侵《ふかしん》とされておる。それにそこまで立入って調べずとも、世間で行なわれている諺にも『使者ニ罪ハナシ』というのがあります。およそこの諺というのは、伯爵、人類の叡智《えいち》です。それに使者は自分自身の名においてはなにも言わなかった。使者はただ書きものの挑戦状を差出しただけだった……」

「いったい何時《いっ》になったらあなたにはあの使者は礼儀の礼の字も知らぬ間抜けだった、ということがわかるのですか？」

「皆さんさえよろしければ」

と問題がこれ以上紛糾《ふんきゅう》せぬことを望んだらしいドン・ロドリーゴが二人の議論の中に入った。

「この問題はひとつクリストーフォロ神父におまかせしよう。そしてその御裁決に従うとしよう」

「まことにごもっとも」

とアッティーリオ伯爵が答えた。伯爵には騎士道の問題をカプチン僧に裁決させるというのがいかにもいきな取計らいに思われた。しかし市長はこの問題にもっとずっと熱中して頭を突っ込んでいたので、いかにも不満気に口をつぐんだ。児戯《じぎ》に類した真似をするな、といわんばかりの表情であった。

「しかし、いままでうかがった限りでは、どうも私には理解いたしかねる事柄のようで」

「また例のあなた方神父さんの御遠慮ですな」

とドン・ロドリーゴが言った、

「しかし逃がしはしませんぞ。ええ、どうです。あなたがカプチン僧の帽子をかぶってこの世に生れてきたのでないことくらい皆が知っています。それになかなか世間のこともよく御承知というお噂です。さあ、さあ、問題点は」

「事実はこうです」

　とアッティーリオ伯がまた大声をあげはじめた。

「いや中立の立場にある私に説明はおまかせください」

　とドン・ロドリーゴが言い返した、

「話はこうです。スペインの一騎士がミラーノの一騎士に対して挑戦状を発した。使者は相手がその家に見当らなかったので、挑戦状をミラーノの騎士の弟に託した。すると弟はその挑戦状を読んで、返答の代りに手紙を持参した使者を棍棒でしたたか打擲《ちょうちゃく》した。要するに……」

「まことに見事だ、よくぞやった」

　とアッティーリオ伯が叫んだ、

「霊感なしにはやれぬことだ」

「悪魔的な所業《しょぎょう》だ」

　と市長が応酬した、

「使節を打擲する、神聖不可侵の人を叩く！　神父さん、これが騎士たる者の所業かどうか神父さんの御意見も是非聞きたいものです」

「それは騎士的な振舞でさあ」

　とアッティーリオ伯が大声をあげた、

「一つ私に言わせてください。騎士たる者に何がふさわしいか、これでもわかっているつもりだ。これがもし拳《こぶし》をふるって殴ったとなれば事態はまた別だ。しかし棒でもって引っぱたいた以上、誰も手を汚したことにはならない。私にわからないのはならず者の背中がなぜそんなにとやかく言うほど大事かという点だ」

「一体誰があなたに背中の話なぞしましたか？　あなたは私が思いもよらなかった、とんでもないことを問題になさっている。私が問題にしたのは使節の性格であって、その背中のことではない。万国公法のことを特に話題にしていたのです。ちょっとうかがいたいが、他国民のもとへ挑戦状を手渡しに古代ローマ人によって派遣された僧侶《フェチアーリス》が、その使用向きを述べるために相手の許しを乞うたかどうか。またそうした僧侶がかつて棍棒で打擲されたという記事を書いた作家がいるなら是非その名前を一人でもいい、あげていただきたい」

「一体全体古代ローマの役人と私たちとどういう関係があるんです？　連中は適当にやっていたのだ。それにこうした事に関してはひどく遅れていた。しかし近代騎士道の掟に従えば――これこそが真正の騎士道ですぞ――それに従えば、許しも求めず騎士の手に挑戦状を手渡そうとする使者は横着者であって、処罰してもよろしい、大いによろしい。打擲してもよろしい、大いによろしい……」

「では次の三段論法についてちょっとお答え願いたい」

「いや、いや、真平御免だ」

「ま、ちょっとお聞きなさい。武器も持たない人を打擲するのは一種の裏切り行為だ。ところでいま問題となっている使者は武器を持っておらない。故に……」

「まあ、市長さん、お静かに、お静かに」

「なぜ静かにしなけりゃいけないんです？」

「お静かに、と申した訳はあなたの言分《いいぶん》は大袈裟に過ぎませぬか？　裏切り行為とは背後からいきなり刀で斬りつけるとか背中に一発鉄砲玉を撃込むこと。もっともこれも時と場合によりけりだ。しかし本題から逸《そ》れるとまずいから、よろしい、こうしたことは、一般に裏切り行為と呼べるということにしよう。しかしならず者に四発痛棒《つうぼう》を加えたのも裏切りか。こうなると、紳士と決闘する際『行くぞ』と声をかけてから刀の柄《つか》に手をかけるのと同じで、『棍棒でひっぱたくからお前気をつけろ』といちいち言わなきゃならぬことになる。とすりゃこれは結構な見ものだね。――ところで弁護士先生、あなたも私の意見に御賛同の御様子、先刻からしきりに私の方に笑顔を見せておいでだが、それならそれでなぜあなたの能弁でもって私の肩を持ってくれないんです？　ちょっと私に手助けしてこの先生を説得してくださいよ」

「私……」

　と多少戸惑って博士が答えた、

「私この学問的な論争をたいへん面白く拝聴いたしております。御両人のような天分に恵まれたお方の優雅な争いを惹起《じやつき》した偶然の事件をまことにすばらしいことと有難く思っております。それにこの場で裁定を下すのは私の任ではございません。お殿様は判定のお役目を……ここの神父様にお任せになりました」

「その通りだ」

　とドン・ロドリーゴが言った、

「しかし言い争ってる二人が黙ろうとしないのに、御裁定をお聞きすることが一体できるものかね」

「黙りましょう」

　とアッティーリオ伯が言った。市長は唇を噛みしめ、まるで諦めたという態度で、手をあげた。

「いや結構、結構、それでは神父さん、あなたの御意見を」

　とドン・ロドリーゴは生真面目な、その実半ば人を冷やかすような調子で言った。

「いや先刻も申しましたが、私何分こうした事はわかりかねますので、なにとぞ御容赦を」

　とクリストーフォロ神父はグラスを召使に返しながら答えた。

「それくらいでは容赦はなりませんな」

とロドリーゴも従弟も言った、

「是非御裁定をお聞かせください」

「是非とおっしゃるなら」

と神父は答えた、

「是非とおっしゃるなら、私の意見は大したこともありませんが、挑戦も、挑戦状の持参人も、打擲《ちょうちゃく》もなしにするようお願いしたいものですな」

会食者たちは一同呆れて互いに顔を見あわせた。

「こいつはひどい」

とアッティーリオ伯が言った、

「神父、すまないが、こいつはひどい。あなたが世間知らずだということがよくわかる」

「神父が世間知らずだって？」

とドン・ロドリーゴが言った、

「また言わせるつもりか？　神父はよく世間を御存知だ。お前と同じくらいよく御存知だ。そうでしょう、神父さん？　さっさと白状しなさい。あなたは酸いも甘いも大分嚙みわけたそうじゃないか」

こうしたお優しい問いかけに答える代りに神父はひそかに一言《ひとこと》自分自身に言って聞かせた。――これはなんとかかとか言ってるが、要するに自分に関することだ。だが忘れるでないぞ、ここへ来たのは自分の為ではない。自分だけのことは一つも勘定《かんじょう》に入れるな。

「そうかもしれぬが」

と従弟のアッティーリオが言った、

「しかし、神父……お名前は何神父と申されたかな?」

「クリストーフォロ神父」

とまわりから二、三の人の声がした。

「クリストーフォロ神父、神父を心から御尊敬申しあげるが、しかしもしあなたの御説に従うと、この世は滅茶苦茶になってしまう。果合《はたしあ》いもならぬ、打擲もならぬとなれば、いったい人の名誉がどうして保てますか。ならず者が罰も受けず大手をふって罷《まか》り通るだろう。しかし仕合せにもそうした仮定はあり得ない仮定だ」

するともういい加減にアッティーリオと市長の御両人から議論をよそへかわしてやろうと考えていたドン・ロドリーゴが、

「さあ元気を出して、博士」

と大きな声をあげた、

「一つしっかり頼みますよ。あなたは誰にでも御立派な理窟をつけるのがお得意の御仁《ごじん》だ。この件でクリストーフォロ神父にどうしたら花を持たせることができるか一つお手並を拝見しましょう」

「いやまことに」

と弁護士は、フォークを宙《ちゅう》にかざしたまま、神父の方を振向くと、答えた、

「いやまことに私がどうも解《げ》しかねますのはクリストーフォロ神父様は一点非の打ちどころのない聖職者でいらっしゃる。その上世故《せこ》にたけた方でいらっしゃる。先ほどの御説は神父様が説教壇で申される分にはまことに結構で、宜しくて、判断の釣合も取れた御説と申せましょうが、しかし失礼ながら騎士道に関する論争上はさっぱり役に立ちかねます。神父様がその点を篤《とく》とお考えにならなかったことがどうも解しかねます。だが何事にもそれにふさわしい場所場所があることは神父様の方が私などよりよく御存知。思うに今回は御冗談をおっしゃってそれで裁定を下すという厄介なお仕事をお逃れになろうとしたのでございましょう」

このような人類古来からの知恵、それでい

て常に新鮮である知恵、それでもって推理された理窟に対して一体、何と答えることができようか？　返事のしようもないではないか。それでわれらのクリストーフォロ神父もやはり黙っていた。

　ドン・ロドリーゴはこの問題をもうさっさと片付けてしまいたかったので、それとは別の問題を話題にのせた。

「時に」

　と彼は言った、

「時にミラーノでは和睦《わぼく》成立という噂を方々で聞きましたが」

　読者も御承知のようにこの年にはマントヴァの公爵領の継承をめぐって争いが続いていた。嫡出子《ちゃくしゅつし》を残さなかったヴィンチェンツォ・ゴンザーガの死に際しマントヴァの公爵領は、その一番近い親戚のヌヴェール公の所領となった。フランス国王ルイ十三世――というのは取りもなおさず枢機卿リシュリューのことだが――は、自分がとくに目をかけ、フランスに国籍も移したこのヌヴェール公を支持した。スペイン国王フェリペ四世――というのは取りもなおさずオリバレス伯爵（普通公爵《コンテ・ドゥーカ》伯と呼ばれた人）のことだが――は、それと同じ理由でこのヌヴェール公を支持しなかった。そして戦争をしかけた。そしてこのマントヴァ公爵領が神聖ローマ帝国の封土《ほうど》であるというところから、双方の当事者は、あるいは交渉し、あるいは懇願し、またあるいは脅迫的言辞を弄して皇帝フェルディナンド二世に働きかけた。フランス側ははやく新公爵の叙任式を挙げさせようと運動するし、スペイン側はそれを挙げさせまいと運動した。そればかりか皇帝の助けを借りてヌヴエール公をその国から追放しようとさえ画策したのだった。

　アッティーリオ伯は言った、

「ひょっとすると万事円満に収まるかもしれませんな。私が得た確かな感触では……」

「それは和睦するなどとお考えにならない方が、伯爵、賢明ですよ」

　と市長も横から口をさしはさんだ、

「こうした事はこの土地にいて私のような立場にいるとなにかと耳にはいります。というのもスペインの御城主様が私に多少御好意をお寄せになるからで、あの方は公爵伯に引立てられた方の坊っちゃんだからいろいろな事情に通じておられ……」

「しかしですな、私は毎日のようにミラーノでそれとはまったく別の人々のお話をうかがっている。確かな筋から聞いた話では、法王様は和平ということに格別に御執心《ごしゅうしん》で、いろいろ御提案を出されたそうだ……」

「それに違いはありますまい。それなら筋が通っている。法王様は御自分のお務めを果しておられるのだ。キリスト教国の王侯君主の間をいつも仲良く取持つのは法王様のお務めだ。しかし公爵伯はそれでも自分の政策がやはりおありだ。それで……」

「や、や、や、一体あなたは目下皇帝が何をお考えか御存知ですか？　この世にマントヴァ以外の土地はないとでも仰せですか？　考えねばならぬ問題はいろいろ沢山ある。例えば一体全体どこまで皇帝はヴァルディスターノとかヴァリスタイ公とか、それとも何と言いましたかな、その方を御信頼になられてよいものか……」

「ドイツ語で正式のお名前は」

とまた横合いから市長が口をさしはさんだ、

「ヴァリエンスティノですよ。スペインの御城主様が何度も何度もそうお口になさるのを聞きました。しかし御安心ください……」

「私にお説教しようとする気かね」

とアッティーリオ伯が多少気色《けしき》ばんで言った。しかしドン・ロドリーゴは目配せで、お願いだから相手が言うのを邪魔立てせずそのまま放っといてくれ、と合図した。それでアッティーリオが口を噤《つぐ》むと、市長はまるで暗礁《あんしょう》から無事に離れた船のように、帆という帆を満々と張って、その雄弁の航路を走り始めた。

「ヴァリエンスティノのことは私あまり気にかけませんよ。というのも公爵伯の目配りはありとあらゆるところまで届いていますからね。だから仮にヴァリエンスティノがなにか仕出かそうと考えたところで、公爵伯の方で、善きにつけ悪しきにつけ、ヴァリエンスティノをきちんとさせるに違いない。先ほど申した通り、公爵伯は万事に抜目がない。しかもたいへんな遣手《やりて》だ。だから公爵伯が一旦そうと決めた時には、そして今度の場合は、ヌヴェール公がマントヴァに腰を据えることは許さない、というまことに御尤《ごもっとも》な大政治家たるにふさわしい御決定を下されたわけだが、こうなるとヌヴェール公がじたばたしてももうマントヴァに根をおろすことは出来ない。それでリシュリュー枢機卿の折角の努力も水《すい》泡《ほう》に帰するわけだ。あの枢機卿がこともあろうに公爵伯様、オリバレス様と一戦交《まじ》えようとするかと思うと笑止千万、腹を抱えて笑いたくなる。正直いって二百年後にまた生れ出て子々孫々《ししそんそん》がこの厚顔無恥の越権に対し何と言うか是非聞きたいものだ。これは単に嫉妬《しっと》羨望《せんぼう》の問題ではない、問題はお頭《つむ》だ。そして公爵伯のようなお頭《つむ》は、これは世界に一つしかない。皆さん、公爵伯は」

と市長は追風に乗って、なぜ暗礁にぶつからないのか自分でも多少訝《いぶか》しみながら、雄弁をふるい続けた、

「公爵伯は、失礼ながらたいした古狐。だから誰もその跡をつけることはできない。右手を向いたと思う時はまず間違いなく左手で戦えということになる。だから誰も公爵伯の腹《ふく》心《しん》と自慢できる者はない。その政策を実行に移す連中でも、その手紙や命令文を起草する連中でも、全然その腹の中を見通すことはできない。私が多少わけ知りのような顔ができるのは、あの御城主様がかたじけなくも私を御信用なすって多少打明け話をされるからだ。ところが公爵伯様の方は、それとはまったく逆で、よそ様の宮廷の釜の中でいま何が煮えているのか事細かに御存知でいらっしゃる。世の中の政治家なんぞというものが（それは中には御立派な正義の士がいらっしゃるのは間違いないが）ちょっとやそっと考えついた事で、公爵伯様がお見通しでないものなぞまずありようはずはない。なにしろあのお頭《つむ》、あのいたるところへ張りめぐらした網の目や伏線。リシュリュー枢機卿はお気の毒にこちらでちょいと試し、あちらでくんと嗅《か》ぎ、たらたら汗を流し、無い知恵を絞っていらっし

ゃる。だが一つ鉱脈を掘り当てたと思った時は、もう向う側から公爵伯がとっくに立派な鉱道をお掘りになっている始末……」

この天馬空《てんまくう》を行くがごとき長広舌が一体何時また陸へ戻りつくかは天のみが知るところであろう。だがドン・ロドリーゴは、従弟アッティーリオが顰面《しかめつら》をしてせかしたこともあって、突然霊感でも湧いたかのように召使の方へ向きを変えると、ある銘酒の瓶《びん》を持って来るよう言いつけた。

「市長閣下、皆様」

とドン・ロドリーゴは言った、

「それではここで公爵伯のために乾盃いたしましょう。この酒がその人物にふさわしい銘酒かどうか一つお聞かせ願います」

市長はそれに応えて恭しく頭を垂れた。そのお辞儀には格別深い感謝の情がにじみ出ていた。というのは公爵伯のためになされた事や言われた事は、市長にとってはまるで自分に対してなされたと同じような気持がするからだった。

「オリバレス伯爵にしてサン・ルカール公爵、我等の主《しゅ》なるドン・フェリペ王の忠臣、ガスパル・グズマン閣下万歳！」

忠臣といえば聞えがいい《いい》が、誰でも知っているように、その当時の言い方では忠臣《プリヴアート》とは王侯貴族の寵臣の謂であった。

「万歳！」

と皆が唱和した。

「神父様にもお注ぎしろ」

とドン・ロドリーゴが言った。

「いやもう御勘弁を」

とクリストーフォロ神父は答えた、

「もうこれ以上御迷惑をおかけするわけには参りませぬ……」

「なんですと」

とドン・ロドリーゴが言った、

「これは公爵伯様のための乾盃ですぞ。まさかあなたはナヴァール側というわけではありますまい」

当時はフランス人を冷やかす時はこのようにナヴァールと呼んだものだった。というのはアンリ四世以来、ナヴァールの王様が代々フランスに君臨していたからである。

こうした際、誤解を避けるためには飲むのが一番だった。会食者は皆歓声をあげ、口々に葡萄酒を褒め讃えた。もっとも弁護士は別で、頭をあげ、眼を見据え、唇をきっとしめて、なにか月並な御挨拶とは違う思うところがあるという風だった。

「どうしました、先生?」

とドン・ロドリーゴがたずねた。

するとグラスから、そのグラスよりももっとずっと赤く光った鼻を突き出して、この法

学博士は一語一語強調しながら次のように答えた、

「謹みて裁定結果を御報告申しあげます。この酒は世の葡萄酒中のオリバレスであります。誓って断定いたします、斯様《かよう》な酒は神のみそなわす我が国王の領土二十二国広しといえども他にはございません。はっきりと宣言いたします。世界に類《たぐい》なきドン・ロドリーゴ閣下の本席の御馳走はローマ皇帝へリオガバルスの晩餐をも凌駕《りょうが》いたすものでございます。この豪華壮麗が君臨するこの王宮から不作飢饉は永久に追放されてあれ」

「いやよくぞ言ってくださった、お見事、お見事」

と会食者はみな声を揃えてほめそやした。しかし弁護士がふとしたはずみで口にした「不作飢饉」という言葉が、急に皆の気持をこの憂鬱な話題の方へ向けた。そして皆口々にこの不作飢饉について話し出した。もっともこの問題について皆少なくとも肝腎の点については大体意見が一致しているらしかった。それでも意見の不一致がある時以上に皆の声はどうも騒然としていた。皆が一時に話していた。

「飢饉なんてありませんよ」

と一人がいった、

「悪いのは買い占めをやる商人だ」

「それにパン屋がけしからんのだ」

と別の男がいった、

「粉を隠している。あいつらを縛り首にすればいい」

「その通り、容赦《ようしゃ》はいらん。縛り首にすればいい」

「きちんと手続きを踏んで裁判をやってからな」

　と判事も兼ねる市長が大声で言った。

「なに、手続きだと？」

　ともっと大きな声でアッティーリオ伯がじれったそうに叫んだ、

「即決裁判だ。奴等を引っ張って来い。三人でも四人でも五人でも六人でもいい。人民が『あいつが一番金持で一番性悪でけちな野郎だ』と名指しする奴を引っ張って来て縛り首にすればいい」

「見せしめだ、見せしめだ。見せしめがなけりゃなにもやれやしない」

「吊《つる》しあげろ。吊しあげろ。そうすりゃいたるところから粉が続々湧いて出てくるぞ」

　曲芸師の一団が演奏と演奏の間に、めいめい自分の楽器を調整しようとしてできるだけ高い音を立て、他人の立てる騒音の中で自分の音だけははっきり聞きわけようとする。市《いち》場《ば》にさしかかってこうした一団が発する音を耳にした人なら、この人たちの演説——というのもおこがましいが——が発した音がどのようなものであったか見当もつくだろう。その間人々は次々に盃を重ね、その銘酒を礼讃する声は、当然、経済問題を論ずる声と混じりあっていった。それだから何遍も何遍もはっきり聞えた言葉は「甘露《かんろ》、甘露」という声と「吊せ、吊せ」という声とであった。

　ドン・ロドリーゴはその間、この座でただ一人静かにしている人物に時々一瞥《いちべつ》を投げた。

その男はいらだつ様子も見せず急ぐ様子も見せず、そこに落着いて坐っていた。待っております、という素振りさえ見せなかった。しかし話を聴いてもらわぬうちは立去らぬという気配がそことなく感じられた。自分としては喜んでお引取り願い、面と向いあった会談は御遠慮申したいのだが、しかしカプチン会修道士を引見《いんけん》せずに帰すというのはドン・ロドリーゴの方針に背《そむ》く。面倒が避けられぬ以上は、はやく会って片付ける方がましだと考え、立って食卓を離れた。すると顔の赤くなった他の連中も静かになったわけではないが、彼にならった。そこで主人は相客に許しを乞うと、あらたまった様子でクリストーフォロ神父に近づいた。神父ももちろん皆と一緒にもう立っていた。

「それでは御用を承りましょう」

とドン・ロドリーゴは言うと、神父を別の一室へ案内した。

第６章

「なにか御用で？」
とドン・ロドリーゴは、部屋の中央に突っ立ったまま言った。その言葉は音を写せばいかにもその通りの音だが、しかしその言葉を口に出したドン・ロドリーゴの言いざまは、明瞭に次のような含みをもっていた。誰の前にいるのかお前よく気をつけろ、一語一語吟《ぎん》味《み》して、さっさと切りあげろ。
だがクリストーフォロ神父の腹を据えさせる上で、傲岸不遜《ごうがんふそん》な態度で接するくらい迅速《じんそく》確実《かくじつ》な手立てはほかになかった。神父は、いうべき言葉を探しながら、腰帯にさげた念珠《ねんじゅ》を指の間でつまぐっていた――まるでその念珠の玉のどれかの中に言うべき口上《こうじょう》を見つけだそうとするかのようだった――が、ドン・ロドリーゴのそうした態度に接するや、その場で必要とされる以上の言葉がたちまち舌頭《ぜっとう》に浮んでくるのを感じた。しかしここで自分の用件、というか自分の用件以上に他人の用件であるこの件を台無しにしてはならぬ、と考えて、頭に浮んだ語句を正し、語気《ごき》をやわらげ、慎重にへりくだった態度で口を開いた。

「私がここに参りましたのは、あなた様に正義の御配慮と、御慈悲をお願いしに参ったのでございます。評判の芳しからぬ男どもが、おそれ多くもあなた様のお名前を持ちだして、あわれな一司祭を脅迫し、司祭の務めを果す邪魔立てをし、二人の罪なき者を苦しめております。あなた様のお声ひとつでそうした男どもは平伏し、正義が行なわれ、かようなひどい辛い目にあっております者を助けてやることができるのでございます。あなた様のお力で、それが可能になりまする……良心が、名誉が……」

「わしの良心については、わしがあなたのところへ告白に参った時にお話しください。わしの名誉に関しては、その名誉を守るべき人はわしだ、わし一人だ、ということを心得ておいてもらいたい。それゆえ勝手にそのようなお節介を焼こうとする者は、誰であろうとわしの名誉を傷つける不逞《ふてい》の輩《やから》とわしはみなす」

クリストーフォロ神父は、自分の言葉をもっぱら悪意にのみ解し、議論を口論に持ちこみ、肝腎要《かなめ》の論題をそらそうとするこの城主の言葉を耳にすると、気をひきしめ、いっそう隠忍自重《いんにんじちょう》して、相手がいい気になって口に出していうような言葉はなんでもぐっと腹に呑みこんでしまう決心をした。そしてつとめて平静を装った声で、すぐに答えた、

「もしあなた様のお気に召さぬようなことを私が申しましたなら、それは私の本意ではございませぬ。もし私の口の利きようが礼儀にかないませぬ節は、なにとぞ私の誤ちを正し、

私をお叱りください。しかし恐れ入りますが私の申しますところをお聞き願います。天の愛にかけて、私どもがみないつかはその御前《みまえ》に出なければならぬあの神の愛にかけて……」

と、こう言いながら、念珠についていた木製の小さな頭蓋骨を指の間でつまぐると、それを顰面《しかめつら》をした相手の目の前へ置いた。

「これほどたやすくしてやれる、当然貧しい人々に対してしてやらねばならぬ正義を無下《むげ》にお拒みなさいますな。神は常に貧しい人々に目を注ぎ、貧しい人々の叫びや嘆きは神のお耳に届いております。罪なき者は神の御前では力ある者……」

「へい、神父さん！」

とドン・ロドリーゴがぶっきら棒にさえぎった、

「わしはあなたの法衣には大いに敬意は表しているが、しかしひょっとしてわしに敬意を忘れさせるような事がなにか起ると、あなたはわしの家に大胆にもはいりこんだ不敵なスパイで、そいつが法衣をまとっておった、ということになりかねないが、それでもいいかね」

この言葉が神父の顔面《がんめん》に朱《しゅ》を注いだ。しかし神父は、ひどく苦い薬を嚥《の》みこんだ男の表情をすると、次のように語《ご》を続けた、

「そのような大層な肩書が私にふさわしいとはあなた様もよもやお考えではございますまい。私がいまここへ出向きましたことが、卑怯であるとか下劣であるとか、あなた様も内心お感じではございますまい。ドン・ロドリーゴ様、ようくお聞きください。また私の言

うことをお聞きにならなかったために あなた様が後悔する、などという日が来ることのないようなにとぞ天が御配慮くださいますように。どうかあなた様の名誉が……なんたる名誉でありましょう、ドン・ロドリーゴ様、人様の前で、そして神様の前で！　なるほどあなた様はこの世では思い存分にお出来かもしれませぬ。しかし……」

「御存知ないのか」

とドン・ロドリーゴは、腹立たしげな、しかしどことなく怯《おび》えたところがなくもない声で、相手を遮《さえぎ》りながら言った、

「御存知ないのか、わしは説教が聞きたいという気まぐれを起した時には、世間様と同様、教会へ出かけるということくらいは十分弁《わきま》えておる。しかるに場所柄もあろうにこのわしの邸で、いやはや」

と嘲りの作り笑いを浮かべて続けた、

「いやはや、あなたはわしを実際のわし以上に買い被ってくださる。お家付きの説教師！　王侯君主でなければお家付きの説教師なぞ持ちあわせはしませせぬぞ」

「神は王侯君主に対し神がその王侯君主の王宮で聞かせ給うお言葉について清算を求められますが、その神はいまあなたに御慈悲の徴《しるし》を授け給い、神の下僕《しもべ》の一人を、取るにも足らぬ一介の下僕でありますが、その一人を当家につかわして罪なき女のために請願……」

「要するに、神父さん」

とドン・ロドリーゴは立去ろうとしながら言った、

「わしはあなたの言おうとする意味がわからぬのだ。あなたにとってひどく気がかりになる女の子が誰かいるらしい、ということしかわしにはわからん。誰でもいいからお好きな人のところへ行って打明け話をされるがいい。そしてもうこれ以上長々と紳士の邪魔立てをするような勝手気儘な振舞は差し控えてもらいたい」

ドン・ロドリーゴが立去ろうとした時、クリストーフォロ神父は、いかにも鄭重《ていちょう》な物腰であったが、その前に立ちはだかった。そして両手をあげて、かつは懇願し、かつは引きとめるように、言った、

「その女が私の気にかかりますのは本当でございます。しかし気にかかりますのはあなた様のこととても同じでございます。御両人の霊魂のことは、お二人とも、私自身の血、私自身の命以上に気がかりなのでございます。ドン・ロドリーゴ様、私があなた様のためにできますことは神に祈ることだけでございます。しかし心底《しんそこ》からお祈りいたします。どうか私に否とは申されますな。どうか哀れな罪なき娘を不安と恐怖の中に閉込めなさいますな。あなた様のお一言《ひとこと》で万事決着するのでございます」

「それでは」

とドン・ロドリーゴが言った、

「わしがその人のためにいろいろ力になってやれるとあなたもお考えのようだし、その人はなにかとあなたの気がかりになるようだから……」

「それでは？」

とクリストーフォロ神父は気づかわしげに言った。そうした言葉が普通なら約束するにちがいない希望や期待を頭から信じこむことは、ドン・ロドリーゴの態度や挙措《きよそ》からいっても、神父にはできかねるところであった。

「それでは、わしの保護のもとに身を置きに来るようその人に御忠告ください。そうすれば何一つ不自由することはありますまい。誰一人その人に指一本ふれさせはしますまい。誓ってもよろしい、わしは紳士じゃ」

そのような返答に接すると、いままで辛うじて抑えてきた神父の怒りは心頭で火を噴いた。慎重に、辛抱に、という自戒もすっかり消し飛んで昔からの自分が今の自分の身内によみがえった。そしてそうした場合、クリストーフォロ神父は本当に二人前の力があった。

「あんたの保護！」

と吐き出すように言うと、二歩引きさがり、右足に昂然と重心をすえると、右手を腰にあて、左手をあげて人差指をドン・ロドリーゴへ突きつけた。燃えあがったその両の眼を相手の顔面に据えるがごとくかっと見つめた。

「あなたの保護！　よくも言われたな、そのような御返答、そのような御提案。いかさま度が過ぎましたぞ。もはやあなたのことは遠慮会釈《えしやく》いたしませせぬ」

「神父さん、なんという口の利き様《よう》……」

「なんともかとも。神に見放された者に口を利くようお話し申します。もう恐ろしくはございませせぬ。あなたの保護ですと！　私は前々からあの罪のない娘が神の保護のもとにい

ることを知っておりました。しかしあなたは、あなたはいま私にはっきりとそのことを確信させた。私はだからもはや遠慮会釈なくあなたに申しあげる。ルチーア、左様、ルチーアのことです。御覧なさい、私は額《ひたい》をあげ、両の眼をしっかり見据えてこの名前を口にした」

「なんと、この邸の中で……」

「このお邸に同情いたしますぞ。呪いがこのお邸の上にかかっております。そのうちにしかと御覧になりますぞ、神の正義が四方を囲む石の四つや五つで防げるものかどうか、神の正義が四人や五人の刺客でおびやかされるものかどうか。神が神に似せて人間を創り給うのは、あなたがその人間を苦しめて打興じるためとでもお考えになったか。神がその人間を守る術《すべ》を心得ておらぬとでもお考えになったか。あなたは神の警告をにべなくはねつけた。にべなく拒んだあなたは神によって裁かれた。エジプトの王パロの心が丁度あなたの心のように頑《かたくな》であった。だが神はその心をも打ち砕き給うた。ルチーアはあなたの手にはかかりませぬぞ。私は一介の僧に過ぎぬが貴殿《きでん》にそのことはしかと言わせていただきます。そしてあなた御自身についてはよくお聞き願いたい。私がしかと申しあげる、やがて来ますぞ、ある日……」

ドン・ロドリーゴはその時まで怒りと驚きにとらわれて、茫然自失《ぼうぜんじしつ》して、言うべき言葉も見出《みいだ》せずにいたが、しかしこの予言が神父の口から出てきたのを聞いた時、その怒りには遠来の神秘めいたある畏怖《いふ》の念が加わった。宙《ちゅう》にあがった脅《おど》すような相手の手を急いでむんずと引っ掴むと、この不吉な予言者の声を一気に掻き消すために、声を張りあげて叫んだ、

「とっとと消えて失せろ！　厚かましい土百姓《どびゃくしょう》め、腰抜けのくせに坊主の頭巾《ずきん》なんざかぶりやがって」

この、実に明快な、ドン・ロドリーゴの言葉が一瞬のうちにクリストーフォロ神父の気を鎮めた。罵詈雑言《ばりぞうごん》と乱暴虐待の観念には、神父の脳裏ではずっと以前から沈黙と受難の観念が密接に結ばれていたから、この御挨拶に接するやいなや、神父の心中の怒りも激情も、すっと消え失せた。そしてドン・ロドリーゴが手前勝手なことを何と言おうが、何でも謹んでじっと聞こうという決意だけが心中に残った。それで、引っ掴まれた自分の手をこの紳士の手からそっと静かに引き抜くと、頭《ず》を低く垂れ、じっと不動のまま突っ立った。

ちょうど嵐の真最中に風がはたと止むと、いままで揺れていた大樹が自然に枝振りを整え て、霰《あられ》が天から降ってくるのを素直にそのまま待ち受ける——なにかそうした感であった。

「ごろつきの癖にお体裁《ていさい》だけ繕《つくろ》いやがって！」

とドン・ロドリーゴはまくしたてた、

「まるでわしと対等のような口の利き様《よう》をしやがる。これでお前のいかつく張り出した両の肩に法衣《ほうい》がかかっていなけりゃ、お前みたいなやくざ共には口の利き様を教えこむために、こっぴどく棍棒で可愛がってやるところだが、それは法衣に免じて許してやる。修道衣にお礼でも言っておけ。今度だけは自分の脚で出て行くがいい。よく覚えておけ」

こう言いながら、相手を蔑《さげす》むような押しつけがましい態度で、前に二人がはいって来た入口の向いにある扉を指さした。クリストーフォロ神父は頭をさげて辞儀をすると、ドン・ロドリーゴを残して引き退った。ドン・ロドリーゴは怒りに燃えた足取りでその戦場をあちらこちら大股に歩きまわった。

修道士が自分の後ろの扉を閉めた時、ふと見るといまはいった次の間の壁をこするようにしてそっと立去ろうとする男が目にはいった。その男は自分の姿が先刻の会見の間から見られるのを嫌ったらしい。よく見るとそれは修道士を先刻玄関へ出迎えに出た当家の年老いた召使だった。この男はこの家に多分四十年以上仕えていた。ドン・ロドリーゴが生れる前から仕えていた。先代の時にお邸に上ったのだが、先代はドン・ロドリーゴとはまったく違った人柄であった。先代が亡くなると、新しい主人は先代の下男下女を放逐して、新たに自分の家の子郎党を引きこんだが、しかしこの召使だけは引続き手許《てもと》に置いておいた。もう年寄りだったたし、ドン・ロドリーゴとは習慣も心掛けもまるで違う男だったが、しかしこうした欠点を補う二つの長所を持っていた。それはお家の大事を思う念が深いことと、式次第の実際に精通していたことで、儀礼儀典についてはほかの誰よりも詳細を弁《わきま》え、昔からの仕来《しきた》りを心得ていた。毎日見かけている当家の有様について心中で賛成してはいなかったが、しかし御主人に面と向ってはかりそめにもその不満を口外することはなかった。ただ召使の間でなにかふと嘆声を発したり、口中で非難の意を口籠るように洩らしたりするのだった。ほかの召使はそれを冷笑し、わざとそうしたきわどい話題にふれて、本人が言いたくない以上のことを言わせて興がっていた。というのも老人はそのたびにお邸の昔の暮し振りを褒め讃えたからである。老人の非難がましい言葉が主人の耳に達するのは、その言葉から生れた笑い話に落ちがついている場合に限られていた。それだからその言葉は主人にとっても他意のないお笑い草にしか過ぎなかった。しかし招待や接待の日になると、老人は至極真面目な大切な欠かせない人となった。

クリストーフォロ神父は老人を見、通りしなに会釈《えしやく》した。そしてそのまま行き過ぎようとした。すると老人が曰《いわ》くありげな様子で神父にそっと近づき、口に指をあて、その指でもって薄暗い脇の廊下にはいるよう合図した。そしてその廊下にはいると、声をひそめていった、

「神父さま、すっかりお聞きしました。あなた様に申すことがございます」

「爺や、はやく申しなさい」

「ここでは駄目でございます。御主人にわかれば大変なことになる……しかしいろいろ知っております。明日修道院へ参るようにいたしましょう」

「なにか企みがあるのか？」

「なにか臭いのは確かでございます。それはもう私にも察しがつきました。今後は十分気をつけてすっかり見抜くようにいたします。おまかせください。ここで見たり聞いたりすることは……いやはや滅相《めっそう》なことばかり！　私が居ります家は……しかし私も自分の魂は救いたい」

「主の御加護のあなたにあらんことを」

　クリストーフォロ神父は低い声でそういいながら、召使の頭に手を置いた。年は神父よりもずっと上だったが、召使は神父の前で、子が親に対するような態度で、腰をかがめた。

「主はあなたにお報いくださいます」

と神父は話を続けた、

「明日必ずおいでなさい」

「参ります」

と召使は答えた、

「でもいまはすぐにお立去りください。そして、お願いでございます、私の名前を口外なさいますな」

こういうと、あたりを見まわして、廊下を伝い、中庭に面した別の客間へ抜け、誰もいないのを見定めると、神父を外へ招いた。神父の表情は、いかなる誓言《せいごん》にもまして、誰にも口外しない、とはっきり言っていた。召使が出口を指さすと、修道士はそれ以上口を利かず、立去った。

さてこの老人は主人の扉の背後で盗み聴きをした。これは良いことをしたのだろうか？クリストーフォロ神父はそれを褒めたが、これも良いことだろうか？ 世間一般に受入れられている掟《おきて》からいえば、これはたいへん悪い事である。しかしこの場合は例外と見なしてもよいのではあるまいか？ そして世間一般に受入れられている掟にも例外はいくつもあるのではあるまいか。重大問題だが、これはそのお気があるなら読者御自身で解決していただこう。筆者はその点について判断を下すつもりはない。事実を事実として物語ればそれで十分だ。

外へ出て、この悪の巣ともいうべき館に背を向けると、クリストーフォロ神父は、ほっと一息ついた。そして急いで坂をくだったが、顔はまだ火照《ほて》っており、いましがた自分が聞いたことと言ったことで、容易に察しがつくように、興奮はさめやらず、気持はまだ乱れていた。だがあのまったく予期していなかった老人の出現は、神父にとって本当に心温まる慰めであった。まるで天の御加護の目に見える徴《しるし》が天から自分に与えられたような気がした。

「これが手蔓《てづる》だ」

と神父は思った、

「これが天の摂理《せつり》が私の両手に託された手蔓なのだ。探し求めようとは夢にも思わなかったが、こともあろうにあの邸の中から！」

このように繰返し繰返し思いに耽りながら、目を西の空にあげると、傾いた夕陽が、ちょうどいま山の端《は》に沈もうとしている。今日一日ももう残り少ないな、と思った。するとその日一日のさまざまな骨折りや気苦労で、体の節々が痛み疲労困憊《ひろうこんぱい》を覚えたが、それでも足取りをふだんよりはやめた。自分が心に懸けているルチーアたちに、中味はともあれ報告を持ち帰り、それから夜にならぬうちに修道院に戻ろうと思ったからだった。そしてその日没前には戻るというのがカプチン派修道会の掟の中でももっとも厳しくきちんと守られている規則の一つなのであった。

さてその間《かん》、ルチーアの家ではいろいろな計画が話題にのぼり、あれやこれや議論されたが、それらについてここで読者にお知らせしておくべきかと思う。神父様がお発《た》ちになった後、残った三人はしばらくの間無言だった。ルチーアは悲しげに夕御飯の支度をしていたし、レンツォはこのように悲嘆にくれたルチーアの姿をこれ以上見るにしのびず、いまにも立去ろうとしていたが、それでもさすがに離れかねていたし、母親のアニェーゼは見たところはいかにも一心不乱に糸車を廻していた。しかし実際は心中である案をじっくり考えていたので、その案が熟したように思えた時、沈黙を破って次のような言葉で話し始めた、

「おまえたち、よくお聞き。もしおまえたちがしっかり腹を据《す》え、抜かりなく頭を働かせ、その上、おまえたちのおっ母《か》さんを信じてくれるなら」

おまえたちのおっ母さん、と母がいったのを聞いた時、ルチーアは思わずはっとした。

「それならわたしがこの面倒からおまえたちをきっと救い出してあげる。多分クリストー

フォロ神父様よりも上手に、もっとはやく救い出してあげる。それは神父様はなるほどあしたお偉い方ではいらっしゃるだろうけれど」

ルチーアは突っ立ったまま母を見つめたが、あまりにもすばらしい約束なだけに、その表情には母親を信頼するという以上に驚きの念がまざまざとあらわれていた。するとレンツォはすぐさま言った、

「腹を据え頭を働かすですって？　話して、是非話してください。ここで今なにがやれるか？」

「もしおまえたちが結婚してしまえば、もうそれでこちらが先手を打ったことになるだろう？」

とアニェーゼが言った、

「結婚さえしてれば、その後《あと》はもうどうにでもなるだろう。違いますか？」

「そりゃ無論」

とレンツォは言った、

「結婚さえしてしまえば……人生いたるところに青山《せいざん》ありだ。ここからちょっと行って、ベルガモの国境近くへ行けば、絹織の仕事の出来るものは大歓迎されるからな。従兄のボルトロは、御存知でしょう、何度も何度も自分のところへ来い、と俺に勧《すす》めてくれた。そうすれば、自分と同じように俺も一財産《ひとざいさん》作れる、と言ってくれた。俺はその忠告に耳を貸さなかったが、それは、言ってもしょうがないが、俺の心がここにあったからさ。結婚

しちまえば、一緒にそこへ行って、家を作り、天下御免で無事に平和に暮せる。悪党の毒牙にかかることもない。料簡《りようけん》違いな真似をしようとする気遣いもない。ルチーア、そうじゃないか?」

「それはそうよ」

とルチーアは言った、

「でも、どうやって……?」

「わたしがいったように」

と母が語をついだ、

「腹を据え、頭を働かせれば、事は簡単にあっさり片付くよ」

「簡単にですって!」

と若い二人は声を揃えて言った。その二人にとって事はひどく奇妙に深刻に難しくなっていた。

「やり方を知ってさえいれば簡単だよ」

とアニェーゼは答えた、

「よくお聞きなさい、おまえたちにわかるよう話してあげるから。わたしは物知りな人が言ってるのを聞いたこともあるし、それにわたしもそうした例を実際に一つ見てるんだよ。それというのは、結婚するには確かに司祭様が入用《いりよう》だ。しかしそれは司祭様がその場に居さえすればそれでいいので司祭様が承知せずともいいのだよ」

「というのは一体どういうことですか？」

とレンツォがたずねた。

「よくお聞き、そうすればわかるよ。いいかい、気心のよく知れた、すばしこい証人が二人入用だ。それから司祭様の家へ行くんだが、出し抜けに司祭様を取っ摑まえることが肝腎で、相手に余裕を与えて逃がしちゃいけないよ。そこで男の方が『司祭様、これが私の妻でございます』といい、女の方が『司祭様、これが私の夫でございます』とこういうのさ。司祭様が聞いて、証人が聞けばそれでいい。これで目出度く結婚できるというわけさ。法王様御自身がしてくださったと同様に、きちんとした天下晴れての結婚だよ。そう言っちまえば、その後で司祭様が叫ぼうが、喚《わめ》こうが、大騒ぎをしようが、それは後の祭。おまえたちはもう夫婦なんだよ」

「そんなことできて？」

とルチーアが思わず大きな声でたずねた。

「できるもできないもおまえたち」

とアニェーゼがいった、

「おまえたちもじきにわかるよ、おまえたち若い者が生れるより前にわたしは三十年もこの世で過ごしたが、その間になんにも習わなかったわけじゃないからね。本当におまえたちにいった通りなんだよ。その証拠にわたしの知ってる女で、両親の反対を押切って結婚しようとしたのが、いまみたいにやって、望みをかなえちまった。坊さんは、臭いと睨んで気をつけていたが、二人とも抜目なくて、いい汐時《しおどき》に坊さんを摑まえて、きちんと文句を唱えたから、それで夫婦になった。もっとも女の方は気の毒なことに、その三日後にはもう早まったことをしでかしたと後悔したらしいがね」

アニェーゼがいったことは、失敗する危険性についても、可能性についても、事実その通りであった。というのも、こうした手段に訴える人は、まず必ずといってよいほど普通の道では結婚できない反対や障害に出遭った人たちだからで、またそれだけに司祭たちはこのように無理矢理に協力を強要される破目に陥らぬようずいぶん気をつかっていたからである。それで司祭たちはまかり間違ってこうした男女の一対に摑まった時には、そしてそれに証人がついている時には、全力をあげて逃げ出そうとした。それはいわば無理矢理に予言することを強いられたプロテウスが相手の手を振りほどいて逃げようとしたのと同様であった。

「もし本当ならな、ルチーア」

とレンツォはすがるような眼差でルチーアをじっと見つめて、言った。

「なに、もし本当なら、だって!」

とアニェーゼがいった、

「あんたまでわたしが出鱈目《でたらめ》をいうとでも思っているのかい。わたしは一生懸命おまえたちのことを思ってこういっているんだよ、それなのに信じてくれないのだね。いいわ、いいわ、それならおまえたちは自分の力でこの面倒を片づけるがいいんだよ。わたしは手を引きますからね」

「いや、いや、私らを見捨てないでください」

とレンツォがいった、

「あんまり話がうま過ぎるので、ついそんな口を利いたのです。あなたにおまかせします。あなたを本当のおっ母さんのように思っていますから」

その言葉を聞いてアニェーゼの小さな腹立ちは消え、実のところ、それほど本気ではなかった「手を引く」という話もすぐ忘れてしまった。

「それならお母さん、なぜ」

とルチーアが、いつもの通りの物静かな態度でいった、

「それならなぜこうした事にクリストーフォロ神父様はお気づきにならなかったのでしょう?」

「気づく?」

とアニェーゼが答えた、

「そりゃおまえ神父様は気づいていたに決まっているじゃないか。でも口にするのは憚《はばか》りがあるからね」

「それはなぜ?」

と若い男女は二人同時にたずねた。

「それはなぜって、なぜって、知りたいならいいますが、坊様たちはそうした事は本当は

良くないことだとお考えだからさ」

「もしそれが良くないことなら、できてしまえば目出度し目出度し、というのは一体どういうわけです？」

とレンツォがいった。

「おまえたちには何といって聞かせたらいいのかね？」

とアニェーゼが答えた、

「それは法律を拵《こしら》えたのはあの人たちで、御自分のお好きなように作られたのだ。わたしらみたいな無学な者に全部わかるはずはないよ。それにこうした事はいろいろ事情もあるし……それは言ってみれば人に拳骨《げんこつ》を喰らわせるみたいなものさ。良くないに決まっています。しかし一旦喰らわしちまえば、後は法王様でもこれはもう取返しはつかないんだよ」

「もし良くないに決まっていることなら」

とルチーアはいった、

「してはいけませんわ」

「なんだって！」

とアニェーゼがいった、

「畏れ多くも神様の御意志にそむくような忠告をわたしがおまえにするとでも思っているのかい。それはもしかりにおまえがおまえの両親の気持に逆らって、どこかの馬の骨とでも一緒になるというつもりなら、それは問題さ……しかしわたしは満足だよ、こうした息子と一緒になるというのだもの。とするとこの結婚にあれこれ邪魔立てする人がこれは悪者なんだよ。そう言ってはなんだがあの司祭様も……」

「いやもうはっきりしました。そんな訳なら誰にでもわかる」

とレンツォが言った。

「事をなす前にこの件をクリストーフォロ神父様に話すのじゃないよ」

とアニェーゼが続けた、

「だがとにかくやって、うまく出来たら、神父様はおまえに何と言うとお考えかい？——坊様たちはこういう風に言わなければお立場上具合が悪いのさ。でもね、わたしの言うことを信用して大丈夫だよ。神父様だって心の中ではやっぱり喜んでくださるにちがいないのだから」

母親のそのような理窟に対しルチーアは何と返事してよいかわからなかったが、しかし母親の言葉を聞いてそれで納得したという風でもなかった。しかしレンツォの方は、もうすっかり元気づいて、

「そういう事なら、もう事は成ったも同然だ」

というと、アニェーゼが、

「そう慌てずに」

といった、

「それでその証人の方《ほう》はどうするかね？　引受けてくれて、しかもその間じっと黙っていてくれる人でないといけないのだが、二人見つかるかね？　それから、この二日来家に引籠ってしまった司祭様をうまく摑まえることはできるか？　そこから逃がしたら駄目なんだよ。あの人は生れつきは鈍くてもたもたしているけれど、だけどおまえたちがそうした構えで現れるのを見たら、これはもう間違いなく、猫みたいにすばしこくなって、悪魔が聖水から逃げるみたいに逃げるにきまってるからね」

「あ、見つけた、見つけた、俺にはいい考えがある」

レンツォはこういうと、拳《こぶし》でテーブルを叩いた。それで食事のために並べてあった皿がかたかたとはねて踊った。そしてレンツォは続けて自分の考えを述べたが、アニェーゼはそれにすっかり賛成したのだった。

「でもそれは誤魔化しよ」

とルチーアはいった、

「まっすぐな事とはいえないわ。いままで正直に振舞ってきたわたしたちですもの。これからも神さまを信じて進みましょう。そうすれば神さまはわたしたちを助けてくださいますわ。クリストーフォロ神父さまがそうおっしゃいました。神父さまのお考えをうかがうことにしましょう」

「おまえはなにも知らぬ癖に。この件はおまえよりもっとよく心得ている人に任せておきなさい」

とアニェーゼが、難しい顔をして、言った、

「ほかの人の意見を聞く必要がどこにありますか？　神様のお言葉にも『神ハ自《みずか》ラ助クル者ヲ助ク』とあるではありませんか。神父様には、万事片づき次第お話しすればいい」

「ルチーア」

とレンツォがあらたまって言った、

「君はいまになって俺について行けない、とでもいうのか？　俺たちは真当《まっとう》なキリスト教徒として万事万端準備を調《とと》えてきたのじゃないのか？　普通ならもう夫婦になっていたはずじゃないのか？　大体司祭さんの方で俺たちの日取りや時間を決めてくれたのじゃないか？　いま俺たちが多少知恵を働かせてお互いに助けあわねばならぬとするなら、それは一体誰のせいだ？　いや、いや、君は俺について来なけりゃいけないよ。ではちょっとそこまで行って返事を貰って戻って来ます」

そういうと、ルチーアにはいかにも頼むという態度で、アニェーゼにはいかにも話は呑みこんだという様子で会釈すると、レンツォは急ぎ足で立去った。

人間、苦しい目に遭うと頭の切れ方が鋭くなるものである。それで、いままで彼が踏んで来た人生の坦々とした真直な小道で、頭を使うなどという機会にほとんど出会《でくわ》さなかったレンツォも、この機会にはからずも弁護士をも驚かせるような方策を一つ考え出した。自分で計画を立てた通り、まずまっすぐにそこからほど遠からぬトーニオ某の家に行った。台所を覗くとトーニオは囲炉裏《いろり》の段に片膝をつき、片手で、埋火《うもれび》の上に置いてある銅鍋の

縁をつかみ、もう片方の手に曲ったしゃもじを握って蕎麦粉《そばこ》で作った灰色のポレンタを攪《か》きまぜていた。トーニオの母親と弟と妻が食卓に坐り、三、四人の小さな子がお父さんのそばで立ったまま、目を銅鍋にじっと据えて、よそってもらえる時を待っていた。しかしこの場には、汗水流して労働した人がその報いとして得た食事を食べる時に普通見られるような、あの喜ばしい雰囲気はなかった。ポレンタの厚さはその年の収穫に比例していたけれども、食卓を取囲んでいる人数やその盛んな食欲には比例していなかった。狂おしいまでに腹が減って食いたくてたまらぬ人が食物に示すあのがつがつした眼付で、みんなは皆の食い分であるこのポレンタを見つめながら、自分の食欲がどれだけ満たされぬままに残るだろうかと考えているかのようだった。レンツォが家族の者と挨拶を交わしている間にも、トーニオははやく入れてくれといわんばかりに差し出された橅《ぶな》の木の大椀にポレンタをよそってやったが、そのポレンタはまるで大きな暈《かさ》の中の小さな月のようだった。しかしそれにもかかわらず女たちは礼儀正しくレンツォに向って「お給仕しましょうか?」というのだった。これはロンバルディーアの百姓なら、いやきっとよその多くの国や土地の百姓でも、自分が食事をしているのを他人に見られた場合には、欠かさずにいう御挨拶であった。それはその他人がたとえ食事を了えて来たばかりの食道楽のお大尽であろうが、自分の方は最後の一片を食べかけようとしている時であろうが、そういうのであった。

「いや有難う」

とレンツォは答えた、

「ちょっと一言《ひとこと》トーニオに話があるので来たまでなんだ。トーニオ、もしよければ、ここだとおっ母さんやおかみさんのお邪魔になるから、一緒にそこの飯屋《めしや》へ行って食事しながら話をしないか」
　その話が出た時、それはトーニオにとってはまったく思いがけなかっただけにそれだけ嬉しかった。女たちも子供たちも（子供たちはそうした事柄については年にも似ずませた思案が働くものだが）、ポレンタを食う一人、それも一番の大敵が一人減りそうなのを見て悪い気持ではなかった。招かれたトーニオとしてはこれ以上とやかくいうことはなかった。彼はレンツォと一緒に外へ出た。
　村の飯屋に着くと、ひっそり静まり返った中で自分たちの思いのままに席を占めることができた。というのも貧窮の挙句、この店の常連たちの足もいまではもうすっかり遠のいてしまったからである。ありあわせの少しの品を持って来させ、小瓶の葡萄酒をすっかり空けると、レンツォは曰《いわ》くありげな様子でトーニオに言った、

「もしちょっと俺を助けてくれるなら、大きな御礼をするつもりなんだが」

「なんだ、話せよ、用事があるならさっさと言いつけるがいいぜ」

とトーニオは葡萄酒をつぎながら言った、

「今日はお前のためなら火の中へでも飛びこむぜ」

「お前は去年耕した司祭様の畠の賃貸料《ちんたいりょう》二十五リラをまだ借金したままだろう」

「ああ、レンツォ、レンツォ、折角の奢《おご》りも台無しじゃないか。一体なんでわざわざそんな事を言いに来たんだ？　折角のいい気分がお前のお蔭ですっかり消えちまった」

「お前に借金の話をしたのは」

とレンツォが言った、

「それはお前にその気さえあるなら、借金弁済の方法を講じてやろうと思ったからさ」

「本気か？」

「本気さ。どうだ、それなら気に入ったか？」

「気に入ったかって？　とんでもねえ、俺がそれで気に入らねえはずはないじゃないか。もしもそうなりゃあの顰《しかめ》っ面《つら》が頭をふりふり合図をするのをもう見ずとも済む。なにしろ俺たちが会うたびに司祭様は顔を顰めて頭を振っては『おい、トーニオ、忘れては駄目だよ、トーニオ、あの件はいつ決済してくれるのか』と来るんだ。それがあんまりくどくて、

説教の時も眼を俺の方に据えているもんだから、俺は司祭様が皆のいる前で『あの二十五リラ』と言い出しやせぬかと思って実はひやひやしているんだ。いやはや忌々しい二十五リラよ。そいつを払えば俺の家内の金の首飾りを返してくれるというんだが、そうすりゃ首飾りをたっぷりそれだけのポレンタと取換《とっか》えっこもできるんだが……」

「だが、だがな、もしお前が俺にほんのちょっと手助けをしてくれるなら、その二十五リラはきちんと用意するぜ」

「なんだい、早く言いな」

「だがな……！」

　とレンツォは口に指を当てながらいった。

「そんなことが必要か？　お前は俺がどんな男か知ってるだろう？」

「司祭さんは、俺の結婚を引延ばそうとして、意味もない理由を次々に引張り出してくる。だが俺の方は早くしたいんだ。それで人の話を聞くと、司祭さんの前へ新郎新婦が現れて、二人証人を連れて行って、俺が『これが私の妻です』といい、ルチーアが『これが私の夫です』といえば、それでもう間違いなく天下晴れて目出度く結婚したことになるそうだ。どうだ俺の言うことがわかったか？」

「お前は俺にその証人になってもらいたいのか？」

「まさにその通りだ」

「するとお前は俺に二十五リラ払ってくれるというのか？」

「それでそいつを引受けない奴は阿呆だな」

「そのつもりだ」

「だがもう一人証人を見つけなけりゃならない」

「そいつはもう見つけた。俺の弟のジェルヴァーゾは薄鈍《うすのろ》だが、あいつは俺が言った通りのことをするぜ。ちょっとあいつに一杯飲ませてやってくれるか？」

「食事も奢《おご》ってやるよ」

とレンツォは答えた、

「ここへ連れて来て俺たちと一緒に楽しく一席過ごそうと思っているんだが、しかしあいつにできるかな？」

「なに俺が教えこんでやるよ。お前も知っての通りあいつは俺の思い通りさ。俺はあいつの分の脳味噌もこのお頭《つむ》に持っている」

「では明日……」

「よし」

「日の暮れるころ」

「結構」

「だがな」

とレンツォがまた口に指をあてて言った。

「ぷう、う……」

とトーニオは、頭を右肩の方へ傾け、左手をあげて「お前、俺を見損うなよ」という顔つきで口をとがらした。

「だがな、もしお前のおかみさんがお前にたずねたらどうする、お前にたずねるにきまっているよ」

「嘘をついた回数からいうと、俺はまだまだ家内に貸しがあるんだ。ちょっとやそっとじゃ清算が済まないくらいだ。あいつを安心させるためになにか嘘っぱちでも見つけるよ」

「それでは明日の朝」

とレンツォがいった、

「この件一切についてもっとゆっくり相談して十分打合せするとしよう」

そう言うと、二人は飯屋から外へ出た。トーニオは家へ向って歩きながら、道々女たちにどんな作り話をすればいいかを考えていた。そしてレンツォは家へ帰っていま打合せた取決めについて報告しようと思っていた。

そしてこの間、アニェーゼは一生懸命娘を説き伏せようとしていたが、ルチーアはどうしてもいうことを聞かなかった。娘の方は母親の言分《いいぶん》に対してある時は両刀論法の一方の角《つの》でもって、またある時はもう一方の角でもって反対したからである。もしも悪い事ならばそれはしてはいけない。もしも悪くない事ならば、なぜそれをクリストーフォロ神父に告げないのか？

レンツォはすっかり得意になって帰って来ると一部始終を報告し、最後に「どうだい、ああん？」と言ったが、その「ああん」という間投詞には「どうだい。俺は男か、男でないか？　これ以上いい方法があると思うか？　こうした知恵があなた方の頭に浮かぶかね」などとでも言いたげな語気が感じられた。

ルチーアはおだやかに頭を横に振っていたが、勇《いさ》みたっている二人の方はルチーアにはほとんど注意も払わなかった。それはいってみれば人々が子供をあしらう時のようなもので、子供に理窟を全部わからせることはまず望めないから、後で優しくすかしたり権柄《けんぺい》づくで叱ったりして、結局大人がそうさせようと思っている方向に話をもってゆくつもりだったからである。

「結構、結構」

とアニェーゼはいった、

「結構だがしかし……全部すっかり考え抜いた、というわけじゃないね」

「なにが不足ですか？」

とレンツォが問いただした。

「ペルペートゥアさ。ペルペートゥアのことを忘れていたね。あの女はトーニオとその弟は中へ入れてくれるよ。だけどおまえたち、おまえたち二人は、考えても御覧《みう》。あの女はおまえたちを中へ入れてはならんと言いつけられてるにきまってる。それは果の熟れた梨の樹に子供を近づかせてはいけないと言いつけられた以上に確かだよ」

「どうしましょうか？」

とすこし戸惑って、レンツォがいった。

「まあ、わたしの考えはこうだね。わたしもおまえたちと一緒にあそこへ行きましょう。ペルペートゥアを誘い出すには秘訣があるわね。そしてなんかかんか夢中にさせておまえたちに気がつかないようにさせとくよ。そうすれば中へはいれるだろう。そうしたらわたしがあの女を呼んであの女の胸にぐっと来るようなことをいう……見ててごらん」

「本当にあなたのお蔭だ！」

とレンツォは叫んだ、

「いつもどんな事でも私らの救い神だ、前からそう思ってました」

「だがこうしたこと一切無駄骨《むだぼね》になってしまうよ」

とアニェーゼがいった、

「この子はこうしたことは罪になると言い張って、どうしても言うことをきかないのだもの」

レンツォも一生懸命口説《くど》きはじめたが、しかしルチーアは相手の言葉によって動《どう》じる気配はなかった。

「こうした理窟になんて答えたらいいかわたしにはわからないわ」

とルチーアは繰返しいった、

「でもこうしたことをやるには、おっしゃる通り、嘘の上に偽《いつわ》りを重ねて誤魔化しおおせねばなりませんわ。ああ、レンツォ、わたしたちはじめはこんなつもりではなかった。わたしはあなたの妻になりたいです、だけど」

そういって自分の気持を説き明かそうとした時、彼女の顔は赤くならずにはいなかった。

「わたしは正道を踏み、神を畏れつつ、祭壇の前で、あなたの妻になりたいです。どうかみな天にまします方の大御心《おおみこころ》におまかせしましょう。わたしたちが自分たちでこうした悪知恵を絞ってなんかするよりもっと上手に神様の方がきっとわたしたちを助ける糸口を見つけてくださるにちがいありませんわ。どうしてクリストーフォロ神父さまに隠し立てをするんでしょう?」

議論はしかしながら続いて、いつ果てるとも知れなかった。その時サンダル履きで急ぐ人の足音と、たれさがった帆が風ではたはたと繰返し鳴るように修道衣を風になびかせる音が聞えた。クリストーフォロ神父が帰って来たのである。三人はみな口をつぐんだ。その時アニェーゼはそれでも辛うじてルチーアの耳にこう囁いた、

「いいかい、よく気をおつけ、おわかりだわね、なにも言ってはいけないよ」

第7章

　クリストーフォロ神父は立派な隊長のような態度で帰って来た。自分の責任ではないが重大な戦闘に敗れ、悲しんではいるが気落ちせず、物思いにふけっているが狼狽はしていない。急いではいるが遁走《とんそう》するのではなく、必要とあればどこへでも出かけて、敵襲の危険のある場所の防備を固め、部隊を掌握《しょうあく》し、新たな命令を発する、そうした立派な隊長のような態度で帰って来た。

「お前たちに平安のあらんことを」

　とはいりしなに言った、

「あの男からはなにも期待はできないが、それだけますます神を信じなければなりません。そしてもう神の御加護の徴《しるし》がいくつかありました」

　三人のうちの誰もクリストーフォロ神父の試みに大した期待を寄せてはいなかった。というのも、こうした権力者が、万止《ばん》むを得ぬ事情に追いこまれて譲歩を余儀なくされたというならともかく、ただ単に非力《ひりき》の人の嘆願にあってそれを素直に聴き届けて横柄《おうへい》な真似をやめて手を引くなどということは類稀《たぐい》というか前代未聞《ぜんだいみもん》だったからである。だがそれでも悲しい事実がはっきりしたことは皆にはやはりショックだった。女たちはうなだれた。しかしレンツォは意気銷沈《しょうちん》するより心頭《しんとう》から怒気《どき》を発した。レンツォはもうそれまでに散々苦杯を喫《きっ》し、計画は失敗するし、希望は裏切られるし、しかもその上、丁度その時は、ルチーアの反対にあって気がむしゃくしゃしていた。そうした苦々しい気分の時にクリストーフォロ神父が報せをもたらしにはいって来たのだ。

「お聞きしたいですね」

と歯を剝き出し、かつてクリストーフォロ神父の前では出したこともないような大きな声を張りあげて言った、

「お聞きしたいですね、あの畜生は一体どんな理由を並べたんだ……俺の嫁さんが俺の嫁さんであっちゃならねえというどんな理由を」

「レンツォ、お前には気の毒だが」

と修道士は憐みの情にみちた、厳粛な声で言った。その眼差《まなざし》にはレンツォの興奮を抑え静めるような愛情があった。

「不正を働こうとする権力者がもしもその理由をいつでも言わなければならないようなら、世の中の動きは少しは違っているさ」

「それではあの畜生は、結婚させたくない、だからさせたくない、とそう言ったんですか？」

「それさえも口に出しては言わなかった。いいか、レンツォ、不正を働く際に不正だということを公然と認めなければならぬ世の中なら、それもやっぱり進歩なのさ」

「しかしなにか言わなきゃならなかったはずだ。あの地獄の赤犬野郎はなんと言ったんです？」

「あの男が言った言葉はしかと聞きました。しかし繰返してお前に言おうとしても言えない。不正でしかも強い男の言葉には突き刺さる棘《とげ》がある。それでいてとらえどころがない。お前が奴を怪しんで臭いという顔をすれば奴は腹を立てかねない。それでいて同時にお前に向ってお前が怪しむのはもっともだと思わせることもできる。お前を馬鹿にしておいて自分が馬鹿にされたと言い張ることだってできる。愚弄《ぐろう》しておいて正義を唱えたり、脅《おど》すかと思えば嘆いたり、厚顔《こうがん》で破廉恥《はれんち》になるかと思うと一点非の打ち所がなくなったりする。これ以上聞くのはおよし。奴はこの罪のない女の名前もお前の名前も口にしなかった。お前たちを知っている様子さえ見せなかった。なにか言い張る様子もなかった。だが……だが残念だが、奴に改心の気配《けはい》が毛頭ないということもわかり過ぎるくらいよくわかった。それでも、いいか、神様を信じるのだ。あなた方もがっかりしないで、そしてお前、レンツォ……いいか、私にはお前の気持がよくわかる。お前の腹の中がどんなに煮えくり返っているか私にはよくわかる。だが辛抱が肝腎だ。信じる気持のない人にしてみたら辛抱などという言葉は中味が空っぽな、苦々しい言葉にしか過ぎんだろうが。しかしお前、お前なら一日か二日、神様が正義を勝利させるために必要とされる時間を神様にお貸しするつもりはあるだろう。時間は本来神様のものだ。しかも神様はそれでもって私たちに大きな約束をしてくださった。レンツォ、神様におまかせするがいい。お前たちみんなに打明けていうが、お前たちを助けるための一筋の手蔓《てづる》を実はもう私は手に握っている。しかし今はこれ以上のことはお前たちに話せない。明日私はここへは来ません。お前たちのために一日中私は修道院にいなければならぬのだ。いいかレンツォ、修道院へ是非立寄るようにしてくれ。そしてもし思いがけず立寄れぬような場合には、誰か信用の置ける、判断の確かな若者を一人よこしてくれ。その男に頼んでなにが起ったかお前たちに知らせるようにするから。もう暗くなった。私は駈けて修道院へ帰らなければなりません。信じることだ、さ、元気を出して、それではさようなら」

そう言って、急いで外へ出た。そして駈けながら、というよりは跳ぶように、曲りくねった、石だらけの小径を下《くだ》っていった。修道院に遅刻して帰ると口喧《やかま》しい叱言《こごと》を喰らうし、またそれよりずっと気がかりなことだが、譴慎を喰らうかもしれないからで、そうなると翌日、自分が世話をしている人々の必要に即座にすばやく応じることが出来なくなるかもしれないからだった。

「あなた方もお聞きでしょう、神父さまが何とかおっしゃった……わたしたちを助けるための手蔓を握っていらっしゃる、と」

ルチーアはいった、

「やはり神父さまにおまかせするのがいいのだわ。だってあの方が十《とお》お約束してくださる時には……」

「それだけのことなら」

とアニェーゼが遮っていった、

「それだけのことならもっとはっきり話してくれたっていいやね。それともわたしだけちょっと脇に呼んで一体何事なのかおっしゃってくれたっていいやね……」

「あんなお喋りなんか！　俺はもう決着をつけたい、さっさと決着をつけたいんだ！」

と今度はレンツォが、室内をあちこち歩きながら、遮って言った。その声も表情も彼がこうした言葉で何を言おうとしているのか疑う余地はなかった。

「まあ、レンツォ！」

とルチーアが叫んだ。

「どういうつもりだい？」

とアニェーゼも声を立てた。

「なに別に言うほどのこともありませんよ。俺は決着をつけたいんだ。たとい奴の中に百、千の悪魔が巣喰おうが、畢竟《ひっきょう》奴だって骨と肉からできた人間だ……」

「駄目、駄目よ、お願いだから……！」

とルチーアが言い出したが、涙に声が途切れた。

「そうしたことはたとい冗談にもせよ口に出して言うことじゃありません」

とアニェーゼがたしなめた。

「冗談だって?」

とレンツォは坐っているアニェーゼの前にきっと直立すると、相手の顔に両眼を据えて叫んだ、

「冗談だって! 冗談か冗談でないかそのうちわかる」

「まあ、レンツォ!」

とルチーアが半泣きになりながら、やっとの思いでいった、

「あなたがまさかこんなだって知らなかったわ」

「お願いだからそうしたことをいうのはよしにしておくれ」

とアニェーゼが、また急いで、声を低めていった、

「あの男が自分の思いのままに使える手下が何人いるか忘れたのかい。それでいまもしかりに……ああ神様、神様お助けください!……貧乏人に対してはいつもいつもお裁きがあるよ」

「お裁きなら、俺が、自分でやってみせますよ。いまこそその時期だ。事が容易でないくらいは、俺にもわかっている。あの人殺しの犬野郎は身辺《しんぺん》の警戒をおさおさ怠りないからな。事態がどのようであるのか奴は自分でも知っているのだ。だが大したことはない。腹を据えて辛抱してればいいんだ……そうすれば時機が来る。そうだ、俺がやる、俺がお裁

きをやってみせる。そうして自由にしてみせる、俺がこの土地を自由にしてみせる。そうすればきっとそれはそれは大勢の人が俺のことを喜んでくれるだろう……！　そこで俺はさっさと高飛び……」

こうした怖ろしいはっきりした言葉にどきっとしたルチーアは泣きじゃくるのをやめて、力を振絞って話し出した。両の掌《てのひら》から涙に濡れた顔をあげると、レンツォに向って悲しげな、しかしきっぱりした口調で言った、

「それではわたしがあなたのところにお嫁に行くか行かないかはあなたにとってもうどうでもいいのね。わたしは神を畏れる人の妻になろうと心に誓っていました。でもその人が事もあろうに……たといかりにお上《かみ》の手が届かず報復の怖れがなかろうと、またかりにその人が王侯貴族の息子であろうと……」

「よし、わかった！」

とレンツォは叫んだが、その顔付はかつてないほど歪んでいた、

「よし、わかった。それならお前は俺のものにならん。しかしお前は奴のものにもならん。俺はここでお前なしに、奴は家で……」

「ああ、お願い、そんな言い方はよして頂戴。そんな眼付はよして頂戴。いや、そんなあなたの顔、とても見ていられないわ」

とルチーアは、泣きながら、両手をあわせ、すがるようにして叫んだ。そしてその間中アニェーゼは若者の名前を繰返し繰返し呼んで、その肩や腕や手をさすってレンツォの興奮を鎮めようとした。レンツォは暫くの間、物思いに耽ったようにじっと嘆願するルチーアの顔を見つめて突っ立っていたが、突然険しい表情になったと思うと、後ろへ退り、腕をのばし、人差指をルチーアの方に向けて、叫んだ、

「この女だ！　この女を奴が盗《と》ろうというのだ。生かしておけるか！」

「でもわたしがどんな悪いことをあなたにしたというの？　なぜわたしが死ななければいけないとおっしゃるの？」

ルチーアは跪《ひざまづ》いて彼の前に身を投げ出して言った。

「お前は」

とレンツォは言った。その声は前とはまるで違ったが、それでもやはり怒りに満ちた声だった。

「お前は俺が好きだといいながら、その証拠に俺になにをした？　俺はお前にお願いし、

お願いし、お願いしただろう？　それなのにお前はなにも、なんの証《あか》しも立てなかったじゃないか！」

「立てますとも」

とルチーアは急いで答えた、

「司祭さんのところへ行きますわ、明日、もし今でもあなたがそのお気持でしたら、行きますわ。でも以前の通りのあなたに戻って頂戴。わたし行きますから」

「俺に約束するか？」

とレンツォはにわかに人間らしくなった表情と声で言った。

「あなたにお約束します」

「俺に約束したな」

「ああ神さま、有難や、有難や」

と二重に満足したアニェーゼが叫んだ。

怒気《どき》を発した最中に、レンツォはルチーアの狼狽《ろうばい》をどう利用すれば自分に都合よく行くか考えていたのだろうか？　彼は相手の狼狽にうまく乗じようとして、相手の狼狽が増大するよう多少手練手管《てれんてくだ》を弄《ろう》したのではあるまいか？　この記録を書き残した原著者はその点について何も知らないと申立てているが、私はレンツォ自身でさえもその点についてよく知っていなかったのだろうと考える。要するに事実は、レンツォがドン・ロドリーゴに対して実際腹を立てていたこと、レンツォがルチーアの同意を熱烈に求めていたことである。二つの強烈な情念が一人の男の心中で荒れ狂う時には、その二つの声をはっきり区別して、どちらが優位に立っているかを間違いなく言いあてることは誰にもできない。その本人でさえもできないのである。

「あなたにそうするとお約束しました」

とルチーアはおずおずと愛情のこもった叱るような口調で答えた、

「でもあなたも前には騒いだりせず、すべてを神父さまにおまかせするとお約束なさったのに……」

「馬鹿、それとこれとは話が違う。一体誰のために俺がこんなに怒り狂ったのだ？　今になって逆戻りするつもりか？　まさか俺に途方もない事をさせる気じゃあるまいな？」

「いえ、いえ」

とルチーアはまた狼狽しはじめながら答えた、

「お約束したのですもの、引きさがりはしませんわ。でもあなただってわたしにどんな風にして約束させたかおわかりでしょう。どうか神さまが……」

「なんでお前は縁起の悪いことばかりしたがるのだ？　神様は俺たちが誰にも悪さをしないことを御存知でいらっしゃる」

「こうした事はこれきりもう二度としないということだけはわたしに誓って頂戴」

「百姓の伜《せがれ》として嘘偽《うそいつわ》りなくお前に誓う」

「でも今度はきちんと守るんだよ」

とアニェーゼがいった。

ここで原著者はもう一つの点についても知らないと白状している。それというのは、ルチーアが同意を強制されたことについてはたして心の底の底から不満だったかどうかという点で、われわれもこの点については原著者と同様、問題を未解決のまま疑問符をつけて残しておかねばならない。

レンツォとしてはもっと話を続けて、翌日しなければならぬことについてきちんきちんと手筈を整えておきたかったが、しかし夜ももうだいぶ更《ふ》けていた。レンツォをこうした時刻にこれ以上引留めるのはやはりどうかと思っていた女たちは、レンツォにお休みと別れを告げた。

その夜は三人の誰にとってもなかなか大した一夜であった。興奮と動揺でいっぱいの日《にっ》中《ちゅう》に引続いた夜であったし、また重大な、その首尾不首尾は見当もつきかねる一件を行なう予定の日の前夜でもあったからである。レンツォは朝早くから姿を見せて、女たち、というかアニェーゼと当日夕方に行なう大作戦の一件について協議した。どんな面倒が起るかを推測しては解決策を立て、突発事態を予測し、レンツォとアニェーゼは代る代る事の成行きを事細かに繰返し話した。まるでもう実際に起きた事を物語るかのようであった。ルチーアは耳を澄して聞いていた。そして心中で承服できかねたことを口先で承知することはしなかったが、それでも自分にできるだけのことはすると約束した。

「あなたは昨晩いわれた通り、今日修道院へ行ってクリストーフォロ神父様とお話をなさるかね」

とアニェーゼはレンツォにたずねた。

「そんなかぼちゃみたいな馬鹿な話！」

とレンツォは答えた、

「そんなの駄目さ。あの神父ときたら恐《おっそ》ろしい眼力をしてるから、本でも読むみたいに俺の表情を読みとって、なにかあるな、と勘づいてしまう。万一あの坊さんが次々と質問でもし始めようものなら、俺はうまく切抜けることはできないね。それに俺はここに居残って、一件の準備を整えなけりゃならない。誰か別の人に行ってもらった方がいいだろうな」

「メーニコに行ってもらおう」

「それがいいな」

とレンツォは答えた。そして言った通り、一件の準備を整えるために外へ出て行った。

アニェーゼは近所の家へメーニコを探しに行った。メーニコというのは年のころおよそ十二のなかなか才気煥発《さいきかんぱつ》の少年で、従弟とか義理の兄弟とかの縁で、アニェーゼのいわば甥のような恰好になっていた。まるで物でも借用するように、その両親に向って、今日は一日中メーニコを借りるよ、「ちょっと用があるからね」と言った。そしてメーニコを貰って家へ戻ると台所へ連れて行き、御飯をあげると、ペスカレーニコへ行って、クリストーフォロ神父にお会いすれば、その時が来れば返事を持って帰るようおっしゃるはずだから、と言った、

「クリストーフォロ神父様というのは、おまえ知ってるかい、あの立派な顔をしたお年寄りさ、白い髯をはやしてる。皆が聖人様とお呼びしているお方……」

「わかった」

とメーニコが言った、

「ぼくたち男の子の頭をいつも撫でて、時々ぼくたちに聖人様の絵をくれる人だね」

「その通りだよ、メーニコ。で、もし少し修道院の近くで待ってるように言いつけられたら、勝手にどこかへ行くんでないよ。友達と湖へ釣を見に行ったり、壁に干してある網でもって遊んだり、また例のおまえの好きな遊びをしたりするんじゃないよ……」

アニェーゼがそう言ったのはメーニコが水切りがたいへん上手だったからだった。そして御承知のように、大人も子供も得意なことは誰でも進んでやりたがるものである。もっとも得意なことに限りもしないが。

「馬鹿言ってら、伯母さん。それにぼくもう子供じゃないんだよ」

「よしよし、お悧口にするんだよ。それできちんと返事をもらって帰って来たら……見て御覧、この新しい綺麗なお金を二枚おまえにあげるから」

「いま頂戴、どうせ同じ事だから」

「駄目、駄目、おまえは遊んで使ってしまうよ。さ、行っておいで、よく気をつけて、そうすりゃもっと貰えるかもしれないよ」

この長い午前中にはまた女たちのもうすでに動揺している気持を少なからず迷わせるよ

うな新事態がさらに起った。乞食が一人、といってもほかの乞食のように精根《せいこん》つきた、とか窶《やつ》れはてた、というのでない、様子になんとなく暗い、不吉な翳《かげ》りのある乞食が一人、物乞いにはいって来、室内のあちこちを探偵のような眼つきで見やった。パンを一片くれてやると、それを受取ってまた下へ置いたが、その態度がぎごちなくわざと無関心を装っているようである。それからどこか厚かましいが同時にどこか躊躇しているような様子で、そこに居残っていろいろ物をたずねた。その問いにアニェーゼは急いで実際と逆のことをもっぱら返事した。乞食は立去ろうとして出口を間違えた振りをして階段に通じる部屋へはいりこみ、そこでもすばやく一瞥を投げて見れるだけ見てとった。

「おいったら、お前、どこへ行くんだい、こっちだよ、出口は！」

と背後からどなられて、後戻りし、指さされた方から出て行った。おそれいったように謝ってみせたが、しかし男の武骨《ぶこつ》な面《つら》つきとはなんとなくそぐわない恐縮ぶりであった。その男の次に、時々今度はまた別の妙な連中が姿を現した。一体どういう種類の人間であるか、口に出していうのは容易でないが、連中が自分からそう見せかけようとしている世間のまともな旅人であるとは到底思えなかった。一人は道を聞きたいといってはいって来た。次のは戸口の前を通りながら歩《ほ》をゆるめ、こっそりと室内や中庭越しに覗きこんだ。他人からは疑われずに見ておこうとするかのようだった。やっとお昼近くなって、この煩《わずら》わしい行列は終った。アニェーゼは時々立上って、中庭を横切り、道に面した出口まで出て行って、右を見、左を見て、

「誰もいなくなった」
といいながら戻って来た。いかにも嬉し気にそう言ったが、その言葉をルチーアもまたいかにも嬉し気に聞いたのだった。もっともなぜ嬉しかったのか母親も娘もその意味をはっきり摑んでいたわけではなかった。二人にはなんともいえぬ不安が残った。それでその日の夕方のために取っておいた元気の大部分が、とくに娘の場合にはそのために消え失せてゆくような気がした。

しかしこの正体不明のしつこい男どもについてはもっとはっきりしたことを読者にお知らせすべきかと思う。そして読者にその全貌をお知らせするために、一歩後戻りして、昨日クリストーフォロ神父が立去った際、あの御殿の一室にただ一人遺《のこ》してきたドン・ロドリーゴにまた会う必要があると思う。

ドン・ロドリーゴは、前にも言った通り、あるいは前へ、あるいは後へ、あの部屋をかつかつと音を立てて大股で、歩いていた。その部屋の壁には数代にわたる一族の肖像画が掛っていた。彼が壁の前に来て突っ立って、おもむろに横へ廻ろうとすると、正面に武将であった先祖の肖像が見えた。敵軍にとって恐怖の的であり、かつ部下にとっても恐怖の的であった武将である。表情は厳しく、短く刈った髪は逆立ち、ぴんと先の尖った鬚は頰から生えていた。顎は少ししゃくれていた。直立したこの英雄は、脛当《すねあて》、腿当《ももあて》、鎧《よろい》、腕当《うであて》、籠手《こて》を嵌《は》めている。すべて鉄製である。左手は脇腹にあて、右手は剣の柄《つか》にあてている。ドン・ロドリーゴはその肖像をじっと見つめた。そしてその下まで来ると横へ向きを変えた。すると正面にもう一人の先祖の肖像が見えた。訴訟沙汰を起した連中や弁護士にとって恐怖の的であった司法官である。赤いビロードのカヴァーのついた大きな椅子に深々と腰掛けていた。黒の法衣をゆったりとまとっていた。全身黒衣だが、二条の帯のついた白い襟と、貂《てん》の皮の縁取《へりと》りが黒でなかった。これは上院議員の標《しるし》であった。そしてそうした外套は冬しか着用しなかったから、それで上院議員の肖像画で夏服姿のは一向に見当らないのである。──瘦せぎすで、眉をひそめ、手中に嘆願書を握り、「ひとつ見てやろうか」と言っているかのようだった。かと思うとこちら側にはまた女主人の肖像もあった。小間使たちの恐怖の的だった人である。向うには修道院長の肖像があった。坊さんたちの恐怖の的であった人である。要するに誰も彼も世間を恐怖させた人々で、いまでもその画布を見ているとなんとなく恐怖心が湧いてくる。このような画を見ていると一族のことが思い出されて、ドン・ロドリーゴの怒りは一層増した。心中では焦りがさらにつのった。落着きを失った。こともあろうに一介の坊主が予言者ナータンのような尊大さをもってこの俺を難詰《なんきつ》しにやって来た。ドン・ロドリーゴは仕返ししてやろうと考えた。しかしそう考えてはその考えをまた捨て、どうしたら情欲と彼が名誉心と呼ぶところのものを同時に満足させることができるかと考えた。そして（読者にも多少お考えおき願いたいのだが）あの予言を唱え始めた時の神父の声音《こわね》がいまもなお耳の奥に凜然《りんぜん》と響いているかのような気がして、身の毛がぞっとよだつような気分にさえなった。そしてそのような思いを遂げるという考えは二つながら捨ててしまおうかとさえ思ったほどであった。結局、なにかせずにはいられないので、召使を呼び、急用につき面会いたしかねるゆえ悪しからず、と客人に伝えさせた。その召使が戻って来て、お客様方はお殿様に宜しくとの御挨拶を残して立去った旨を告げると、

「で、アッティーリオ伯爵は?」

と依然として室内をあちこち歩きながら、ドン・ロドリーゴはたずねた。

「その紳士方と御一緒にお立ちになりました」

「結構。わしは散歩に出かけるからお伴を六人、すぐに用意せい。剣とマントと帽子。すぐに用意せい」

恭しく一礼して命令を承ると召使は出ていった。そしてすぐに豪奢な剣を持って引返してきた。すると主人はそれを腰に吊した。マントは肩に掛け、大きな羽飾りのついた帽子は頭にのせ、片手でもって昂然と深くぐっとかぶった。これは主人のお天気が荒れている徴《しるし》だった。出掛けに、玄関口へ来るとそこに武装した六人の荒くれ男が左右に並んでお待ちしていた。それが恭しく彼に向って一礼すると、後ろからお伴となってついてきた。ふだんよりも気難しく、傲岸《ごうがん》な顔付で、眉も吊りあげて邸を出ると、レッコの方に向けて気の向くままに進んで行った。ドン・ロドリーゴが近づいて来たのを見ると、百姓も職人も、道端の壁にへばりつくようにして身を避けた。そしてそこで帽子を取ると深々とお辞儀をしたが、ドン・ロドリーゴはそれに答礼しようともしなかった。また百姓や職人から旦那様と呼ばれているような人々もドン・ロドリーゴに比べれば身分が下であったから、彼に

向って頭を下げた。というのもこのあたり百里四方では、名声、資産、人間関係、またそうしたものすべてを使って他人を凌ごうとする意志で、ドン・ロドリーゴに匹敵するような人物はほかに誰一人いなかったからである。こうした旦那衆の辞儀に対しては彼は冷ややかな辞儀を返した。その日には起らなかったが、スペイン人の城主にでもたまたま会うようなことが起ると、双方の頭の下げ具合は同じくらいに深かった。それは別に付合いはないが、お互いに相手の格を尊重して、儀礼上挨拶を交わす二人の権力者の関係に似ていた。鬱陶《うつとう》しい気分を散じ、自分の脳裏に執拗《しつよう》に浮んでくるクリストーフォロ神父の姿形《すがたかたち》をそれとはまったく別種の姿形でもって打消すために、ドン・ロドリーゴはその日、とある家へ上りこんだ。ふだんから大勢の人が出入りする場所で、そこで彼はまめまめしく鄭重なもてなしを受けた。ひどく愛され、ひどく恐れられる男たちはとかくそうしたもてなし振りを受けるものである。そして日が暮れてから自分の御殿へ戻った。アッティーリオ伯爵もその時にはもう戻っていた。晩餐が出たが、その食事の最中、ドン・ロドリーゴは上《うわ》の空で、言葉数も少なかった。

「ところで、この賭金《かけきん》はいつ払ってもらえますか？」

とアッティーリオ伯爵は、食器が下げられ召使の姿が消えると、意地悪な嘲るような態度を示しつつ言った。

「聖マルティーノ様の祭日はまだ過ぎておらん」

「いやどうせ愚図愚図しているうちに聖人様の祭日はどれもこれもみな過ぎてしまうに決

まっている。だからすぐにお支払い願いたいね……」

「それは、そのうちにわかるだろうさ」

「君は政治家のような口を利くが、こちらにはもう万事わかっています。賭には間違いなく私が勝った。なんなら賭金を二倍増しにしてもいい」

「というのはどういうわけかな」

「というのは神父……なに神父といったかな、あの神父が要するに君を改心させたのさ」

「ははあ、また例のあんたの勘ぐりだな」

「改心させたのさ、君を改心させたのさ。どうだ図星《ずぼし》だろう。私としては大いに結構な事だと喜んでいる。君が良心の呵責《かしやく》に耐えかねて、顔を伏せてるという図はちょっとした見物《みもの》だろうからな。あの神父にとってはたいした殊勲《しゆくん》だ！　得意になって胸をそらせて家に帰ったに相違ないぜ。こいつばかりは毎日、どんな網にでも引っ掛る雑魚とは性質が違うからな。あの神父が君を絶好の例に仕立てることはまず間違いないな。どこか少し遠くの方へなにか仕事があって行く時は君の事蹟をいろいろと喋りまくるに相違ないぜ。もう説教するのが聞えるような気がするよ」

　そしてここで鼻声となり、一語一語に大袈裟な身振りを添えて、説教口調になって続けた、

「この世界のある地方に――その地方の名前はとくに敬意を表して秘しまするが――その地方に放蕩無頼の貴族がおりました。皆様、おりましたと申しましたが実は今でも生きて

おる。まともな男と交際するよりも女とつきあう方がずっと好きな貴族であった。その男はいかなる草の葉でも刈って自分の乾草にしようとする悪癖があり、ついふらふらと目をかけて……」

「もう結構、もう結構」

とドン・ロドリーゴはなかば鼻先でせせら笑うような、なかばうんざりしたような顔付で相手の言葉をさえぎった、

「もし君が賭金を倍にする気なら、私も喜んでそれに応じるよ」

「こいつは驚いた！　なんと、君の方が神父を改宗させたのか！」

「あの男のことは私の前で話さないでくれ。賭については、聖マルティーノ様の祝日に万事決着します」

伯爵の好奇心は掻き立てられた。ありとあらゆる質問を発してみたが、ドン・ロドリーゴはどれもこれも巧みにかわして、その日になってみればわかる、あの祝日は十一月十一日だったな、と繰返し、相手側に自分の計画を伝えようとはしなかった。それにそもそもその計画というのはまだ着手されたわけでもなく、はっきりと具体策が定まっていたわけですらなかった。

その翌朝、ドン・ロドリーゴはまたふだんのドン・ロドリーゴにかえって目がさめた。あの「やがて来ますぞ、ある日」という言葉が彼の身内に植えつけた恐怖感は、朝になると夜半の夢とともに消えてしまったのである。後に残ったのは怒りの感情だけで、それは

自分が一瞬怯《ひる》んだことの屈辱感によっていっそう悪性のものとなっていた。威風堂々の行列の英姿や、百姓のお辞儀する様、下にも置かぬもてなし、従弟のアッティーリオ伯爵の冷やかしなども、昔のままのドン・ロドリーゴの気性をよみがえらせるのに少なからず貢献した。起きあがるとすぐグリーゾを呼びにやらせた。

「これは只事ではないぞ」

と言いつけられた召使は心中で呟いた。というのはグリーゾという綽名《あだな》で呼ばれている男は闘士連の頭目にほかならぬからで、もっとも物騒な悪事の実行はいつもこの男に任されるというほどのドン・ロドリーゴの腹心だった。グリーゾはこの親分に対しては恩義と利害から密接に結ばれていた。かつて白昼、広場で人をぶち殺したことがあったが、すぐドン・ロドリーゴの所へ逃げこんで庇《ひ》護《ご》を求めた。するとドン・ロドリーゴはグリーゾに自分の家のお仕着《しき》せを着せ、司直の追及が彼の身に及ばぬようにしてやった。このようにして、自分に命じられたことはたとい人殺しでも何でもするという約束でもって、自分の第一の犯行の罪を免れたのである。ドン・ロドリーゴにとってこうした男を手に入れたのは少なからぬ重要事であった。というのはグリーゾは、この一家でも類《たぐい》ない強者《つわもの》であるばかりか、そのような男が手下にいるということは、この家の主人は法律などは眼中にないという証《あか》しともなったからである。それだけにドン・ロドリーゴの威勢は実際上も評判上もよほど強く大きくなった。

「グリーゾ！」

とドン・ロドリーゴは言った、

「この際、お前のお手並を見せて貰おう。明日の朝までに、例のルチーアをこの邸の内へ連れて来てもらいたい」

「御殿様の御命令をグリーゾがいやと申して断った、などと世間に後指《うしろゆび》さされるような真似は決していたしませぬ」

「お前は必要な数だけ手下を連れて行くがよい。お前がよいと思うよう命令し、使ってくれ。万事首尾《しゅび》よく行くのが肝腎だ。しかし女に傷がつくような手荒な真似はせぬよう気をつけてもらいたい」

「殿様、多少脅《おど》す必要はございます。さもないと騒がれて面倒でございましょう。まあそれぐらいはしないと首尾よく行きますまい」

「脅しか……それが必要なのはわかるが、しかし女の髪の毛一本ふれるでないぞ。とくに女に十分に敬意を表してもらいたい。わかったな?」

「殿様、この植木からは花一輪《いちりんつ》摘むこともしてはなりませぬ。その花にふれずにそっとお殿様のところへ持って参ります。必要不可欠《ふかけつ》な事以外は一切いたしませぬ」

「お前が請合《うけあ》ってくれるな。それで……どういう風にやる?」

「ただいまずっと思案《しあん》しておりましたが、殿様、幸いなことにあの家は村の一番奥にございます。足掛りにする場所が要《い》りますが、丁度そこから遠からぬところに、無人のあばら家が一軒、畠の真中にございます。その家は、と申してもお殿様はこうした下々《しもじも》の事は一

切御存知ありますまいが、その家は数年前に火を出して、修繕するだけの金がなくてそのままになっております。いまではその家に通うのは魔女くらいだという話でございますが、まあ土曜日ではなし、そんなお笑い草はこちらは気にしておりませぬ。しかし村人たちは迷信でこりかたまっておりますゆえ、いくら金をやるといわれてもふだん、夜その家には寄りつきませぬ。それがこちらのつけ目、こちらがそこへ行って陣取っても誰もこちらの計画をぶち壊しにやっては来ますまい、それは確かでございましょうな」

「なるほど、それで？」

そこでグリーゾが策を述べると、ドン・ロドリーゴがまた思案する。そうこう二人で議論するうちにどういう風にこの計画を実行するかその手立てについて両者の意見が一致した。それは張本人の痕跡も後に残らぬようにするだけでなく、偽の証拠を残して他人に容疑がかかるよう仕向けるというもので、母親のアニェーゼは一切他言《たごん》無用《むよう》と口を利けないようにし、レンツォは、女を取られた悲しみも忘れてしまうくらい、また裁判に訴え出るだけの思慮も、嘆き悲しむだけの気力もなくなるくらい、したたかに恐ろしい目に遭わせることにした。そして大悪事を成就《じようじゆ》するために必要な他の一切の小悪事について考えた。この計画の詳細についてはこれ以上述べない。というのは読者もおわかりのように、それは話の本筋を理解する上で必要でないからだ。それにこの二人の不快千万な悪党が協議するのを読者にこれ以上長々とお聞かせしたくもないからだ。ただ次のことだけお聞かせすればそれで沢山だろう。グリーゾがいよいよ一件を実行に移すべく立去ろうとした時、ロドリーゴがグリーゾを呼戻して注意した、

「いいか、もしかりにあの図々しい野郎が今晩お前の罠《わな》にかかるようなことがあったら、まだ少し早いが奴の肩を多少へこましても悪くない。そうすれば余計な口は利くなというこちらの命令が明日みんなに伝わった時、その効果が一層覿面《てきめん》に出るだろう。だが今晩はこちらから奴をわざわざ探しに行くことはないぞ。それでもってもっと大切な事が台無しになるとまずいからな。俺の言うことがよくわかったな」

「こちらにお委せください」

とグリーゾは従順なようで自信たっぷりなお辞儀をすると立去った。午前中は土地の様子を見てまわるために費《つい》やされた。あの貧しい家へ先程述べたやり方ではいりこんだ偽物《にせもの》の乞食はほかならぬグリーゾその人であった。彼は自分の目でその家の間取りを確めに来

たのである。偽の旅人は彼の手下の荒くれどもで、この連中はグリーゾの命令通りに動けばいいのだから、現場は上っつらだけ一瞥すればそれで用は足りた。一見したからには、相手に怪しまれないためにも、それ以上うろうろして余計な姿は見せなかった。

全員が御殿《ごてん》へ帰ると、グリーゾが報告し、実行計画を最終的に取決めた。役割の分担を定め、各自に指令を下した。こうしたことすべてがあの年寄りの召使に勘づかれずに行なわれるはずはなかった。なにしろ召使は全身これ目、全身これ耳といった様子でなにか大事《おおごと》が企《たく》まれていることに気をつけていたからである。注意深く観察し、あれこれ尋ね、こちらで言葉の半分を拾い、あちらでまた別の半分を拾い、曖昧《あいまい》な言葉の意味を自問自答し、事態の推移の謎を解いてゆくうちに、その日の夜に行なわれるはずの計画の全貌《ぜんぼう》がだんだんとはっきりしてきた。だがその全貌がわかった時はもうほどなく日が暮れる時分であった。そして小人数の闘士の一団は先駆けとしてあの廃屋《はいおく》に潜伏《せんぷく》するべくすでに出発していた。年老いた召使は、自分がいまどれだけ危い目を冒《おか》しているのかよく承知していたが、そしてまたいまごろになって援《たす》けに行っても所詮《しょせん》無駄かとあやぶんではいたが、それでもじっとしてはいられなかった。ちょっとそこいらを散歩して来る、というと館の外へ出、大急ぎに急いで修道院へ向った。クリストーフォロ神父に約束した通りに御注進《ごちゅうしん》に及んだのである。その直後にほかの闘士も出発した。一団となっているところを見られたくないので、ばらばらに分れて山を降りた。グリーゾは後からついて来た。その後にまだ残されているものといえば轎《かご》だけであった。この轎は夜が更けてから例の廃屋へ運びこまれる手筈になっていた。そして事実運びこまれた。

その場所に全員が集まると、グリーゾは手下の三人に命じて村の飯屋へ行かせた。一人は戸口のところに居て、通りでなにか起るかに気をつけている。いつ村人たちがみんな家の中へ引っ込んで寝静まるかをよく見ている。他の二人は店の中で飲んだり賭けたりして遊人《あそびにん》らしく時を過ごす。そしてなにか注意せねばならぬことがもしあればそれに十分気を配る。グリーゾ自身は本隊の主力とともにその隠れ家で待っている。

年老いた召使はその間転ぶようにして急いだ。三人の偵察はもうそれぞれ言われた場所についていた。日は暮れなんとしていた。そしてそのころレンツォはアニェーゼとルチーアのもとに現れて言った、

「トーニオとジェルヴァーゾが外で俺を待っているから、一緒に飯屋に行ってちょっと食ってくる。アベ・マリヤの鐘が鳴ったら君を迎えに来る。いいか、ルチーア、元気を出すんだぞ。万事その一瞬で決まるんだからな」

ルチーアはふっと溜息をついて、

「元気を出すのね」

と繰返した。しかしそれはいかにも元気のない声であった。

レンツォと二人の仲間が飯屋へ着いた時、もうそこには歩哨《ほしよう》役の男が一人、入口の半ばを塞《ふさ》ぐように、背を入口の柱にもたせ、腕を胸の上で組んで、突っ立っていた。右左をじろじろと見まわしていたが、鷹のような鋭い両の眼のある時は白眼《しろめ》の部分を、ある時は黒《くろ》

眼《め》の部分を、きらりきらりと光らせていた。真紅の天鵞絨《ビロード》の平たいベレー帽を斜《しゃ》にかぶり、それでもって前髪を半ば隠している。前髪は薄黒い額の上で左右に分れ、ぐるっと耳の下までのびて、そこでそれぞれ編まれて項《うなじ》の上で櫛で留めてあった。片方の手に太い棍棒《こんぼう》を握っていた。それらしい武器を持っていると は外見《そとみ》には見えなかった。しかしその顔付を見たならば、子供でも、この男は隠し持てる限りの武器を衣服の下に隠し持っているにちがいないと思ったであろう。他の二人の先頭に立っていたレンツォが、そこへ来て中へはいろうとした時、その男は場所を空けようともせず、じろりとレンツォを眺めた。しかしレンツォの方は、厄介な企みにこれから取りかかろうとする者がみなそうであるように、面倒な質問を避けようと思っているから、相手に気がつかない振りをして、「ちょっとど

いてくれ」とさえも言わなかった。そして、もう一方の柱をこするように、脇腹を前にして、この石像のように突っ立っている男が残してくれた隙間を、身を斜めにして前へ抜けた。二人の仲間も中へはいろうとする限り、レンツォと同じように身をすぼめねばならなかった。

中へはいると、前から声が聞えていたほかの男、すなわちテーブルの一隅に坐って、モーラという賭事《かけごと》に興じている二人の闘士風の男が目についた。この遊びの性質上、二人は同時に大声を発し、二人の間に置いてある酒瓶から、あるいは一人がまたもう一人が、たがいに酒を酌《く》み交していた。しかしその二人も新来の三人の方をじろりと見つめた。とくにその一人は、一方の手を空中にあげ、ごつい指を三本のばし、たったいま口をついて出た「六」という大声のために開いた口をぽっかりあけたまま、レンツォを頭の天辺《てっぺん》から足の先までぎろりと睨んだ。それからそこにいる仲間と、戸口に立っている仲間とに目で合図した。後者はうなずいてそれに応《こた》えた。レンツォは胸騒ぎがして不安になり、なにかこうした事態を解き明かしてくれる徴《しるし》でも浮かんではいないかと探るような眼付で、自分の二人の連れの表情をのぞきこんだ。しかしその顔に浮かんでいるのはただもう食気《くいけ》ばかりである。飯屋の主人は、注文を待ちかねているかのようにレンツォの顔をのぞいた。レンツォはそこで主人を隣の部屋へ連れて行き、晩飯の注文をした。

「一体あの見知らぬ連中はどこの誰だい？」

主人が腋の下に粗い食卓布をはさみ、手に葡萄酒の瓶をさげて戻って来た時、レンツォは低い声でたずねた。

「知らないね」

と主人はテーブルの上に布をひろげながら答えた。

「なんだ？　一人も知らないのか？」

「あなた方もよく御承知の通り」

と主人は両手でテーブルの上の食卓布を伸ばしながらさらに答えた、

「あなた方もよく御承知の通り、私らの職業で守るべき第一の規則は、他人の事をとやかく訊いたりしない、ということさ。それだからうちのおかみでも女中でも他人の事に鼻を突っこんだりしないように出来ている。さもないと面倒な事が持上るからな。なにしろこれだけ大勢の人間が往き来しているんだ。いってみればここはいつも海の港。といっても豊年の年の話ですがね。でもそのうちにいい年が戻ってくるにきまっている。そう思って陽気にしてるのさ。私らにとってはお顧客《とくい》さんはきちんとした人でありさえすれば誰でもいい。それじゃいま肉団子を一皿持って来ますよ、こういううまいのはいままで食べたこともないようなやつをね」

「どうしてそんなことがわかる……？」

とレンツォが言い返したが、その時主人はもう調理場に向って歩き出していた。そしてそこで、主人がその肉団子のフライパンを手にしていた時、先ほどレンツォを頭の天辺から足の先までぎろりと睨んだ闘士風の男が近づいて来て、低い声で言った、

「あの人たちはどういうお方だね？」

「この土地の好い人たちですよ」

と主人は肉団子を皿にあけながら答えた。

「それはいいが、誰だ？　何という名前だ？」

と男は、すこぶる無作法な、どすの利いた声でなおもたずねた。

「一人はレンツォというのです」

と主人は、これも低い声で答えた、

「好い若者ですよ。几帳面《きちょうめん》な男でね、絹を紡ぐ職人だが、腕はなかなか達者だ。もう一人は百姓でトーニオという名だ。陽気な、いい仲間だが、惜しいことに金廻りが悪くてね。金さえあればみんなここで費《つか》っちまうんだろうが。もう一人は薄鈍《うすのろ》だが、人に奢られる時は、喜んで大飯を喰う。ちょっと失礼」

というと主人はつと男の脇をすばやく抜けて、肉団子の皿をそれを届けるべき人のところへ届けに行った。

「どうしてそんなことがわかる？」

とレンツォは、主人の姿がまた現れたのを見ると、また問いつめた、

「そいつらが誰だか知らなくて、どうしてきちんとした人だっていうことがわかる？」

「そりゃお前さん、なにをするかでわかるのさ。人間なにをするかで人柄の見当はつくよ。文句もつけずに葡萄酒を飲む人、値切りもせずに勘定を払う人、ほかのお客と喧嘩をやら

かさない人、またどうしても誰かと斬合いをしなければならぬ時には外へ行って待伏せをしてくれる人、それもこの飯屋からずっと遠く離れたところで喧嘩してくれるから、なにもこの飯屋の哀れな主人がその騒ぎに捲込まれる心配がない、そうした人がきちんとした人というわけさ。だがな、人間お互いに、ちょうどこの俺たち四人みたいに、気心のよく知れたもの同士の方が、やはりいいな。だが一体全体、お前さんは花婿さんでいまはもっとほかのことで頭が一杯のはずなのに、なぜいろいろ知りたがるんだね？　ええ、それも目の前にこんな肉団子が置いてあるのにさ。これを見たら死んだ人間だって生き返って食べ出すかもしれないぜ」

こういうと、主人はまた調理場へ戻った。

われわれの原著者は、この男が他人の質問に応答する裏表《うらおもて》のある態度を観察して、この男はそうした出来の男で、口先ではいつも「きちんとした人」の友人だと広言しているが、しかし実際には、ならず者という評判が立っている男やそうした身装《みなり》の者に対してはよほどお追従《ついしょう》を言うようだ、と書いている。どうも変った性格の男ですなあ。ええ、そうではありませんか。

晩餐の気分はあまり陽気ではなかった。呼ばれた方の二人は大いに破目をはずして楽しく飲み食いしたかったのだが、しかしなにせ招待者の方が読者も御存知の件で頭が一杯になっていて、しかも見知らぬ男たちの様子がなんとなく不安で、気分は一向晴れなかった。それで早くその場を立去りたくて腰が落着かないのである。その男たちが気懸りで、声を低めて話していたが、その話す言葉も、ぼつりぼつり途切れがちで、およそ気乗りしなかった。

「なんて結構な事だ」

と突然、突拍子もない声でジェルヴァーゾが叫んだ、

「レンツォが嫁を貰いたくなって、それでどうしても……」

レンツォがジェルヴァーゾをきつい顔で睨みつけた。

「おい、馬鹿、静かにしないか」

とトーニオもジェルヴァーゾを馬鹿呼ばわりすると肘で突いた。会話はしまいまで一向熱のはいらぬまま冷え冷えとしていた。レンツォは、一人だけゆっくりと食い、ゆっくりと飲みながら、二人の証人となるべき友人に酒を注いでいた。それはその二人に多少景気

をつけるためで、ただしだからといって二人が酩酊《めいてい》することのないよう気をつけていた。食卓から食器が下げられ、いちばんつつましやかな分け前を食った者が皆の勘定を支払うと、三人はまた例の面々の前を通り過ぎなければならなかった。例の面々は、ちょうどレンツォがはいった時と同じように、みな一斉にレンツォの方を振り返った。レンツォも飯屋を出て暫く歩くと、後ろへ振り向いた。自分が飯屋を出た時は調理場で坐っていた二人の男が自分の後を尾《つ》けて来るのが見えた。するとレンツォはそこで仲間と立停った。それはまるで「お前ら一体俺に何の用だ」と無言のうちに言っているかのようだった。二人の男は、相手に勘づかれたと気づくとすぐ立停り、低い声で相談していたが、元の方へ引き返しはじめた。もしレンツォが近くにいて二人の声が聞けたなら、その話の内容はレンツォにはずいぶん奇妙なものに思えたに相違ない。

「しかし、御祝儀《おしゅうぎ》を別にしても、こいつは大した名誉だぜ、もし」

と悪者の一人が言った、

「もし俺たちが御殿へ帰って、奴の肋骨《あばらぼね》を手前どもでさっさと叩き折って参りました、別にグリーゾ様の御足労を煩わすまでのこともございませんでした、と報告できるとすればなあ」

「だがそんなことで肝腎の仕事の方が台無しにでもなってみろ！」

ともう一人の悪者が答えた、

「ほれ見ろ。奴はなにか勘づいて、立停って俺たちをじっと見つめている。もう少し時間が遅ければな！　残念だが怪しまれないよう、後戻りするとしよう。見ろ、方々から人が帰って来る。こいつら皆が寝屋へ帰って寝静まるまでじっとしていよう」

実際その時、田舎の村などで夕暮時に聞える、あのなにかが群がってぶーんと唸っているような音が聞えた。ものの数分も経てば、荘厳な夜の静けさに取って代られるあの唸りに似た物音である。女たちは赤ん坊を抱いて畠から帰って来た。もう少し大きくなった子供たちは手を引いている。そしてその子たちに夕べの祈りを唱えさせていた。男たちは肩に鋤や鍬をかついで帰って来る。家の戸を開けた時に、貧しい夕食の支度のために点《とも》されたあの家の火やこの家の火が一瞬赤く光って見えた。往来では挨拶を交わしている声や、収穫の乏しさや今年の不作を嘆く言葉が聞えた。だがそうした声を打消すように、はっきりときちんと間を置いて鐘が鳴るのが聞えた。一日の終りを告げる鐘の音である。レンツォは二人の厚かましい男が引っ込んだのを見届けると、だんだん暗くなってきた夜道をまた歩き出した。低い声であるいはこの注意を、あるいはあの注意を、あるいは兄の方に、あるいは弟の方に、与えた。三人がルチーアの小家へ着いた時、あたりはもうとっぷり暮れていた。

恐ろしい企《たくら》みをはじめて考えた時から
それを行動に移すまで、その間はまるで
怪しい幻《まぼろし》か、恐ろしい夢のようだ。

と野蛮な、しかし天才がないとはいえぬ男がかつて言ったことがあるが、ルチーアは、もう何時間も前から、このような悪夢の不安に囚われていた。そしてアニェーゼも――このの企みを考えついたアニェーゼ本人も、もう上《うわ》の空で、娘を元気づけるだけの言葉さえまるで思いつかない始末であった。しかし目をさます時に、すなわち行動を開始する時に、精神状態はすっかり変っているものである。心の中で先刻から互いに争っていた恐怖や勇気が消え失せたと思うと、今度は別の恐怖や別の勇気が湧いてくる。企みは脳裏に、まるで新たに出現した事件ででもあるかのように、その姿をあらわす。先刻まで恐ろしくて恐ろしくて堪らなかったことが、突然いともたやすい事になったかと思うと、今度は先刻までろくに気にも留めなかったことが、突然大きな障害となって眼前に現れる。空想は狼狽して退却し、手足はまるで言う事を聞かないかのようである。間違いないと胸を叩いて保証した約束なのに、それを実行する勇気がにわかに消え失せる。レンツォがそっと入口の扉を叩いた時、ルチーアはなんともいえぬ恐怖に襲われて、その時間、あのような決定を実行に移すくらいなら、ほかにどんな酷い目にあおうと構わない、たといレンツォと永久に別れ別れになっていようとも構わない、と心に決めたほどだった。しかしレンツォが姿を現して、

「さ、俺だよ。一緒に行こう」

と言った時、そして皆が、もう確定した、決定済みの事にでも着手するかのように、

きはじめた。

躊《ため》う様子もなく、出発支度を整えて姿を現した時、ルチーアは苦情を申立てるだけの気力もなければ、言い出すだけの間《ま》さえ見つけることもできなかった。そして曳きずられるかのように、母の腕とレンツォの腕に震えながらすがると、この向う見ずな一行とともに歩きはじめた。

そっと、そっと、闇の中を一歩一歩確めるように家を出ると、村はずれの道を選んだ。いちばんの近道はアッボンディオ司祭の家へ直行する、村を横切る道を行けばよいのだが、しかし人に見られないよう用心して、村はずれの道をわざと選んだ。小径を通り、菜園《さいえん》や畠の間を通って、アッボンディオの司祭館の近くまで来ると、そこで二手に分れた。レンツォとルチーアは家の角《かど》の背後に身を隠した。アニェーゼもそこで立停ったが、それでもそこより少し前へ歩み出た。いざという時にはすかさず駈けつけてペルペートゥアをつかまえ、自分の思い通りにしてしまうためであった。トーニオは例の薄鈍《うすのろ》のジェルヴァーゾを連れて——この男は自分ひとりでは何もできないのだが、しかしみんなもこの男なしでは何もできないのだった——悠然と門の前へ進み出ると、扉を叩いた。

「誰？　いま時分に？」

と声が聞えると同時に窓が開いた。それはペルペートゥアの声だった。

「わたしの知ってる限りじゃ病人はいなかったはずだよ。それともひょっとして急に御不幸でもあったのかい？」

「俺だよ」

とトーニオが答えた、

「俺が弟と一緒に来たんだよ。司祭様にお話しする用事があるんだ」

「いま時分は人様《ひとさま》に会ってお話しする時刻かね？」

とぶっきら棒にペルペートゥアが言った、

「なんという不躾《ぶしつけ》なことだ。明日出直《でなお》しておいでよ」

「お聞きよ。出直して来るかもしれないが出直して来ないかもしれないぜ。俺はちょっとばかり金を手に入れたんだ。それでお前さんも御存知の例の借金を片づけに来たんだ。ここに新しいベルリンガ銀貨で二十五リラきちんと揃っているぜ。だが今晩じゃ駄目と言うなら、それならそれで結構。俺だって金の遣《つか》い方ぐらい心得ていらあ。この次はまた別のお金がきちんと揃った時に、全額揃えて、また出直してくるぜ」

「お待ちよ、お待ちよ。いま行くから。だが一体全体なんでいま時分やって来たんだね」

「俺だって、たった今しがた、この金を受取ったばかりさ。それで俺は、お前さんにも言った通り、こう考えたんだ。この金を握ったままで一晩明かしたら、明日の朝、俺の気が変ってないという保証はない。しかし、この時間じゃ駄目だというなら、こちらとしてもこれ以上言うことはないやね。俺としてはここまで来た。そちらで用がないというのなら、あばよだ、俺は帰るぜ」

「まあ、まあ、ちょっとお待ちよ。いま返事をもらって戻って来るから」

こう言いながらペルペートゥアは窓を閉めた。その時、アニェーゼはレンツォとルチー

アに向って低い声で、

「元気をお出し。あっという間に済むよ。歯を一本抜くのと同じだから」

というと、二人のいいなづけのもとを離れ門の前にいる二人の兄弟の仲間に加わった。そしてトーニオとお喋りをはじめた。ペルペートゥアが扉を開けに降りて来た時、アニェーゼは偶然そこへ通りかかってトーニオに引きとめられ、ちょっと立話をしている、という風にペルペートゥアに思いこませるためだった。

第8章

「カルネアデス！　こいつは一体何者だったかな？」

二階の一室の例の大きな安楽椅子に腰掛けて、眼の前の開いた一小冊子を読んでいたアッボンディオ司祭は、ペルペートゥアが用件を伝えに部屋へはいって来た時、そう心中で反芻《はんすう》していた。

「カルネアデス！　この名前は確かに読んだか聞いたかした覚えがある。きっと古代の学者だか文人だかに違いない。そうした連中の一人の名前だ。だが一体こいつは何者だったかな？」

このアッボンディオ司祭は哀れにも、これから先自分の身の上にどのような暴風が暗く激しく吹き寄せてくるのか、その時はとんと気がついていなかった。

ここで一言《ひとこと》説明すると、ドン・アッボンディオは毎日少しずつ本を読むのを楽しみにしていた。隣の教区の司祭は、多少蔵書を持っていたが、一冊が済むとまた次の一冊を手当り次第貸してくれた。例の事件のショックで熱を発したドン・アッボンディオはこの時もう快方に向っていた。というか周囲の人に自分は病人だと思わせたかったのだが、熱に関してはその実は見せかけ以上に治っていた。でその時この司祭が瞑想に耽っていたのは聖カルロ上人礼讃の一書で、その内容は二年前ミラーノの大聖堂で非常な雄弁をもって説かれ、非常な喝采をもって聴衆に迎えられたものであった。その書物の中で聖人は学問に対する愛情という点でアルキメデスに比較されていた。そしてそこまではアッボンディオ司祭にもすらすらとわかった。なにしろアルキメデスはいろいろ風変りなことをしでかしたし、名前も広く世間の話題に上っているので、アルキメデスについてなにか知っているためには、とくに博識が必要とされるわけではないからである。しかしその書物の著者は、アルキメデスの次にカルネアデスも引合いに出している。そしてそこでアッボンディオ司祭ははたと行き詰ったのである。だがその時ペルペートゥアがはいって来てトーニオの来訪を告げた。

「いま時分に?」

と、至極当り前だが、アッボンディオ司祭も言った。

「だって、躾《しつけ》なんかない人たちですよ。それにいまここで摑まえておかないと……」

「そうだな。いま摑まえておかないと、何時また摑まえられるか、わかったものじゃないからな。それではここへ連れて来い……おい、おい、間違いなくトーニオなのだな?」

「そうですよ」

と答えるとペルペートゥアは下へ降りて戸を開けて言った、

「どこへ行った？」

トーニオがすぐ姿を見せた。そしてそれと同時にアニェーゼも前へ進み出て、ペルペートゥアの名前を呼んで挨拶をした。

「今晩は、アニェーゼ」

とペルペートゥアが答えた、

「いま時分どこからお帰り？」

「わたし……村からの帰りだよ」

と近くの村の名前を言い、

「もしあなたが知ってるならねえ……」

と続けた、

「もしあなたが知ってるならねえ、わたしはほかでもないあなたのことで、あの村でついつい長居してしまったんだよ」

「おや、それはまたなんで？」

とペルペートゥアは尋ねた。そしてトーニオとその弟の方を向くと、

「中へおはいり。わたしもすぐ行くから」

と言った。

「それはね」

とアニェーゼが答えた、

「それはね、なんにも知らない癖にお喋り好きな女の一人がね、あなたが本当と思うかどうか知らないが、こう言い張ったのだよ。あなたがベッペ・スオラヴェッキアともアンセルモ・ルンギーニャとも結婚しなかったのは、男たちにあなたと結婚する気がなかったからだ、と言うのさ。それでわたしは、とんでもない、男を二人とも振ったのはあなたの方だと言ってやった……」

「そうだとも。なんという嘘つきだ。大嘘つきだよ、その女は。一体誰だい？」

「それはわたしに訊かないでおくれよ、皆に仲違《なかたが》いさせるのはわたしは好きじゃないからね」

「いや、わたしは聞かせてもらいたいね。あなた、はっきり言っておくれ。そいつは嘘つきなんだから！」

「まあいいよ……でもね、わたしはその件の詳しいことを全部知っていなかったものだから、相手を言い負かすことができなくて本当に残念だったよ。あなたにその時のわたしの気持がわかってもらえるか、どうか」

「考えても御覧よ、一体、誰がそんな風にいい加減な話を作りあげるものか、どうか」

とペルペートゥアがまた大きな声で叫んだ。そしてすぐ言い続けた、

「ベッペの事については、みんなが知ってるよ。実際見ることもできたんだ……へい、ト

ーニオ！　入口の戸は全部閉めないで、早く上へあがってお行き。わたしもすぐに行くから」

トーニオは司祭館の中から「わかった」と返事した。ペルペートゥアは夢中になって熱をこめて話を続けた。

アッボンディオ司祭の館の玄関の向いには、二軒の小さな家から細い道が一筋のびていた。その道は小さな家を過ぎると、畠の中へ曲っていた。アニェーゼはその道沿いに歩きだした。それは自由に思い存分に話すことのできるよう、なるべく司祭館から離れようとしているかのようだった。そしてペルペートゥアもアニェーゼについて来た。二人が小さな家を過ぎて道を曲り、アッボンディオ司祭の館の前で起るかもしれぬことをもはや見ることのできぬ地点まで来ると、アニェーゼは大きな咳払いをした。それは合図だった。レンツォは咳払いを聞くと、腕をぎゅっと抱きしめてルチーアを元気づけた。そして二人は爪先《つまさき》立って、そっと静かに壁に沿って前へ進んだ。玄関まで着くと、ゆっくり静かに扉を押して、黙って頭をかがめて、中廊下へはいった。そこにはトーニオとその弟が二人を待っていた。レンツォはまたゆっくりと静かに扉を元へ戻した。そして四人は階段を登って行ったが、一人分の足音すらも立てなかった。二階の踊り場へ着くと、トーニオ兄弟は階段の脇にある部屋の入口へ近づいた。レンツォとルチーアはぴったりと壁に身を寄せた。

「今晩は」

とトーニオが明るい声で言った。

「トーニオだね？　おはいり」

と中の声が答えた。

呼ばれた男はドアを開けたが、自分と弟しか通れないほど、それも一度に一人しか通れないほど開けただけだった。その隙間から突然洩れた明りが踊り場の暗い床の上にくっきりと光の条を描いたが、それを見た時、ルチーアはまるで自分が見つかってしまったかのように心臓の高鳴るのを覚えた。弟も中へはいると、兄のトーニオは部屋の内からドアを閉めた。レンツォとルチーアは暗闇の中に残されて、耳をそばだて、息を殺した。その時聞えたいちばん大きな音はルチーアの心臓のどきどきという動悸《どうき》だった。

アッボンディオ司祭は、前にも言った通りの古ぼけた僧衣を身にまとい、頭には、ちょうど額縁《がくぶち》のような恰好で顔を包んでいる古くなったナイトキャップをかぶり、小さなランプのとぼしい光の下で、古くなった安楽椅子に坐っていた。ナイトキャップの外に垂れている二束の濃い髪の毛、二筋の濃い眉毛、左右に分れた濃い鼻下髭《びか》と、一筋の濃い山羊髯は、彼の茶色い皺《しわ》の刻まれた顔の上に白く散らばっていたが、それは月明りの夜、岩から突き出た灌木の茂みが雪に蔽《おお》われている様に似ていた。

「は、はあ」

というのが彼の挨拶であった。アッボンディオ司祭はそう言いながら眼鏡をはずすと、それを小冊子の上へ置いた。

「司祭様は、私が夜遅くやって来た、と仰せになるでしょうが」

とトーニオはお辞儀をしながら言った。ジェルヴァーゾも同じようにお辞儀をしたが、その仕方はいかにも無骨《ぶこつ》であった。

「間違いなく遅いね。あらゆる点で遅いね。それにあなたは御存知か、私は病人なのだぞ？」

「ああそれは！　どうも失礼しました」

「もうお聞き及びだろう、私が病気であることは。いつになったら人前へ出られるか私にもわからんのだ……だが一体なぜお前は後ろにその……その小僧を連れて来たのだ？」

「あの、ちょっと連れなもので、司祭様」

「そうか。御用件は」

「これが二十五リラです。聖アンブロージョが馬に跨っている新ベルリンガ銀貨で」

トーニオはそう言って、ポケットから封筒を取りだした。

「拝見しよう」

アッボンディィオ司祭はそう返事すると、封筒を受取り、眼鏡を掛け、封を開き、銀貨を取りだすと、おもむろにそれを勘定し、裏返し、またもう一度裏返し、それに間違いないことを確めた。ミラーノ公国の一ベルリンガ銀貨はちょうど一リラの値打なのである。

「では、司祭様、私の家内の首飾りをお返し願います」

「もっともだ」

アッボンディィオ司祭はそう返事すると、簞笥《たんす》の前へ行き、ポケットから鍵を一つ取りだすと、見物人が近づくのを遮るように、じろりと背後を一瞥《いちべつ》して、抽出《ひきだ》しの一部を開き、その開けたところに体を突っこむようにして、中へ頭を入れて覗くと、中へ腕を入れて首飾りをつかんだ。それを取出して、箪笥に鍵をかけると、トーニオに渡し、

「これでよいな？」

と言った。

「それでは」

とトーニオが言った、

「済みませんが、白いところにちょいとばかし黒く書いていただけませんか」

「そいつもか」

とアッポンディオ司祭は言った、

「そんなことまでみんな知ってるんだな。いやはや疑い深い世の中になったものだ。お前さんはこの俺を信用しないのかね？」

「とんでもねえ、司祭様、私が信用しないなんて、とんでもねえ。でも私の名前があなたの帳簿の借金の欄に書込まれている以上……そうですよ、もう一度は私の名前を御記入なさる面倒をおかけしたのだから、ついでに……生きているのを消してもらいたい……」

「よし、よし」

とアッポンディオ司祭は相手が言うのを遮ると、ぶつぶつ言いながら、机の小箱を手もとへ引き寄せ、中から紙やペンやインキ壺を取出し、文章が筆先から出てくるに従い、そ

の言葉を口頭で繰返しつつ、書きはじめた。その間にトーニオと、そしてトーニオの合図でジェルヴァーゾも、テーブルの前へ突っ立って、書いている人から入口の方が見えないようにした。そして物臭《ものぐさ》な人がするように、足で床《ゆか》を擦《す》って行ったが、それは外にいる二人に中へはいれという合図であったが同時に、外の二人の足音が聞えないようにする配慮でもあった。書くことに夢中になっていたアッボンディオ司祭は、ほかのことに気がまわらなかった。床を擦る四本の足音を聞くや、レンツォはルチーアの片方の腕を取って、ルチーアに力をつけようと思い、その腕をしっかと握った。そして総身《そうしん》震えている女を引き摺るようにして動き出した。ルチーアは自分ひとりだったらその時けっして足を前へ踏み出すことはできなかったにちがいない。そっと静かに、爪先で、息を殺して部屋へはいると、二人はトーニオとジェルヴァーゾの背後に身をひそめた。その間に一筆書き了えたアッボンディオ司祭は、眼を便箋《びんせん》に据えたまま注意深く読み返すと、紙を四つに折りながら、

「どうだ、今度は満足だろう」

と言って、片方の手で眼鏡を鼻からはずし、顔をあげてトーニオの鼻先へその紙を突き出した。トーニオはその証文を受取るために腕をさしのべる風をして脇へ引きさがった。そしてトーニオの目配せでジェルヴァーゾも反対側の脇へ引きさがった。すると、ちょうど中央に、舞台で幕が左右に開いたかのように、レンツォとルチーアが現れた。

アッボンディオははじめぼやっとした目付だったが、すぐ事の次第を見てとると、驚き呆れ、逆上したが、咄嗟《とっさ》に機転を働かせて意を決した。それはレンツォが、

「司祭様、この証人の前で、これが私の妻でございます」

という言葉をまだ言い了えるか了えないかのうちだった。レンツォの口がまだ塞《ふさ》がらぬ先に、アッボンディオは、便箋を落すと、左手ですぐさまランプを鷲摑みにして振りかざし、右手でテーブル掛けを引っ摑むと、腹立ちまぎれにぐいと手前へ引っ張った。途端に卓上にあった書物や便箋用紙、インキ壺や吸取砂があたり一面に飛びかった。そして椅子とテーブルの間を躍るようにしてルチーアの側へ詰め寄った。哀れにもルチーアは、体がわななないて、あのふだんは爽やかな声でもって、

「そしてこれが……」

と辛うじて言ったきり声が出なくなってしまった。するとアッボンディオ司祭は無作法にも女の頭と顔の上にテーブル掛けをやにわにやっと引っ掛けた。ルチーアがしまいまで口上《こうじょう》を述べるのを邪魔してしまったのである。そしてすぐ、手に握っていたランプを床に抛り出すと、その手も使って女の頭をテーブル掛けでぐるぐる包んで、相手がほとんど息も出来ないようにしてしまった。そしてその間、気管《きかん》の許すかぎりの大声を発して、

「ペルペートゥア、ペルペートゥア！　裏切りだ、助けてくれ！」

と叫んだ。床の上では消えかかったランプの芯《しん》がはたはたと明滅しながら弱い光をルチーアの上へ投げている。ルチーアは気が動顚して、頭にまつわりついたテーブル掛けを取払おうとさえせず、まるで粘土で出来かけの彫像が、彫刻師がその上に掛けた湿った布を羽織《はお》っているかのように、突っ立っていた。光がすっかり消えると、アッボンディオはル

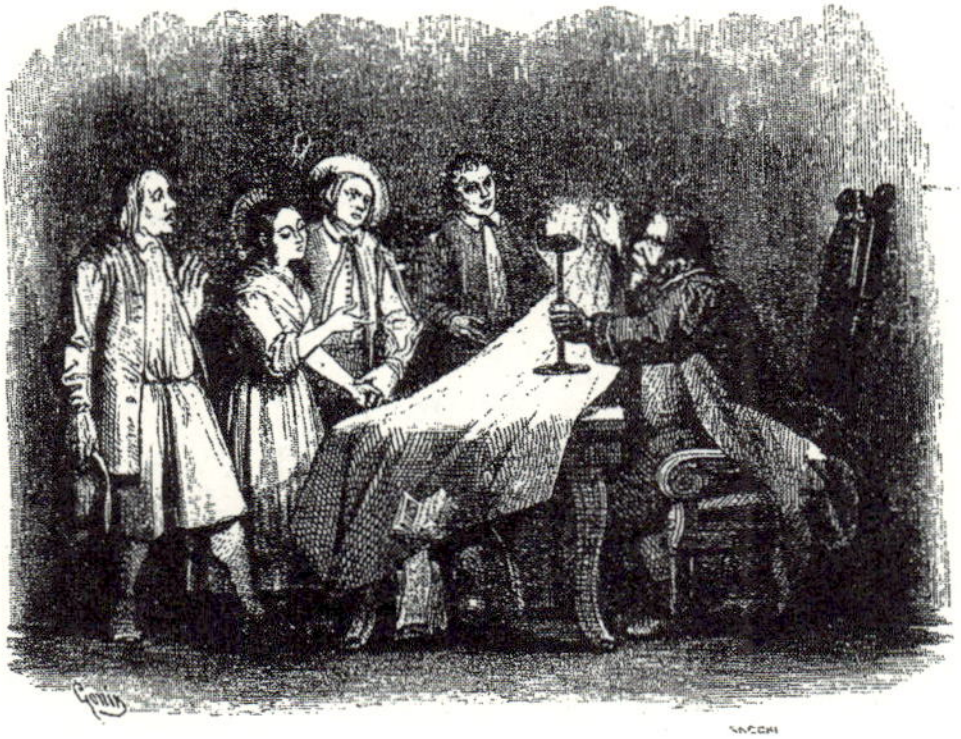

チーアをそのままほったらかして、手探りでもっと奥へ通ずる扉口まで行き、その扉口を見つけると、奥の部屋へはいって内から錠をおろし、また大声で叫び続けた、

「ペルペートゥア、騙《だま》されたぞ！　助けてくれ！　早く家から出て行け、早く出て行け！」

　元の部屋ではすべてが混乱であった。レンツォはアッボンディオ司祭を引留めようとして、まるで目隠しで鬼ごっこでもしているかのように、手探りで進んだが、扉口を見つけると、叩きながら叫んだ、

「開けてください、開けてください。そんなに騒ぐもんじゃありません」

　ルチーアは消えいるような声でレンツォを呼んだ。懇願《こんがん》するように繰返した、

「帰りましょう、後生《ごしょう》だから帰りましょう」

　トーニオは、四つん匍《ば》いになって、両手で床《ゆか》を掃くようにして借金の受取証を見つけよ

うとしている。ジェルヴァーゾは、憑《つ》かれたように、喚《わめ》いたり、跳ねたりしながら、いちはやく安全な場所へ逃げ出そうと階段の扉口を探していた。

　この押しあいへしあいの最中にしばし立ちどまってこの事態について一考したい。夜中にこっそりと他人の家に忍びこんで、そこで喚いたレンツォ――ほかならぬその家の主人を一室に閉じこめたレンツォは、いかにも加害者という相貌《そうぼう》を呈している。が、よくよく考えてみるとレンツォこそが実は被害者なのである。不意をつかれ、泡を喰って、遁走したアッボンディオ司祭は、おだやかに自分の事に専念していた限りにおいては、犠牲者であるかのようにも見える。しかし実際は理不尽な振舞をしたのは彼だったのである。とかく世の中はこうしたもので……というのは十七世紀には世の中はざっとこうしたものだった、ということである。

　一室に閉じこめられたアッボンディオは、相手が一向に引き退る様子を見せないので、教会の広場に面した窓をあけるや大声で叫びはじめた、

「助けてくれ！　助けてくれえ！」

　いかにも月の明るい夜であった。教会の影が、とくに外へ突き出した、鐘楼の長く尖った影が、草の茂った、光り輝く広場の面にくっきりと茶色にのびていた。一切の事物が、さながら日中のように、はっきりと弁別して見えた。だが見わたすかぎり、誰か人が出てくる気配は全然見られなかった。しかし教会の側壁に接した、丁度司祭館に向いた側に、寺男が寝ているむさ苦しい、ぼろな小屋があった。この寺男が、この突拍子もない叫び声

に目を覚まし、ぎくっと起きあがって、急いで寝台を降りると、自分の部屋の小窓の布張りの部分を開け、頭を外へ突き出し、髪の毛の間から両眼で外を見ると、

「どうしました？」

と言った。

「早く来てくれ、アンブロージョ！　助けてくれ！　家の中に人がいる」

とアッボンディオ司祭は寺男に向って叫んだ。

「いま行きます」

と寺男は答え、頭を引込めると、布張りの窓を閉じ、半ばは夢心地で、そして半ば以上は驚天動地であったが、それでも咄嗟《とっさ》の間にはっと自分に頼まれた以上の手助けとなる便《べん》法《ぽう》を思いついた。それはいま起っている騒動の正体が何であるにせよ、とにかく自分自身はその騒動に捲込まれずに済むという便法であった。寝台の上にあったズボンを引っ摑むと、まるでそれが礼装用のハットででもあるかのように腋の下に抱え、木の梯子を飛んで下へ降りると、鐘楼へ駈けつけて、そこにある二つの鐘のうちの太い方の綱を引っ摑むと、半鐘《はんしよう》を乱打しはじめた。

じゃん、じゃん、じゃん、じゃん。百姓たちは起きあがって寝台の縁《へり》に腰をかけた。秣《まぐさ》棚で横になっていた若者たちは耳をそばだて、飛び起きた。

「何事だ？　何事だ？　半鐘が鳴っている？　火事か？　泥棒か？　盗賊か？」

女たちは主人にその場にじっとしているよう頼んだ。動いては駄目よ、ほかの人に行か

せればいいのだから、といった。ある者は起きあがって窓辺へ行った。臆病者は、女たちの頼みに渋々応じたかのように布団の中へまたもぐりこんだ。いちばん物見高い威勢のいい連中は熊手と猟銃をつかむと戸外へ飛び出し、鐘の音のする方へ走った。ほかの連中はそれを眺めていた。

しかし、その連中の準備が整うよりも先に、いやそれどころかその連中の目がまだはっきり醒めるよりも先に、その鐘の音は、そこからほど遠からぬところで、服を着たまま、夜っぴて突っ立っていた人々の耳を打った。その人々とは一方は例の闘士と称するやくざたちであり、いま一方はアニェーゼとペルペートゥアであった。ここで、この二手に分れた闘士連中があるいはあばら家で、あるいは飯屋で、前回話が途切れた時以来なにをしてきたか、まず簡単に申しあげよう。飯屋にいた三人の闘士は村の家々の戸がみな閉まり、通りに人っ子一人いなくなったのを見ると、にわかに夜の更けたことに気づいたかのように、「さあはやく家へ帰ろう」といいながら、急いで外へ出た。村を一まわりしてみんながもう家に引籠ったかどうかを確めた。そして実際、誰一人にも出会わず、小さな物音ひとつ耳にしなかった。ルチーアの家の前も、そっと静かに通り過ぎたが、それは村でいちばん静かな家であった。というのはその中にはもう誰もいなかったからである。そこで三人はまっすぐに皆が集まっているあばら家へ急ぎ、そこでグリーゾ様に報告した。するとすぐにグリーゾは頭によれよれの帽子をかぶり、蠟引きの、貝殻がまばらについた巡礼者用の外套を肩に羽織った。手に巡礼用の杖を握って、

「さあ行こう。男らしく、静粛にし、よく命令に従ってもらいたい」

と言うと、先頭に立って歩き出した。ほかの連中は後に従った。そしてたちまちのうちに、レンツォたちの一行が先刻——彼らも彼らなりに遠征に行ったのだが——遠ざかって行ったのとは別の逆の道を通ってその小さな家の前へ着いた。グリーゾはその家の数歩手前のところで一行に停止を命じると、一人で前方へ偵察に出た。そしてまるで人気《ひとけ》がなく、家の外も静かなのを見てとると、手下の悪党の二名に、中庭を囲んでいる壁にそって攀じ上り、内側へ降りて、葉のよく繁った無花果《いちじく》の樹の裏の一隅に隠れるよう命じた。その日の朝、目にとめておいた無花果の樹であった。それが済むと、道に迷った巡礼が翌朝まで一夜の宿を乞うような振りをして、そっと静かに戸を叩いた。返事がない。いま少し強く叩いた。それなのに物音ひとつしない。そこで三人目の手下の悪党を呼びに戻ると、先の二人と同様、中庭へはいりこんで皆が自由に出入りできるよう閂《かんぬき》をそっとはずすよう命じた。すべてが注意深く、またものの見事に遂行された。男は他の手下を呼びに行き、皆を中へ入れると、先にはいった連中のそばで隠れているよう命じた。通りに面したその戸をまたそっと静かに閉めるとそこに内側から二人歩哨を立たせた。それから真直に菜園側の戸口に向った。そこでも戸をノックして待った。そして我慢できるだけ待った上で、この戸口の門もまたそっと静かにはずした。家の中から、

「誰ですか?」

という声もしない。声ひとつ聞えない。

これ以上うまく行ったためしはない。それではここで突入するとするか。

「おい」

と無花果《いちじく》の樹の蔭にひそんでいる手下を呼ぶと、一緒に階下の部屋へはいった。その日の朝、彼が恥知らずにもパンの一片の喜捨《きしゃ》を乞うたその部屋であった。火口《ほくち》と石と火打金と黄燐《おうりん》を取出すと、携帯用の提灯《ちょうちん》に明りをつけ、そこに誰かいるかいないかを確めるためにそこよりさらに奥の部屋へ踏込んだ。誰もいない。後ろへ引返し、階段の口へ行き、じっと見つめ、耳を澄した。ひっそりと静まりかえっている。一階にも二人歩哨を残すと、グリーニャポーコについて来るよう命じた。そいつはベルガモ地方の男で、その男だけが脅《おど》したり、宥《なだ》めたり、命令したり、要するに口を利くことになっていた。それはその男のベルガモ弁を聞きつけるに違いないアニェーゼが、この人攫《ひとさら》い連中はベルガモ辺から来たのだ、と思いこませるためであった。自分の脇にその男を連れ、後ろに別の男たちをさらに引連れて、グリーゾはそっと静かに階段を登った。一段一段が軋《きし》んで音を立てるたびにその一段一段を心中で呪い、手下の悪党が一歩一歩物音を立てるたびにその一歩一歩を心中で罵《ののし》った。ついに上まで来た。ここに兎がいるわけだ。はじめの部屋に通じる扉をそっと押した。扉はすっと開いて、隙間が見えた。眼をこらして中をのぞいたが真暗である。誰かの鼾《いびき》か息か人の動きが聞えるかと聞き耳を立てたが、何も聞えない。それで中へ踏みこんだ。相手に見られずに相手を見るために提灯を顔の前へ掲げ、扉を広く開いた。寝台が一つ見えたから、それに躍りかかろうとしたが、ベッドはきちんと平らに作られていて、

シーツの端は折目正しく枕の上で折返してある。肩をすぼめて仲間の方を振返ると、隣の部屋を見に行くぞ、静かについて来い、と合図した。そしてはいると、あらたまって同じ動作を繰返し、同じ空のベッドを見つけた。

「一体全体これは何だ?」

　と声に出して言った、

「さては裏切り者の犬にしてやられたな」

　そうなると皆もうそれほど注意は払わずに隅を探り、辺りを眺め、家中を引掻きまわしはじめた。

　この連中がそうした事に夢中になっている間に、街道に面した口の番をしていた二人は、急いで近づいてくる小刻みの足音を聞きつけた。誰か知らないが街道をまっすぐ通り抜けるだろうと思って、じっと息を殺していた。そして当然の話だが、神経を張りつめていた。するとその足音はなんとその戸口の前でぴったりと止ったのである。急いで駆けつけて来たのはメーニコで、アニェーゼとルチーアの二人に是非ともすぐ家を逃げ出して修道院へ避難するようとの伝言をクリストーフォロ神父から言いつかって来たのである。その訳は……その訳は読者がもう御存知の通りである。メーニコは扉を叩こうと思って門の取手をつかんだ。そしてそれが釘を抜かれはずされているために手の中でぐらつくのを感じた。——一体これは何だ？——そう思って、おそるおそる扉を押した。するとすっと扉は開いた。メーニコは怪しいと思いながら足を中へ踏みこんだ。その途端に両腕をつかまれ、低い声が左右から同時に脅すような口調で、

「口を利くと殺すぞ」

と言うのが聞えた。しかし少年はその途端に悲鳴を発した。悪党の一人がメーニコの口に手を当て、いま一人が脅すために匕首《あいくち》を突きつけた。少年は木の葉のように震え、もはや叫ぼうとさえしなかった。しかし突然、少年が叫ぶ代りに、それとはまったく違う声音《こわね》で、あの教会の鐘の音の最初の響きが聞え、続いて鐘の音が立て続けに嵐のように殷々《いんいん》と鳴り出した。「脛《すね》に疵持つ人は心に疑いを持つ」とミラーノの格言はいうが、その鐘の音を聞いた時、そこにいた悪漢は二人とも自分の名前、姓、はては綽名までが呼ばれたような気がして、思わずメーニコの腕を放し、泡を喰ったように自分たちの腕を引っこめると、両手をひろげ、口を開けて啞然とした表情でお互い相手の顔を見つめると、本隊がいる家の中へ駆けこんだ。それっとばかりにメーニコも全速力で街道を鐘楼《しょうろう》さして駆け出した。あすこならばともかく誰かいるにちがいない。家中を上から下まで家探《やさが》ししていたほかの

悪党の耳にも、この恐ろしい鐘の音は同じような印象を与えた。できるだけ早く外へ出ようとして、互いにぶつかり、つっかかり、鉢合せをする始末だった。もともと歴戦の勇士たちで、敵に背中を見せることを肯《がえん》じない連中だが、正体不明の敵が相手では危険千万で、毅然として立向うわけにもいかない。なにしろそいつはこちらに偵察するだけの余裕を与えず、いきなり自分たちに襲いかかってきたのである。みんないまにも総崩れとなって潰《かい》走《そう》しかねまじい有様だったが、それがまだしも退却ですんだのは、グリーゾの威厳でもって辛うじて全員をついに取りまとめることができたからである。豚の群の番をする犬が、あちらこちら走りまわって、あるいは脱け出そうとする豚の耳に嚙みついて群の中へ引き戻したり、あるいは鼻面でもって前へ押したり、あるいはその時列からはずれた豚に吼えついたりするように、巡礼者姿のグリーゾは、もう閾《しきい》に足を掛けた男の髪の毛をひっつかんで後ろへぐいと引き戻し、そちらに向って駈け出そうとする一、二名を杖をふるって後ずさりさせ、どこがどこだかわからずそのあたりを走りまわっている残余の連中を大声を張りあげて叱り飛ばした。そうして結局全員を庭の中央へ搔き集め、

「急げ、急げ。ピストルは手に握れ。刀は構えろ。全員一団となったところで出発する。いいか。俺たちがこうして固まれば、馬鹿野郎、一体どこの誰が俺たちに手出しできると思うか？　だが一人一人ばらばらで取っつかまっちまえば、俺たちでも百姓分際にしてやられるぞ。恥を知れ、恥を。しっかり一団に固まって俺の後について来い」

このように短い熱弁を振るうと、先頭に立って、まず自分から外へ出た。この家は、前

にもいった通り、村の一番奥にあったが、グリーゾは村の外へ通じる道を選んだ。そして全員その後に従って整然と出て行った。

　出て行った連中のことはひとまずおいて、先刻例の小道に残してきたアニェーゼとペルペートゥアの方へ一歩引返すとしよう。アニェーゼはアッボンディオ司祭の館からペルペートゥアをなるたけ遠ざけようとつとめた。そしてある程度まで万事好都合に進んだ。しかし突然ペルペートゥアは司祭館の戸口を開けっぱなしにしてきたことを思い出して引返そうとした。そうなればつべこべ言っても仕方がない。相手に怪しまれぬためにアニェーゼも一緒に後からついて引返さねばならなかった。それでも不首尾に終った例の縁組の話をするとペルペートゥアがかっかする。それを見てとると、その度にどうかしていま少し戸外に引留めようとつとめた。ペルペートゥアの話に心底から耳を傾けているような風をして、時々、自分が注意深く耳を傾けていることを相手にわからせ、また相手を再び夢中に喋らせるために、いろいろと相槌を打った。「確かだとも。なるほどわかったわ。それは結構至極じゃないの。明々白々よ。それから？　それで男の方は？　であなたは？」

　だがその間、心中ではそれとは別の事を考えていた、

「もう今時分は皆出終ったかな？　それともまだ中かな？　うまく行った時は、わたしに知らせるよう、なにか合図を決めておけばよかったのに、わたしたち三人とも間抜けな話さ！　本当に馬鹿気ているけれど、抜かったからには仕方がない。いまとなってはせいぜいこの女をできるだけ長く引留めておこう。まずったと言ったって時間がちっとばかし無

駄になっただけの話なんだから」

こうして、ちょいと急いでは立停り、ひょいと立停ってはまた急ぎ、二人はアッボンディオ司祭の住居からほど遠からぬところまで引返して来た。しかしそれでもその館は例の曲り角の蔭に隠れていたので二人の目には見えなかった。でペルペートゥアは、話が大事な点にさしかかっていたので、素直に、というかなにも気づかずに、そこでそのまま立停った。その時、突然、頭上から、大気の寂寞《じゃくまく》と夜の静謐《せいひつ》を破って、アッボンディオの調子っぱずれの絶叫が響き渡った。

「助けてくれ！　助けてくれえ！」

「まあ大変！　どうしました？」

ペルペートゥアは大声で叫ぶと、走り出そうとした。

「どうしたの？　どうしたの？」

アニェーゼは相手のスカートをつかんでペルペートゥアを引留めながら言った。

「まあ大変！　あんた聞えなかったの？」

と女は相手の手をふりほどきながら言った。

「どうしたの？　どうしたの？」

とアニェーゼは女の腕をしっかり握って繰返した。

「あんた馬鹿な真似はよして」

と叫ぶとペルペートゥアはアニェーゼを突き飛ばし、身をふりほどくや、またあたふたと駈け出した。だがその時、もっと遠くの方で、もっと短かったが、ずっと鋭い声でメーニコが絶叫するのが聞えた。

「まあ大変！」

とアニェーゼも叫ぶと、彼女も馬が跳ねるようにまたペルペートゥアを追って駆け出した。そして二人が踵《かかと》をあげるや否や、鐘が鳴り出したのである。一つ、二つ、三つ、さらに続いてじゃんじゃん鳴り出した。もしその女たちに拍車をかける必要があったとしたら、その鐘はまさに拍車ででもあったろう。ペルペートゥアがアニェーゼより一足先に駆けつけて、扉を開けようとした時、扉は内側からせい一ぱい大きく開き、閾の上へトーニオとジェルヴァーゾ、レンツォとルチーアが現れた。その四人は階段を見つけるや、二段飛びで下へ駆けおりて来たのである。そして突然鳴り出した鐘の音を耳にするや、是が非でも無事に安全なところまで逃げおおせようとして、死物狂いで走り出したところだった。

「どうしたの？　どうしたの？」

とペルペートゥアは喘ぎながらトーニオ兄弟にたずねた。しかしトーニオとジェルヴァーゾは返事の代りにいきなり彼女にぶつかったかと思うと、角をまわって一目散に駆けだした。

「あんたたち、一体ここで何をしてたのよ？」

とペルペートゥアは手と手を取りあっている二人に気がつくと、語気《ごき》鋭く尋ねたが、こちらの二人は何も返事をせずに出て行った。ペルペートゥアは一番大事な場所へ駆けつけ

るのが先決だと思ったものだから、それ以上問いつめはせず、急いで廊下へはいると、暗闇の中を走るようにして階段の方へ向った。

　結局いいなづけのままで終ってしまった二人はすぐアニェーゼと向いあった。母親はいま着いたばかりで肩で息をしている。

「ああ、おまえたちだね」

　と辛うじて声に出して言った、

「どうだった？　一体この鐘は何だい？　なにか聞えたような気がしたけれど……」

「家へ引きあげましょう、家へ」

　とレンツォがいった、

「早くしないと人が来る」

　そういって街道にさしかかった時、メーニコが転がるように走って来た。そして三人に気づくと、三人を引きとめて、全身をわなわな震わせて、息も絶え絶えに言った、

「どこへ行くんです？　逆さま、逆さま！

ここを通って、修道院へ行かなくちゃ！」

「おまえかい、あの何を……」

とアニェーゼが話し出した。

「他にまだなにかあるのか？」

とレンツォが訊《き》きただした。すっかり気の動顚したルチーアは、黙って、震えていた。

「家に誰か悪い奴がはいってる」

とメーニコは喘ぎながら話し出した、

「この眼で見たんだ。連中はぼくを殺そうとしやがった。クリストーフォロ神父様がおっしゃった。レンツォ兄さんもすぐ来るようにって。そしたらぼく、連中にばったり出会っちまったんだ。ここで皆と一緒になれたなんてもっけの幸いだ。後は、村の外へ出たら話すから」

みんなの中でいちばん冷静だったレンツォは、あの道を行くなり、この道を行くなり、とにかく人が駈けつけて来ぬうちにこの場を立去るのが肝腎だ、そして一番間違いのないのはとにもかくにもメーニコの忠告通りにすることだ、と思った。メーニコの忠告といったが、この子供の言分《いいぶん》には、いかにも仰天した子供の言分らしい忠告以上の命令に似た迫力があった。通りを進んでこの危険の外へ一旦出れば、この子にもっとはっきりした説明を聞くこともできるに相違ない。

「よし進め」

とレンツォは少年に言った。そして、

「この子と一緒に行こう」

と女たちに言った。皆は向きを変えると、教会の方へ急いだ。広場を横切ったが、幸いまだ人っ子ひとり見えない。教会とアッボンディオ司祭の館の間の小道にさしかかると、生垣の隙間に見つけた最初の穴をくぐって、皆畠の中へ出た。

彼らがそうして五十歩ほども遠ざかったころであったろうか、人々は教会の前の広場へ次々と駈けつけてきた。その人数は刻々ふえた。お互いに顔を見あわせて異口同音《いくどうおん》に「どうしたのだ、何事だ」と尋ねたが、誰一人「こうだ」とも「ああだ」とも返事のできる人はいなかった。真先に駈けつけた人々は教会の門へ走りよったが、門は閉まっていた。そこで外の鐘楼へ駈け寄って、中の一人が一種の明り取りのようになっている小窓へ口をあてて、大声で、

「一体全体どうしたんだ？」

聞きおぼえのある声が聞えた時、アンブロージョは綱から手をはなした。大勢駈けつけてくれたらしい足音や物音を聞きつけると寺男はほっとして答えた、

「いま降りて門を開けるから」

腋の下に抱えていたズボンや下着をあわてて穿《は》くと、中からまわって教会の門を内側から開いた。

「一体全体この騒ぎはなんだ？」

「なんだ？」

「どこだ？」

「誰の家だ？」

「なに、誰の家だかって？」

とアンブロージョは、片手で扉をおさえ、もう一方の手で、急いで着たものだから外へはみ出している下着をおしこみながら言った、

「なに、知らねえのか？　司祭様のお宅の中に人が押し入ったのだ。皆、元気を出して助けてくれ」

皆はそれっとばかしにその家へ向った。群をなして近づくと、上の階を見あげて耳を澄した。まったく静かであった。戸口のある方へ何人かは駈け寄ったが、戸は閉まったままだ。誰か人が手を触れたとも思えない。その連中も上の階を見あげたが、窓一つ開いていない。物音一つ聞えない。

「誰だ、中にいるのは？」

「おーい、おーい！」

「司祭様！」

「司祭様！」

アッボンディィオ司祭は、侵入者が逃げ去ったことに気がつくと、すぐ窓から身を引いて窓を閉めた。そして、こんな面倒が持ちあがった時自分を一人だけ置きざりにしたペルペ

ートゥアに向って低い声で叱言《こごと》を言っていたが、戸外で人々が自分の名前を呼んでいるのを聞きつけると、また窓辺へ姿を現さないわけにはいかなかった。そしてこのように大勢が駈けつけてくれたのを見ると、大声をあげて助けを乞うたことを後悔した。

「どうかしましたか？」

「どんな目にあったんです？」

「一体どこの誰ですか？」

「どこにいますか？」

と四、五十人の人々が一斉に尋ねた。

「もう誰も居りません。皆様、どうも有難うございました。どうかお家へお引取りください」

「でもそいつらはどこの誰だったんですか？」

「どこへ行きましたか？」

「何事だったんです？」

アッボンディオ司祭は答えた、

「性悪《しょうわる》な連中です。夜うろついてまわるような連中です。しかしみんな逃げました。どうかお引取りください。もうなにもありません。それではまた次の時に、皆さん、皆さんの御心遣いに御礼申します。有難うございました」

こう言うと、引きさがって、窓を閉めた。するとここである者はぶつぶつ呟きはじめ、ある者は、へっ馬鹿にしてらあ、と言い出し、ある者は嘲笑の言を洩らしはじめた。中には肩をすぼめて立去って行く者もいた。するとその時、息を切らして男が一人広場へ駆けて来た。すっかり息が切れてしまって物を言うのがやっとの様子であった。それはアニェーゼとルチーアのほとんど真向いの家に住んでいる男で、物音がするので窓から外を覗くと、女たちの家の中庭でならず者どもが右往左往している様が見えた、というのである。それはちょうどグリーゾが手下を全員とりまとめようとして奮闘していた最中のことであった。一息つくとその男は広場に集まっている人たちに向って叫んだ、

「一体、皆ここで何をしているんだ？　悪党がいるのはここではないぞ。村の奥のアニェーゼ・モンデㇽラの家だ。武具で身を固めた悪党の一団が家の中へ押入って巡礼の坊さんをぶち殺そうとしているらしい。どんなことになってるかわかったものじゃないぞ！」

「なに、なんだと？」

と騒然とした相談が始まった。

「駆けつけなけりゃいかんぞ」

「まず偵察が先決だ」

「敵は何人だ？」

「こちらは何人だ？」

「いったい相手はどこの誰だ？」

「村長はいるか。村長！」

「ここにいる」

　と群衆の中央で村長の声がした、

「ここにいる。だがみんなで俺を助けてもらいたい。俺の命令に従ってくれ。大急ぎだ。寺男はどこにいる？　半鐘を鳴らせ、半鐘だ。大急ぎだ。それから誰か一人大急ぎでレッコへ行って助けを呼んで来い。皆ここへ集まってくれ……」

　駈けつけて来る者もいれば、人々の間をこっそり抜けて去る者もいる。押しあいへしあいで、騒ぎが一段と大きくなった時、また別の男が走って来た。悪党どもが大急ぎで出発したのを目撃したその男は叫んだ、

「おい皆、急いで追いかけろ。泥棒だか強盗だか知らねえが、巡礼の坊さまを引っ立てて逃げ出した。もう村はずれだ。後から追っ駈けろ」

　その報告を耳にすると、隊長の命令も待たずに、みな群をなして騒然と動き出し、街道を下って行った。だがその部隊が進むうちに、だんだんと先頭の何人かは歩《ほ》をゆるめて、仲間を先へやると、自分は本隊の中央へしっかりと身を寄せた。殿《しんがり》の連中が前へ出て来た。こうして雑然とした一団は目的地へ着いた。家に何者かが押入った痕跡はなまなましいまでに明瞭だった。扉は大きく口を開けたままで、閂《かんぬき》はこじあけられていた。しかし押入った連中の姿は影も形も消え失せていた。皆は中庭へはいったり、菜園の側の口を覗いてみた。その戸も門がはずされ開けはなしになっている。皆大声で叫んだ。

「アニェーゼ！」

「ルチーア！」

「お坊様！」

「坊さんはどこにいるんだ？」

「ステーファノが夢にでも見たのじゃないか？　坊さんなんていたのか？」

「いや、いや、カルルアンドレーアも坊さんの姿を見たといってる。へーい、お坊様！」

「アニェーゼ！」

「ルチーア！」

だが誰の返事もない。

「みんな連れて行かれてしまったぞ。誘拐《ゆうかい》だあ、人さらいだあ！」

誘拐されたという噂がひろまると、声を張りあげて「この悪党を追いかけろ」と主張する者も出た。「こんなけしからぬことは許しちゃならねえ」「悪党がこの村へ来て、痛い目にもあわずに女の子を引っさらえるなんて、村の恥だ。それじゃあまるで鳶《とんび》が誰もいない麦打場から雛子《ひよっこ》をひっさらうのと同じじゃねえか」

皆はまた寄合って相談をしたが、ますます騒々しいばかりで話は一向にまとまらない。その時――それが誰が言ったのか結局後には誰にも知られずじまいになるのだが――誰かが一声、アニェーゼもルチーアもよその家へ避難して無事でいる、という声が一群の中で聞えた。その報せはたちまち口から口へ伝わって皆それを信じたものだから、もう誰もこれ以上深追いしよう、などといわなくなった。そして一行はてんでばらばらになってめいめい勝手に自分の家を目指して帰って行った。低い囁き声があちこちで洩れ、足音や戸を叩く音や戸を開ける音がし、ランプの灯がちらりと外へ洩れたかと思うとまた消えた。窓から女たちのものをたずねる声や、通りからそれに答える男の声が聞えた。しかしじきに通りから人気《ひとけ》は失せ、またあたりは静まりかえった。話は家の中ではまだ続いていたが、それもやがて欠伸《あくび》とともに絶えて、続きは翌朝《よくあさ》ということになった。しかし翌朝になってもそれ以外に新事実というのが出てくるわけでもない。もっともこんなことはあった。その翌日の朝、村長は自分の畠へ出て、片足は鋤にかけ、顎は片手にのせ、その肘はなかば地面へ打ちこんだ鋤の柄にもたせて、前の晩に起きたこの謎めいた事件と、この件について村長である自分は何をすればいいのか、どうすれば自分個人に都合がいいのかという面倒な問題をあれこれ考えていた。その時、自分の方へ向って二人なかなか豪快な風采をした男が近づいて来るのが見えた。古代フランク族の王侯のように前髪を垂れ、五日前にアッボンディオ司祭の前へ立ちはだかった二人と同一人物でないにせよ、すこぶる似通った風采であった。この二人は、前の時よりもさらに突慳貪《つっけんどん》な口調で村長をこう脅した。「昨夜の件についてお上《かみ》にくだらない報告書など差出すでないぞ。万一お取調べがあっても本当の事は話すものじゃない。余計なお喋りはするな、百姓どもをたきつけてお喋りをさせるでないぞ。いいか、寝台の上で死にたけりゃ左様心得るがいい」

さてわが方の逃亡者は、暫くの間、小走りに急いだ。誰も口を利かず、時には一人が、また時には別の一人が、後ろを振返って誰か後から追っかけて来はしないか、と目をこらした。走ったためと、心臓の高鳴りや、自分たちがどうなっているのかわからないという不安や、先刻しくじったというみじめな気持のために、また新しく自分たちの身の上に振りかかってきた漠然とした危険を予感して心が千々に乱れたために、みな意気沮喪《いきそそう》していた。しかしそれにもまして彼らの意気を銷沈《しょうちん》させたのは、あの鐘の音が執拗《しつよう》に自分たちの後を追駈けてくることだった。その鐘の音は、彼らが村から遠ざかれば遠ざかるほど、弱くなり鈍くなりはしたが、しかしそれだけますますなんともいえぬ陰気で不吉《ふきつ》な音色《ねいろ》を帯びて響いたのである。がその鐘もついに止んだ。その時、逃亡者の一行は人家のない畠の中を急いでいたが、周囲に人気が絶えたと知ると歩《ほ》をゆるめた。一息ついて沈黙を破って話しだしたのはまずアニェーゼで、レンツォに向って「どうだった」とたずね、メーニコに向って「家にはいった悪党て一体どんなだったい」とたずねた。レンツォは手短かに失敗に終った話をした。そこで三人は子供の方を振向くと、メーニコは前よりもはっきりとした口調でクリストーフォロ神父から託された言伝《ことづ》てを伝え、それからメーニコ自身が自分の眼で見、危い目や痛い目にあったことを話した。それはクリストーフォロ神父の忠告が不幸にも事実によって裏書きされたことを示していた。

三人の聞き手にはメーニコが言った以上のことがよくわかった。そしてそうした事実を耳にすると身の毛がよだつ思いがした。三人とも思わず立停り、おたがいに顔を見あわせた。その顔には狼狽《ろうばい》に近い驚きの表情がまざまざと出ていた。そしてすぐ、三人とも心を合せたかのように、あるいは少年の頭に、あるいは肩に手をやり、頭を撫でると、口には

出さなかったが、その少年が自分たちにとってはまるで守護天使ででもあるかのように有難く思う気持と、自分たちを救うためにメーニコが賭《と》した危険や、その時少年が感じたに違いない不安のほどを察して、しみじみとした感謝の気持を髪を撫でながらそっと示したのである。それはまるで少年に許しを乞うているかのようでもあった。

「それじゃあもう家へお帰り、これ以上家の人におまえのことで心配をかけては済まないから」

　とアニェーゼはメーニコに言った。そして前に金貨を二枚渡す約束をしてあったことを思い出すと、隠しから金貨を四枚取り出して少年に渡して言った、

「さあ、またじきにおたがい会えるよう神様にお祈りをしておくれ。そうしたら……」

　レンツォも少年にベルリンガ銀貨を一枚渡

すと神父様から言いつかった言伝ては誰にも一切言ってはいけないよ、とくれぐれも念を押した。ルチーアはまた少年の頭を撫でると、涙声で別れを告げた。少年も涙声になって皆に挨拶すると、引返していった。三人はまた道を続けたが、物思いに心は重かった。女二人が先に立ち、レンツォはまるで殿《しんがり》でもつとめるように後からついて行った。ルチーアはしっかりと母の腕によりすがっていた。そしてこの道なき道を難渋《なんじゅう》しながら進んだ。時々レンツォが腕を貸そうと申出たが、いまはその申出をやさしく上手に斥けていた。つい先だってまでは、もうすぐこの人の妻になると思って、この人と二人きりの時はいかにもなれなれしく手に手を組んだのであったが、そうしたことがこのような気もそぞろの逃避行の最中であっても、なおなにか恥ずかしいことのように思われるのだった。そして今、痛ましくもあの夢が消え去ってしまった後となっては、あまりに深入りしてしまったことを後悔する気持さえ湧いた。心が落着かず体が震えるような訳はいくつもあったけれども、ルチーアはその時恥ずかしさのあまり身を震わせていたのだった。世の悪事に染まらずにいたために、自分自身でもよくわからぬまま、怯《おび》えている。ちょうど暗闇の中にいる子供のようなもので、自分でも訳のわからぬまま怯えて震えている。そんな具合だった。

「で家はどうする?」

と出し抜けにアニェーゼが言った。それはなるほど大事なことかもしれなかったが、しかし誰もそれには返事をしなかった。誰もアニェーゼの満足の行くような返答はできなかったからである。黙々と道を進んで、やがて修道院付属教会の前の小広場へ出た。

レンツォは教会の入口の扉の前へ立つと、そっとそれを押した。するとすっと扉は開いて、隙間から月の光がさしこみ、クリストーフォロ神父の青い顔と銀色の髯を照し出した。神父はそこでずっと待ち続けて立っていたのである。誰一人欠けていないのを見てとると、

「神に祝福あれ」

と言った。そして三人に中へはいるよう合図した。神父の隣には、もう一人カプチン会士が立っていた。それは平《ひら》修道士の寺男で、クリストーフォロ神父が情に訴え理に訴え、自分と一緒に寝ずにそこで番をして、危険にさらされている哀れな三人を迎え入れるために扉に鍵をかけぬよう言い含めた男であった。もっともこのような規則に反した、物騒で、面倒な特別の頼みを寺男に引受けてもらうためには、クリストーフォロ神父の威厳と聖人様という世間の評判とがなければやはり無理なことであったろう。三人がはいると、クリストーフォロ神父は静かにそっと扉をまた閉めた。そうなると寺男はさすがにもう堪え切れなくなって、神父を一隅へ呼ぶと、その耳にこう早口で囁いた、

「いくらなんでも神父様、神父様、夜中に……教会の中で……女と……扉を閉め切って……規則がありますよ……いくらなんでも神父様！」

そう言って頭を横に振った。相手がやっとの思いでこう言っている最中、「すこしは考えてみるがいい」とクリストーフォロ神父は心中で言っていた、「もしこれが相手に追われたどこぞの傭兵ででもあったら、フラ・ファーチオはそいつが寺の中へ逃げこむのを絶対に拒みはすまい。それなのにいまここへ来たのは狼の毒牙から逃れた罪のない娘ではな

いか……」

「Omnia《オムニア》 munda《ムンダ》 mundis.《ムンディス》（心清ければすべて清し）」

クリストーフォロ神父は突然ファーチオ修道士の方を振向くと、この寺男を勤める修道士にはラテン語が通じないということも忘れてそう言った。しかし寺男に対して効き目があったのはまさに神父のこのような無心の態度であった。もし神父がここでいろいろ理窟でもって説得を始めたなら、ファーチオにもそれに反対するいろいろな理窟に事欠きはしなかったに相違ない。そうなれば一体いつどのように議論に決着がつくやら全然見当もつかなかった。しかし意味ありげな重々しい言葉が、このようにきっぱりとした口調で神父の口から出ると、その言葉の中に自分のあらゆる疑惑を解いてくれるなにかが当然はいっているような気がした。それでうなずくと、

「それじゃ結構です。あなたの方が私よりもこの間の事情によく通じていらっしゃるのだから」

と言った。

「私におまかせなさい」

とクリストーフォロ神父は答えた。それから祭壇の前で弱々しく燃えているランプの薄明りをたよりに、ここへ逃れて来た三人のもとへ近づくと、この先どうなることかと不安の面持《おももち》で待っていた彼等に向い、

「皆さん、主《しゅ》に感謝の祈りを捧げなさい。神様は大きな危険から皆様を救ってくださいま

した。きっといま時分……」

　と言って、先程少年の使に命じて言わせたことの説明を始めた。それというのも神父はこの三人が自分よりも余計に知っているとはつゆ思わなかったし、メーニコが三人に会えたのは、まだ悪党が彼らの家へ侵入する以前のことだと思っていたからである。三人には神父が思い違いをしていることがわかっていたが、しかしさすがに誰もそれを正そうとはしなかった。さすがのルチーアも、ここでこの方に隠し立てして黙っているのは悪いとひそかに悔んではいたが、しかしなにしろなにからなにまで誤魔化しと隠し事の一夜であったものだから。

「こうなった以上は」

　と神父は続けた、

「皆さんにもおわかりと思うが、この土地はもはや皆さんにとって安全とは申せません。この土地は皆さんの土地であり、皆さんはここでお生れになった。誰にも悪いことをしたわけではない。しかし神の思召しでこういうことになりました。これは試煉《しれん》です。どうか辛抱強くそれに耐え、信頼を捨てず、憎しみを持たずに生きてください。いま降りかかったような災難《さいなん》も笑って見返すことのできるような時がそのうちにきっと来ます。さしあたって皆さんが一時逃げていられる場所は私が考えておきました。じきに無事にお家へ戻れることと信じます。いずれにせよ神様が皆さんのために最善を計ってくださるでしょう。私も、皆さん方のような貧しき善良な悩める者に仕える者として、神の僕《しもべ》として私を選ばれた神の恩寵《おんちょう》に欠けることのないよう、もとよりいろいろ努めるつもりです。皆さんは」

とここで神父は二人の女の方を向いて言った、

「皆さんは＊＊＊市に滞在なさるが良いでしょう。あすこならば危い目にあうことはまずありますまい。それにあなた方のお家からそれほど遠く離れていない、という利点もあります。私どもの修道院を探して院長様をお呼びして、この手紙をお渡しなさい。その坊様が皆さんにはクリストーフォロ神父の代りとなるはずです。それからお前、レンツォ、お前もいま当分の間は他人の怒りからも己《おのれ》自身の怒りからも身を遠ざけるがよい。この手紙を持ってミラーノの東大門《とうだいもん》のカプチン会の修道院へ行き、ボナヴェントゥーラ・ダ・ローディ神父にお渡しなさい。その方がお前の父親代りに、お前を導き、お前に仕事を見つけてくださるでしょう。お前がここへ戻って平和に暮せるまでの間のことです。湖畔のビオーネの川口近くへ行ってごらんなさい」――ビオーネ川はペスカレーニコからほど遠からぬあたりで湖に注ぐ谷川である――「そこに小舟が一艘つないであるから、舟とおっしゃい。誰の用だと訊かれたら、サン・フランチェスコと返事しなさい。そうすれば舟に乗せて対岸まで運んでくれます。そこまで行けば馬車があるから、それでもってまっすぐに＊＊＊市まで連れて行ってもらえるでしょう」

一体なぜクリストーフォロ神父がこのように手っ取りばやく水陸の交通の便を確保し得たのかなどと尋ねる人は、聖人という誉《ほま》れの高かったカプチン僧の力がその当時どれほどのものであったかを知らないという無知をさらけ出すことになるだろう。

さてこうなると後は留守の間の家の番を考えなければならない。神父は鍵を預かると、レンツォとアニェーゼが名をあげた人々に手渡すことを約束した。アニェーゼは隠しから自分の鍵を取出すと、いまこの時も自分の家は開けっぱなし、先刻は悪党が押入って散々荒らしたというから、なにか番をしてもらうほどの物がはたして家に残っているだろうかと考えて、思わず大きな溜息をついた。

「出掛ける前に」

と神父が言った、

「出掛ける前に皆さん一緒に主にお祈りいたしましょう。なにとぞ主がこの旅に際し皆様とともにいつまでもあられんことを。とくに皆様に力を与え、主が欲し給うたことを欲する愛を皆様に与えますように」

こう言いながら教会の中央で跪《ひざまづ》いた。みな同じように跪いた。皆が祈りを捧げて、暫

く沈黙が続いた後に、神父は低いけれども、はっきりした声で次のような言葉もつけ加えた、

「主よ、私どもは私どもをこのような道に追いこんだあの哀れなる男のためにも祈りを捧げます。あの男には主の御慈悲がたくさん必要でございます。それなのにもし私どもがあの男のために心から主の御慈悲を乞うことがございませんでしたら、私どもは主の御慈悲に値しない者となりましょう。私どもはただいま逆境に立たされておりますが、しかし主がお命じになりました道に添うていると信じ心を慰めております。私どもが、主よ、あなたに差出せますものは私どもの苦渋《くじゅう》と苦悩《くのう》のみでございます。それが私どもの益《えき》となるのでございます。しかしあの男は！……あなた様に手向う敵でございます。ああ神に見離されたあの男はあなた様に敵対しようといたしております。どうか主よ、あの男に憐みを垂れ給え。あの男の心を動かし、あの男を正道へ引戻し、私どもが自分自身に対して望み得るあらゆる善をなにとぞあの男にもお授けくださいまし」

それからいかにもせかされているように立上って言った、

「さあ、お前たち、急ぎなさい、一刻の猶予《ゆうよ》もなりませぬ、神の御加護《ごかご》、天使の御守護がありますように。さあ、行きなさい」

そして言葉にもならず、しかし言葉でいわずともはっきりとわかる感動に包まれてみんなが旅支度を整える間に、神父はしみじみとした声でこうつけ加えた、

「私の予感ではまたじきにきっと会えると思います」

なるほど予感というものは、それに耳を傾けようとする人には、いつも必ずなにか予言してくれる。しかしそれは当てになるのだろうか？　もうすでに起ったもろもろの事についてもほんのちょっとしか当らなかったではないか。

クリストーフォロ神父は皆の返事を待たずに聖器室の方へ去った。三人の旅人が教会を出ると、寺男のファーチオは、彼もまた情にほだされた声で「さようなら」というと教会の扉を閉めた。三人は黙々と言われた通り湖岸をめざして歩いていった。はたして小舟が繋《つな》いであった。合言葉を言うと返事があり、三人は舟に乗った。船頭が一本の櫂《かい》で岸を押すと舟は岸を離れた。船頭はそれからおもむろにもう一本の櫂をつかむと、両腕で漕ぎだした。そして沖合へ出ると対岸を目ざした。風はそよとも吹かず、湖面は滑らかで平らかで凝固したかのようである。わずかに中天にかかった月が水に映り、それがかすかに波に揺れていた。聞えてくるのは近くの湖畔の小石に砕けては消える、ゆっくりとした波の音と、向うの橋桁《はしげた》でもって分れるせせらぎの音と、湖の青い面を切りながら、左右同時に水滴を垂れつつ水面を離れたかと見る間にまた水中にはいる両の櫂の規則的な間隔を置いて水面を打つ音ばかりであった。舟で切られてできた波は、艫《とも》の後ろで皺の寄った一筋の航跡となって湖畔からだんだんに遠ざかってゆく。頭を後ろへ向けた三人の客は、黙って、山々や月光に照された自分たちの故郷《くに》を見つめていた。雲の影がところどころに落ちてそれが多少の変化をつけていた。村や農家や小屋が一軒一軒はっきり見えた。湖へ突き出した岬の山の麓《ふもと》に塊って建っている住居の背後にドン・ロドリーゴの館が高く聳《そび》え、ずんぐりした塔が見えた。まるで眠りこんでいる一群の人々の中央で、真夜中、佇立《ちよりつ》して、なにか悪事を企みつつ眼を光らせている凶悪《きようあく》な男のようであった。ルチーアはロドリーゴの館を見ると、ぞっとした。そして斜面に沿って目を下へ走らせて自分の村を見た。その村の端をしっかり見据えると、自分の家が見えた。中庭の壁越しに高く生えている無花果《いちじく》の樹の葉の繁った梢も、自分の部屋の窓も、わかった。舟の艫の方に坐っていたのだが、腕を舟端にのせ、その腕に額をのせ、眠っているような振りをしながら、ルチーアはこっそりと泣いていた。

さようなら、故里の山々、湖面からのびて、天高く聳える山々、その山の懐《ふところ》に抱かれて育った者には馴染深い、高低《たかひく》さまざまのあの頂き。その姿はいちばん親しい親兄弟の姿に劣らず脳裏にくっきり印象づけられている。また親しい者の声のように、その音を聞いただけで聞きわけのつく川や滝、また丘の斜面にまるで羊の群のように散在する白い別荘やお邸、さようなら！　おまえたちの懐に抱かれて育った者が、いまここから立去らねばならないのはまたなんと悲しいことか！　どこかよそへ行って一財産拵《ひとざいさんこしら》えようという夢に誘われて、自分から旅立つ者も、旅立つ瞬間には立身出世の夢がはかなく思える。どうして故郷を去る決心がついたのか自分でも不思議な気がしてくる。また元へ引返そうかという気も起るが、いやいつの日か故郷へ錦を飾って帰るのだ、と言い聞かせて旅立ってゆく。広々とした平野へ下り坦々とした道を進めば進むほど、疲れがつのって厭気がさし目はくぼむ。空気は重く澱《よど》んで死んだようだ。騒然とした都会へはいれば、気は滅入り気は散るばかりだ。家々が並び、大通りが大通りと交差し、息もつまるではないか。外国人は讃嘆するかもしれないが大建築の前へ立てばそぞろに故郷の畠や小さな家が思い出される。久しい以前から目をつけてきた家だ。お金が手にはいって故郷の山へ帰った暁にはそれを買おうと心づもりにしていたあの家のことだ。

しかし気まぐれにもせよ、こうした世界の外へ出ることを夢にも望んだことのない人が、そしてこの狭い世界の中で自分の将来の全計画をきちんと立てていた人が、いま邪悪《じゃあく》な力によって、この世界の外へ遠くはじき出されようとしている。慣れ親しんだ日々の習慣を突然断たれ、いちばん大切な望みまで掻き乱されて、知合《しりあい》になりたいなどとはかつて考えたこともない見知らぬ人のあとについて、この山々を去って旅路を急ごうとする。そして何時になったらここへ帰れるのかいくら思いめぐらしてみても見当もつかない。さようなら、あのわたしの家、あそこで生れ、あそこで大事な思いをそっと胸に秘めてわたしは坐って待っていた。そして大勢の足音の中からあの人の足音をいつか聞きわけることができるようになった。そしてひそかにあの不思議な惧れを抱いて、あの人の足音を心待ちにしたのだ。さようなら、あのまだよく知らない向うの家、通りしなに顔を赤らめながら、何度こっそり見やったことか。あの家で主婦としてそっと静かに落着いた暮しを送る心づもりでいたのに。さようなら、あの教会、あの教会で讃美歌を歌うたびに心は晴々と落着いたのに。もう式も挙げるはずで、準備まで整っていたのに。あの教会でひそかな恋心は厳粛に祝福され、愛は義務として課せられ、聖なるものと呼ばれるはずになっていたのに。

そしてこのような喜びを与えてくださるはずのお方はいたるところにおわします神さまだ。神さまはそのお子たちの喜びを曇らせたりするはずはない。もし曇らせることがあるとすれば、それはお子たちに、もっと大きな、もっと確かな喜びを授けてくださるためのはずだ。

はっきりとこの言葉通りではなかったにせよ、これと似たことをルチーアは頭で考えていた。そして他の二人の旅人の考えもその考えとそれほど違ってはいなかった。そしてそうこうするうちに舟はアッダ川の右岸へ近づいたのである。

第9章

舟が岸にごつんとぶつかってルチーアはよろよろとした。こっそり涙をぬぐうと、まるで目が覚めでもしたかのように、頭を起した。レンツォがまず岸に上ると、アニェーゼに手を貸した。アニェーゼも上ると、娘に手を貸した。そして三人とも悲しそうに船頭に礼を述べた。

「なにもお礼なんぞ」

と船頭が答えた、

「私らがこの世でお互い同士助け合うのは当り前で」

そしてレンツォがほんの寸志《すんし》だといって船頭の手に銭を渡そうとした時、船頭は、まるで盗みに加わらないかとでもいわれた時のようなむっとした表情で、手を引込めた。レンツォが渡そうとした金は、その晩アッボンディオ司祭が、たとい本人の意志にはそむこうとも、自分の助けになってくれたなら、そのお礼に気前よく渡してやろうと思って、あらかじめ用意して懐に入れておいた謝金の一部だった。馬車がそこに出発準備を整えて待っていた。馭者は三人にお辞儀すると、馬車に乗せ、馬に一声かけ、一鞭当てたと思うと走り出した。

この稿の原著者はこの夜間の旅を叙していない。クリストーフォロ神父が二人の女を行かせた先の土地の名も伏せてある。伏せてあるというより明かしたくないとはっきり述べている。話の進展に伴ってそのような黙秘の理由も次第にわかるかと思うが、その土地に滞留した際、ルチーアは、その原著者が執筆していた当時は非常に有力であったと思われる一門に属する一人物の暗い陰謀にはからずも捲込まれてしまったからである。その人物が、その時に見せた奇怪な振舞の理由を明らかにするためにはその人物のそれまでの閲歴を簡潔に話しておくことが必要なのだが、その際にその一族の姿がはっきりと示されるので、先を続いて読まれる方はその時にその一例の実態を見ていただきたい。しかし本稿の原著者が遠慮して読者の目にふれさせまいとした事を筆者は苦心の挙句、別の材料を通して知ることを得た。その同じ人物についてたまたま言及せざるを得なかったミラーノの一歴史家は、その人物の名前も地名も明らかにはしていないけれども、その土地が由緒正しい古い都市である、と名前を除いて詳しく語っている。また別の箇所では、その町をランブロ川が流れている、と述べ、またさらに別の箇所では、その町には首席司祭がいるとも述べている。こうした諸事実を突き合せてみると、この町がモンツァに間違いないことがわかるのである。学者の夥《おびただ》しい博捜《はくそう》の成果の中にはこうした推量よりはるかに見事な推測や発見も無論あるにきまっているが、しかしこれ以上確かな推測があるとはまず思われない。さらに筆者は、確実な根拠に基づいて、その一族の名前を明らかにすることもできる。しかしその一族が滅亡してからかなりの時間が経ったとはいえ、その名を明らかにするのはよした方がよいと思う。故人であってもその思い出を不当に傷つけるような目にあわせたくないからである。それにこうしておけばこれから研究したい学者方にはその家族の名前を調べることもまた研究のなんらかの課題となり得るに相違ない。

というわけで、われらの旅人たちは日の出の直後にモンツァに到着した。馭者はとある宿屋にはいると、そこでいかにもその土地の事情に通じた人らしく知合いの宿屋の主人に頼んで、すぐに三人に一部屋を割当てさせ、その上そこまで三人について行った。レンツォはいろいろ礼を述べ、多少謝金を受取ってもらおうとしたが、この男も先刻の船頭と同じで、もっと先の、もっとずっと豊かな別の報いのことが念頭にあると見えて、やはり手を引込めると、まるで逃げるように、自分の馬の面倒を見に走り去った。

先に叙したような一夕と、誰にでも察しがつくと思うが、不都合な人と出会いはすまいかという懸念《けねん》や心配に取囲まれ、秋というにはいかにも肌寒い風に吹かれておよそ乗心地がよいとはいえぬ馬車に揺られ通しで過ごしたこのような一夜——三人のうち誰かの瞼が重たくなってうとうとしたと思うと途端に車ががたっと揺れて折角の眠りが醒《さ》めたものだが——そうして過ごしたこのような一夜の後で、なにはともあれ部屋と名のついた場所で、ぐらつかない長椅子に腰掛けることができたのは、三人にはまるで嘘のような気持がした。食欲もまるでなかったし、将来が不確かで何が起るかわからないというのにほとんどなにも備えがない。その上、物の欠乏した時代でもあったから、いかにもつましい朝飯を食べた。三人には、二日前に予定していた披露宴のことが頭に浮び、みな思わず大きな溜息をついた。レンツォとしてはその日一日はモンツァにとどまって、ルチーアとその母がしかるべきところに落着くのを見届け、その際の手伝いもしてやりたかったが、しかし神父はレンツォがすぐに旅を続けるよう女たちにあらかじめ言い含めてあった。それで女たちは神父さまのお達しだからとも言い、またさまざまの理由もあげた。レンツォが愚図愚図していれば人々の噂の種になりかねない、遅くなればなるほど別れは辛くなる、またじきに報せを伝えに来て欲しい、こちらもいろいろ伝えたいこともあろうから、——女たちはそう言った。それでレンツォも出発する覚悟を決めた。できるだけ早く再会できるよう、無い知恵を絞って相談したが、ルチーアはさすがに涙を隠しきれなかった。レンツォは辛うじて溢れる涙を抑えると、ぎゅっと強くアニェーゼの手を握りしめ、詰まった声で、

「じゃあまた、さようなら」

というと旅立った。

あの人柄の良い馭者がいてくれなかったら、女たちは途方に暮れただろうが、馭者は女たちをカプチン会の修道院へ案内し、必要とあればなんなりと手助けするよう言いつけられていた。それで一緒に修道院へ向った。それは、周知のように、モンツァから少しばか

り離れたところにあった。門まで着くと、馭者は鐘を鳴らし、院長を呼んでもらった。院長はすぐに現れて、戸口のところで手紙を受取った。

「お、クリストーフォロ神父か」

と筆蹟を見て、院長が言った。その声にも表情の動きにもいかにも親友の名前を口にした時のなつかしげな様子がありありと浮んだ。それにこの手紙の中でクリストーフォロ神父は二人の女を非常な熱をこめて紹介し、女たちの立場を深い同情をこめて説明してくれていた。それで院長は、読みながら時々、驚いたり憤慨したりする様子を見せたのである。読み書面から目をあげると、女たちを同情と好意のこもった目付きでしげしげと眺めた。読み了えてからも暫く考えていたが、

「そうだな、やはりシニョーラの御意向次第だな。もしシニョーラがこの問題を引受けるとおっしゃってくれれば……」

と言った。

そして修道院の前の広場へアニェーゼだけを別に連れて行き、二、三質問し、アニェーゼもそれに答えた。それからルチーアの方へ戻ると、二人に向って言った、

「それではひとつ試してみましょう。主がより良き方法で皆様方に御配慮を賜わるまでここで安全な、名誉ある隠れ家を皆様のために見出すことのできますよう望んでおります。では御一緒に参りましょう」

女たちが恭しくうなずくと、院長が語をついだ、

「それではいますぐシニョーラの修道院まで御案内いたします。しかし私から何歩か離れて来てください。いろいろ悪口をいうのが好きな人もおりますから。院長が通りを若い美人と……女の方々と一緒に歩いているのを見られたら、これは結構なお喋りの種になりますから」

こう言って先頭に立った。ルチーアは顔を赤らめた。馭者は微笑してアニェーゼを見たが、アニェーゼも微笑せずにはいられなかった。院長が歩き出すと、三人はその後から十歩ほど遅れてついていった。そして女たちは院長には遠慮して訊けなかったことをその時になって馭者にたずねた。いったい奥様《シニョーラ》というのは誰方《どなた》なのです?

「シニョーラというのは」

と馭者が答えた、

「尼さんですが、ほかの尼さんとは違う。それでは尼僧院長とか首席の尼様かというとそうでもない。世間の人の話だと、まだすこぶるお若い尼さんのお一人だが、なにか大変古いお家の出だそうで、一門は昔スペインからこちらへ見えたが、あちらでは人の上に立つ御一族なのだそうです。そうしたわけで皆この尼様を奥様《シニョーラ》とお呼びしています。やんごとない御婦人というわけです。この修道院にこのような身分の方がはいられたためしはないというので、この辺りでは皆この尼様をそのようにお呼び申しているのです。御親戚はいまミラーノ辺にも多数おられるが、大層な権勢を振るっておいでで、とくにモンツァではたいした御威光です。なにしろ尼様の父君は、ここにはお住いではないにせよ、とにかくこの辺りで一番お偉いお方、だから尼様も御自分の裁量で修道院の事ならなんでも上げ下げできる。外部の者もこの尼様には皆敬意を表しています。というわけでこの方がなにかお引受けくだされば、それで事は成就したも同然。もしあのお坊様があなた方をあの尼様に上手にお頼みすることができ、先様《さきさま》がよろしいとおっしゃってくだされば、それはもうしめたもの、いってみれば祭壇の上にきちんと据えられたのと同じくらい御無事御安泰ということになる」

田舎町の門は、一方は半ば崩れ古色蒼然《こしょくそうぜん》とした塔が側面を支え、他の一方はやはり崩れ落ちた城趾《じょうし》が支えていたが、それがまだ取壊される以前の様をこの本の読者の中でも十人くらいの方は御記憶のことかと思う。院長はその門の近くまで来ると、立止り、ほかの者が後方からついて来たかどうか、後ろを振返って確め、それから門を通って尼僧院の方へ向った。そこへ着くとまた閾《しきい》の前で立止り、小さくかたまってやって来る女たちを待った。馭者には二、三時間経ったらどのような結果になったかその返事を聞きに家へ来るように言いつけた。馭者は「かしこまりました」と言い、女たちに暇乞《いとまご》いをした。女たちは繰返し礼を述べ、クリストーフォロ神父への伝言を託した。院長は母娘《おやこ》を尼僧院の第一の中庭へ入れると、二人を下働きの女の部屋へ通した。そして自分一人で許しを乞いに奥へはいった。暫くしてにこにこと明るい顔をして戻って来、二人に自分と一緒に来るようにと言った。そう言われた時、二人はほっとした。というのは母娘とも下働きの女の穿鑿《せんさく》好きな質問にほとほと閉口していた時だったからである。第二の中庭を横切りながら、院長は女たちにシニョーラにはどのように相対すればよいか多少注意を与えた。

「あなた方にも十分好意を寄せていらっしゃるから」

と院長はいった、

「それだから御裁量次第であなた方に応分の便宜を計ってくださることもおできになる。恭しく敬意を表し、なにか御下問がありましたら、率直に御返事をなさい。御下問がないようでしたら、その時は私におまかせなさい」

一階の部屋へはいり、そこから接見室へ移った。接見室へはいる前に、院長はその入口をさして、

「ここですよ」

と低い声でいった。それは女たちに先刻の注意をみなきちんと思い出させるためのような口調であった。いままで修道院の中を覗いてみたことのなかったルチーアは、接見室へはいった時、自分がお辞儀をする相手のシニョーラと呼ばれる婦人はどこに居られるのかと思って周囲を一わたり見まわした。そして誰の姿も見えないので、まるで魔法にでもかけられたような気がした。神父とアニェーゼが接見室の一隅へ向うのを見て、その方を見つめると、奇妙な形をした窓が見えた。そこにはごつくて太い鉄棒が二本、八寸ほどの間隔を置いて嵌《は》めてあり、その後ろに立っている尼僧が見えた。年は二十五くらいで、はじめて見た時は美しいという印象を受けるが、しかし花の盛りを過ぎてしおれた、というか、ほとんど崩れた感じのする美しさであった。頭上に横に水平に張られた黒いヴェールは、

ちょうど顔の幅だけ開いているのだが、その両端が垂れている。その黒いヴェールの下に亜麻の真白なヴェールが、そのヴェールとは白の質が違うけれどもやはりそれに劣らず色の白い額を半ばまで包んでいる。そしてそれとも違う折目のついたヴェールが顔を包み、顎の下をくるんで、胸までのび、黒い法衣の襟の開きを蔽っていた。しかしその額にはしばしば痛ましい発作を思わせるような皺が寄った。その時は黒い左右の眉毛がすばやく寄った。両の眼は、これも色が非常に黒かったが、時に高飛車に調べあげるような目付で相手の顔を見据えた。そしてまた急に、隠れ場所を探しでもするかのように、あわただしく視線を伏せた。注意深い観察者であるならその視線は愛情や憐愍《れんびん》や反応を求めるものと時には判断したかもしれなかった。また別の時にはそこに陰《いん》に籠《こも》った、宿痾《しゅくあ》の憎悪心——な

んともいえぬ残忍な、脅迫的なもの——が瞬間的に閃くのを認めたかもしれなかった。またその両眼が、じっと外部に注意を払うことなく、空《くう》を見つめている時は、それはある人には傲慢《ごうまん》ゆえの無頓着《むとんちゃく》にも見えただろう。また別の人には、彼女の胸に秘められた、心痛の結果とも見えただろう。心痛のあまり周囲の事物に無関心になった、というのである。両の頬の色はひどく蒼白《あおじろ》かったが、輪郭《りんかく》の線は下の方へデリケートに優雅にのびていた。しかしその輪郭も、徐々に肉体を蝕《むしば》む消耗のために線が崩れ、色が褪せていた。唇は辛うじて薄紅色に染まっている程度だが、それでもその蒼白さの中でくっきりと浮び出ていた。その動きは、眼の動きと同様、すばやく、生き生きとしていて、表現と神秘に満ちていた。そのよく整った体つきは堂々としていたが、体の動きがどこか投げやりなために折角の威厳が消えてしまうことがあった。また外へあらわれたとしても、世間の女にしてもきつすぎ、修道女にしてはなおさらきつすぎる、唐突で不自然な動作のために、堂々とした感じが著しく損《そこな》われていた。その身なりにも、ここかしこになにやらわざとらしい点や投げやりな点が目について、これは尼さんにしては変った人だな、という印象を与えたのである。胴着の着こなしは世間の女と同じような気の配りようで、額の白い布からは事もあろうに黒い髪の房がこめかみの上へはみ出していた。尼僧院規則では、厳粛な着衣式に際していったん断髪した後は、髪は必ず短く刈ることになっていたから、これは女が規則を失念しているのか、それともわざと無視しているのか、のいずれかである。

もっともアニェーゼとルチーアは、ふだんあまり修道女とのつきあいがないので細かい

点の異同には気がつかなかっただけに、こうしたことを別に不思議とも奇妙とも思わなかった。それでは院長の方はといえば、院長はシニョーラを見るのが初めてではないので、その人の身辺に漂うなんともいえぬ奇妙な感じに対し、ほかの大勢の人と同様、もう馴れっこになっていた。

シニョーラはその時、前にも言ったように、格子窓の側に立っていた。片手をなよなよと格子窓にかけ、その白い指を格子にからませていた。そしておずおずと近づいて来るルチーアをじっと見つめた。

「尊敬すべき修道女様、恭しく御挨拶申しあげます」

と院長は、頭を垂れ、手を胸にやって、言った、

「これがその哀れな娘でございます。この者のためにあなた様のお力添えと御加護がある

ものと存じております。これがその母親でございます」

紹介された二人は深々とお辞儀した。シニョーラは「もうそれで良い」と手で合図すると、院長に向い、

「わたくしどもの親しい友であるカプチン会の皆様のお役に立つのはたいへん嬉しいことですが、しかし」

と続けた、

「しかしまずこの娘の件について多少詳しく話してください。そうすればなにをしてあげられるか、もっとはっきり見当がつくでしょうから」

ルチーアは赤くなって、頭を垂れた。

「御承知のことと存じますが、尊敬すべき修道女様」

とアニェーゼが話し出そうとしたが、院長は、目で合図すると、口から出かかったアニェーゼの言葉を遮り、代ってこう答えた、

「この娘は、先ほど申しあげました通り、私の同僚の修道士の依頼でこちらへ参りました。危ない難儀な目に遭いまして、ひそかに生れ故郷からようやくの思いで逃げてまいりました。暫くの間、人目につかず暮すことのできますような隠れ家がどうしても入用《いりよう》でございます。たとい本人の居場所が知れましても、誰もがこの娘に手を出しかねるような居場所……」

「その危ない目というのは」

とシニョーラが相手の話をさえぎった、

「その危ない目というのは一体何なのです？　お願いですから、院長さま、あまり謎めかしたお話はなさらないでください。御存知でしょうけれどわたくしども修道女はこうしたお話を事細《こま》かくうかがうのが大好きなのです」

「それは修道女様の清らかなお耳にはせいぜい軽くふれる以上はお話し申しあげることのできぬような事柄でございます」

「それはそうでしょうとも」

　とシニョーラは急いで、多少顔を赤らめて、言った。はにかんだのだろうか？　女が顔を赤らめたと同時にすばやくあらわれては消えた人を馬鹿にするような表情を見てとった人なら、それが羞恥心のあらわれだとは思わなかったであろう。そして同じく顔を赤らめたといっても、時々ルチーアの両頬が紅潮するのに比べたなら、とてもシニョーラの赤面が羞恥心のあらわれなどといえたものではなかった。

「簡単に申しますと」

　と院長が語をついだ、

「簡単に申しますと、傲岸不遜《ごうがんふそん》の一貴族が……世間のお偉い人々は、みながみなあなた様のように、神からの授りものを神の栄光のため、また世のため人のために用いるわけではございません。傲岸不遜の一貴族がなんやかやと卑しい甘言をもってこの娘を追いまわしましたが、娘が一向に相手にしませせぬのを見てとりますと、今度は鉄面皮にもおおっぴらに力づくで娘を自分のものにいたそうとしたのでございます。それで娘は哀れにも自分の家から逃げ出さねばならぬ破目におちいったのでございます」

「もっとこちらへお近づき」

とシニョーラは、指で合図しながら、ルチーアに言った、

「院長様が嘘を言わない人だということは知っています。しかしこの件についてはあなたが一番よく御存知のはずです。一体その貴族というのが本当に憎むべき悪者であなたをひどい目に遭わせたのかどうかあなたから話して御覧なさい」

そばへ近づけといわれた時、ルチーアはすぐに命令に従った。しかし質問に答えるというのはこれはまた別の事だった。こうした機微《きび》にふれた質問は、たとい自分と同年輩の朋輩に訊かれた場合でも、すくなからずルチーアを当惑させたことだろう。それが事もあろうにその御婦人から直接訊かれ、しかもその質問にはなにか人を疑ってかかるような底意地の悪ささえ感じられるとなると、ルチーアには返事をするだけの勇気が到底湧かなかった。

「シニョーラ……尊敬すべき……修道女さま……」

と口ごもって、もうそれきりなにも言うことができないような様子だった。するとそこでアニェーゼが、娘の次に一番よく事情に通じている以上、自分が助け舟を出してもよいと思ったのだろう、

「恐れ入りながら、シニョーラ、申しあげます」

と口をはさんだ、

「間違いはございません。このわたしの娘はその貴族をそれはそれは憎んでおりました。悪魔が聖水を憎むも同様でございます。その悪魔というのはそれは無論その男の方でございます。口下手をなにとぞお許しくださいまし、わたしどもなにせ無教育なものでございますから。訳をお話しいたしますとこの娘はわたくしどもと同じような身分の若者と夫婦約束になっておりました。神を畏れる、きちんとした若者でございます。もしも村の司祭様がもう少しばかしああした方と違ってしっかりした人であってくださいましたら……お坊さまについてとやかく申してはならぬことは存じておりますが、そちらの院長様のお友達のクリストーフォロ神父様は、やはり同じようにお坊さまでいらっしゃいますが、それはそれは慈悲深いお方で、もしここにおいででございましたら、必ずや証《あか》しを立ててくださいますと思いますが……」

「何も訊かないうちからずいぶんさっさとお話しになりますね」

とシニョーラは高飛車な、怒《すさ》りをまじえた口調でアニェーゼの話をぴしっと押えた。が、そうした時その顔付はなにか凄まじく、ほとんど醜く見えた。

「あなたは黙っていらっしゃい。親というのがとかく子供の名前でもっともらしい返事をすることとくらいわたくしも知っています」

出鼻をくじかれたアニェーゼはルチーアの方をちらと見たが、その一瞥《いちべつ》には「おまえがあんまりぼやぼやしているもんだから、こっちがとんだ目にあうじゃないか」という表情がありありと見てとれた。院長も、今だ、今こそ思い切って口をきいておっ母さんを助けておやり、と目配せし、頭を振って合図した。

「尊敬すべき修道女さま」

とルチーアはいった、

「母が申しましたことは、まったくその通りでございます。わたしに申しこみました若者《ひと》を」

といってここで真赤になった、

「その人をわたくし自分の一存で決めました。なにか厚かましいことを申しあげて御無礼と存じますが、わたしの母を悪くお取りいただかないためでございます。またその貴族につきましては――神さまお許しくださいまし！――その人の手中に落ちますくらいならば死んだ方がましでございます。なにとぞわたしどもにお慈悲を垂れ、安全な場所に匿《かくま》ってくださいませ。わたしどもは避難の地を求め、善良な方々を煩わせねばならぬ破目におちいっているのでございます。なにとぞ神の御意《ぎょい》が行なわれますように。わたしどももあわれな女ほど心からの祈りをあなた様に捧げることのできる者はほかにないと存じます」

「おまえのいうことは本当だとは思いますが」

と声をやわらげてシニョーラがいった、

「しかし是非とも二人きりになってお話をうかがいたいものです。しかしだからといって院長様の御依頼に応ずるためにこれ以上の説明とか理由とかが必要だというわけではございません」

とすぐにつけ加えて、院長の方を振向いた。いかにもわざとらしい丁寧な口調であった。

「それどころか」

とシニョーラは続けた、

「その対策はわたくしもう考えました。さしあたり出来ることで一番良い策は次のような事ではないでしょうか。修道院の門番の女が、数日前、その末の娘を嫁がせました。この二人の方にはその娘が空けていった部屋にはいって娘がいままでしていた雑役《ざつえき》を引きついでやってもらいましょう。本当は……」

と言ってここで院長に格子窓に近づくよう合図して、低い声で続けた、

「本当は、今年の不作を考慮して、その娘の代りは誰も採らないことにしていたのですが、しかしわたくしから尼僧院長様に話しておきましょう。わたくしから一言《ひとこと》口添えをすれば……それに院長様の御依頼なのですから……まあこの件は無事に片付いたと考えてよろしいでしょう」

院長は謝辞を述べはじめた。しかしシニョーラはその言葉をさえぎって、

「そう格式張らずとも結構です。わたくしだって時と場合によっては、必要に迫られて、カプチン会の神父様のお助けを頼りにしなければならないこともあるかもしれませんから。要するに」

とシニョーラは続けたが、その微笑にはなんともいえぬ苦い、皮肉のようなものがまじ

っていた、

「要するにわたくしたちは兄弟姉妹の関係ではございませんか？」

こう言うとシニョーラは平修道女《ひらしゆうどうじよ》を一人呼びつけて——奇妙な特例だがシニョーラには私用のために二人の平修道女がつけられていた——その件を尼僧院長に伝え、下働きの女やアニェーゼとしかるべく打合せをするよう命じた。そして平修道女を行かせると、院長にも引き退ってよいといい、ルチーアだけを引留めた。院長はアニェーゼを連れて門まで行き、そこでまた新たに指示を与えた。そしてそれから友人のクリストーフォロ神父へ報告の手紙を書きに帰っていった。

「いやあ、どうもこうも大した変り者だな、このシニョーラは！」

と院長は道すがら胸の内で考えた、

「とにかく変っているよ！　だが上手に頼めば、こちらの望んだ通りにしてくれる。まさかクリストーフォロ神父にしても友人の私がこれほど速く上手に役に立とうとはよもや思ってはおるまい。だがクリストーフォロは偉い男だな！　あれにはつける止薬《とめぐすり》もない、いつもなにか新しい仕事に取組まずにはいられぬらしい。しかもそれをきちんとやってのける。だが今度はクリストーフォロ神父にも結構なことだった。なにしろ友人がいて、そいつは別に喚いたり、騒いだり、勿体ぶったりしたりせず、この件を無事に、それも一瞬のうちに、上手に解決してしまったのだから。クリストーフォロ神父もこれには御満足だろうよ。そして、ここにいる私たち坊主も少しは物の役に立つ、ということを認めるだろうよ」――

シニョーラは老練のカプチン会修道士の前では身のこなし様にも口の利き様《よう》にも気をつけていたが、そこで世間知らずの百姓の娘と二人きりになると、いままでと打って変って自らをそれほど制しようとはしなくなった。シニョーラの言うことはだんだんと奇妙になったが、ここではその話の内容を伝えるよりも、この不幸な女性のそれまでの閲歴を簡単に述べておく方がむしろ適当であるかと思う。それも、この女の中に私たちが見かけた異常な不可思議なものの由来を説き明かし、かつその後のこの女の行動の動機を合点させてくれる程度に限って述べておきたい。

この人はミラーノの大貴族＊＊＊公爵の末女であった。公爵は同市でも指折りの財産家と目されている貴族の一人である。しかし自分の家の由緒ある家柄を思うと、公爵には自家の資産が自家の品位を保つ上で十分あるとは到底思われなかった。むしろ乏しいという感じがした。それで公爵は、自分の支配力が及ぶ限りは、その資産を永久に一門に一つにまとめて維持しようと考えたのである。公爵に何人子供がいたのか歴史ははっきり伝えていないが、しかしとにかく男の子にせよ女の子にせよ、長男以外の者はみな修道院に入れるという方針ははっきりしていた。それは自分の資産をそっくりそのまま家を継ぐべき長男に引渡すためで、その長男もまた父親と同じように子供を作り、そして父親と同じように自分も悩み、また子供を悩ませるためであった。われわれの不幸な女も、まだ母親の胎内にいたうちから、もうすでにその未来は確然と決められていた。生れ落ちた後で決めるべきことといえば修道僧になるか修道女になるかぐらいで、その決定については本人の同意でなく本人の出席さえあればそれで事は足りたのである。それで日の目を見た時、父親の公爵は修道院の観念を即座に思い起させるような名前で、しかも高貴な出自の聖女の名前を娘につけようと思い、娘をジェルトルーデと呼ぶことにした。尼様の衣裳を着た人形がジェルトルーデの手に渡された最初の玩具だった。ついで尼様を描いた聖画が渡されたが、そうした贈物を手渡される時はいつも必ず、大切な物だから大事に取っておきなさいよ、と注意され、「きれいでしょう?」という押しつけがましい質問が続くのだった。公爵か公爵夫人か、あるいは男子の中でただ一人その家で育てられた公爵の長男がこの娘の可愛らしさを褒めようとする時は、

「まあなんて可愛い院長さまでしょう!」

とでもいわなければ自分たちの気持をうまく言いあらわすことはできないようだった。しかし誰一人娘に面と向って、

「おまえは尼さんにならなければいけないよ」

とはけっしていわなかった。それは暗黙裡《あんもくり》に了解された事で、娘の将来に関する話が出た時、話のついでにふとふれる程度の話題だった。小さなジェルトルーデがその天性に惹かれていともやすやすと高慢で横柄な態度に出ることがあったりすると、

「おまえはまだ子供なんだよ」

とジェルトルーデは注意された、

「そうした態度はいまのおまえには似合わないよ。修道院の院長様にでもなったら、その時はおまえの好きなようにあれこれ指図して、なんでも好き勝手に上げ下げするがいい」

　また別の時には、この娘が同じような気安さでもって自由な屈託《くつたく》のない態度に出たりすると、公爵は、

「おい、おい」

　と娘を叱って言った、

「こうした事はおまえのような身分の者がする事ではない。おまえが将来世間の人からしかるべき敬意を受けたいと思うならば、いまから自分自身をきちんと抑える術《すべ》を身につけておかねばならん。おまえは修道院で何事につけても第一人者でなければならぬのだからそのことを忘れてはいかんぞ。どこへ行こうとも貴族の血はおまえについて行くのだ」

　こうした類《たぐい》の言葉が少女の脳裏に「自分は

尼様にならねばならぬ」という観念をもう早くから焼付けていた。しかし父の口から発せられたこの言葉は、他の人々の言葉をみなあわせた以上に効果があった。公爵の態度はふだんは厳格な家長の態度だったが、自分の子供等の将来に関することとなると、父の顔面からも父の一語一語からも、不動の決意と他人の容喙《ようかい》を許さぬ支配への意志がありありと現れ、そのためになにか運命的な必然という感じが消し難く刻印されたのである。

六歳の時にジェルトルーデは教育のために、というかジェルトルーデに課せられた天職への導きのために、われわれが先刻そこでこの女を見かけた修道院へやられた。そしてその土地の選択にはある目論見《もくろみ》がないわけではなかった。アニェーゼとルチーアを連れて来た善良な馭者は、御婦人の父君はモンツァの第一人者だといったが、この種の取るに足らない証言を集めて、その上匿名の原著者が不用意にあちこちで洩らしたその他の一連の証拠をつなぎあわせてゆくと、どうやらこの公爵はこの土地の封建領主でもあったらしいのである。なにはともあれ公爵は当地で非常な権勢を振るっていた。それだから他のどの土地にもまして当地ならば娘が破格の待遇を受け鄭重に扱われる、そしてそのこともあって娘も自分から進んでこの修道院を自分の永住の地として選ぶにちがいない、と考えたのである。そして公爵のその見込みに狂いはなかった。尼僧院長もその他の、俗にいう権柄《けんぺい》を執《と》る尼たちも、自分たちに、いかなる場合でも役に立ち、いかなる時にでも誉《ほま》れになることの庇護の徴《しるし》がいわば形《かた》として差出されたのを見て驚喜し、その申出を感謝の辞を述べて謹んでお受けしたからである。その感謝の辞は最上級の言葉が連ねてあったが、しかしだからといって別に皆の気持を誇張したわけではなかった。公爵は娘を修道院に預ける際に自分の意図をそれとなく洩らしたが、その公爵の希望は尼たちにとっては打ってつけの希望であった。だから尼たちは喜んで公爵の心づもりを了承したのである。

ジェルトルーデは修道院にはいるとすぐ御嬢様《シニョリーナ》と呼ばれるようになった。食卓でも寝室でも特別の席があてがわれた。ジェルトルーデの態度は他の娘たちに模範として示された。御褒美に飴を与えられ、頭を撫でられ、ほかの娘と違って多少の敬意がこめられた親しさをもって遇せられたが、ほかの子供たちを扱う時にはいかにも目上の人として臨むこうした人たちが、このように親しみのある態度を示すのを見ると、子供というのはすごく得意になるものである。もっとも尼さんたちが皆この娘を罠《わな》にかけようとして企んだというわけではなかった。単純素朴で、謀事《はかりごと》をめぐらすなどということからはほど遠い女も多かった。そうした人たちは利害関係がからんだ目的のために少女を一人犠牲に供するというような考えには必ずや反撥したに相違ない。しかしこうした人たちはみなそれぞれ自分の仕事に忙しくて、どのような策略がめぐらされているのかその全貌に気づかなかったし、またそれがどれほど悪性のものかおよそ見当もつかなかったのである。またなにか勘づいたとしてもわざわざ進んで調べるなどということは慎んでいた。無用の騒ぎを惹《ひ》き起してもなんの得にもならぬと思って口を閉ざしていたのである。もっとも尼たちの中には、自分自身がこれと同じような術《て》で誘われて、後になって後悔したことを思い返して、この無邪気な女の子のことを気の毒に思っている人もいた。そうした人はジェルトルーデをやさしく憂愁をこめて愛撫することで自分たちの切ない思いを晴らしていたのである。しかしジェルトルーデの方は背後にそのような秘密がひそんでいようとは夢にも思っていなかった。が事は着々と進行していたのだった。もしジェルトルーデがこの修道院に預けられたただ一人の少女であったなら、多分事はしまいまでこのままの調子で進んだことであったろう。しかしジェルトルーデと一緒に教育を受けた仲間には、そのうち自分が修道院を出て結婚することを知っている者もまじっていた。幼いジェルトルーデは、自分が偉いと思いこまされていたので、自分が将来尼僧院長となって修道院に君臨することを得意気に話した。自分が他人の羨望《せんぼう》の的となることをジェルトルーデは是が非でも望んだのである。それだけに自分が得意気に話しているのに仲間のうちの何人かは自分を一向に羨ましがらないのを見て驚きもし、軽蔑もした。尼僧院長の座というものが呼びおこす荘厳な、しかしややく狭くて冷たいイメージに対して、仲間の娘たちは、結婚式や宴会や社交や当時は小宴《フエスティーノ》と呼ばれていた舞踏会や避暑や衣裳や馬車等の多種多様なきらめくイメージを負けずに並べ立てたのである。こうしたイメージはジェルトルーデの脳裏にただならぬ興奮を呼びおこした。それは一群の蜜蜂の前に摘んだばかりの大きな花籠が差出されたのにも似た胸騒ぎであった。両親や先生は、本人が修道院を好きになるように仕向けようとして天性の虚栄心を増長させるようなことをしてきた。しかしこうした情念の持主は、自分の性《しょう》にもっとずっと似合いの観念でもって胸を掻き立てられると、前にもまして激しい、自然な熱情でもってそうした新しい観念に飛びつくものである。ジェルトルーデは同輩に劣《ひ》けを取るまいとし、しかも同時に自分の新しい気持の動きにも従おうとして、仲間に向ってこう答えた。何とかかんとか言ったたって結局誰もわたしの同意なしにはわたしの顔に尼様のヴェールをかけることはできない。わたしだって結婚することも、御殿に住むことも、世間の楽しみを味わうこともできる。それもほかの人たちよりもずっと楽しく味うことができる。「ひょっとしてその気にさえなれば出来るのよ。その気になるかもしれないわ、その気なのよ」そして実際その気になったのだった。自分の同意が必要だという考えは、その時までは自分でも気がつかず、頭の一隅にいわばひそんでいたに過ぎなかったのだが、その考えがにわかにはっきりと大きくなり、ジェルトルーデにとって重要な意味を持ちはじめたのである。幸福な将来を心静かに空想して空想裡に楽しむために、ジェルトルーデはなにかというと自分の同意が必要なのだという考えを自分の助け舟に呼び出した。しかしその考えの背後にはいつも必ずもう一つ別の考えがつきまとって現れた。それというのはこの自分の同意を必要とするという考えは要するに父公爵の同意を拒むということになるという自覚で、父は娘はもう自分に同意したものとしていた。少なくとも外見上はそういう振りをしていた。そのことを思うと、娘は口先でこそ偉そうなことを言ってみたものの、その実その気持はすこぶる不安だった。そうなると、自分とは違ってすこぶる将来に自信ありげな仲間たちに我が身の上を引き比べずにはいられなかった。そしてはじめは仲間たちに感じさせてやれと思っていた羨望の念を痛切に身にしみて覚えたのである。仲間たちを羨ましく思いながら、それでいて仲間たちを憎んだ。時には憎悪の情が昂じて侮蔑の情となり、あられもない言葉や動作に出たりもした。また時には娘たちの似たり寄ったりの気性や希望のせいで憎悪の情が薄れ、一見、一時は親しみが湧いたように見える時もあった。時にはなにか現実の目先の事を楽しもうとして、自分にだけとくに許された特権を喜んで行使し、仲間に対して自己の優越を誇ってみせたりもした。かと思えばまた別の時には、惧れや望みをひとりだけで胸に秘めている淋しさに耐えかねて、自分からいそいそと進んでほかの仲間に入れてもらい、ほとんど嘆願せんばかりに皆の好意や忠告や励ましを求めた。

こうして嘆かわしくも自分自身といさかい、他人たちといさかいをするうちに、ジェルトルーデの少女時代は過ぎていったのである。そしてやがてある危険な年齢――その年頃にはなにか不思議な魔力が心の中にしのびこんで、あらゆる思考や性癖に力をつけ、それらを高尚なものに美化し、また時にはそれらをすっかり別のものに変え、全然思いも寄らなかった方向へ向きを変えたりもしてしまうのだが――いつの間にかそうした危険な年頃になっていたのである。それまでジェルトルーデが自分の将来の夢の中でいちばん大事にしてきたのは、外面が華麗で光り輝くような世界だった。しかしそのころになると、それまで漠然と霧がかかりでもしたようにひろまっていた、なんとも名状しがたい憂《うれ》いを帯びた情愛にみちた気持が、にわかにジェルトルーデの幻想の中で羽をひろげはじめ、群を抜いて姿を現したのである。頭のいちばん奥まったところにいわばすばらしい隠れ場所を彼女はこっそりとこしらえた。そして目の前に見える現実の世界から逃れてその隠れ場所へ

避難すると、ジェルトルーデはそこへ何人かの人たちを迎えいれたのである。その人たちというのは、小娘時代の漠然とした思い出や、外界についての多少の見聞や、仲間から聞いた話を奇妙にないまぜて創りあげた人物であった。そうした人たちと御一緒してはいろいろと話しかけ、その人たちになったつもりで返事もしたりした。そこで命令を下し、そこでまたさまざまな敬意も受けたのである。それでも時々ふっと宗教のことを考えると、この豪奢な気骨の折れる宴《うたげ》にも暗い影がさした。しかしこの場合、宗教は、気の毒なことに皆がジェルトルーデにそのように教えこんだし、この子もまたその通り受取ってしまったのだが、本人の自尊心を抑えるどころか、自尊心を聖化し、自尊心をいわば地上的な幸福を手に入れるための手段のように仕立ててしまったのである。このように本質を奪われてしまっ

えば宗教はもはや宗教でなく、他のものと同様、虚像でしかなかった。しかしこうした虚像が一番の地位を占め、ジェルトルーデの幻想の中で成長するにつれ、ジェルトルーデは不幸にも漠《ばく》とした惧れに襲われ、漠とした義務という観念にとりつかれ、自分が修道院を嫌悪し、目上の人のそれとない薦めに反抗して修道尼になろうとしないのは罪である、と思いこむようになった。そしてこの罪を贖《あがな》うためには自発的に修道院へはいらなければならない、とひそかに心で誓うようになった。

娘が修道尼となることを許されるには、修道女係の坊様と呼ばれる聖職者乃至はその坊様から権限を委ねられた人の選考をまず受けるのが定めだった。それは本人が自分自身の選択で修道院へはいることを確めるためで、この試験は、本人が書面で右の聖職者に自分の願いを申出てから一年後でないと行なわれないことになっていた。本人は何をしているのかほとんど自覚のないまま、ジェルトルーデを永久に修道院に縛りつけてしまおう、という悲しい役目を買って出た例の尼さんたちは、前に述べたような折をうかがって、右の願書を本人に筆写させ署名させてしまった。そして事を容易に運ぶために、これは単なる形式で、後できちんとほかの書類その他を整えなければ、これだけでは——というのは確かに事実だったが——効力を発しない、そして後の書類その他を整えるか整えないかは本人の意向次第だ、と繰返し言って聞かせた。それにもかかわらず、その願書がその宛先へまだ着くか着かぬうちから、ジェルトルーデは自分が署名したことをもう後悔しはじめた。そしてまたすぐに後悔したことを後悔した。そしてこうして絶えず気持が動揺して落着かぬままに月日を送っていったのである。長い間仲間の娘たちに署名したことは隠しておいた。それは皆からなにやかや冷やかしを言われた時に自分できっぱりとそれに応答するだけの立派な決意が自分にはないという後ろめたさのためでもあり、また自分の軽率な行為をおおっぴらにすることが恥ずかしく思われもしたからだった。それでも自分の心の中を打明けて皆の忠告や励ましを受けたいという気持の方がしまいには勝った。

また次のような規定もあった。若い娘は尼僧志願の選考を受ける前に、自分が教育を受けた修道院の外へ出て少なくとも一カ月は世間の風にあたらなければならない、という定めである。早いものであの願書を出してからもう一年が経っていた。ジェルトルーデは近く修道院から外へ出され、親の家へ返されて、そこで定めの一月《ひとつき》を過ごすことになる、と言い渡された。こうしてもう実際上は始っていた手続きを完了するために必要なもろもろの処置がいよいよ取られることとなったのである。公爵もほかの家族の者もそうした事すべてを、まるでもうとっくに決まった事でもあるかのように当然視していた。しかし娘は脳裏にそれとはまったく別の事を考えていた。必要とされたほかの処置を講ずるどころか、どうしたら最初の処置を取消せるだろうかと考えていたのである。そしてこうした不安懊悩《おうのう》のうちに、自分の心中を仲間の一人に打明けようと決心した。その仲間は皆のうちでいちばんあけすけで、いつもてきぱきと思い切った忠告を与えてくれる娘だった。そしてジェルトルーデに父上宛に手紙を書いて自分の今度の決心を告げればいい、と言ってくれた。しかし正面切って父に「いやです、尼になりたくありません」と思い切って告げるだけの気力は実はジェルトルーデにはなかった。そしてこの世の中にただですむ忠告というものはまず滅多にないから、ジェルトルーデはその娘から自分の愚かさ加減を散々馬鹿にされる、という代償を支払ったのである。結局手紙は秘密を打明けられた四、五人の仲間の手でひそかに合作され、いろいろ検討された挙句、しかるべき筋を通して父のもとへ届けられた。ジェルトルーデは非常な不安に包まれて返事を待ったが、その返事はついに来なかった。もっともその代り、数日後、尼僧院長が自分の部屋にジェルトルーデを呼び出し、なにかいわくありげな、同情と不快のいりまじった態度で公爵の立腹に漠然とふれ、ジェルトルーデがなにか間違ったことをしでかしたに相違ないと言った。しかしそう言いながらも、今後きちんと振舞えば一切は水に流されるだろう、ということも仄めかした。そう聞けばもう相手の心づもりはわかったも同然だから、ジェルトルーデはその件についてはそれ以上もう尋ねようとはしなかった。

ついにあれほど惧れ、あれほど憧れていたその日が来た。ジェルトルーデは自分がこれから一戦をまじえに行くのだ、ということを承知してはいたが、しかし修道院を出るということ、自分が八年間もの間閉じこめられていた壁の外へ出るということ、そして戸外を大型の馬車に乗って走って行き、生れ故郷の町を見、家へ戻れるということは、心が騒然と高鳴るほどの歓喜にみちた感動であった。そして一戦については、例の仲間たちの指示に従い、自分でもその対策をすでに考えていた。そして今日ならさしづめ作戦計画とでもいうべきものをもうすでに立てていた。

「きっと皆わたしに無理強いするに相違ないわ」

と考えた、

「でもわたしはあくまでしっかりと頑張るつもりよ。つつましく礼儀を守りはするけれど、同意したりはしません。もう一度『はい』といわなければそれでいいのだもの。いいはしませんよ。もしかすると皆よってたかってわたしをちやほやするかもしれない。しかし皆に優しくされたらわたしはもっと優しいいい子になろう。泣いたり、懇願したりして同情を買おう。そして最後にはわたしは犠牲にされるのだけはいやですと言い張ろう」

しかしこの種の予見予測の際にはしばしばそうなるように、ジェルトルーデが予想していたことはなに一つ起らなかった。一日一日がどんどん過ぎていったが、願書についてもその撤回についても父親も誰も何もいわなかった。ジェルトルーデに対しておべんちゃらをまじえた話の持ちかけもなければ脅《おど》しのきいた申入れもなかった。両親は娘に対して笑顔を見せず物悲し気で、気難しかった。しかし気難しくなった訳を話すでもなかった。ただ皆がジェルトルーデを罪のある、一門の名誉にふさわしくない女のようにみなしていることだけは明らかだった。まるでジェルトルーデの頭上に秘密の呪いが重くのしかかっていて、そのために自分だけが家族の者から差別されているかのようだった。そして家族とのつながりといえば家族の言うことには従わねばならぬ、と自分に感じさせるに必要な程度だけ、そのつながりが許されているかのようだった。たまに、決まった時間にだけ、両親と長男の仲間にいれてもらえた。しかしその三人の間には暗黙の了解があるらしく、それだけにますます自分だけが一人見捨てられているようで、いかにも淋しく切なかった。誰も自分に声をかけてくれない。それで自分からなにかおずおずと必要もないのに話しかけるのだけれど、相手は振向いてもくれなかったり、上《うわ》の空で返事したり、あるいは馬鹿にしたような眼付でこちらをじろりと見たり、怖い顔をしたりした。また、こうした屈辱的な差別待遇に耐えきれず、どうかして打ちとけてつきあいたいと思い、相手に甘えようとすると、すぐに直接口にこそ出さないがしかしはっきりと例の将来の選択の件が表面に出た。皆がジェルトルーデに家族の愛情を取戻せる手立てがあると暗示的に言うからである。するとそうした条件を呑んでまで愛情を取戻そうとは思わないジェルトルーデは引返さざるを得なかった。それどころか相手が多少でも好意の徴《しるし》を示すと、あれほど待望んでいたものであるにもかかわらず、自分から相手の愛情を斥けて、自分から家族の除《の》け者の位置へ引退《ひきさが》らざるを得なかった。しかも悪いことに、はたから見るとなにか自分の方が悪者のような恰好になってしまったのである。

こうした目にあわされたジェルトルーデが実際そこで見聞きしたものは、彼女がいままで心に描いてきたすばらしい幸福な世界と、いたましいまでに違い過ぎていた。しかしそれでも彼女は心のどこか秘密な隅でいまなおその幸福の幻影を求めていた。いままでジェルトルーデが望んできたのは、自分の両親のすばらしい邸で、大勢の人々が出入りする中で、夢に描いてきた生活の本当の味をちょっぴりでいいから味わってみたい、ということだった。しかしその期待はまったく裏切られた。外部から完全に遮断されて窮窟という点にかけては修道院の中と同じで、誰も自分に向って散歩に行こうと言い出してくれない。そして邸の二階から隣接した教会の内部へ小さな信者席が張出しているものだから、外出しなければならぬはずの唯一の機会さえも奪われてしまったのである。つきあいは修道院にいた時よりもずっと侘《わび》しく淋しいものとなり、顔ぶれの変化にもおよそ乏しかった。誰かお客様が見えるというと、ジェルトルーデはお邸の一番上の階へあげられ、使用人の老女と一緒の部屋に入れられた。下で宴会が催される時はやはりその一番上の部屋で食事をすまさねばならなかった。使用人たちは公爵夫妻の意を体しその例にならうとみえ、誰も彼も口の利き方が同じで態度作法もすっかり型にはまっていた。ジェルトルーデは、その気性からいって、使用人たちに鷹揚《おうよう》な奥方といった態度で接したかった。そしていまこうした境遇に置かれているので、みんなが自分を他人行儀に扱わず、もっとなついている徴《しるし》を実際に見せて欲しかった。それで自分から頭を下げてみんなの好意を得ようとしたのだが、そのためにかえって屈辱感を覚え、心を傷つけられてしまった。というのも使用人連中は上辺《うわべ》では自分になにがしかの敬意を表しているけれど、その実、明らかに自分には冷淡で、誰も本気で返事をしているわけではなかったからである。

しかし一人の騎士見習の青年だけはほかの使用人と違ってジェルトルーデに敬意を表し、ジェルトルーデに特別な同情を寄せていることが感じられた。その年の若い青年の風采や態度こそジェルトルーデがいままで見てきたもののなかで、彼女が想像場裡に描いてきた次元のものといちばんよく似通った姿であり、似通った態度であった。すると次第次第に娘の一挙一動にいままでに見られなかったなにか新鮮なものがあらわれはじめた。いままでとは違ったある落着きと落着きのなさが感じられた。その立居振舞はなにか自分の心にかかることを見出した人のそれだった。気にかかるので、いつもじっと見つめていたいのだが、しかし他人には見られたくない、という感じであった。その彼女に注がれる監視の目はいままでになく厳しくなった。そしてある朝、こっそりと急いで便箋を折っていたところを老女の一人に見つけられてしまったのである。その便箋には何も書かなければよかったと思えるようなことが書いてあった。しばらく取りあい押しあいした挙句、便箋は結局老女の手中に残り、その手から公爵のお手もとへ届けられた。

公爵が近づいて来る足音を聞いた時のジェルトルーデの恐怖は筆舌に尽しがたいものだった。近づいて来るのはあの父である。あの激怒した父である。そしてジェルトルーデは自分が罪深い女だと心から感じた。そして父親が現れたのを見た時、怒りに顔面をひきつらせ、手に例の便箋をつかんで現れたのを見た時、地面の百尺下にでも、また修道院の中にでも、もぐりこみたい気持だった。言葉数は多くなかったが、恐ろしいものだった。その場で言渡された罰といえば、手紙を見つけた老女の監視下に置かれ、自分の部屋に閉込められることだけだったが、しかしそれはほんの序の口にしか過ぎず、その場の処置でしかなかった。そのうちにもっと別の、陰《いん》にこもった、なにかわからないが、それだけにもっと恐ろしい刑罰を加える、必ず加えると公爵は仄めかして脅した。

騎士見習の青年は、当然の話だが、ただちに邸から追い出された。もしこの件について

将来いかなる時であろうともなにか洩らしでもしようものなら恐ろしい目に遭うぞ、と彼も脅された。そしてその説教の際、公爵は威儀を正すと猛烈な平手打で相手の両の頰を張った。そうしておけばこの件にこの思い出がからんで、この青二才が後になにか自慢しようとも自慢できなくなってしまうからである。騎士見習の青年をお払箱にするための口実を見つけるのなぞ、なにも難しいことではなかった。娘については、加減が悪いのだ、と家中にふれさせておいた。

娘はこうして将来への恐怖と後悔と恥辱に苛《さい》まれ、心もふるえる思いで、自分が大嫌いな例の老女——自分の罪の証人であり、自分の不幸の種となったこの女と二人きりで、その部屋に居残った。ジェルトルーデもこの女を嫌ったが、この女もまたジェルトルーデを憎んだ。なにしろこの娘のために、どれだけ長期にわたるかわかりもしない、女看守という煩わしい生活を送る破目となり、自分の身の破滅となるかもしれぬ秘密の番人に永久になってしまったからである。

こうしたさまざまな感情の当初の混乱や動揺は次第次第におさまった。しかしやがてあれやこれやの感情がまた心中でたかぶり、大きくなり、以前よりももっと露骨に、思い存分、自分の心を悩まし続けた。あの謎めいた刑罰の脅《おど》しの正体は一体何なのだろう？　世間知らずのジェルトルーデの熱っぽい想像性に数多くの、様々な、奇妙な刑罰が次々と立ち現れた。いちばんありそうに思えたことはモンツァの尼僧院へまた連れ戻され、そこへ、もはや以前のような公爵令嬢としてではなく、罪深い女として出頭し、そこへ閉じこめられる、それもいつまでか期限もわからぬままに閉じこめられる、そして予想もつかぬ扱いを受ける、ということだった。このような苦悩にみちた想像の中で、ジェルトルーデにとっていちばん痛ましく思われたのは、自分が人前で侮辱されるのではないか、という懸念だった。あの便箋に書いた文章、言葉、句読点の一つ一つが、いまや痛恨事として、ジェルトルーデの念頭にふたたび浮かんだ。自分が読んでもらいたいと思った人とはまったく違う、思いもよらなかった人の手に落ちて、一言一句吟味されて読まれたのかと思うともう居たたまれない気持だった。もしかしたらあの手紙は母上や兄上にも読まれてしまったかもしれない、いや母上や兄上のような身内の人だけでなくよその人にも……そしてその事に比べれば、それ以外の事はすべてほとんど取るに足らないことのようにも思われた。しかしまたこの不祥事の原因となった人の面影も、室内に閉じこめられた哀れな娘のもとにしばしば現れてはその気持を不安にさせた。考えてみるとそのような面影が娘の念頭に浮かぶというのはいかにも奇妙なことであった。ほかに思い浮かぶものといえば、どれもこれもそれと違って、深刻で、冷ややかで、恐ろしいものばかりだったからである。しかし青年のイメージをそれ以外の恐ろしいイメージから一つだけ切離すわけにもいかなかったし、たまゆらの幸福に一瞬の間だけ戻ることもできなかった。あの青年のことを思えば必ずそのことの結果として生じた現在の苦悩がたちまち眼前にあらわれた。そしてそうなるとジェルトルーデは次第次第にあの青年の思い出を遠ざけ、それと縁を切ろうとして、やがて思い返すことも稀になってしまったのである。もう昔のように喜ばしげに輝く空想世界に長く、自分から進んで惑溺《わくでき》するようなこともなくなった。そうした想像場裡の世界はあまりにも現実の情景と異なっており、あまりにも将来の可能性とほど遠くへだたっていたからである。自分の名誉を汚すことのない平穏無事な隠家《かくれが》としてジェルトルーデが想像し得るただ一つの城は、そして荒唐無稽《こうとうむけい》でない城は、それは尼僧院であった。それも自分が永久にそこへはいると決心した時、はじめて安全な城となるのであった。もしそのような決心をすれば、その際は疑いもなく——万事が円くおさまり、あらゆる負目《おいめ》も清算され、一瞬のうちに自分の立場が変ることはわかっていた。しかしこうした申出《もうしい》でに対してジェルトルーデの全生涯の思いや気持がことごとく反撥した。といっても時勢は変ってしまったのである。いま落ちこんだ奈落の底で、時折ジェルトルーデが惧れおののかねばならぬことに比べれば、大勢の尼に取巻かれて、ちやほやされている尼僧院長という立場は彼女にはむしろ甘い餌のように思われた。非常に質の異なる二つの感情が入れかわり立ちかわり彼女の古くからの嫌悪の情を消しにかかった。ある時には過ちを犯したという後悔の情とほとんど突飛なまでの献身の甘美の情を覚え、またある時には牢番の女の態度に腹をすえかねて気位を傷つけられ苦々しい気持を覚えた。——しかし本当のことをいえば、牢番の女が意地悪をするのはジェルトルーデに挑発された仕返しだったのである。老女は、あるいは父親が脅した刑罰を匂わせては娘を恐怖させ、あるいはその過ちを匂わせては娘に恥をかかせた。しかしまた娘に向って好意を示そうとする時もあって、そうした時は保護者のような口調になったが、しかしそうした声音を聞くと正面切って侮辱されるよりなおうとましい感じがした。こうしたさまざまの機会にこの女の爪から逃《のが》れたい、この女の不機嫌やら同情やらと無縁のところでこの女の前に現れたい、というジェルトルーデの日々の望みは、もうたまらないほど強く激しくなって、この望みを遂げさせてくれるようなものなら何でも結構と思うほどになった。

四日、五日と長い幽囚の日が続いた挙句、ある朝、ジェルトルーデは自分の牢番の女の侮蔑にも我慢がならなくなり怒りの情を抑えきれなくなって、部屋の一隅へ行って女に背を向けると、両手で顔を隠し、暫くの間じっと怒りの気持を嚥《の》み下そうとした。するとその時、もうたまらないほどほかの人の顔が見たくなり、ほかの人の声が聞きたくなり、いまとは違った取扱いを受けたくなった。父親のことを思い、家族のことを思ったが、思うとみる間に愕然として後退《あとずさ》りした。しかし父親や家の者と親しくなれるかなれないかは結局自分次第だ、という考えも頭に浮んだ。そうすると突然激しい歓びが湧くのを覚えた。そしてその歓びの情の背後には自分が犯した過ちについての非常な改悛の情と当惑の情も入りまじった。そして同時にその過ちの償いをしたい、という気持も。ジェルトルーデの意志がこうした決心で固まったというのではなかった。しかし彼女の意志がこれほど激しい熱情でもってそちらへ傾いたということはかつてなかった。起きあがると、小さなテーブルに向い、あの運命的なペンをふたたび握って、父上宛に熱意と悔恨と苦悩と希望にみちた手紙を書いた。許しを乞い、その許しを与えてくださる方の御意《ぎょい》のままに自分は何事でも喜んでするつもりでございます、と漠然とした筆致で自分の気持を相手に伝えた。

第10章

一見立派な犠牲的行為のような事を頼まれると、別にせっつかれたわけでもないのに、引受けてしまう瞬間がある。とくに若い人はそうした気持に陥りやすい。それは言ってみれば、ほころびそめた花が、頼りなげな茎の上に力なく身をまかせ、周囲から風が少しでも吹き寄せてくると、その春の初風に挑《いど》んで香ばしいかおりを散らすようなものである。ほかの人々がおずおずと惧れをまじえた尊敬の念をこめて眺めるにちがいないそうした瞬間は、しかしまた利害にさとい狡い人が気をつけて窺っていて、あっという間に、警戒を弛《ゆる》めた人の気持を取押えてしまう狙いをつけた瞬間でもあるのである。

その手紙を読んだ時、＊＊＊公爵は、自分が昔からかねがね抱懐《ほうかい》していた目標に向って視界がついに開けたのを見てとった。人をジェルトルーデのところへやって自分のところまで来るように命じた。そしてジェルトルーデが来るのを待ちながら、鉄は熱いうちに打て、という気構えであった。ジェルトルーデはおずおずと現れると、面《おもて》をあげて父と眼と眼を合せることもよくせず、その前に身を投げ、跪いて、辛うじて、

「お許しを」

といった。父は娘に身を起すよう合図した。しかし続いて、相手に向って相手を元気づけるとはおよそいえぬ口調で、許しはただ望むだけでは不十分である。許しはただ求めるだけでは不十分である。罪があり、懲罰を恐れる者が許しを乞うのは当り前の話でそれだけでは虫がよすぎる。要するに許しに値するだけのことをしなければならぬ、と言渡した。ジェルトルーデは、震えながら従順に、

「なにをすればよろしうございますか」

とたずねた。公爵は——この時この人を父親という資格で呼ぶのはさすがに躊躇されるが——直接その問いには答えず、長々とジェルトルーデが犯した過ちについて話し始めた。その言葉は、まるで荒《あら》くれた手が生傷《なまきず》を擦るかのように、言々句々ジェルトルーデの胸をちくちく刺した。公爵は話し続けた。たとい……万一……以前にジェルトルーデを還俗《げんぞく》させようと公爵の方で思ったことがなきにしもあらずであったにせよ、ジェルトルーデ自身が今ではどうしようもない妨《さまた》げを自分で据えてしまった。いやしくも自分のような名誉を重んじる紳士としては、あのようなはしたない真似を仕出かした娘を人様の嫁にやるわけにはどうしてもいかぬ。気の毒にジェルトルーデは話を聞くうちに気も心も失《う》せなんばかりになった。すると公爵は、だんだんに声音《こわね》も言葉も和らげ、次のように話を進めた。人

間が犯した過ちにはしかしながら直《なお》す手立《てだて》もあればお慈悲もある。ジェルトルーデの過ちは直す手立が一番はっきりしている場合だ。おまえはこの悲しむべき事故の中に、現世《げんせ》の生活はおまえにとって危険や誘惑が多過ぎるというお諭《さと》しを読み取るべきだ……」

「はい、本当に」

とジェルトルーデは恥ずかしさのあまり、心を打たれ、突然やさしい情に動かされて、そう叫んだ。

「そうか、おまえもわかったか」

とすぐさま公爵は続けた、

「よろしい、おまえもわかったからにはもう過去の事は話さないことにする。すべては無かったことにする。おまえはおまえに残されたただ一つの名誉ある解決、ただ一つの不都合のない方策を選んだ。それもおまえが自分から進んで、きちんと礼にかなった選び方をしてくれた以上は、それがおまえにとって万事が万事上首尾《じょうしゅび》になるようにするのは、これは私の務めだ。万事が好都合となり、御利益《ごりやく》がすべておまえの方に行くよう取計らうのは、これも私の務めだ。その面倒は一切《いっさい》私が見る」

こう言いながら、小さな卓の上にあった鈴を鳴らした。そして部屋にはいって来た召使に言った、

「公爵夫人と公子にすぐ来るように」

それからまたジェルトルーデに向って話し続けた、

「あれたちにもすぐに私のほっとした安堵《あんど》の気持を伝えてやりたいのじゃ。皆がいますぐおまえをきちんとふさわしく遇するようさせたいのじゃ。おまえはいままで厳格な父という私の一面を見せつけられてきたが、これから先は情け深い父という面を見せつけられることになる、わかったな」

こうした言葉を聞かされて、ジェルトルーデは茫然自失する思いだった。先刻自分の口から洩れた言葉からどうしてこうした話が出てきたのか、いまになっていくら考えてもさっぱりわからなかった。これを取消す方法はないものか、もう少し意味をせばめることはできないか、と思いめぐらしたが、なにしろ公爵がすっかりそうと頭から決めてかかっている御様子だし、すっかり御満悦の体で、御好意のほどもこうして決まってしまったとなると、それを少しでも掻き乱すような言葉は一言《ひとこと》でも口に出すのが憚《はばか》られた。

暫くして、呼ばれた二人がやって来た。ジェルトルーデを見ると、驚いた不安そうな様子でその顔を見つめた。しかし公爵は嬉しそうに愛想のよい表情を浮べた。するとそれに釣られて公爵夫人や公子の顔も同じようににこやかとなった。

「ここにいるのが」

と公爵が言った、

「ここにいるのが迷える羊だ。しかし悲しい過去の思い出を呼び出すような言葉はもうこれきり口にしないことにする。ここにいるのが我が家の慰めともいうべき娘だ。ジェルトルーデに対してはもうこれ以上あれこれ忠告がましいことは言わなくてもすむ。私らがジエルトルーデのために良かれと思って望んだことを、本人が自発的に選んでくれた。決心がついたのだ。決心がついたと私に言ってくれたのだ……」

父親がそう言った時、ジェルトルーデは顔をあげ恐怖とも懇願ともつかぬ眼差を父親に向け、話すのを止めて、とすがるような表情を示したが、父親はさっさと話し続けた、

「尼になる決心がついたと言ってくれたのだ」

「良うございました」

「良かった」

と母も息子も声を揃えていうと、次々にジェルトルーデを抱きしめた。娘はこの抱擁を眼に涙を浮べて受けたが、その涙はほっとした慰藉《いしゃ》の涙と周りの人に取られた。すると公爵はにわかに能弁になり、娘の運命を幸《さち》深い輝かしいものにするにはどうすればよいかを説明しはじめた。娘が将来修道院やこの地方で思い存分味わうにちがいない立派な待遇や名誉について語りはじめた。修道院の中でもお姫様のような暮しを送るだろう、いわば一家の代表者なのだ。その年になりさえすれば首席の座にあげられるだろう。もっともそれまでは人の下にいるといってもそれは名目上のことにしか過ぎない。公爵夫人と公子とはなにかといえば祝いを述べ讃辞を呈した。ジェルトルーデはまるで夢に気押されているかのようであった。

「それではモンツァへ行って修道院長様にお願いをする日取りを決めなければならぬ」

と公爵が言った

「修道院長様はさぞかし御満足であろう。こうなれば修道院中が沸《わ》きかえるにちがいない。修道院にとってもたいへん名誉なことだ。なんなら……今日にも行こうではないか。悪いことはあるまい。ジェルトルーデも外に出て多少自由に息がつけるだろう」

「それでは是非参りましょう」

と公爵夫人もいった。

「それではそう言い付けて来ます」

と公子がいった。

「でも」

と低い声でジェルトルーデがいった。

「あわてるな、あわてるな」

と公爵がまた語をついだ、

「ゆっくりと本人に決めさせるとしよう。多分今日はその心づもりがまだ整ってはおるまい。明日まで延ばす方が本人の気持にもかなうだろう。どうだ、今日行くとするか、それ

つ手があるような気がした。

と消え入るような声でジェルトルーデは答えた。時間を少しでも稼げば、まだなにか打
「明日に」

とも明日にか?」

「明日」

と公爵が厳かな声で言った、

「明日行くことに本人が定めた。それでは私は修道女係の神父の所へ行って試験の日取りを決めてこよう」

と言うが早いか、公爵は外へ出、本当にその神父のところまで出向いた。——公爵が自分から出向くなどというのは並々ならぬ腰の低さであった。そして相談して二日後に神父が試問に来ることとなった。

その日はあと一日中、一分といえどもジェルトルーデにとっては面白い事はなかった。できれば少し気持を落着けて興奮をさまし、いうならば自分の考えを自分自身にもはっきりさせ、自分がしでかしたこと、これからまだ出来ることをとっくりと考え、自分が何を望んでいるのか、その本当の気持を確め、動き出したと見るや否やたちまち突進してしまったこの機械を一瞬でもいいからゆっくりさせたい、と願ったが、しかしもう打つ手はない。仕事がひっきりなしに次から次へと絶え間なく続いた。公爵が外出するとすぐ公爵夫人の私室へ連れて行かれ、夫人の命令で、お付きの小間使が髪に櫛を入れ、服も新しく着

更えさせてくれた。まだ手入れがすっかり終らないうちに、二人は食卓につくよう呼ばれた。召使の男女がお辞儀する中を通ると、召使たちはジェルトルーデの健康の回復を祝して御挨拶しているらしかった。近親者も何人か来ていたが、この人たちは大急ぎで招かれたらしい。皆ジェルトルーデに敬意を表し、本人と一緒にその健康の回復と修道院入りの決心を祝うために参上したのだった。

花嫁――と修道院に入る娘たちは呼ばれたが、そしてジェルトルーデが姿を現した時、誰も彼もが事実そういってジェルトルーデに挨拶したが――この花嫁は四方八方から自分に降り注ぐ御挨拶や御祝辞に一々返事をしたり相手をしたりせねばならなかった。自分でも返事の一つ一つが承諾の徴《しるし》となり覚悟の徴となることを感じてはいたが、しかしそれ以外にどういう返事のしようがあったろう？

食卓から立上るとすぐ、馬車で散歩に行く時刻となった。ジェルトルーデは母と、食事をともにした二人の伯父と一緒に馬車に乗った。ふだんの道を一まわりした後、馬車はマリーナ通りに出た。その通りはいまは公園となっているあたりを横切っていた。当時そのあたりは一日の疲れをいやしに紳士方が馬車で散策に来る場所だったのである。その日はまだ気楽に話しかけても差支えなかったわけだから、二人の伯父もジェルトルーデに話しかけた。その一人は、そこらあたりを散策する紳士の一人一人、馬車の一台一台を知っていて、お仕着せの召使たちが何家の者であるかさえ心得ていた。通りすがりの紳士淑女を一瞬見かけただけで立ちどころになにか言うことが口をついて出た。その通人《つうじん》の伯父が突

然ジェルトルーデの方を振向くと、姪に向って言った、

「あんたはずるいな、こうしたこの世のたわごとを足蹴《あしげ》にして、あんただけお悧口さんになって、私ら俗臭《ぞくしゅう》ふんぷんの俗物は困ったままにお見捨てなさる。あんたは自分だけさっさと祝福された生活をしに引っ込んで、天国まで馬車に乗っておいでなのだから」

遅くに家へ戻った。すると松明《たいまつ》を手にして石段を急ぎ足に降りて来た召使たちが、御来客が大勢お見えでございます、と告げた。噂はもうひろがっていて、親戚や友人が御挨拶にまかり出て来たのである。客間にはいると「花嫁」は皆の偶像となり、玩具となり、犠牲《いけにえ》となった。誰もがジェルトルーデをひとり占めにしようとし、ある者は自分にお菓子を渡す約束をさせ、ある者は修道院まで訪ねに行くと約束し、ある者は自分の身内の誰某がそこで尼様になっていると言い、またある者は自分の知合いの別の誰某がそこで尼様になっていると言った。またある者はモンツァの気候を褒めたたえ、またある者はジェルトルーデが将来そこで大物になるにちがいないと大層勿体ぶって弁じたりした。こうして皆に取囲まれたジェルトルーデにまだ近づけない残りの人々は前へ進み出る機会をうかがっていた。自分たちも御挨拶して義理を果さないと心残りがしてなにか落着けないからである。それでもだんだんお客さんも減って、やがて皆心置きなく立去った。そして後にはジェルトルーデだけが両親や兄とその場に残された。

「これでようやく」

と公爵が言った、

「これでようやく私の娘もそれにふさわしく世間から遇されたわけだ。まことにこれで私もほっと一安心した。しかし打明けて言うがあれの態度も振舞もまことに立派なものだった。おずおず窮したところもなし、主役をやらせても大丈夫なことが人目にもはっきりした。我が家の体面を保つのに不足なしだ」

急いで夕飯をしたためると、翌朝早く出掛けられるよう、皆ただちに部屋へ退いた。

こうしたお世辞をあれこれ呈されて、ジェルトルーデは悲しくもあり、腹立たしくもあり、また同時に多少自負心の満足を覚えないわけでもなかった。そして自分のお目付役の老女から受けたさまざまな仕打ちをその時思い出した。そしてただ一つの事を除けば何でも自分の言分《いいぶん》を聞いてくれそうな父親の様子を見て、いまこの好機を利用して、自分にとってむかむかする不快事の火種の一つは少なくとも消してしまおうと思い、あのような女と一緒にいるのは到底我慢がならない、と老女の振舞について散々苦情を申し立てた。

「なに」

と公爵が言った、

「あの女がおまえに対し礼を失したと。よろしい、明日、早速あの女に思い知らせてやる。私に委せておけ。あの女に、おまえの身分とあの女の身のほどを弁えさせてやる。いずれにせよ、私が良しと思っている娘の側に、その本人の気に入らぬような者がいるのは良くない」

こう言うと、一人別の女を呼びつけ、ジェルトルーデにお仕えするよう命じた。ジェルトルーデ本人は、自分の気に入るような結論になり、満足感を嚙みしめ、満足感を味わったわけだが、それまで侍女を取換えたいと思っていた時のその思いの激しさに比べて、いま味わう満足感の内容の空疎さ加減に憮然たる驚きを覚えた。またその気がなかったにもかかわらず、自分の気持をすっかり占めたものは、この日、自分が修道院への道を大幅に進んだという感情であった。また、これで引返すとなれば数日前よりもっとずっと覚悟が要《い》る、気力が要る、そして自分にはそれだけの度胸《どきょう》はない、という思いであった。

自分のお伴をして部屋まで来た侍女は、家つきの老女で、以前兄公子の保母を勤めたことがあった。公子がまだお襁褓《むつ》をはずすかはずさない頃から養育して、成人するまで身のまわりの世話をし、公子の成長に自分の喜びも希望も名誉もかけてきた女であった。それだからその日のジェルトルーデの修道院入りの決定は、まるで我が事のように喜ばしい知らせであった。それでジェルトルーデは、その日の最後のお慰みとして、その老女のお祝いやお世辞や御忠告やらをうんざりするほど聞かされた。もう観念して話を聞いていると、なんでもその老女の伯母や大伯母で尼様になって良かったと思った人が何人もいた。それというのも元この家にお仕えしていたお蔭で非常な栄誉をもって遇せられたからで、しかも外界とも連絡する手立《てだて》がいつもあった。また貴婦人方が御自分のサロンでも手に入れることのできないようなものも、修道院の応接室を通してなら、手に入れることができた、などと得々と話して聞かせた。そのうちにいろいろ御訪問客もおありでしょう、公子様もやがて奥様と御一緒に修道院を御訪問におなりでしょう、奥様におなり遊ばす方はきっと立派な御婦人に相違ございません、そうなれば、修道院はもとより、この国全部が沸き返って上を下へのお祭騒ぎとなりましょう。老女はジェルトルーデの服を脱がせながら話し続けた。ジェルトルーデが寝台に横になってからも話し続けた。ジェルトルーデが眠ってしまっても、話し続けた。人間若くて疲れていればものを考えるよりも先に寝込んでしまうものだ。もっともその夜ジェルトルーデは眠りながら魘《うな》された。眠りは乱れ、悪夢に満ちた。しかしそれでも目をさましたのは老女が甲高い声で呼んだからで、老女はジェルトルーデがモンツァ行きの支度を整えるよう彼女を起しに来たのだった。

「さあ、さあ、お起きくださいませ、花嫁様。もう朝でございます。ちゃんと着付けをお済ませになり、お髪《ぐし》にきちんとお櫛を入れるまで、すくなくとも一時間はかかりましょう。

奥様はいまお服をお召しの最中でございます。ふだんより四時間も早くお起しいたしました。公子様ははや一度厩《うまや》の方へお降《くだ》りになり、また引返してお見えでございます。いつでも出発できる御用意がおできでございます。兎のように敏捷な、本当にやんちゃな坊っちゃまでございますよ。でも赤ん坊の時からあのようでございました。本当でございますと も、このわたくしが抱っこしたのでございますもの。でも御用意がおできの節に、あの方をお待たせしますと大変でございます。天性立派な御性質でいらっしゃいますけど、じきにいらいらなさって大声でお怒りになります。お気の毒に！　御同情申しあげねばなりません。お生れつきが左様なのでございますから。それに今回は無理のない節《ふし》もございます。あなた様のためにわざわざ早起きなさいましたのですから。そうした時に八つ当りされた者はとんだ傍迷惑《はためいわく》でございますよ。そうした時は公爵様以外はもう眼中《がんちゅう》人なしでございますから。でも、いつか坊っちゃまが公爵様にお成り遊ばしましょう。でもそうした日は遅ければ遅いほど宜しいのでございます。さあ、はやく、はやく、お嬢様。なぜ心も空の御様子でわたしをそうお見つめなさいます？　いまはもう寝床の外にお出になっていなければならぬ時刻でございますよ」

公子がいらいらしている様を思うと、目を覚ましたばかりのジェルトルーデの脳裏に群がったもろもろの想念は、まるで鳶《とび》の出現にさっと散る雀の群のように消え失せた。そそくさと起き出すと、急いで服を着、髪を梳《す》いてもらい、両親と兄公子が集まっている部屋へ姿を現した。手摺りのついた立派な椅子に坐るようにすすめられ、一杯のココアが差出

された。それは、当時の風俗としては、古代ローマ人に元服の服装を与えるのと同様の意味を持っていた。

　馬車に馬を繋いだ、と目下の者が告げに来た時、公爵は娘を脇に呼び、あらたまった口調で言った、

「さあ、ジェルトルーデ、おまえは昨日自分で自分に名誉を回復した。今日は自分自身に打ち克《か》たねばならぬ。よいか。堂々とした態度で、修道院と修道院のある町にはいらねばならぬ。おまえはその地の第一人者となるべき人なのだ。皆がそこでおまえを待っている……」

　公爵が前の日、修道院長に伝言を送ったのは言うまでもない。

「皆がそこでおまえを待っている。皆の目はおまえに注がれるだろう。威厳を持て、しかし気楽に振舞うがよい。院長様はお前が何を

望むかお尋ねになるだろう。それは形式を整えるためだ。こう答えるがよい、『この修道院へ入れていただき、修道衣を着るお許しを乞いたく存じます。わたくしはこの修道院でたいへんやさしく教育され大事にしていただきました』それはいかにも事実だ。いま言った通りの短い口上をすらすらと言うがいい。他人が詰めこんだ言分《いいぶん》で、自分の言分ではない、などと言われぬようにせよ。ああしたお人好しの尼様たちはどんな事件が起きたかなにも知らん。これは世間に洩らしてはならぬ家族の秘密だ。それだから人様に怪しまれるような、悲し気な、気おくれした表情を見せてはならぬ。自分がいかなる血統の出であるか、それを世間に示すがよい。愛想よく、慎み深くあれ。しかしあの場所では、我が家を除くならば、おまえの上に君臨する者はほかには誰もいない、ということは忘れるな」

相手の返事を待たず、公爵は座を立った。ジェルトルーデ、公爵夫人、公子がそれに従った。皆階段を下り、馬車に乗った。車中では、俗世間の面倒で不如意な生活や、とくに貴族の子女の場合がそうである、修道院の至福の生活が、道すがら話題となった。そろそろ着くころになると、公爵は娘に向ってまた返事の仕様を教え、決り文句を何回も繰返して言って聞かせた。モンツァ市に入った時、ジェルトルーデは心が締めつけられるような辛い気持になった。それでも誰か知らぬが貴族たちが、馬車を停めさせ、なにか知らぬが御挨拶の言葉を述べた時は、一瞬注意力がそちらへそれた。また動き出すと、馬車はゆっくりとほとんど人の歩調と同じくらいの歩みで修道院の方へ進んだ。道のまわりには、もういたるところから駆け寄った物見高い連中が好奇の眼差を投げていた。城壁の前、その門の前で馬車が停まると、ジェルトルーデの心はまた前より一層締めつけられた。左右に分れた群衆の間に降り立った。近寄ろうとする群衆を召使たちが後ろへ退らせた。皆の視線が自分の背に注がれていると思うと、哀れなジェルトルーデは自分が今どういう態度を取るべきかを絶えず意識せずにはいられなかった。だがそうした人たちすべての眼よりももっとずっと気になったのは父親の二つの眼で、ジェルトルーデはその両の眼が恐ろしくてしようがなかったけれども、それでも自分の眼をその父の眼からそらすことは一瞬たりといえどもできなかった。父の両の眼は、目に見えぬ手綱のごとく、ジェルトルーデの身の動きも、いや表情の動きをも、自在に操っていたのである。

最初の中庭を横切って、次の中庭へはいった。そこから内院の口が見えたが、その門はすっかり開けはなたれ、そこにはいっぱい尼様たちが群がっていた。第一列の中央に、年輩の尼たちに囲まれて修道院長が立っていた。その後ろにほかの尼たちが雑然と集まって、中には爪先立ちしている尼もいた。最後部には椅子の上にのった平《ひら》修道女たちがこちらを見ていた。また少し上の方にもあちらこちらに小さな眼が光っているのが見えた。修道衣の間から誰かの小さな顔が覗けて見えた。これは生徒たちの中でいちばんちゃっかりした、厚かましい連中で、尼様たちの間に割り込んで、前まで出て来て少し隙間をこしらえると、自分たちもなにか見ようとしているのである。その尼様たちの群から歓声があがった。喜ばしげな歓迎の意を示すように大勢の尼様が手を振るのが見えた。一行がその入口にやって来た。ジェルトルーデは修道院長の尼様と面と向いあった。まずお決りの御挨拶をした後、修道院長は、半ば朗らかで半ば厳かな口調で、この場所で何を御希望になるのか、この場所にはあなたの御希望をお断りできる人は誰もいないが、とジェルトルーデに問うた。

「わたくしがここへ参りましたのは……」

とジェルトルーデは話し始めた。しかし自分の運命をおそらく二度と取返しのきかぬほど決定的に決めてしまうにちがいない言葉を口に出す瞬間に、ジェルトルーデは一瞬躊躇した。そして自分の目の前にいる大勢の人々を両の眼で見つめて一瞬黙った。そしてその瞬間に、よく知っている昔の仲間の一人が、自分の方を同情と悪意の入りまじった眼差で見つめているのに気がついた。その眼は、

「ああ、とうとう陥落《かんらく》しちゃった、あの頑張り屋さんも！」

と言っているかに見えた。それを見た時、ジェルトルーデの心中には以前の感情がありありとよみがえり、以前に持ちあわせた多少の勇気も多少は戻って来たような気がした。そしてなにか、言われた通りとは違う返事をしようと言葉を探しつつ、自分の力をいわば試そうとするかのように、顔をあげて父親の表情をじっと見た。父親の顔には暗い不安と焦慮《しょうりょ》の色が見えた。脅迫的な焦慮の色であった。それで、恐ろしいものを見た時逃げ出すのと同じすばやさでもって、恐怖に駆られて決心をすると、すぐに語《ご》をついで言った、

「ここへ参りましたのは、この修道院へ入れていただき、修道衣を着るお許しを乞うためでございます。わたくしはこの修道院でたいへんやさしく教育していただきました」

修道院長はすぐにこう答えた。この際たいへん残念なことに、規則があってすぐこの場

でお返事申しあげることはできない。そのお返事は修道女の総会の投票で決まる。そしてそのお返事の前に上司のお許しも必要である。しかしここにいる人々が貴女に対して抱いている気持を御存知の貴女には、どのようなお返事が出るか、もうはっきりおわかりのことと思う。また貴女の御志願を聞いて自分や尼たちがどれほど安堵《あんど》の気持を抱いたか、それを口にすることは正式のお返事をする以前であろうと別に規則で禁じられているわけではない……そこまで修道院長の尼様が言うとお祝いや歓呼の騒然とした声が一斉にあがった。ついでお菓子を一杯盛った大きな盆が次々に届けられ、まず花嫁と呼ばれたジェルトルーデに、ついでその親族に差出された。何人かの尼たちがジェルトルーデをひとり占めにしようと取囲み、ほかの尼が母親やまた公子にお世辞を言い、挨拶を交わす間に、修道院長

は応接室の格子窓でお待ち申すからそこまで恐縮だが御足労願いたい、と人をやって公爵に伝言させた。修道院長は二人の年輩の尼を従えていた。そして公爵が現れた時、

「公爵様」

と口を切った、

「公爵様、規則に従い、必要な形式を踏むため、こうした場合ではございますが……申しあげねばなりません……修道衣を着るお許しを乞いに娘御が参りました時はいつも必ず院長は、その職を不適任ながらわたくしが勤《つと》めさせていただいておりますが、親御様に対して次のように御注意申しあげることになっております。すなわち万一……娘の意志を無理強いしたようなことがありますと、破門の罰を受けるかもしれません。このような失礼な事を申しあげて恐縮でございますが……」

「いや結構です、たいへん結構です。院長様、あなた様の厳正なお態度に感服いたしました。まことにごもっともです……しかし院長様、別に院長様が疑問をさしはさみになる余地はあり得ないと……」

「まあ公爵様、御心配なく……わたくし、しきたりに従って左様申し述べたまででございます。……それに……」

「左様、左様、院長様」

こうした二、三の語を交わすと二人は互いに頭を下げ、左右へ別れた。まるでその場で二人さしで向いあっているのが両人にとって気が重いかのようであった。そして二人とも

院外と院内でそれぞれ自分たちの仲間へまた加わりに戻った。

「さあ、やれ、やれ」

と公爵は言った、

「さあ、よし。これでジェルトルーデは間もなくこうした尼様たちと一緒に自分の思いのままに楽しく暮すことができる。今日は皆様にだいぶ御面倒をお掛けした」

こう言うと一礼した。一家は公爵とともに動き出した。また挨拶があちこちで交わされ、そして皆立去った。

帰りの馬車の中で、ジェルトルーデはもう口を利く気力がほとんど失せていた。自分が踏み出してしまった一歩に我ながら仰天し、自分の馬鹿さ加減が我ながら恥ずかしく、他人に対しても自分に対しても苛立ちを覚え、「いやです」と言える機会が後まだどれだけ残っているのか悲しい気持で算《かぞ》えていた。そして頭も気持も混乱した中で弱々しく、今度の、その次の、あるいはまた別の機会にはもっと上手にしっかりやろうと自分自身に誓うのだった。こうしたことを考えている際に、父親の顰面《しかめづら》の恐ろしさが依然として消えなかった。それだけに、こっそり父親の顔を覗き見して、父の顔にもう不興の跡がまったく残っていないのを確め得、父親が自分に不満どころかすっかり満足しているらしい様子を見た時は、なにかいい事のような気がして、一瞬、自分でもすっかり安堵したのであった。

邸へ帰り着くや否やすぐに着更えてまた念入りに身支度を整えねばならなかった。ついで食事、また二、三の訪問、それから馬車の散歩、ついで会話、それから夕食となった。

この夕食が終るころ、公爵はもう一つ別の用件を持ち出した。それは代母を誰にするかという件で、ここでいう代母とは、両親から依頼され、修道院入りを志願した日から実際修道院入りをする日までの間その若い志願者の保護者となり付添となる婦人のことをいうのである。そしてその期間はあちこちの教会や由緒ある建物やサロンや別荘や聖地、要するにこの町と周辺の一番目ぼしい見物《みもの》を訪問してまわるのについやされるのが常であった。それは若い娘が二度と取返しのきかぬ誓願を立てる前に、自分がいま捨て去ろうとしているものが何であるか、よく見ておくためである。

「代母のことを考えておかぬとならぬな」

と公爵が言った、

「明日修道女係の神父がお見えになる。試験のきまりを整えるためだ。それが済むとすぐジェルトルーデの件は修道院総会へかけられ、尼様たちが入会をお認めくださるはずだ」

こう言いながら公爵は夫人の方を振向いた。夫人はそれを自分から提案せよという合図と取って、

「そうですね、それには……」

と言葉をさしはさむと、公爵がさえぎった、

「いや、いかん、いかん。代母になる人はまず花嫁の気に入る人でなければならん。なるほど世間の習慣では両親が選ぶことになっているらしいが、しかしジェルトルーデは判断も確かだし、思慮分別もある。ほかの子と違ってジェルトルーデには自分で選ばせるとし

よう」
　そう言うとジェルトルーデの方を振向き、格別の配慮を告げる人の態度で、こう語をついだ、
「今日の夕方、この邸へ見えた御婦人方で、我が家の娘の代母となる資格をお持ちにならぬ方は一人もいない。また案ずるに、代母に指名されて名誉と思わぬ方が一人でもいるとは思われない。おまえが自分で選ぶがよい」
　ここで自分が選べばそれがまた新しく同意した徴《しるし》になってしまうことはジェルトルーデにはよくわかった。しかし父公爵がいかにもあらたまってそう提案したので、それをお断りするのは、たといこちらがいかにへりくだった態度を取るにせよ、無礼のように思われた。すくなくとも気まぐれか勿体をつけるかのように思われた。それでここでもまた一歩踏み出してしまった。そしてその夕方、自分と一番気の合った夫人の名前をあげてしまった。というのはその夕べジェルトルーデを一番ちやほやと褒めそやし、いかにも馴れ馴れしく、親しげに、やさしく話しかけてくれた夫人のことで、そうした態度は、知合いになった当初は、古くからの友情と同じに似て見えるものなのである。

「まことに結構な人選だ」

と公爵は言った。公爵はその夫人が選ばれることを心中ひそかに期待していたのである。それが故意か偶然か、その通りになったのは、いってみれば手品師が目の前で一組のトランプの札をさっと切って見せる。そしてその一枚を考えてください、と言う。そしてそれを当ててみせるのと似ている。手品師はさっとたくさん切って見せたようでその実お客様の目に残る札はただの一枚きりとなるように工夫してあったのである。その夫人はその日の夕べずっとジェルトルーデにかかりきりで、ジェルトルーデの注意をすっかり自分の方に惹きつけてしまったから、その夫人以外の人を考えるにはよほど想像力を働かせて思いめぐらさねば駄目だった。それにその夫人がそれほどジェルトルーデに対して気をつかったのには訳があった。その夫人はずっと前から公爵の令息に目をかけて、公子を婿にしようと考えていたからである。それだからジェルトルーデの家のことをまるで自分の家のことのようにみなしていた。その夫人がこの「可愛いジェルトルーデ」のことを自分の一番近しい親戚のように世話を焼きたがったとしても不思議はなかったのである。

その翌日、ジェルトルーデはその日来るはずの試験官のことを思いながら目を覚ました。

そしてこの決定的な機会を捉えてどうしたら退却できるかあれこれ思いめぐらしていた時、公爵からお呼びがかかった。

「さて、ジェルトルーデ」

と公爵は娘に話し出した、

「いままでおまえの態度振舞はまことに立派で非の打ちどころがなかった。今日は有終の美を飾る日だ。いままでしてきたことはみなすべておまえの同意の上でしてきたことだ。もしその間になんらかの疑い、なにかつまらぬ後悔の種、若さの気まぐれ、などが生じたならば、もうとっくに私に言って聞かせてくれたことと思う。しかし事がここまで進行した以上、もはや子供じみた真似は許されぬ。今朝お見えになるはずの偉い坊様は、おまえのお召しについてあれこれ質問なさるだろう。おまえが自分の意志で修道女となるのかどうか、その訳、そのいわれ、等々をおたずねになるはずだ。もしおまえが返事につまりでもすれば、いつまでも問いつめておまえをやきもきさせるだろう。それはおまえにははなはだ迷惑で苦痛となるにちがいない。だがそうなるともっと深刻な別の面倒が持上らないとも限らぬ。いままで世間様に対してしてきたあれこれの行事の後で、おまえが躊躇逡巡《ちゅうちょしゅんじゅん》しているなどという気配《けはい》がかりに多少でも表へあらわれるようなことがあれば、私の名誉は危殆《きたい》に瀕《ひん》することとなる。おまえの軽はずみな思いつきを私が固い決心と取違えたと世間に思いこませることになる。そして私が勝手にさっさと事を運んだ、なにかしらぬが勝手な事をしでかしたということになる。万一こうしたことになれば、まことに残念だが二つしか取る手はない。どうしてもその一つを選ばねばならぬ破目となる。世間様に私のした事について馬鹿な事をしたと笑い物にさせておくか――これは私としては自尊心にかけて放置できぬ事態だ――さもなくば、おまえの決心の本当の動機を世間にばらして……」

しかしそこまで来た時、ジェルトルーデが真赤になり、両の眼が涙であふれ、顔面がまるで嵐の前の熱風を浴びた花片《はなびら》のようにしわくちゃになるのを見て、話をそこで切った。そして明るい晴々した口調に戻ると、

「いや、いや、そうした事は一切おまえ次第、おまえの分別次第だ。おまえが思慮分別に富む娘だということはよくわかっている。折角うまくいっていた話をおまえは土壇場《どたんば》になって台無しにするような子供ではない。しかし私としてはいろいろな場合も考慮に入れておかねばならなかったのだ。いや、こうした事はもうこれ以上口にする必要はない。おたがいに意見は一致したのだ、おまえは率直に返答する、そしてあのお偉い坊様のお頭《つむ》に疑《ぎ》念《ねん》が生じたりすることのないよう返答する。そうすればおまえもそれだけ早く自由にしてもらえるというものだ」

そして、ここでおそらく発せられるに相違ない質問の数々に対してこう答えればよかろうといくつか模範となる返事を言って聞かせた後、またジェルトルーデが修道院内で味わうにちがいない楽しみの数々や用意されているにちがいない優しい歓迎について例によって長々と話して聞かせた。そして召使が坊様の到着を告げに来るまでずっとそのような話

をして間《ま》をもたせた。そして最後にまた急いで一番大事な注意を繰返すと、規則に定められた通り、娘を一人坊様と向いあわせに残して自分は引き退った。

その偉い坊様はジェルトルーデの召命《しょうめい》、すなわち修道生活にはいりたいという気持は深い本心からのものという先入観を多少は持ってやって来た。公爵が自分を招きに来た時、そう話したからである。この良き司祭は、自己の職責からいっても疑ってかかることがこの際一番必要な美徳の一つだということは心得ていた。そしてこの種の申出に対しては早呑込みをせぬよう慎重に対処するよう心掛けていた。しかしそれだけ用心していても、権威ある人の断定的な自信に満ちた発言が、いかなる種類のものであれ、それを聞く人の頭脳にある種の先入主を植えつけないということはまずよほど稀であろう。

お決りの挨拶を交わした後、

「お嬢様」

と神父が言った、

「私は悪魔の役割を演ずるために参りました。あなたの願書であなたが確かだといわれたことを疑いにかかりに参りました。あなたの目の前にいろいろ難問を提出いたします。それについてあなたがもう十分お考えになったかどうか確めに参ったのです。あなたに三、四質問いたしますが宜しうございますか」

「どうぞおっしゃってください」

とジェルトルーデは答えた。

するとおは善良な神父は規則通りの形式を踏んで質問を始めた。

「あなたは尼僧になろうとあなたの心の中で自由に、自発的に決心したとお感じになりますか？　脅《おど》されたり、すかされたりしたようなことはありませんでしたか？　あなたを尼僧にするためになにか権柄《けんぺい》づくなことが行なわれはしませんでしたか？　余計な遠慮はなさらず、誠実に、お話しください。私の務めは、いかなる形であれあなたに対し無理強いがなされることのないよう、あなたの真のお気持を確めることにあるのです」

こうした質問に対して本当の返事をするという考えが、恐ろしいまでにはっきりと、ジェルトルーデの頭に浮んだ。そうした返答をするには、説明が必要だった。自分がなんで脅されたか、身上話をしなければならなかった……不幸な娘はそうしたことを思うと狼狽してそれから逃げた。急いで別の返答を探した。そしてこうした苦痛から自分をすばやく確実に救い出してくれる唯一の返答――しかし真実とは正反対の返答を口にしてしまった。

「わたくしが尼になりますのは」

と内心の動揺を隠しつつ言った、

「わたくしが尼になりますのは、わたくしの気持から、自発的にでございます」

「いつからそうしたお考えにおなりですか？」

とまた善良な神父が問うた。

「ずっと前からそう考えておりました」

ジェルトルーデは、最初の一歩を踏み出してしまった後は、自分自身に対して嘘をつくのが急に気楽になって、そう答えた。

「だが一体主としてどうした動機から尼僧になろうと決心されたのですか？」

善良な神父は、自分が相手の心中のどのような恐ろしい鍵盤に触れたか、自分は知らなかった。ジェルトルーデは、そう言われて心中に生じた動揺を顔面にあらわすまいと非常な努力をした。

「動機は」

と言った、

「動機は神に仕え、俗世の危険の数々を逃れるためでございます」

「ひょっとしてなにか嫌気《いやけ》がさしたからとか、なにか……失礼ですが、なにか気まぐれが生じたとかではございませんか？　時々その場限りの事で永久に長続きするかのような印象を与えたりするものもありますが。それでその元の理由がなくなってしまうと、気持も変る。すると……」

「いえ、いえ」

と早口にジェルトルーデは答えた、

「理由はわたくしが申しあげた通りでございます」

神父は、本当に必要な確信を得るためというより、お決りの自分の務めを滞《とどこお》りなく果すために、さらに次々と質問を重ねた。しかしジェルトルーデは相手を騙し通そうと心に決めた。自分の弱みを、そうした事があろうとは露疑う気配のないこの善良で真面目な神父に知らせるということは考えてみただけで身震いがした。それに、とこの哀れな娘はこうも思った、この神父はなるほど自分が尼になることを留《と》めることはできるだろうが、しかしそれ以上は権限もない。それ以上自分を保護してくれるわけではない。そこで神父が帰ってしまえば自分は父公爵と一対一で相対さねばならぬ破目になる。そしてそれから先この家で自分が忍ばねばならぬことについてはこの善良な神父はおそらくなにも知らないだろう。また知ったところで、いかに善意をもってくれたところで、せいぜい自分に憐みの情を寄せてくれるだけだろう。おだやかな節度のある憐みの情——それは普通、まるでそれが礼儀ででもあるかのように、本人のせいか冤罪《えんざい》かで酷い目にあわされた人に寄せられるものなのである。不幸なめぐりあわせのジェルトルーデがこうして嘘をつくのに疲れるよりも先に、試験官の坊様の方が質問をするのに疲れ出した様子だった。娘のきちんとした返事を聞いていると、その返事が至極率直で、それを疑ってかかるような種も別にないので、しまいに語調をがらりと変えた。そしてジェルトルーデに対してお喜びを述べると、ある意味で、許しを乞うた。自分のこの務めを果すためにどうもこれほど時間をかけて相済まなかった、と言ったのである。そして殊勝《しゅしょう》な申出をしたこの娘の気持を固める上でいちばん適当と思える言葉をつけ足すと、その場を辞去した。

広間を次々と通って退出しようとした時、ばったり公爵に出会《でくわ》した。公爵はたまたまそこへ通りかかったような様子だった。神父は公爵に対しても令嬢の殊勝な心根を褒め祝辞を述べた。公爵はその時まで一体どうなるかとひどく心を痛めてはらはらしていたが、その言葉を聞いて、ほっとし、平常《へいぜい》の威厳も忘れて、ほとんど駈けるようにジェルトルーデのところへ行くと、娘を褒めちぎり、優しくいたわって、いろいろ約束も結んでやった。それは心からの歓びであり、ほとんどすべてが嘘いつわりのない愛情の言葉であった。ざっと人間の心というものはこのように狂おしく混乱してできあがっているのである。

私たちはこの先ジェルトルーデの観光や余興などでつまった日程はいちいち追わないことにする。またその間に女心がどのように動きどのように揺れたか、それについても事細かに順を追って述べないことにする。それは苦痛と動揺にみちたあまりにも単調な話で、いままでの話にあまりにも似過ぎているに相違ないからである。風光明媚《ふうこうめいび》の土地を愛《め》でるにつけ、さまざまな品や物を見るにつけ、また戸外のあちこちで遊び興ずるにつけ、自分が最後には、そしてその時は永久に、はいらねばならぬ場所のことが厭で厭でたまらなくなってきた。貴族たちのサロンの会話や宴会の席で受けた印象はそれよりさらに一段と強烈だった。花嫁たちの姿を見ると――そしてこの場合、花嫁という言葉は世間で普通に用いられている至極明瞭な意味で使われているのだが――その花嫁たちの姿を見るとジェルトルーデは羨望の念を禁じえず、心は耐えがたいまでに苛《さいな》まれた。時々ほかの人の姿を見ているとジェルトルーデには自分が人から花嫁と呼ばれることこそが人生の最大の幸福であるように思われて仕方がなかった。時々宮殿の壮麗な社交や豪奢な飾り、宴会のはないだどよめきやざわめきに接すると、自分自身もなかば酔いしれた心地となり、人生の歓楽を尽して生きたいという情《じょう》が燃えさかって、たといどんな酷い目にあおうと前言を翻《ひるが》えそう、あの修道院の冷たい死んだ影の中へ戻るのはもういやだ、と思うのだった。しかしそのような決心をいくら重ねても、さて自分が直面するであろう困難や面倒のことをあれこれ振返って考えてみると、公爵の顔色をじっと窺ってみるだけで、もうその決心は色が褪《あ》せはじめるのだった。また時にはこうした楽しみを永久に棄てさらねばならぬのかと思うと、今こうしてその楽しみを多少味わっていることがかえって苦《にが》い辛いものとなった。それはまるで喉の渇きを訴える病人が、医者がやっとのことで許してくれる匙一杯の水を怒った眼差で見つめ、苛立ってほとんど突き返そうとする様に似ていた。

そうこうする間に、修道女係の神父が必要な証明書を交付し、ジェルトルーデの入会の件で修道院総会を開く許可も出、総会は開かれた。そして予想通りに、規則で定められた秘密投票の三分の二が集まった。ジェルトルーデはこうして入会を許された。本人も、この長い苦しみに疲れはてて、出来るだけ早く修道院に入れてくれるよう、自分から願い出た。そうした熱心な願いを制止しようとする人はもちろん誰もいなかった。それで本人の望みはかなえられた。絢爛華麗ないでたちでジェルトルーデは修道院へ連れて行かれ、修道衣をまとった。だが次々と後悔の種のおよそ尽きることのない十二カ月の修錬期間であった。それが過ぎて誓願《せいがん》を述べる時が来た。ここで「いいえ」と言って断れば、それは以前にもまして奇妙な、世間の予想に反した、スキャンダラスなことになる。それがいやならいままで何度も言って来た通り、やはり「はい」と言うより仕方がない。そして実際「はい」と鸚鵡《おうむ》返しに言って、永久に尼となった。

キリスト教という宗教に無比で独特な力の一つは、いかなる境遇に置かれた、いかなる事情にある者にせよ、キリスト教に救いを求める者に対しては救いの道をさし示し、その人を慰めることのできる点にある。もし過去に治療法の先例があれば、それを処方して服用させ、いかなる費用がかかろうとそれを実行するだけの力と光とを授けてくれる。またもし治療法の先例がなければ、今度は諺にいう「是非ないことは甘受する」、すなわち必要から美徳を生むということを実際、現実にやれるだけの方策を授けてくれる。軽はずみで始めたことを知恵を働かせて先まで続けることを教え、権柄《けんぺい》づくで押しつけられたことを自分から進んで包容するようかたくなな気持をたわめ、思慮分別を欠いた選択でも、取返しのきかないものである以上は、その選択に全面的な聖性と尊厳、そして率直にいってしまえば、天職に伴うあらゆる歓びを与えてくれる。キリスト教の道はそのように出来ているから、いかなる迷路からにせよ、またいかなる断崖からにせよ、その道に偶然行き着いて一歩を踏み出した人は、その時以後確かな足取りで、自分から進んで歩くことができ、幸《さち》深い目的地へ幸深く到着することができるのである。

こうした道を選んだなら、自分が尼になった事情がどのようであれ、ジェルトルーデは信心深い満足した修道女となり得たかもしれない。だが不幸なことにジェルトルーデはこの軛《くびき》の下で身悶えして苦しんだ。そしてそれだけますます軛の辛さと枷《かせ》の重さを身にしみて感じた。自分が失った自由を思う絶え間ない嘆き、現在の状態を呪わずにいられぬ声、けっして満たされることのないであろう欲望の充足を求めて空しく疲れる心。女の気持を四六時中占めたものは主としてそうしたものだった。過去の苦々しい事件を反芻《はんすう》しては、そのために現在の自分がここにいるようになってしまったさまざまな事情を記憶の中で再現してみた。そして自分が実際に行為でもってしてしまったことを思考でもってしなかったことにしてみた。何十度、何百度しなかったことにしてみたが、空しいことだった。自分自身の愚劣さ加減を責め、他人の暴君ぶりと卑劣な手練手管《てれんてくだ》を責めた。責めては自分自身を磨《す》り減らしていった。自分の美貌に見とれつつそれに泣き、じわじわと時間をかけて行なう一種の殉教の中で我と我が身を滅《ほろぼ》すこの運命とこの自分の青春とを嘆いた。そして時には、そうした天からの授かりものを現世で自由に享受《きょうじゅ》できる女なら、どんな女で、どんな身分で、どんな心構えの女であろうと、その女の方が羨ましくてたまらなかった。

この修道院の中へ自分を引込むためにぐるになった尼たちの顔はもう見るのもいやだった。尼たちが使った術策の数々を思い出し、ジェルトルーデは尼たちに無作法に辛く当った。相手を馬鹿にしただけでなく、公然と面と向って悪態をつくことすらあった。たいていの場合尼たちはじっとこらえて黙って腹におさめているのが無難だった。というのは公爵は娘を修道院へ押込むのに必要な限りは娘に対して平気で暴君のように振舞ったが、一旦その目的が達成されると、ほかの者が自分の血統を引く者に対し偉そうな口をきくことは容易に許そうとしなかったからである。それで尼たちがたとい多少でも噂を立てるようなことがあるとすると、それは修道院に対する公爵の強大な庇護を取消す、とかまたうっかりすれば庇護者である公爵を逆に敵にまわす、とかいったことになりかねなかった。ジエルトルーデは自分を陥《おとしい》れた陰謀に参加しなかった尼たちに対してはある種の愛着を覚えているらしかった。そうした修道女たちは、ジェルトルーデが仲間にはいることを望みはしなかったけれども、それでもはいった以上は仲間扱いしてくれた。敬虔で、なにかと忙しく、陽気なこうした修道女たちは、この修道院の内部でも、ただ単に暮すというだけでなく、居心地よく暮すことができる、ということを身をもって示してくれていた。しかしその修道女たちは、別の面では、ジェルトルーデにとってたまらなくいやな存在だった。信心深く満足気なその女たちを見ていると、まるで自分自身の不安に対する非難、自分自身のひねくれた振舞に対する難詰《なんきつ》のように思われたからである。それでなにか事あるごとにジェルトルーデは陰にまわってその女たちの信心ぶりを愚弄《ぐろう》し、偽善家だといって嚙みついた。自分の修道院入りを決めた投票の際、投票箱の中にあった数少ない黒票はこの女たちが投じたのだ、ということを察してそれに気がついていたなら、その女たちに対してジェルトルーデがそれほど当ることはおそらくなかったかもしれない。

なにかたまに慰藉《いしゃ》が見あたるような気がしたのは、命令を下したり、修道院でまわりからちやほやされたり、外部の人から儀礼的訪問を受けたり、なにか難問を処理したり、他人を庇護したり、人から「シニョーラ」と呼ばれたりするのを聞いたりする時だった。しかしそれはまたなんという慰藉にもならぬ慰藉であったろう！　そんなことではとても落着かぬジェルトルーデの心は、時々その世俗の慰藉とともに宗教の慰藉をも得たいものと願った。しかし宗教上の慰めは、その他の慰めを捨てた人にしか与えられないものである。

それはたとえていえば、難破して海中に投げ出された人は、興奮して本能的に握りしめた海草を捨てて五本の指をひろげなければ、海岸に自分を無事に運んでくれるかもしれぬ材木を摑めないのと同じようなものである。

誓願《せいがん》を述べたすぐ後、ジェルトルーデは修道院付属の女子生徒たちの先生に任命された。ところでこのような先生の規律の下で女子生徒たちがどのようであったか、その様を考えていただきたい。ジェルトルーデが本心を打明けることのできた仲間はもうとっくに皆修道院から出てしまった。しかしジェルトルーデだけはあの頃の情熱や悩みをいまもそのまま生き生きと体内に持ち続けていた。それで生徒たちは、なにやかやと、彼女の思い悩みの重みというかとばっちりを浴びなければならなかった。この生徒たちの大半は、自分自身が永久に閉め出された俗世間でやがては暮すはずだ、ということが念頭に浮ぶと、ジェルトルーデはその娘たちに対して怨恨《えんこん》といおうかほとんど復讐《ふくしゅう》に近い敵意さえ覚える始末だった。それで娘たちを無理強いに抑えつけ、いじめ抜き、娘たちが将来味わうに相違ない現世の快楽の数々の仕返しをあらかじめしてやろうとした。そうした時に、ほんの取るにも足らぬ小さな過ちであろうと、頭ごなしに大仰《おおぎょう》に叱りつけるジェルトルーデの声を聞いた人がいたなら、この教師はなにか荒々しい、思慮に欠けた一種の霊性を持った女だと思ったかもしれなかった。また別の時には修道院や規則や服従に対する嫌悪から、右に述べたのと正反対の気分に発作的になることもあった。そうした時は自分の生徒たちの騒々しい混乱を大目に見るだけでなく、自分からけしかけた。生徒たちの遊びや悪戯に自分もまじりこみ、その悪戯をますます野放図《のほうず》なものとした。皆のお喋りや議論にはいりこみ、その議論を制するどころか、その議論を皆が始めた時の下心をますます増長させる方向に話を引っ張っていった。もし誰か女の子が修道院長の尼様の話しっぷりについてなにか一言《ひとこと》でも言おうものなら、ジェルトルーデは先生の身でありながら長いことその話しっぷりを真似てみせ、それを笑い物にしてみせた。また誰か尼さんの表情を真似たり、別の尼さんの歩き方を真似てみせたりした。そうした時は度はずれた馬鹿笑いをしたが、しかしこうした大笑いは、笑った後で前より陽気になるという性質のものではなかった。数年の間は、それ以上の事をする機会もなければ、便宜《べんぎ》もなかったので、ジェルトルーデはこうして暮した。そうした後でジェルトルーデにとって不幸なことにある機会が訪《おとず》れたのである。

本人を修道院長とさせ得ないことの代償としてジェルトルーデに与えられた特権や恩典の一つに、自分だけ一人別の区劃にいてよいという特権があった。修道院のその一劃は一軒家と隣り合せになっていたが、そこに住んでいたのは職業的な悪党で、当時大勢いたならず者の一人だが、そうした連中はあるいは人殺しと手を組み、あるいは他の悪党と同盟を結び、ある程度までは、公的な権力や法の力を馬鹿にし笑い物にすることもできた。元の原稿にはその男の姓は記さず、ただ名前だけがエジーディオと出ている。この男は、その一劃の小さな庭を見おろすことのできる自分の家の小窓からジェルトルーデが時々そこを通ったり散策したりするのを見て、自分の危険な企みの神をもおそれぬ所業に恐怖するどこかかかえって好奇の心をそそられ、ある日ジェルトルーデに話しかけた。すると不幸な女はそれに答えたのである。

　その当初は、確かに翳《かげ》りがないとはいえないが、それでも生き生きした満足感を味わった。女の気持の上での倦怠《けんたい》と空虚の中に突然自分の心を占める強烈な、一時的でないなにか、いってみればほとんど力強い命とでもいうべきものが注入された。しかしその満足感は実は古代の人が残忍な工夫をこらして死刑囚に、その拷問に耐える力をつけるために飲ませたという強壮飲料に似ていた。それと同時にジェルトルーデの立居振舞には、その隅々にいたるまで、にわかに今までにない変化が見られた。突然急に規則を守るようになり、人間も落着いて、人を馬鹿にするような言葉や文句や不平を口にしなくなった。それどころか可愛気が出て愛想よくなり、そのために同輩の尼たちはこの仕合せな変化をたがいに喜びあったほどであった。尼たちは到底そうした変化の真の動機を想像することはできなかったし、そうした結構な新変化が実は心の古傷に新たに加わった偽善にしか過ぎないことなどおよそ理解できなかったのである。しかしそうした外観は、いってみればうわべを白く塗っただけである。やはり長続きはしなかった。少なくとも同じような調子で続くというわけにはいかなかった。またたちまちのうちに例の人を馬鹿にしたような口吻《こうふん》や例の気まぐれが口の端《は》にのぼり、修道院という牢獄に対する呪詛《じゅそ》めいた言葉や嘲笑も聞かれるようになった。しかもそうした言葉が、こうした場所やこうした人の口にはおよそふさわしくない言葉づかいでもって時にあからさまに出たりしたのである。だがそうした事

を口走るたびにその後から悔恨が生じ、自分がつい言ってしまったことを忘れさせようとして、人に優しくしてみたり、優しい言葉をかけてみたり、なにやかやと気をつかったりもするのであった。修道女たちはどうにかこうにかジェルトルーデのこの喜怒哀楽の気分の移り変りを我慢して、それをシニョーラの気難しくかつ軽率な性格のせいにしていた。
　また暫くの間、誰ももうその事は気にしなくなっているかに見えた。ところがある日、シニョーラは平修道女の一人となにかつまらぬお喋りをしているうちに、突然いいあいとなり、我を忘れてこっぴどくその女をいじめ抜き、一向に容赦しなかった。その平修道女はずっと我慢して唇を嚙みしめていたが、ついに堪《こら》え切れず、自分はなにか知っている、そしていつかきちんとした場所でそれを皆に言ってやる、という一言《ひとこと》を口にした。その時

以来、シニョーラにはもはや平和はなかった。だがそれからほどなくして、ある朝、その平修道女はそのふだんの勤めの場所へ姿を現さなかった。皆はいつ来るかと思って待っていたが無駄だった。その房《ぼう》まで人が行って探したが見当らない。大きな声で呼んでも返事がない。あちこちを探して廻ったが、上から下まで隅々を探したけれど、どこにもいない。そしてこの捜索中に菜園の壁に穴が見つからなかったなら、どんな推理が行なわれたか知れたものではなかった。その穴があったので、皆は女がそこから逃げたのだ、と考えた。モンツァの市中市外とくにその平修道女の出身地のメーダでは大捜索が行なわれ、方々に問合せが行ったが、しかしまったく女の音沙汰はなかった。実はそうした遠くまで探す代りにもっと近くを掘ったなら、おそらくもっと本当の事がわかったのであろうが。皆があれこれ驚きあわてふためいて評定した後——というのは誰もあの平修道女がそんなだいそれた事をしでかそうとは思っていなかったので——いろいろ議論した挙句、ずっとずっと向うの国へ行ってしまったに違いないという結論が出た。そしてある尼の口から、

「あの人は間違いない、オランダへ逃げた」

という言葉が飛び出したので、すぐ修道院の内外であの女はオランダへ逃げたという説がひろまり、暫くの間はそういうことになっていた。しかしシニョーラもその意見であるとは見えなかった。もっともそれだからといって自分は皆の意見を信じないという様子を見せたり、いろいろ自分の理由をあげてあからさまに反対する、というのではなかった。なにか理由を持っているとするなら、確かに今度ほど上手にそれを隠したことはなかった。

また世の中でこの話くらいもうわざわざ搔きまわすのは御免と思った話もほかになかったし、秘密の真底《しんそこ》にふれたくないとこれほど気をつかった話もほかになかった。しかし口にすることははなはだ少なかったけれど、気に病むことはそれだけははなはだ深かった。一日に何度その女の姿が突如として念頭に浮び、もはやそこを立ち退《の》こうともせず、そこに居坐ってしまったことか！　そしていつも自分の頭の中にこの女にじっとしていられるより、女の生きている姿を実際この目の前に見たいと何度後悔しつつ願ったことか！　実際、昼も夜も、この怖ろしい、無感動の女の幻影と一緒にいなければならぬなどというのはたまらないではないか！　たといどんな事を言って脅迫されようと、耳の奥、頭の奥で絶えずその同じ声の怖ろしい呟きを聞くよりは、その女の本当の声を聞いた方がましではないか。ああ生きた人間にはおよそ考えられないようなしつっこさ、生きた人間にはおよそできそうにもない疲れを知らぬ執拗さ、それでもって同じ言葉が繰返し、繰返し語られるのはたまらないではないか！

　そうした事があっておよそ一年経ったころ、ルチーアがシニョーラにお目通りしたのである。そして私たちが前にふれたお話を交わしたのであった。シニョーラはドン・ロドリーゴがルチーアをどういう風にいじめたかについて次々に質問を発した。そしてルチーアにとっては想像を越えた——それは本当に意想外であったに相違ないが——あけすけな言葉で、ある種の点について微に入り細を穿った質問を発した。ルチーアは尼さまたちの好奇心がまさかそうした方面に及ぼうとはおよそ考えたこともなかったので面喰らったのである。しかも質問にまじるその人の判断や、それと察せられるその人の考え方が質問に劣らず異常だった。ルチーアがドン・ロドリーゴというお殿様に対して常に抱いてきたあのぞっとする嫌悪の気持をいわば笑い物にしているからで、それほどあの人は怖ろしい化物だろうか、などと言いもした。まるで娘がレンツォを好いているという理由があるからこそいいようなものの、さもなければ娘がかたくなにドン・ロドリーゴを拒むのはお馬鹿さんで道理に合わぬとでも言っているようだった。そしてこの点についてさらにいろいろと問いただしたが、その質問を浴びたルチーアはただもう驚いて恥ずかしさに顔を赤らめた。ジェルトルーデは憂《う》さ晴らしにいい気になってお喋りをしてしまったと自分でも気がついて、そのお喋りをもっともらしく辻褄《つじつま》を合せようとつとめたが、首尾《しゆび》よくゆかなかった。ルチーアは呆れた。不愉快な気持がまるで漠然としたおびえのように心中に残った。それで母親と二人きりになるやいなや自分の感じたままの事を残らず母に打明けた。するとアニェーゼは、年の功があるだけに、言葉数少ない説明で、ルチーアの疑惑をことごとく解き、事の真相をこう説き明かした。

「驚くことはないよ」

と娘に言った、

「驚くことはないよ。世間のことをわたしくらい知る年になってごらん、そしたらそんな事は別に驚くに当らないということがおわかりだよ。お偉い方というものは、多かれ少なかれどこかそこかに皆さん多少おかしなところがおありなものだ。だけどとくにこちらでその方たちのお助けが入用《いりよう》な時には、言わせておく方がいい。ごもっともな事をおっしゃる、とでもいう風に真面目な顔をして聞いている振りをしておくことさ。あの方は、まるでわたしがなにかとんでもない事を言ったみたいにわたしを非難なさったが、おまえもあの方の言分《いいぶん》をお聞きだったろう？　しかしわたしは全然そんなことは気にしてないよ。ああいう方たちはみんなあんなものさ。しかしそれでも有難い事だと感謝しなければいけない。だってあのシニョーラは好意をもっておまえを引受け、本気にわたしたちを保護してくださるおつもりらしい。それに、娘や、もしおまえがここで頑張り通して、その先お偉い方と、まだまだなにやかやしなければならぬような時には、おまえもいろいろな事を聞かされるだろうよ、いろいろな事を」

修道院長に恩を着せておきたい気持や、人を保護する満足感、またこうして立派に弱い者を助けてやれば必ず生れるにちがいない良い評判の予想、それになんとなくルチーアが好きになったこと、そして罪のない人に善行をほどこす際や苛《いじ》められた人々に手を藉《か》し慰める際に覚えるほっとした気持、そうしたことが一緒になってシニョーラは本気で哀れな二人の逃亡者の身の上を自分で世話しようと思うようになったのである。シニョーラの要請ということで特別の配慮がなされ、母娘《おやこ》二人は修道院に隣接した下働きの女がいる一劃に住むこととなり、修道院の仕事に従事する人と同じような待遇を受けることとなった。母と娘はかくもすみやかに安全な立派な隠れ家《が》を見つけることができて二人とも手をとりあって喜んだ。出来たら誰にも身の上を知られずにそこに住んでいたかったのだが、しかしそうした事は修道院の中では容易ではなかった。二人が身の上を知られたくなかったのは、この二人のうちの一人の消息を知ろうとしてひどく気をつかっている男が一人いたからで、その男の心中には当初のつまらぬ自慢と情欲とに加うるに、いまや先手を打たれ出し抜かれたという癪《しゃく》の種まで加わったのである。それでわれわれは女たちをその避難所に残して、その男の御殿へ、それも男が部下に命じた不逞なる人攫《ひとさら》い計画の首尾やいかにと待ち受けている時刻へ、引返そうと思う。

第11章

　一群の兎猟犬《とりようけん》が一匹の兎を捕《と》えそこなった時、鼻面《はなづら》を伏せ尾を垂れて、おずおずと主人のもとへ戻って来るように、その紛糾《ふんきゅう》した一夜、闘士たちはドン・ロドリーゴの館へ面《おもて》を伏せて戻って来た。ドン・ロドリーゴは広場に面した一番上の階の人気《ひとけ》のない部屋で、暗闇の中を、行ったり来たりしていた。時々立停って耳を澄し、虫に喰われてぼろぼろになった鎧窓の隙間から、不安がないとはいえぬいらいらした態度で、外を見つめた。成功するかしないかそれが気がかりで不安だっただけではない、その後に引続いて何が起るかと思うと心が落着かなかったのである。というのはそれはこの男がいままで手がけたうちでもっとも大きな、もっとも思い切った企みだったからである。かりに疑いはかかるにせよ、証拠の方は全部消すよう注意はしたと思うと気も落着いてきた。

「この疑いがかかるという件は」

と考えた、

「俺様の知ったことじゃない。知りたいのは、ここまで小娘がいるかいないか見に来ようという物好きがさて一体どこの誰だか、ということだ。来たけりゃ、ま、是非、是非、来るがいい。そうした野卑《やひ》な野郎は立派にお出迎えしてやる。それとも坊さんがおいでか、それとも婆さんか？　婆さんはベルガモへ行くがいい。司直《しちょく》の手？　ふ、ふ、司直か。市長様は子供でも気違いでもないぞ。それではミラーノの御当局か？　だが一体全体ミラーノの誰がこうした連中のことを気にするものか？　誰が連中の言うことに耳をかすものか？　連中がどこの何者か誰が知るものか？　連中はいってみれば宿なしで、仕える殿様もいない、誰のものでもないという人間というか非人間だ。よせ、よせ、余計な心配はよせ。明日の朝、アッティーリオがどんな顔をするか見たいものだ。俺が言ったことが単なるお喋りかそれとも本気か、じきにお前にもわかろうというものだ。それに……万一なにか面倒が持ちあがっても……俺の知ったことじゃないが、こうした機会を摑んでやろうという敵がしゃしゃり出てきたとして……そうした時はアッティーリオが俺に気の利いた助言をしてくれるだろう。一族全体の名誉がかかっているのだから……」

しかしドン・ロドリーゴが一番考えこんだ問題——というのはそれさえ成功すれば疑念は解消するし、わが身も心も占める情欲に糧《かて》を呉れてやることもできるのだ——はルチーアを宥《なだ》め手なづけるためには一体いかなる甘言を弄《ろう》し、いかなる褒美を約束すればよいか、という点だった。

「ここでひとりぼっち、こうした連中、こうした面《つら》つきの連中の中に放り出されて怖ろしさのあまり身が竦《すく》んでしまうに相違ない。そこで、一番人間らしい顔をしているのは、やはりそれはなんといってもこの俺だ。……となると俺を頼りにせざるを得まい。俺様に助けてくれと縋《すが》りつくのは女の方ということになる。そしてもし縋りついてくれば……」

そうしたお目出度いことを考えている時、足音が聞えた。窓へ寄って、すこし開き、頭をちょっと出した。連中であった。

「で轎《かご》は？　馬鹿者め、轎はどこへやった？　三人、五人、八人、全員いるじゃないか、グリーゾもいる。そのくせ轎がない。馬鹿、馬鹿、グリーゾにこの件についてはっきり返事して貰おう」

中にはいると、グリーゾは一階の一室の一隅に巡礼の杖を立てかけた。巡礼者用の外套とよれよれの帽子を脱ぐと床に置き、責任上、その時誰もが望まぬ役割を果しに、ドン・ロドリーゴへ報告をしに階段を登った。ドン・ロドリーゴは階段の一番上で待ち受けている。そして相手が事を仕損じた悪者らしくばつの悪そうな不様《ぶざま》な恰好で現れるのを見るや、

「おい、どうした」

と一喝《いっかつ》するように言った、

「法螺《ほら》吹き隊長、私にお委《まか》せくださいと言ったのはどうした？」

「厳しうございますな」

とグリーゾは階段の第一段に片足をかけたまま答えた、

「忠実に働き、任務を果そうと心がけ、命もかけました後に、お叱りを受けますのは、厳しうございますな」

「どういう首尾《しゆび》であったか、それでは話を聞こう」

とドン・ロドリーゴは言って自分の部屋に向った。グリーゾもそれに従った。そしてすぐさま自分がした準備、行動、見た事、見なかった事、聞いた事、恐れた事、後片づけをした事などを物語った。その話の順序は混沌とした点も、曖昧《あいまい》で狼狽した点も、その話をした当人の頭の中の有様を当然反映していた。

「お前のしたことに間違いはない。結構な処置であった」

とドン・ロドリーゴは言った、

「お前は出来る限りのことはした。だが……だが、この屋根の下にはひょっとするとスパイがいるのかもしれぬ。もしいるとしてそいつを見破ることができるなら、いやいる以上は必ず我々の手で見破ってやるが、その仕事はお前に委せるぞ、グリーゾ。見つけたら容赦なく叩きのめしてやる」

「私もそうした事ではないかと疑念《ぎねん》をさしはさみました」

とグリーゾが答えた、

「もし事実その通りで、この種の性悪《しょうわる》の悪者が見つかりましたら、御主人様なにとぞそいつの身柄《みがら》を私にお引渡しくださいませ。昨晩から今朝にかけてこうして私に無駄骨を折らせて面白がっているような奴を痛い目に遭わせるのは、これは私の仕事でございます。しかしいろいろな事から推しまして、どうもそれとは別になにか陰謀があるようでございます。いまのところはその正体はわかりかねますが。お殿様、明日には、きっと明日にははっきりさせて御覧にいれます」

「少なくともお前たちは正体を見破られるような真似はしなかったろうな」

グリーゾはそうした事はないと思うと答えた。ドン・ロドリーゴは話の最後に翌日なすべき事として三つの事をグリーゾに命じた。それはグリーゾがもちろん自分でも考え及んでいたことで、一、早朝二名の手下を村長のもとに遣わして警告を伝えておく――それが何でどのように行なわれたかは、すでに見た通りである――二、別の二名を陋屋《ろうおく》に送り巡回させ、近づいて来るような閑人《ひまじん》があれば遠ざかるよう命じ、翌日の夜まで駕《かご》が人の目にふれないようにする。翌日の夜に人をやって駕を取り戻す。それまではそれ以外の人に怪しまれるような動きは一切しない方が得策である。三、それから本人が行くか、手下の中で頭が良くて一番すばしこいのを四、五人遣わして、村人の中にさりげなく混らせ、昨夜の混乱についてそもそもいかなる陰謀があったのか探らせる。こうした命令を下すと、ドン・ロドリーゴは引っ込んで寝所にはいった。そしてグリーゾにも休むようにと言い、厚くねぎらいの声をかけた。その声の調子には、先にグリーゾを出迎えた時はやまって悪態《あくたい》をついたことの埋めあわせをしようとする気持がありありと感じられた。

いや済まん、もう休んでくれ、グリーゾ、さぞかし睡いだろう。気の毒なことをした。昼は一日中忙しく立働き、夜も半ば眠らずに立働いた。それも村の悪党の凶手にかかるかもしれぬ危険を冒してだ。もうすでに身に覚えのある幾つかの罪に加えていま一つ堅気の婦女を攫《さら》うという誘拐《ゆうかい》の罪まで背負いこむ危険を冒してだ。それなのにあのような出迎えをして済まなかった。ま、人間とかく労に対するにこうした報いを払いがちなものだ。だがこの場合は、御覧の通りだ。仮に当初から正義は行なわれぬにせよ、遅かれ早かれ必ず行なわれる。それもこの世で行なわれる。さあ今晩はゆっくり休むがいい。お前はまたいつか別の日にまた別の、それよりもっと立派な証《あか》しを立ててくれるだろう。

翌朝、ドン・ロドリーゴが起きた時、グリーゾはもうすでに仕事で外へ出ていた。ドン・ロドリーゴはすぐアッティーリオ伯を見かけると近づいた。彼が現れたのを見たアッティーリオ伯は相手を嘲笑するような仕草と表情を示すと、

「聖マルティーノ様の日だぜ」

と言った。

「なんと言っていいかわからないが」

と側に寄ったドン・ロドリーゴが答えた、

「とにかく賭金《かけきん》は払う。そいつはそれほど気がかりになることじゃない。実はいままで何も言わなかったが、いま打明けると、本当は今朝あんたを唖然《あぜん》とさせてやろうという腹づもりだったのだ。だが……まあよい、いまは一切合財《いっさいがっさい》打明けよう」

「それはあの坊主がこの件にちょっかいを出して手を廻したな」

と従弟のアッティーリオは、こうした狂った男には似合わぬ至極冷静な態度で話をすっ

かり聞き了えると言った。

「あの坊主は」

とアッティーリオは続けた、

「猫っかぶりで馬鹿馬鹿しい話しかしなかったが、俺はあれがずるの大将でちょっかいを出すに相違ないと睨んでいた。それなのにあんたは俺を信用してくれなかった。あの坊主が先日あんたを騙《だま》しにやって来た時、なにしに来たのか俺にはっきり言ってくれなかった」

ドン・ロドリーゴは二人の間で交わされたやりとりを手短かに述べた。

「あんたはずいぶん辛抱強いんだね」

とアッティーリオ伯は呆れたように叫んだ、

「それで来た時と同じ恰好で帰らせちまったのか?」

「まさかイタリア全土のカプチン僧を敵にまわしてこの俺が背負いこむわけにはいかんか

らな」

「ふん」

とアッティーリオ伯は言った、

「俺ならあの厚かましい破廉恥《はれんち》坊主以外にカプチン僧がまだいるかどうかあの時思い出せなかったかもしれないな。だが処世術の中にはカプチン僧であろうと誰であろうと、こちらの納得《なっとく》の行くよう懲罰を加える術《て》はあっていいはずだ。教団全体に対して時機を見計っていろいろ親切にしておけば、その一員を思う存分杖で打擲《ちょうちゃく》したところでこちらは無罪放免さ。まあいい、もっと似合いの懲罰をくらわずに奴は逃げおおせたが、これから先はこの俺が監督下に置いてやる。俺たち風情《ふぜい》にどういう口の利き方をすればいいか奴に篤《とく》と教えこんでやろう。それも結構なお慰みだからな」

「俺にこれ以上面倒がかかるような真似はしないでくれ」

「まあ今度は俺に委せてくれ。親族として、友人として、あんたの手助けをするのだから」

「何をするつもりだ？」

「まだはっきり決めていないが、とにかくあの坊主の面倒は見るつもりだ。一つ考えてみよう……左様、枢密顧問官《すうみつこもんかん》の伯父貴ならこの役に立つな。伯父上様々《さまさま》だ。ああした大物政治家に俺のために一肌脱《ひとはだぬ》いでもらうたびに俺は面白くて面白くてたまらん。明後日はミラーノへ行く。どっち道あの坊主は片付けてみせる」

そうこうするうちに朝飯が出たが、食事だからといってそれほどの重要事となると話が途切れるというものではなかった。アッティーリオ伯は気さくな調子で話し続けた。そして従兄に対する親愛の情と同族としての家名を重んじる心から、自分でかくあらねばならぬという考えに従って、それにふさわしい態度を取ってはいたものの、それでも時折ドン・ロドリーゴのこの結構な首尾を思うと、鬚の下でにやっと笑いが浮ぶのを禁じ得なかった。しかしドン・ロドリーゴの方はなにしろ事が自分自身に関係し、しかもこっそりと目にもの見せてくれようと思っていた計画がとんでもない大失敗に終ったので、笑いが浮ぶどころではなかった。深刻な表情にいかにももどかしげな思いが浮んで、上《うわ》の空といった様子であった。

「面白おかしく」

とドン・ロドリーゴは言った、

「悪漢どもはこの辺り一帯でこの件について吹聴《ふいちよう》してまわるにちがいない。しかし構うものか。司直がなんと言おうと、そんなものは俺にとってはお笑い草だ。証拠なんざありゃしない。またあったとしても御同様お笑い草だ。ともかく今朝村長に警告して、この件についてなにも報告書を提出せぬよう注意させておいた。だからその筋からはまず何も出ないだろう。だがお喋りという奴はいつまでもあんまり吹聴して廻られると煩《わずら》わしいことになる。それにこの俺ともあろう者がこんなに馬鹿にされたとなると面目にかかわる。こんな野蛮な手口はあんまりだ」

「村長に口止めを命じたとは抜かりなくおやりだな」

とアッティーリオ伯が答えた、

「なにしろあなたのところの警察の大将を兼ねた市長殿ときたら……大の頑固者で、お頭《つむ》は大きくても中味は空っぽ、たいへんな厄介者の市長殿だ……といってもやはり紳士でいらっしゃるから、御自分のお務めの分限はよくお心得のはずだ。それだからこうした御仁《ごじん》を相手にする時は、こうした方のお立場が面倒なことにならぬよう特別の配慮が必要だ。万一馬鹿な村長が報告書などを認《したた》めてあらたまって提出したとなれば、市長殿は、たとい御自分では好意的に処置するおつもりでも、そうなればどうしても……」

「しかしあんたは」

とドン・ロドリーゴは多少怒気《どき》を含んだ声で相手が得々と喋るのを遮った、

「しかしあんたは、例によってなにかといえば市長の言分《いいぶん》に難癖《なんくせ》をつけ、突慳貪《つっけんどん》に喰ってかかり、しかもその上、機会をとらえては市長を皆の前で笑い物にした。お蔭でこの俺の目論見《もくろみ》はすっかり台無しだ。一体全体、ふだんは立派な紳士でいらっしゃる市長がまたどうして頑固な馬鹿者になったりするのだ？」

「どうやら俺の感じでは」

とアッティーリオ伯は驚き呆れた顔で従兄のドン・ロドリーゴを見つめつつ、話し出した、

「どうやら俺の感じでは、あなたは多少おじけづいたのじゃないか？　あなたはあの市長のことをまともに深刻に取ってるらしいが……」

「なにを言う、あんた自身があの市長には一目《いちもく》置かないといけないと言ったんじゃないか」

「それは言った。事態が深刻なら、俺はそれでも俺様が洟《はな》垂れ小僧でないことをあなたにお目にかけて進ぜましょう。いまあなたのためになにをするつもりか申しておこうか？　俺はいざとなれば自分で市長殿のところへ参上する男だ。それで相手の名誉心をくすぐることが出来るかって？　俺はいざとなれば相手に三十分でも四十分でも公爵伯《コンテ・ドウーカ》のことや、スペイン人の我が領主様のことを思う存分喋らせて、たとい相手が例によって例のごとく感鈍《かんにぶ》なことを次々に言い出そうが、なんでもごもっとも、ごもっともと相槌を打つくらいはやれるつもりだ。それから枢密院の伯爵の俺の伯父貴のことを二、三さりげない言葉ではさむ。そうすればその言葉が市長殿のお耳にどんな効果を奏するか、おわかりか。足《た》し引き計算してみれば、我々の助けが欲しいのはむしろ向うの方で、あなたがそうあの男の好意に縋《すが》らなきゃならぬ道理はない。うまくやってみせるよ。一つあすこまで出掛けて、これまでにないほど奴をあなたに従順な男にしてみせますよ」

　こうした言葉をさらに何度も繰返すと、アッティーリオ伯はおもむろに狩に出かけた。そしてその留守の間、ドン・ロドリーゴはグリーゾの帰りを不安な気持に包まれながら待った。昼食の時刻にさしかかる頃、ようやくグリーゾが戻って来、一部始終《いちぶしじゆう》を物語った。

　その夜の混乱はいかにも世間の耳目をひくものであった。小さな村から三人の姿が消えたというのはそれこそ大事件であったから、皆心配もしたし好奇心も手伝って、捜索はどうしても大掛りな、熱心な、徹底したものとならざるを得なかった。だが他方、なにかを知っているという人の数が多過ぎたので、万事を伏せておくということは到底できない相談だった。ペルペートゥアは戸口に姿を見せるたびに、あの人この人から矢のように質問を浴びた。一体誰がその御主人を脅《おど》したのかペルペートゥアに言わせるためだった。ペルペートゥアもこの件の事情を後からつくづく考え直すと、自分が物の見事にアニェーゼに担《かつ》がれたことがようやくわかったので、してやられたと思うと無性《むしよう》に腹立たしくなり、どうしても鬱憤《うつぷん》を多少はらさずにはいられなくなった。といっても見知らぬ他人に自分がどうやって騙されたか、その苦情をぶちまけようとは思わなかったので、その点についてはなにも洩らさなかった。だが自分の主人が気の毒にも非道《ひど》い目に遭ったことについては口を噤《つぐ》んでいることはできなかった。とくにこうした目に遭わせたのが、あのきちんとした若者と、あの善良な後家さんと、あのマリヤ様かと見まごうばかりの虫も殺さぬ娘の三人が合作した仕業《しわざ》かと思うと、もう黙ってはいられなかった。

アッボンディオ司祭はもちろんきっぱりした口調でペルペートゥアに言いつけもしたし、またやさしく頼みもして、一切《いつさい》口外するな、と言ってはあった。ペルペートゥアも、そんな事は至極当り前で自分にもよくわかりきっているからいちいち自分に言って聞かせる必要もない、と主人に繰返し返事していた。だがそう返事はしたものの、こうした秘密を女の胸中に納めておくことは、いってみれば、古くなって箍《たが》の弛んだ樽の中に、発酵してボコボコ音を立てて沸き返る新酒をたくさん入れたようなもので、栓が抜けて空に吹っ飛ぶということはないかもしれないが、樽の周囲から葡萄酒が泡《あぶく》となってにじみ出、樽板《たるいた》と樽板の間から漏れ出し、あちこちから一滴、二滴としたたり出す様に似ている。それだから舐めてみると味がわかるので、中にはいっている酒がどんな銘柄か大体言い当てることもできるのである。

ジェルヴァーゾには、今度ばかりはほかの人より自分がよく事情に通じているということがほとんど本当とは思われなかった。またあれほどぞっとした恐い目に遭ったことはなかなか大した殊勲《しゅくん》のような気がした。そして犯罪の匂いのする事件に手を貸したお蔭で自分も一人前の男になれたように思えた。それでもう自慢話がしたくて堪らなくなった。それで捜査や、うっかりすれば裁判沙汰になって、自分たちも責任を取らされる、と事態を深刻に憂慮したトーニオが、誰にも言うんじゃない、とジェルヴァーゾの面《つら》に拳固《げんこ》を突きつけて命令口調で言って聞かせたが、しかしいくら叱っても、ジェルヴァーゾの口から言葉が飛び出すのを押し留めるわけにはいかなかった。それにトーニオ自身も、その夜ただならぬ時刻に家を留守にし、ただならぬ足取りと顔付で帰宅して、ひどく興奮していたものだから、ついつい本当の事を言ってしまう気分になっていて、事の真相を妻君に隠しておくことができなかった。そしてその妻君とても啞《おし》ではなかった。

一番口数が少なかったのはメーニコで、この少年が両親に打明け、なぜ遠出したかその訳を話すと、両親は自分たちの子供の一人がドン・ロドリーゴの企みをひっくり返す陰謀に加担《かたん》する大それたことをやったかと思うと、もう恐ろしくてたまらず、子供の話がまだ終るか終らぬうちに、子供を嚇《おど》しつけ、何事も一切洩らすな、と厳しく威嚇するような口調ですぐに言って聞かせた。そして翌朝、それだけではまだ安心できないと思って、その日も、その先数日もメーニコを家に閉じこめておくことにした。だがまたなんとしたことか。その両親も村の人とお喋りをしている時、他の人より余計に知っているという風は見せなかったが、われらの三人の気の毒な村人の逃亡経路の曖昧な点、なぜ、どうして、どうやって、どこから逃げたかという点に話題が向くと、まるでもう知れ渡ったことのように、「ペスカレーニコへ逃げたのでしょう」とつけ加えた。それでそうした事情も村人皆の話の中に加えられた。

こうした報せの断片をすべて集め、それをいつものように縫いあわせると、縫う時に自然に尾鰭《おひれ》もくっつくけれども、ある程度まで確実で明瞭な話が出来あがり、批判的な頭脳の持主もそれでもって納得するはずであった。しかし闘士連中の侵入は、それを論外というにはあまりに深刻な、あまりに騒々しい事件であったし、しかもその事件について誰一人多少なりとも確実な知識を持ちあわせた人がいなかったので、その事件が話全体をすっかりこんがらからせてしまったのである。ドン・ロドリーゴという名前がこっそり囁かれた。その点については皆の意見は一致していた。それ以外の点については皆目《かいもく》不明で推測もまちまちだった。日の暮れ時に通りで見かけた二人の闘士風の男と、飯屋の戸口に立っていた一人の闘士風の男のことがしきりと皆の口にのぼった。だがこんな素気《すげ》ない事実から一体全体いかなる問題解決の光明《こうみょう》が得られるというのか。飯屋の主人に皆口々に前の晩飯屋にいたのは誰々かとたずねた。しかし主人は、その言分《いいぶん》を聞いてみると、その晩人を見たかどうかも思い出せない様子だった。そして主人は「飯屋というのは海の港のようなものさ」と用心深く言うだけだった。いろいろある中でとくに皆の頭を混乱させ、推測を狂わせたのは、ステーファノとカルルアンドレーアが目撃した巡礼者だった。その巡礼者を悪者共が寄ってたかって打ち殺そうとし、その悪者共と一緒に巡礼者は姿を消してしまった。もしかすると悪者共が連れ去ったのかもしれない。なにしにやって来たのだろう？煉獄の魂が女たちを助けに現れたのだろうか。それとも生前人を騙してまわった性悪《しようわる》の巡礼者の地獄堕ちの魂が現れたのだろうか。そういう悪者の魂は夜な夜な現れては、自分が生前しでかしたと同じような悪事を働く者と合体するのだとかいう。それとも生きている本物の巡礼者で、その人が大声をあげて村の人の目を覚ますといけないというので皆寄ってたかって殺そうとしたのだろうか。それとも——皆の考えがどこまで及ぶか読者も多少見ていて欲しい——あれもやはり例の悪党共の一味で、それが巡礼者に変装していただけだろうか。それともこれだろうか、あれだろうか、なにしろあんまりさまざまな種類の推量なものだから、たといグリーゾが他人の言分から話のこの部分を拾い出す立場に置かれたとして、そのグリーゾの知恵と経験のすべてをもってしても、その人物が一体何者であるか正体を突き止めることはできなかったであろう。しかし、読者もおわかりのように、他人にとって話を一番こんがらからせたところのものが、それがまさにグリーゾにとっては一番明瞭な点だったのである。それを自分の手ですぐさま集めた情報や部下の間諜を使って仕入れた情報を解く鍵として用い、ドン・ロドリーゴのために、かなりはっきりした内容の報告をこしらえた。すぐにドン・ロドリーゴと二人きり部屋に閉じ籠り、レンツォとルチーアがあさはかにも企んだ計画のほどを報告した。聞いてみるとなるほどそれで家が空《から》っぽだったわけも早鐘が鳴ったわけも素直に納得がいった。二人はそこで紳士然として「別に我が家に誰か裏切者がいると推定する必要はありませんな」と言った。グリーゾは主君に連中の逃亡についても話した。この件についても理由を見つけるのは簡単で、悪事の現場を押えられたレンツォとルチーアが恐怖のあまり周章狼狽したからに相違ない。あるいはこちらの襲撃が発覚し、村中が上を下への大騒ぎになった時、その事についてなんらかの報せが二人の耳に伝わったからに相違ない。そしてグリーゾは最後に、二人はペスカレーニコへ逃げたが、その先どうなったかは自分にはわからない、と言った。誰も自分を裏切りはしなかったと確信が持てたことも、自分の仕業《しわざ》だという痕跡が残っていないことも、ドン・ロドリーゴには嬉しかったが、しかし軽い喜びの情は湧いたとみるまにたちまち失せた。

「一緒に逃げた！」

ドン・ロドリーゴは色をなして叫んだ、

「一緒に駈落《かけおち》した！　うむ、破廉恥《はれんち》の坊主めが。あの坊主めが！」

そう言った時、喉はぜいぜいと鳴り、言葉は指を噛みしめた上下の歯の間で、細々《こまごま》に千切《ちぎ》れた。ドン・ロドリーゴの顔付はその情欲と同様、醜かった。

「あの坊主に必ず思い知らせてやる。グリーゾ、いやしくもこの俺ともあろう者が……知りたい、是非見つけたい……今夜にも、あいつらがどこにいるか是非とも知りたい。さもなければ気が静まらぬ。いますぐペスカレーニコへ行って、見て、聞いて、見つけて来てくれ……いまお前にすぐ四枚の金貨をくれてやる、いつまでも間違いなくお前の後楯《うしろだて》になってやる。今晩にも知りたいのだ。ええ、それにしても忌々《いまいま》しい、あのならず者めが！あの坊主めが！……」

こうしてグリーゾはまたそそくさと外へ出て行った。そしてその日の夕刻には、いかにも彼に似合いな主君の御所望通り、報告をもたらすことができた。その事の次第は次の通りである。

この人生の最大の慰めの一つは友情である。そしてその友情の慰めの一つは、秘密を打明けることのできる友を持っていることである。ところが友人は夫婦と違って二人ずつから成るわけではない。人間はたいてい一人以上友を持っている。そのために連鎖《れんさ》ができて、その端《はし》がどこにあるのか誰も見当がつかない。それだから一人の人が友人の胸に秘密を打明けるという慰めを得る時、その友人にもやはりそれと同じ慰めを得たいという気持が湧く。誰にも何も言わないでくれ、とはじめの人は、なるほど、頼むであろうが、そのような条件を字義通りの厳格な意味で取る人がもしいたとしたなら、その人はただちに慰めの流れをも断つであろう。しかし実際にはそんな人はいない。世間では普通、同じくらい信用の置ける人以外には秘密を口外してくれるな、といって前の場合と同じ条件を課すだけである。こうして信用の置ける友から信用の置ける友へ、秘密はあの際限《さいげん》ない連鎖をたどってぐるぐる廻ってゆく。それだからしまいには話し始めた当人はその人の（あるいはその人々の）耳にだけは絶対入れたくない、と思っていた人の耳にもその秘密は達するのである。それも人間一人につき友人が二人しかいないとすれば、その道程は普通なら相当長いはずである。二人というのは自分に秘密を言ってくれた友人と、自分が黙っていろよと言ってその秘密を伝えた友人とである。しかし世の中には特権的に恵まれた人がいて、そうした人には友人が百といる。それで秘密がそうした人の耳にでも達しようものなら、ぐるぐる廻りは急激に速く多岐《たき》にわたり、その跡をたどることはもはやかなわぬことになる。

グリーゾが探し当てるよう言いつかった秘密がグリーゾの耳に届くまで何人の口を経たか、本稿の原著者は確認できなかったようだ。わかっている事実はほぼ次の通りであった。女たちを送ってモンツァまで行った善良な男は、日没の一時間前ぐらいにようやく自分の荷馬車とともに、ペスカレーニコに戻って来た。家に着く前にばったり信用の置ける友人と出会い、その友人に、自分がなした善行その他をごく内輪だけの話だと言って打明けた。そしてもう一つわかっている事実は、その二時間後に、グリーゾは御殿へ急行して、ルチーアとその母はモンツァの修道院に避難し、レンツォはそのまま道を続けてミラーノへ向った、とドン・ロドリーゴに報告できた、ということである。

二人が別れたと聞いてドン・ロドリーゴは恥ずべきこととはいえ喜びを覚えた。そして自分の狙いが達成できるのではないかと思うと恥ずべきこととはいえ内心に多少希望がよみがえってくるのを覚えた。その夜の大半は、その方策を思いめぐらすうちに過ごした。

そして翌朝早く、確定した一案と、未確定の一案の両案をもって、起床した。確定した案というのは早速グリーゾをモンツァへ派遣して、ルチーアについてもっと明確な情報を仕入れさせることで、なにか試してみるだけのことがあるかどうか、知るためであった。それでただちに忠実な部下グリーゾを呼ぶと、相手の手に四枚の金貨を握らせ、グリーゾがその褒美をかち得た手腕のほどをまたあらためて褒めそやすと、あらかじめ考えておいた命令を彼に下した。

「お殿様……」

とグリーゾが躊躇《ためら》いながら言った。

「なんだ？　俺の言った命令にはっきりしない点でもあるのか？」

「もし宜しければ、誰か別の人をおつかわしいただけませぬか……」

「それはまたなぜだ？」

「お殿様、私は御主君のために一命《いちめい》を賭《と》する覚悟はできております。それは私の義務でございます。しかしながらお殿様が家来の命を強いて危険な目にさらすおつもりのないことも私はよく存じあげております」

「それで？」

「お殿様もよく御承知の通り私は首に賞金が懸った脛《すね》に傷もつ身。それで……この当地でこそお殿様の御庇護の下で安全でございます。私共はいわばぐるで、いってみれば警察権を握った市長殿は当家の御友人、警察の下っ端はこの私にも敬意を払い、私も……あまり名誉になる話ではございませんが、静かに世を渡る方便として……警察の下っ端の者まで友人扱いいたしております。またミラーノではお殿様のお仕着せを着ていれば大手を振って通りを歩けます。しかしモンツァとなると……私の顔はあすこではやはりよく知れております。それで御承知の通り、別に自慢するわけではございませんが、私をあすこの警察へ引渡すなり、私の首を届けるなりすれば、そいつは占《し》めたもので。即金で褒美に百スクード、しかもその上監獄にいる囚人を二人釈放してよいという権利までつく」

「たわけ者め！」

とドン・ロドリーゴが一喝した、

「馬鹿な。お前の言分《いいぶん》を聞けばまるで臆病犬にそっくりだ。戸口の前を通る男の足もとに躍りかかる勇気もなくて、後ろを振向いては家の者が加勢に来てくれないかとそればかり気にしている。それで家を離れて遠くへ行く気力もないのだな」

「お殿様、私がそのような男かどうかもう証《あか》しは十分立てたと思いますが……」

「それでは！」

「それでは」

とグリーゾは、こうしてけしかけられるや、率直に話をまた元へ戻した。

「それではお殿様、宜しうございます。私の前言《ぜんげん》はなかったことにしてくださいませ。獅子の心と兎の脚と、それでもってなんなりと御用は承ります」

「俺もなにもお前に単身で行けと言っているのではない。一緒に二人、一番選《よ》りすぐった手下を連れて行け。面《つら》に傷のあるあのスフレジャートとティーラディリットがいいだろう。元気を出せ、いつものグリーゾの調子でやってくれ。馬鹿な！　お前たちのような面付《つらつき》の奴が三人揃って、それも自分たちの用で行くのだ。一体どこの誰が邪魔立てをするものか。お前ら相手のこんな物騒な賭事に誰が命を賭《か》けるものか。モンツァの警察がたった百スクードの金を目当てに命を賭けるとしたら、連中この世にもうよっぽど厭気《いやけ》がさしている証拠だ。それに、それにだ。この俺の名前があの地方でそれほど知られてないとも思えない。俺の家来という身分が全然ものをいわないとは思わないぞ」

こうしてグリーゾの面目を多少潰しておいてから、ドン・ロドリーゴはおもむろにより綿密な指令をたくさん下した。グリーゾは二人の仲間を引連れ、意気揚々と不敵な微笑を浮べて出発したが、しかし心中ではあのモンツァと首に懸った賞金と女と主人の気まぐれとを呪った。その足取りは狼のそれだった。それも飢えに腹がひもじくてたまらなくなり、腹に皺が寄って、肋骨《あばらばね》は一本一本浮んで、もうあたり一面雪におおわれた山を下り、四方を疑いの目で見まわしつつ平野部を進んでくる。時々片足をあげたまま立停ると、毛の抜けた尾を引きずりつつ、

鼻面をあげ、不実なる風を嗅《か》ぐ、

といった様子だった。万一風が人間や鋼鉄の匂いを運んでくれれば、鋭く聞耳をたて、そ

の赤く血走った両の眼でぎろりとあたりを見まわした。その眼には餌食《えじき》を狙う貪欲な熱意と狩人をおそれる恐怖の色が浮かんでいた。

ここでこの美しい詩句は——その由来を知りたいという方のためにお教えすると——十字軍に参加したロンバルディーアの兵士のことを歌った未刊の一傑作から引いたもので、近日刊行予定と聞いているが、出版の暁には大いに世評を呼ぶことであろう。私がその詩句を借りたのは、ちょうど折よく念頭に浮かんだからで、その出典に言及したのは、他人の服をまとって我が身を美しく飾り立てることのないよう配慮したためである。この傑作の作者と私とがいわば兄弟のような仲で、私が自分の好き勝手に彼の草稿を読むこともできる、ということを誇示するための私の策などとなにとぞお取りにならぬよう願いたい。

さてその次にドン・ロドリーゴにとって大事と思われたのは、レンツォがルチーアと一緒にもう二度と国へ帰れない、もう二度と村に足を踏み入れることのできないようにする策を見つけることであった。そしてその目的のために、脅迫的言辞や奸策詭計《かんさくきけい》に類する噂を拡めようと工作した。すなわち誰か友人を介してそうした噂がレンツォの耳に達すると、レンツォにはもうこの地方へ二度と帰る気力が失《う》せるような、そうした言葉の数々であった。しかし一番確実な策はこの国からレンツォを追い出してしまうことで、もしそれが出来れば最上だった。そして上手にこの策を実行するには力づくよりも法律に訴える方が有効と見てとった。たとえば、司祭館で起った事件に多少色をつけて、それを襲撃事件、反乱まがいの暴動に仕立てることもできる。しかも例の弁護士の助けを借りれば、この件はレンツォに対し逮捕状を出すべき事件だと市長を説得することもできる。しかしそうは思ったものの、この不都合な事件をまた掻き混ぜるのはやはりまずいと考えなおした。そしてそれ以上脳味噌を絞るのはやめにして、弁護士のアツェッカガルブーリ博士に、自分の希望を必要なだけわかってもらうこととし、率直に打明けて相談しようと決心した。

「お布令《ふれ》は数々ある」

とドン・ロドリーゴは考えた、

「それに博士は馬鹿や間抜けではない。俺の件にうまく当て嵌《はま》るやつをなんとか見つけ出すだろう。あの田舎者につける難癖《なんくせ》くらいなんとでも見つけ出すだろう。さもなきゃ折角の三百代言《アツエッカガルブーリ》先生という綽名は変えなけりゃならん」

しかし——この世の中ではそうした事は間々《まま》あるものだが——一方でドン・ロドリーゴが、この件についてもっとも有能な男として博士のことを考えていた時、他方では別の男が、およそ誰もが考え及ばない別の男——すなわちほかならぬレンツォ自身が、およそ博士でさえも決して考えつかぬような迅速確実な方法で、ドン・ロドリーゴの意図《いと》にかなうような事を一生懸命やっていたのであった。

私は可愛い利発な子供を知っている。元気な——実をいえば必要以上に元気な——子で、どんな点から見ても行末は頼もしい男になると見えた。その子は夕方になると、一日中小さな庭で自由に走るにまかせておいた天竺鼠《てんじく》の群を小屋の中へ追いこもうとして懸命になる。その様子を見ていると一時《いちどき》に全部巣の中へ追いこもうとするのだが、しかしそれは無理な相談で、鼠が一匹右手へ逃げると、その小さな番人はそれを群の中へ追い戻そうとして駈けつける。しかしその間に一匹、二匹、三匹と別の鼠が右手へ逃げる。前後左右へ走り出す。それだものだから、その子はしばらくいらいらするが、その次は今度は天竺鼠の性質にあわせて、まず巣の口近くにいる鼠たちを巣の中へ追いこんで、それから取れそうな奴を一匹、二匹、三匹と捕えに行く。——われわれの作中人物についても同じような術《て》で行くのが適当だろう。ルチーアが安全な場所に身を落着けたので、われわれはドン・ロドリーゴのもとへ急行した。今度はここでドン・ロドリーゴのもとを離れて、レンツォの後を追駈けねばならない。われわれは暫くの間レンツォの行方を見失っていたのだから。

前に物語ったあのいたましい別離の後、レンツォはモンツァからミラーノの方に向って歩いていった。その時のレンツォの心境がどのようなものだったかは誰にもすぐ察しのつくところだろう。家を捨て、職を捨て、しかもその上、ルチーアのもとから遠く去らねばならない。どこへ行って一夜の宿を乞えばよいかもわからず、いま路上をひたすら急いでいる。あれもこれもすべてあの破廉恥なドン・ロドリーゴのせいだ！　こうした事を次から次へ考えていると、心身ともに怒りの淵《ふち》に吸いこまれそうな気持だった。復讐せずにおくものか、という激情に襲われた。しかしまたすぐ自分がペスカレーニコの教会で、あの善良なお坊様とともに唱えた祈りの言葉も思い出した。そしてこんな風な事を思ってはい

かぬと自分を戒めたが、それでもまたたちまち怒りの感情が心中で燃えさかった。しかしその時、壁の凹みに聖母子の像が描かれているのを見て、帽子を取り、一瞬立止ってまたそこでお祈りをした。そうした訳で、この旅路を通してレンツォはドン・ロドリーゴを心中で殺害しては復活すること、少なくとも二十回に及んだのである。街道はそのあたりでは両側の高い土手の間に埋れて、石や岩がぼこぼこした、泥濘《ぬかるみ》となっていた。深い轍《わだち》が刻まれていたが、一雨降ればそこを泥水が渓《けい》流《りゅう》のように流れた。またより深い辺りではところどころ水が一面に氾濫《はんらん》して、小舟で往《ゆ》き来した方が良さそうなほどだった。そうした箇所では、土手の中腹に小さな段々の急な小道が、先に行った旅人が道なき場所に道を拵《こしら》えてくれたことを示していた。レンツォは、盛りあがった土の上に出来たそうした隘路《あいろ》の

一つを登りながら、突然、眼前の平野の上にあの大聖堂《ドゥオーモ》の大きな本体が、都会の真中というより、まるで沙漠の真中から聳《そび》えているような様を目にした。そして我が身に振りかかった災難もなにもかもすべて忘れて、両脚に根の生えたように突っ立って、じっともう遠くからこの世界の第八の驚異を眺めた。物心ついた時から何遍も話に聞いていたミラーノの大聖堂であった。だが暫く経ってから、後ろを振向くと、地平線の彼方にぎざぎざの刻みがついた山脈の頂きが見えた。そしてその山々の中にくっきりと際立って高いレーゼゴーネ山の頂きが見えた。その時我と我が血が全身で騒ぐのを覚えた。暫くの間悲しげにそちらを見つめていたが、また悲しげに前を向くと、前からの道をまた続けた。だんだんと鐘楼《しょうろう》や塔や円屋根や屋根がはっきり見え出した。そこで斜面を降りて街道に戻り、また暫く歩き続けた。そして自分がミラーノの町にもう結構近くなったと思った時、通行人の一人に近づいてできるだけ丁寧にお辞儀をすると、こう尋ねた、

「あの、ちょっと失礼でございますが」

「なにか御用で」

「あの、ボナヴェントゥーラ神父様がおいでの、カプチン会の修道院へ行く近道をお教えいただけませんでしょうか？」

レンツォが近づいて尋ねた相手は、その近辺に住む富裕な人で、その日の朝ミラーノへ、自分のとある用事で出向き、結局なにも用事を果さずにいま大急ぎで帰って来る途中であった。早く帰宅したかったので、こんなところで愚図愚図立止ったりしたくなかったのだ

が、それでも、苛々した様子も見せずにゆったりとした口調で、

「お若いの」

とやさしく言った、

「お若いの。修道院は別に一つと決ってるわけじゃないよ。あなたが探してらっしゃるのがどの修道院かもっとはっきり言ってもらわなければわからないよ」

レンツォはそう言われて懐中からクリストーフォロ神父の手紙を取出し、それを相手に見せた。相手はそこに「東大門」と書いてあるのを見て、すぐ手紙を返して、

「わかった、わかった。あなたは運がいいよ。あなたが探している修道院はここからそう遠くない。ここの左手の小道を行けば近道だ。四、五分も行くと平たくて長い建物の壁がある。避病院《ラザレット》だが、それを取巻いている堀に沿って行けば東大門《とうだいもん》に出る。そこからはいって三、四百歩も歩くと、立派な楡《にれ》の樹が生えた小さな広場がある。修道院はそこにあります。間違いっこない。お若いの、神様のお助けあれ」

と言うと、この最後の言葉に優雅な手振りを添えて、立去った。レンツォは都会人の田舎者に対するこの親切な振舞に一驚《いっきょう》し、感心した。その日が実は普通でない日で、肩にマントを羽織った連中が腹に胴衣をまとった連中の前で頭《ず》を低くしなければならぬ日だ、ということを知らなかったのである。教えられた通りの道を行くと、東大門の前に出た。もっとも東大門といったからといって、今日その名前で連想されるような姿形を読者は勝手に空想してはならない。レンツォがその大門《だいもん》にさしかかった時、その門の外の道路で直線

の部分は、その避病院に沿った箇所だけだった。その先はもうぐねぐね蛇行して、生垣の間の狭い道となっていた。門は二本の柱から成り、門扉《もんぴ》を雨から守るための大きな屋根が柱の上から前に突き出していた。一方の側には町の税関吏の見すぼらしい家が建っていた。稜堡《りょうほ》は不規則に傾斜して下へ降りていたが、地面には壊れ物や土器陶器の破片類が散らばっていた。地表はならされておらず、凸凹《おうとつ》があった。この門を通ってはいった人の前に開ける道は、今日トーザ門からはいると現れる道と比べ得る体《てい》のものであった。道の真中に小堀があって、それが門からしばらく先まで通じていた。その小堀が、季節によっては埃にまみれ、あるいは泥にぬかるむ曲りくねったこの細い道を左右に分かっていたのである。昔この道が通っていたあたりに、いまは（昔もそうだが）ボルゲットと呼ばれる小路がある。その辺りまで来ると、堀の水は下水渠《きょ》へ流れこんだ。その辺りに円柱があって、上に十字架がついており、サン・ディオニージの柱と呼ばれていた。左右には生垣に囲まれた野菜畠が続いて、ところどころにおおむね洗濯屋が住んでいる小さな家が並んでいた。

レンツォが門にはいり、門を過ぎた時税関吏は誰も気にもとめなかった。これは異《い》な感じだった。というのはレンツォはかねて村の者でミラーノへ行ったことがあると得意気に吹聴《ふいちょう》できるごく僅かな連中から、自分たちが田舎からミラーノの都に着いた時はなかなか面倒な訊問や取調べを受けたものだ、それはなかなか手荒《てあら》なものだった、と聞かされていたからである。大体、通りに人気《ひとけ》がなかった。それだから大きな物の動きを告げる遠くの唸りに似た音がもし耳にはいらなければ、レンツォは人の住んでいない町へはいったと錯

覚したに相違ない。どう考えてよいのかわからず、前へ前へと歩いて行くと、まるで雪のように白くてふんわりとした細長いものが縞《しま》状に幾つも地面に落ちていた。だが雪であるはずはなかった。雪がそれほど細長い縞状であろうはずもないし、また季節からいって、いまどき雪が降るはずもなかった。体を屈《かが》めてその白い縞の一条をよく見て、指でさわってみると、それはなんと小麦粉だった。
「大した物資の余り様《よう》だ」
　とレンツォは内心で舌をまいた、
「こんな具合に神様の御恵《みめぐ》みを無駄使いするようだと、ミラーノではよほど物資が豊富に出まわっているらしい。いたるところで食糧が不足、飢饉《ききん》だ、飢饉だ、と聞かされてきたが、なんの事はない、田舎のみじめな百姓連中をおとなしくさせておくための方便だったな」

しかしなお数歩進んで、柱の脇まで来た時、その柱の足もとに、さらに奇怪なものを発見した。台座の石段の上になにか散らばっていたが、それはどう見ても石ころではなかった。それはもしパン屋の店棚に並んでいたら、パンと呼ぶのに一瞬も躊躇しないものだった。だがレンツォはさすがに我と我が眼を疑った。そこは、なにしろ、本来パンなどが置いてあるような場所ではなかったのだから！

「一体全体これは何事だ」

とまた内心で呟くと、円柱に近づいて、身を屈めて、一つ拾った。それは本当に丸い、真白なパンで、レンツォなどはお祭のような特別な日でもなければ口にすることのない上等な代物《しろもの》だった。

「本当にパンだ」

と思わず声に出して言ったが、それほど驚きは大きかったのである。

「この国ではこうしてばら撒《ま》くものかね？　しかもこんな年に？　パンが地面に落ちても誰も大儀《たいぎ》で拾わないのかね？　ここは宝の山なんだろうか？」

新鮮な朝の大気に吹かれ十哩《マイル》の道を歩いた後、いまこのパンを見ると、驚嘆とともに、にわかに空腹を覚えた。

「拾おうか」

と一瞬考えて、

「えい、どうせここにほってておけば犬に食われてしまうんだ。それなら人間様が腹の足し

にしたって悪くはないや。後からパンは俺のものだという人が出て来たら、その時はその時で代金を払えばいい」
　そう考えて、手に持っていたパンをポケットに突っ込んだ。そしてもう一つの方も拾うと別のポケットに突っ込んだ。そして三つ目のは拾うと、食べ始めた。そして一体これはどうした事か知りたい念はますます募《つの》るし、前よりいよいよ心許《もと》ない気持になって、不安な足取りをさらに先へ続けた。歩き出すやいなや、町の中心部からこちらへ向けて歩いて来る人々が現れた。最初に現れた人々を注意深く見つめると、男が一人、女が一人、そして数歩遅れて男の子が一人――その三人とも背中に到底背負い切れぬほどの荷物を背負っていた。それは異様な三人であった。着ている服というか襤褸《ぼろ》は小麦粉にまみれ、顔面《がんめん》も白くまみれていたが、それは逆上し、紅潮し

た顔だった。五体は荷の重みで屈《かが》んでいたが、そればかりかまるで骨が砕けて粉《こ》になったかのように喘《あえ》いでいる。男は両肩の上にやっとの思いで小麦粉の大きな袋を担《かつ》いでいるが、袋にはあちこちに小さな穴が開《あ》いていて、男が蹴躓《けつまづ》いたり、よろめいたりするごとに、あちこちに白い粉が少しずつ散った。しかしもっと無様《ぶざま》なのは女の方で、途方もなく大きなお腹を辛うじて両の腕をまげて持っているようだった。いってみれば腕をひろげて大きな割鍋《われなべ》の二つの取手をしっかり持っているような格好で、その大きなお腹の下から二本の脚が膝頭まで裸のままにょきっと露《あら》わに突き出ていた。その両脚がよたよたよろめきながら前へ進んで来る。レンツォが眼をこらして見ると、その大きなお腹と見えたのは、実は女がその両縁《りょうへり》をしっかり握ったスカートで、その中に入れるだけいっぱい小麦粉を入れて、いやそれ以上入れたものだから、一歩歩くごとに粉が一陣の風に吹き散るのだった。男の子は両手で頭の上にパンが一杯はいった籠を載せていた。しかし両親よりも脚が短いものだから、どうしても遅れ勝ちになる。それで時々お父っさんおっ母さんに追いつこうと大股になると、頭上の籠がぐらぐら揺れて、パンがまたこぼれ落ちた。

「お前またなんで落すんだよ。この碌《ろく》でなしめ」

と母親は子供の方に歯を剝いて叱った。

「わざと落してるんじゃない。勝手に落ちるんだ。しようがないじゃないか」

と子供が口答えする。

「ええ、忌々しい。手がふさがっていなけりゃ、面張《つらは》ってやるところだ」

と母親も負けずに、まるで子供をしたたかひっぱたきでもするかのように両の拳を上下に動かすと、その動きにつれて小麦粉がさっと白く飛び散ったが、それだけあれば男の子がその時落した二個分くらいのパンは十分焼けそうな量であった。

「ほっとけ、ほっとけ」

と父親が言った。

「後で引っ返して拾ったらいい。誰かに拾われたって別に構いはしない。もうずいぶん長い間、食うや食わずの暮しをしてきた。それでようやくちょいと贅沢もできるんだから、母ちゃんもわあわあ喚《わめ》かずに静かに有難く頂戴するがいい」

そうこうするうちに門の方から別の人々がやって来て、その一人が女に近づくと、

「どこへ行ったらパンは貰えるんだね？」

と尋ねた。

「もっとこの先」

と女は答えたが、人々が十歩も先へ行き過ぎると、ぶつぶつ呟くように、

「こうした百姓のならず者連中が市中にはいりこんでパン屋や倉庫を片っ端から洗いざらいさらってしまったら、わたしたちにはもう何も残らなくなっちまうよ」

「皆に少しずつだ。余計な苦情をつべこべ言うな」

と夫は言った、

「物はあり余っているんだ」

自分が見聞《みき》きしたこうした事やその他の事から、レンツォは自分がなんと暴動の起った町に着いた、今日はなんと取り放題の一日で、誰でも力まかせに、気の強い者ほど勝手に取りまくっている、その代金に拳固で相手を殴りつけている、ということがようやくわかり出した。そうわかった時のレンツォの最初の感情は——筆者は山出《やまだ》しのこの気の毒な男を出来るだけ良く見せたいのだが、しかし話を曲げずに本当の事を言わねばならぬ以上、率直に書き記すと——これは愉快だ、という気持だった。日常の事態に対してなにも良い事がないような気がしてすっかり厭気《いやけ》がさしていたので、なんであれこの事態を変えてくれるものなら、それに賛成しそうな気分となっていたのである。しかもレンツォは当時の世間一般を越えるような考えはもちろん全然浮かばなかったので、皆と同じく、パンの不足は買占め商人とパン屋の不正が原因だと考えていた。それは考えというより皆の勝手な気分にしか過ぎなかったのだが。それだけにパン屋や買占め商人の手から食糧を奪いとる手段がありさえすればなんでも正しいとレンツォも思いがちになっていた。なにしろ皆気が立っており、民衆が皆飢えているにもかかわらず食糧にありつけないのは、あの人でなしのパン屋と仲買人のせいだと思いこんでいたからである。もっともレンツォはこの騒動に捲きこまれまいと思った。そして自分がいまじき父親代りの頼りになれるカプチン僧に会って住《すま》いの世話をしてもらえると思い、ひそかに心をはずませていた。そして次々にやって来る略奪品をいっぱい背負った意気揚々の連中の顔を見ながら、もうあと僅かの道をカプチン会修道院めざして急いだ。

今日あの高い柱廊の外まわりのついた、あの美しい館が聳えている場所は、当時は、というかまだほんの数年前までは、広小路《ピアツエッタ》で、その奥にカプチン会の教会と修道院が並び、その前に楡《にれ》の大樹が四本生えていた。あのままの状態を見たことのない若い読者もいるかと思うと、多少羨望《せんぼう》の情も混らぬではないが、喜ばしいことだと思わずにはいられない。というのもそうした人は非常に若くて、われわれと違ってあまり馬鹿気たことをしでかすだけの時間をまだ持っていないのだから。――レンツォはまっすぐに入口へ向った。そして手に残っているパンの半分を懐に突っこむと、紹介状を取り出して、すぐ差出せるよう手にきちんと持って、それから呼鈴の紐を引いた。すると格子のはまった小窓が開いて、玄関番の修道士の顔が現れ、「どなたですか」とたずねた。

「田舎から来た者でございます。ボナヴェントゥーラ神父様宛の至急の手紙をクリストーフォロ神父様から預かって参りました」

「こちらに渡しなさい」

と玄関番の僧は格子に手をあてて言った。

「いえ、いえ」

とレンツォは言った、

「じかにお手渡しせねばならぬことになっております」

「いまお留守で修道院におられませんよ」

「はいらせていただければお待ちいたします」

「私の言う通りになさい」

と修道士が言った、

「教会堂の中へ行ってお待ちなさい。そうすればそこで多少信心もできるでしょう。修道院に、いまの時間は、はいれません」

そしてそう言うと小窓を閉めた。レンツォはそこに、手紙を手に持ったまま、突っ立っていた。玄関番の坊さんの言う通りにしようと思って、教会堂の入口へ十歩ほど進んだ。しかしその前に群衆の騒ぎの方はどうなったか一目《ひとめ》見てやれ、と考えた。広小路を横切って、通りの端まで出て、そこで立ちどまり、腕を胸に組んで、町の中央部に当る、左の方角をじっと眺めた。その方角からは前よりも一層騒然とした物音が、わーんという唸りをあげて響いてきた。渦巻きは見る人を惹きつける。

「見に行こう」

とレンツォは呟くと、食べかけのパンの残りを取り出して、一口ずつ食い出すと、その唸りのする方向へ歩き出した。レンツォが歩いている間に、できるだけ手短かに、この混乱の原因やきっかけについて説明しよう。

第12章

この年は二年続きの凶作《きょうさく》であった。前の年はそれまでの年の蓄えで、ある程度は不足分を補うことができた。それで人々は、満腹というわけではなかったが、別に飢えもせずに、しかしそれ以上の備蓄《びちく》は全然なしに、一六二八年の取入れを迎えたのである。――われわれの話もまさにその年のことである――ところが、待ちに待ったその年の収穫は、天候の不順のせいもあって、その前年をも下廻る凶作であった。しかもそれはミラーノの公爵領に限らず、その周辺の国々の大半でもそうであった。その原因には人為《じんい》の罪もなしとはしなかった。戦争の災禍《さいか》と荒廃《こうはい》――すでにふれたあのまことに御結構な戦争の災禍と荒廃はそれはそれはひどいもので、戦場に一番近い地域では、多くの農地はふだん以上に荒れ放題になっていた。百姓たちは土地を棄ててしまった。なにしろ皆自分の働きで自分の糧《かて》や他人の糧を稼《かせ》ごうとすることをやめ、止むを得ざる事情とはいえ他人の慈悲にすがりに喜《き》

捨を乞いに国を出てしまったのである。ここでふだん以上にといったのは、並はずれた貪《どん》欲《よく》さ加減とそれに劣らぬ並はずれた苛斂誅求《かれんちゅうきゅう》のためにたえがたいものとなった税金や、平和時といえども村々に駐留している軍隊の例の横暴な振舞――その振舞については当時の痛ましい数々の文献は侵入した敵勢の振舞とまったく同じである、と報じている――や、その他ここでは述べないもろもろの理由によって、もう何年も前からミラーノ公爵領内一帯にはこの悲しむべき棄村《きそん》の現象が徐々に進行しつつあったのである。それだからいま述べた凶作という特別な事情は、いわば慢性化した悪がにわかに深刻化したようなものであった。そしてその僅かの取入れがまだ片づかぬうちに軍隊用の徴発《ちょうはつ》と、それに必ず随伴《ずいはん》する夥《おびただ》しい濫費《らんぴ》とが、元々不足気味のところにひどい大穴をあけたので、食料品の不足はたちどころに感じられた。そして食糧不足とともに、その痛ましいが救済的でありかつ必然的な結果であるところの価格の高騰《こうとう》となって現れたのであった。

しかしこの価格高騰がある点にまで達すると、いつも決まって次のような意見が出てくる――というか今までいつも決まって出てきた。多くの有能な人々がこれだけ論じた後で今なお出るのだとすれば、当時としては出るのも当り前だったろう！――その多数の人の意見とは価格高騰は品薄《しなうす》のせいではない、というのであった。そういう人々は、自分たちが食糧不足をおそれ、そういう事態を予見したことも忘れてしまい、小麦粉は豊富にあるが、それを十分消費者に売りに出さないからそれで事態が悪化したのだ、とにわかに言い出すようになるのである。そうした説は天地のどこにも根拠《こんきょ》があるわけではないのだが、しかしその説は、同時に怒りの種ともまた希望の種ともなるのである。一日で一遍に全部小麦を売ってくれなかった地主も、それを売ったパン屋も、小麦粉を買占めた商人も、買占めたと勝手にいいふらされた商人も、要するに多少なりとも物を持っている、乃至は持っていると目《もく》された人々は皆、物資不足や価格高騰の元兇《げんきょう》とされてしまった。そうした人々は世間一般の恨みの的となり、上下を問わず皆の衆から嫌われるようになった。

どこどこには粉が一杯つまって、溢れかけて、倉庫や穀倉《こくそう》に突支《つっかい》までしてある、と人々は真顔《まがお》で噂しだした。中には途方もない袋の数をはっきり口にする者もいた。ひそかによその国へ輸出された夥しい量の穀類のことが確かな話として伝えられた。きっとそのよその国でも同じくらい確かな話として、また同じくらい声を震わせて、自分の土地の穀類がミラーノへ勝手に輸出された、と苦情を言っていたに相違ないが。

皆お役人のところへ行って例の対策を講じてくれと懇願した。その対策というのは多数の人にはいつも、というか少なくとも現在まではいつも、非常に正しく、手っ取りばやく、しかも適切な措置《そち》と思われたもので、それを施行しさえすれば、壁の中や床の下に埋蔵され隠匿《いんとく》されている――と世間が称する――小麦粉が外部へどんどん出廻って、物資は豊富になるはずであった。それでお役人もなにか策を講ぜねばならず、たとえばある種の食料品の最高価格を設定するとか、売り惜しみをする者は処罰するとかいう法令や、それに類した布告を出したりした。しかしだからといってこの世の中の対策なり措置なりは、たといそれがいかほど効果的なものであろうと、人間の飯を食いたいという要求を減らせるだけの力はない。また季節はずれに食料品を到来させるものでもない。またこうした対策なり措置は、物が多少豊かにあるような地域から物の乏しい地域へ物資を流通させるだけの力はもう間違いなく持ちあわせていなかった。それで悪ははびこり、悪は栄えたのである。多数の人はこうした結果をお上《かみ》の無為無策のせいにし、より徹底した断乎たる措置を口やかましく要求した。そして民衆にとって不幸なことに、まさにその民衆の心をわかち持ったような人がその時お上の要職にいたのである。

カザーレ・デル・モンフェルラートの包囲軍の指揮を取るためミラーノを留守にした総督ドン・ゴンザロ・フェルナンデス・デ・コルドバに代って、ミラーノではやはりスペイン人である大尚書《だいしようしよ》アントーニオ・フェレールが一切を取りしきっていた。フェレールはパンを適正な価格に据置《すえお》くことが、それ自体非常に望ましいことだ、と見てとった。もっともその事を見てとらないような者がいただろうか？　それで、ここがフェレールの致命的な誤解なのだが、命令を下しさえすればそれで直ちに事態がそうなるだろう、と考えた。それで定価――食料品に関する定価は当時 meta《メータ》 と呼ばれた――そして、粉がモッジョ（約一石七斗）あたり三十三リラでどこでも売買されるならばそれが適切であるような値段にパンの公定価格を定めた。しかし実際の小麦の売買価格は八十リラまで上っていたのである。フェレールがした事はいってみれば昔若かった女が、洗礼の戸籍証書を書き換えて、それでもってまたすっかり若返ったと思う様に似ていた。

これほど非常識でないお布令《ふれ》や、これほど不公平でないお布令の場合には、世の中の成

行きに負けて、普通はお布令の方が一再《いっさい》なら ず空文《くうぶん》と化した。しかしパンの定価に関するお布令については世間の大多数の人が、それが実際に守られるかどうかを眼の色を変えて見守った。なにしろ自分たちの願いがついにかなって自分たちの望みが法令と化した以上、それが実行されずに一場の悪ふざけに終るようなことは許せなかったからである。皆すぐにパン屋へ押寄せて、公定価格でパンを売れと要求し、熱狂した。力も法律も自分たちの味方だと思いこんだ人たちだけに、荒々しい脅迫的な、断乎たる言辞《げんじ》を弄してパンを売れと迫った。パン屋が悲鳴をあげたかどうか、聞くだけ野暮《やぼ》というものだろう。もう休む暇なしに水につけて粉を捏《こ》ねる、捏粉《こねこ》をかきまぜる、竈《かまど》に入れる、竈から取り出す。というのも民衆は漠然とそれが異常事態であることを直感し、せいぜいこの宝の山が続く限り、

パン屋をせっついて、出来るだけ味をしめてやろうと騒ぎ立てたからだった。パン屋の側にしてみればふだん以上に身を粉《こ》にしてへとへとになるまで働き、しかも精出せば精出すほど損をするというのであってみれば、それがどれほど楽しい結構な仕事であったか、誰でもわかるというものだろう。しかし一方には処罰すると脅す役人がおり、他方にはパンを欲しがる民衆がおり、たまたま愚図愚図するパン屋が一人でもいれば、大きな声で催促《さいそく》が飛び、不平不満が爆発した。民衆は勝手にパン屋に私刑を加えると脅迫したが、この民衆の私刑以上に性質《たち》の悪いものはこの世にない。こうなるともう救いはない。粉を捏ね、竈に入れ、竈から出し、売るよりほかに手はなかった。しかしこうした風に仕事をパン屋に続けさせるには、パン屋に命令を下すだけでは足りなかった。またパン屋がまわりから責め立てられて震えあがっただけでも足りなかった。パン屋が実際にパンを焼くことが出来なければどうしようもなかったのである。それでこのような事態がいま少し長びきでもしたならば、もうそれ以上のことはパン屋にだって出来なかったであろう。それでパン屋はお役人たちに、自分たちは非道《ひど》い目にあっている、こうした負担にはもう耐えられぬ、と訴え出た。パン焼用の棒を竈の中へ投げこんでどこかへ立去るつもりだと抗議した。それでもまだどうかこうかやりくりしてその場を切抜けていた。大尚書フェレール様が早晩自分たちの言分《いいぶん》を聞いてくださるだろうと希望の糸をつないでいたからである。しかしアントーニオ・フェレールはいまで言うところの気骨《きこつ》のある人で、パン屋は以前儲けに儲けたし、また豊作の年が戻ってくれば儲けに儲けるだろう、それにパン屋に対してなんらかの補償も考慮するから、差当りはとにもかくにも何とか切抜けてもらいたい、という返事を寄越した。もしかするとフェレールは他人に向って説いたこうした理窟を自分でも本気で信じていたのかもしれない。またもしかすると結果から見て自分が出したお布令通りにやらせることは無理だと承知していながら、そのお布令を取消すような不快な真似は他人にやらせようと思っていたのかもしれない。いずれにせよ、今になって誰がアントーニオ・フェレールの脳中を察することができようか？　われわれにわかっている事実は、彼が断乎として自分が出したお布令を厳守した、ということだけである。結局十人組の組長たち——これは十八世紀の九十六年まで続いた、貴族によって構成された市の官僚組織の一つだが——が手紙で事情を総督に報告し、事態が好転するよう総督になにか応急の処置を講じていただくことにした。

ドン・ゴンザロは軍務に没頭し、いってみれば髪の毛の先の先までその中に浸りきっていたので、総督にもすぐ想像がつくようなことをした。すなわち審議会《ジュンタ》を任命し、その審議会に適正なパン価格を決定する権限を賦与《ふよ》したのである。そうすれば双方の面子《めんつ》を立てることができるからだった。委員たちは集まった。というか当時のお役所用語でスペイン風な言い廻しをすれば、審議《ジエンターレ》した。鄭重《ていちよう》な挨拶を交わし、何度も頭を下げ、前口上を述べ吐息をつき溜息をつき、休会を宣し、愚《ぐ》にもつかぬ提案を繰返し、散々逡巡《しゆんじゆん》した挙句、皆は誰もが痛感している必要に迫られて、引き摺《ず》られるようにある問題の討議にはいった。そしてその一件が甚だ重大事であることはよく承知していたが、ほかに打つ手もないので、結論としてパンの定価を引上げることにしたのである。パン屋はほっと息をついたが、民衆は激昂《げきこう》した。

レンツォがミラーノに到着した日の前の晩は、市中の通りや広場は集まった人々で騒然としていた。皆同じ怒りに狂い立ち、同じ思いに支配され、互いに知りあった同士もそうでない者も、そのつもりはなかったのだが、群をなしていた。いわば同じ斜面の上に降りしきった雨の雫《しずく》が同じ一つの流れに化するように、それと知らぬ間に、合流してしまったのである。アジ演説をぶてばぶつほど聴衆の激昂は高まり確信は強まった。そしてぶつ本人の激昂も高まり確信も強まった。興奮した民衆の中にはしかし比較的冷静なというか冷血の人々もまじっていて、この人たちは水がどんどん濁ってゆくのをひどく面白がって見物していた。そしてはたからあれこれ議論を焚きつけてはその水がますます混濁《こんだく》するよう悪知恵を絞っていたのである。そして悪賢い連中だからもっともらしい話を拵えては吹聴《ふいちょう》したが、激昂して、頭に来ている連中はそういう話にいとも簡単に乗るのだった。それでこの抜目のない連中は、この機会になにか多少とも釣上げずには、折角立った波風を元に戻してなるものか、という気構えだった。幾百幾千という人々が、何かしなけりゃならない、何事か起らずに済むものか、という漠然とした気持を抱いてその日は寝に就いた。そしてその翌日は早朝から通りという通りはまた人々の群で一杯になった。子供や女や大人や老人や人夫や貧乏人が、勝手に群をなした。こちらでは大勢の人が混りあって騒然とした声を立てるかと思うと、あちらでは一人が演説し、他の連中はその演説に拍手を送っていた。かと思うとたった今しがた自分に向けて発せられたと同じ質問を隣の男に向って発する男もいた。かと思うと自分の耳もとで大声で繰返されたスローガンを大声で繰返し叫ぶ男もいた。いたるところで不平不満が爆発し、脅迫的な言辞が飛び、興奮した叫びが聞かれたが、しかしそれだけ大勢の者がわあわあ叫んだにしてはその内容をなす語彙《ごい》はいたって少なかった。

こうした際にはなにか一つの機会かはずみ、なにか一つの取掛《とつかか》りがあれば、それで言葉は実行に移されるものだ。そしてその機会はたちまち訪《おとず》れた。ちょうど夜の明けるころ、パン屋の店から小僧たちが、パンを一杯いれた背負籠《しょいかご》を背負って行きつけのお得意の家へ届けに出かけた。一群の弥次馬たちがいるところへこの不運な小僧の一人が現れたのは、いわば火薬庫に火のついた爆竹が投ぜられたようなものだった。

「おい、あすこにパンがあるかないか見てみろ！」

と大勢の男女が一斉に喚いた。

「うまい物を食って首までそれにつかっている暴君どもには、パンはあり余っているのだ。そのくせ俺たち貧乏人は餓死《がし》するままに放っときやがる」

一人がそう言った。そして男は小僧に近づくと、背負籠の端を摑んで力まかせにぐいと引くと、

「おい見せろ」

と言った。小僧は赤くなり、青くなり、全身をわなわなふるわせていたが、それは「ど

うか通してください」と言おうとして、どうしても言葉が口から外へ出ない、という様子だった。両腕をゆるめて、急いで籠の皮帯から腕をはずそうとした。その間に人々は、

「その籠を下におろせ」

と怒鳴った。大勢の手が一斉に背負籠を摑んだ。籠が地上に引きおろされたと見る間に籠を蔽っていた布が飛んで宙に舞った。焼立てのパンの温い芳香《ほうこう》があたり一面に流れた。

「俺たちだって人間だ。俺たちだってパンを食わなきゃならない」

と先頭の男が言ったと思うと、円いパンをひっつかんで、片手で高く揚げ、パンを群衆に見せたかと思うと、口に入れて一口噛んだ。すると一斉に方々から手が籠にのびて、パンが次々と宙に舞った。あっという間に小僧の籠はすっかり空《から》になってしまった。こうなるとパンを一つも手に入れることのできなかった連中は、他人だけが得をしたのを見て腹の虫が納まらず、事が意外に容易に成るのを悟って活気づき、群をなして他のパン籠を襲いにどっと動き出した。こうなると見つかったら最後、パン籠というパン籠は片端から略奪されてしまう。それに籠を担いでいる小僧を襲ったり脅したりする必要もなかった。不運にもその場に来あわせた小僧たちは、形勢の非を見てとると、自分から進んでパン籠を地面におろして一目散に逃げたからである。しかしそれくらいの事では、まだ一物《いちもつ》にもありつけぬ人間の数の方が比較を絶して多かった。それにパンを奪った連中もたかがこれくらいの戦利品では到底満足できなかった。それにあちこちの群の中には、いまやこの混乱に乗じて一儲けしてやろうという良からぬ者が混りこんでいた。

「パン屋へ行け、パン屋へ！」

と連中は叫んだ。

コルシーア・デ・セルヴィと呼ばれていた通りには、今もあるが、その頃からパン屋があった。屋号も昔のままで、トスカーナ方言では「松葉杖屋」という意味だが、ミラーノ方言ではいかにも異様、奇妙、無骨な言葉で出来上っていて、その音標を表示することはローマ字のアルファベットでは不可能である。そちらに向って群衆が殺到した。店の者はすっからかんになって逃げ戻った小僧を問いただしていた。小僧はすっかり気も動顚《どうてん》して上《うわ》の空だったが、吃《ども》りながら自分があった酷い目を話した。その時騒然たる足音もろとも叫び声が聞え、あっという間に大きくなって近づいて来た。一隊の先頭が押寄せてくる。

「閉めろ、閉めろ」

「急げ、急げ」

一人は警察へ助けを乞いに走った。他の者は急いで店を閉じ、扉に閂《かんぬき》でつっかえをした。店の外にはもう人だかりがして、

「パンをよこせ！」

「戸を開けろ！」

と喚きはじめた。

暫くして警保の隊長が槍を引っ提げた部下とともに駈けつけた。

「そこをどいて。どいて。早く家へ帰れ、家へ帰れ。警保隊長だ、横へ退《ど》いて！」

隊長も部下も大声で叫ぶと、その時人垣はまだそれほど立て混んでいなかったから、人々はすこし横へどいた。それだから警察官たちは、店の入口の前に、整然と列をなしたわけではないが、ともかく到着して配置につくことができた。

「一体」

とそこから警保隊長が皆を叱るように呼びかけた、

「一体ここで何をするつもりか。家へ、さっさと家へ帰りなさい。神を畏れぬ所業《しょぎょう》だ。国王陛下はなんと仰せられることか！　お前たちを非道《ひど》い目に遭わそうとは思わん。さっさと家へ帰りなさい。馬鹿な真似はするでない。一体全体こう群をなしてここで何をするつもりだ。こんなことをするとお前たちの身のためにも心のためにもならぬぞ。さあ帰りなさい、家へ帰りなさい」

だが大声を張りあげた警保隊長の顔を見、その言葉を聞いた人々が、たといその命令に従おうとしたところで、一体なにが出来たかすこし考えてもらいたい。なにしろ背後の連中からぐいぐい締めつけられるように押されている。その後ろの連中からして、そのまた後ろの連中に押されている。まるで大波の後からまた大波が押し寄せてくるようなもので、その波動は群衆の端までずっと続いていたが、その人数はどんどん増えて行く一方だった。

こうなると隊長はもう息も出来ない。

「すこし押し返せ、さもないと息もつけないじゃないか」

と槍を構えた部下たちに言った、

「だが誰も傷つけるのじゃないぞ。俺たちは店の中へはいる。そのつもりで扉を叩け。皆は後ろへ押し返したままにしておけ」

そこで部下は叫んだ、

「退《さが》れ、退れ」

そして最前列の群衆に皆次々と体当りし、槍の柄でぐいぐい相手を突いた。突かれた連中は喚きながら、どうかこうか後ずさりした。自分の背中を後ろの男の胸に、肘を相手の腹に、踵《かかと》を爪先にぶつけながら後ずさりした。その結果騒然たる押し合いへし合いで、真中にはさまれた連中は、金を払ってでもいいからよそへ逃げたいと思ったほどだった。そうこうする間にパン屋の入口の前に多少の空《あ》きが出来た。隊長は扉を激しく叩いて、早く開けろと叫んだ。中にいた連中は二階の窓から様子を見て、階段を駈け降りると、扉を開けた。隊長は中へはいると部下を呼んだ。部下は一名また一名と身を躍らせて中へはいった。殿《しんがり》の者は槍を構え、群衆を制した。全員が中へはいると、頑丈な鎖を幾重にも掛け、また門を掛けた。警保隊長は二階へ駈けあがって、窓から外を見た。おお、またなんという蟻また蟻の群だ！

「皆《みんな》！」

と隊長は叫んだ。皆が上を向いた。

「皆、家へ帰れ。いますぐ家へ帰る者は全員無罪放免だ」

「パンを寄越せ！　パンだ、パンだ」

「扉《と》を開けろ！」

群衆は恐ろしい叫びをあげて口々に答えたが、その中ではっきり聞えたのは「パンを寄越せ」「扉を開けろ」の二つだった。

「皆、落着け！　よく聞け。まだ時間はある。さあ、いまのうちに家へ帰れ。パンはじきに手に入る。だがこれはなんという無作法だ。ええ、おい、そこでなにをしてる。おっ、あの扉に向って。わかった、ふむ、やる気だな、畜生め、よし、わかった。気をつけろ、いいか、落着いて言うことを聞け！　これは重大な犯罪だぞ。いま俺が下へ行く。いいか、その鉄棒は下へ置け。手もあげるな。なんという様《ざま》だ。お前らミラーノの人間は、気立ての良さで世界に知られているじゃないか。聞いてくれ、お前らはいつも善《ぜん》……ああこん畜生！」

このようにすばやく言葉づかいが変ったのは、件《くだん》の善良な人々の一人の手から発した石

が隊長の額――形而上的凹部の左方突起部――に命中したためである。
「畜生め、畜生め」
と叫び続けながら、すぐに窓を閉め、後ろへ引き退った。しかしいかに声を振りしぼって叫んでみたところで、彼の言葉は、罵声《ばせい》であろうがなかろうが、ことごとく中空に四散して、下から発する大叫喚《だいきようかん》の中に立消えてしまったのである。ところで隊長が、わかった、やる気だな、と言ったところのことは、皆が石や鉄で扉を壊しにかかっている乱暴沙汰のことだった――その石は通りから持ちあげて持って来ることが出来たのだ――連中は扉をぶち抜き、窓の鉄格子をひっこ抜こうとしている。しかもその仕事はもう大分進んでいた。
そうこうする間に店の主人や小僧たちは、二階の窓際で身構えていたが、多分中庭の敷石をはがしたに相違ないが、その石を傍に山と積んで、下にいる連中に向って喚いたり、扉を壊すのをやめろ、と怒鳴ったりした。石をふりかざして見せ、投げるぞ、という仕種《しぐさ》をしてみせた。だが仕種だけでは効目がないと見てとると、実際石を投げつけ始めた。一発としてはずれたものはなかった。なにしろ群衆はぎっしり店の前へ押し寄せていたから、俗にいうようたとい粟《あわ》の一粒であろうとそのまま地面へ落ちることはなかった。

「ああ、ならず者め、ごろつきめ。これがお前らが貧乏人に寄越すパンの正体か。あ、痛《いた》、お、よし、やれ、やれ」

下からそのような叫び声が湧きあがった。したたか石でぶちのめされた者が一人ならず倒れていた。二人の若者は即死した。憤怒《ふんぬ》にかられて民衆の激昂はつのる一方で、ついに扉はぶち抜かれた。窓の鉄格子もすっかり抜かれてしまった。群衆は奔流《ほんりゅう》のようにあらゆる隘路《あいろ》から中へ流れこんだ。中にいた連中は、形勢不利と見てとるや屋根裏部屋へ逃げのぼった。隊長と部下と家の者何人かは方々の隅に追いつめられた。何人かは天窓から外へ出て、猫のように屋根の上を這って逃げた。

戦利品を見たことが勝者に血腥《ちなまぐさ》い報復の計画を忘れさせた。群衆は箱に飛びかかった。パンはたちまちひったくられる。ある者は帳場に駈け寄って錠前をぶちこわすと、銭皿をひっつかんで、両手にいっぱい掬《すく》うと、銭をポケットに入れ、小銭《こぜに》ではちきれそうになるやそこを出、まだ残っているものなら盗んでやれ、と今度はパンを狙いに向った。群衆はついでお蔵《くら》の方へ散らばった。袋に手を出すと、それを引き摺り出して引っくり返した。

中には両脚の間で袋を押して、その口をほどいて、ちょうど持ち運びの出来るよう目方を減らそうとしてメリケン粉の一部を地面に平気で撒き散らす奴もいる。また中には、
「待った、待った」
　と叫びながら、この神の恵みを受取ろうと腰を屈めて前掛けを差し伸べる者や首巻きや帽子を差し出す者もいる。と思うと中には捏《こね》桶《おけ》に駈け寄って練粉《ねりこ》をひっつかむ者もいる。練粉はたちまち伸びたと思うと手から抜けるように落ちて行った。また中には篩《ふるい》を戦利品にしてそれを高々と振りかざす者もいる。行く者、帰る者、男、女、子供が、押し合いへし合い、叫び喚き、あたり一面には真白な粉が降りかかったかと思うと、また一斉に舞いあがり、白い幕がかかったというか白い霧がかかったかのようである。店の外では二つの行列が一方は外へ出ようとし、一方は中へは

いろうとして互いにぶつかり、邪魔をしていた。獲物をかついで出ようという連中と獲物を狙ってはいろうという連中である。

このパン屋はこうして滅茶苦茶に荒らされたが、町の他のパン屋がそれでは安全無事だったかというとけっしてそうではなかった。しかし他のパン屋では押し寄せた群衆の数がそれほどでなかったので、これほどの大騒動にはならなかったのである。何軒かの店では主人はあらかじめ助けを集めて、守りを固めていた。別の店では人数が少なかったものだから、一種の協定を結んで、店の前にたかり出した連中にしかるべくパンを配ってお引取り願った。そこで引揚げた連中は、別に満足したからというわけではなくて、槍を持った警察や巡邏隊の連中が、あの恐るべき松葉杖屋からは一歩退いていたが、それでもそれ以外の地区ではにわかに目立ち始めたからである。そうなると群衆といえるほどまとまった数でない不届きな連中はやはり怖気《おじけ》づくのであった。というわけで最初に槍玉にあがった哀れなパン屋で騒ぎはますます大きくなった。なにしろなにかうまいことをしてやろうと手がうずうずしている連中は、皆そこへ駈けつけたからである。そこなら仲間が我物顔《わがものがお》に振舞っているし、なにをしようが罰せられる心配はない。

事態がこのようになった時、レンツォは例のパンをむしゃむしゃとうまそうに食うと、町の東大門区に通りかかっていた。そしてなにも知らずに、騒動の中心部へ差しかかっていたのである。群衆に押されてあるいは速く、あるいは遅く、進んだ。そして進みながら、あたりを見つめ、聞き耳を立てた。この事態についてなにかはっきりした知識を皆の騒然たる会話の中から摑み出そうと思ったからである。さて以下が彼が道すがら拾うことの出来た言葉のあらましである。

「さあこれでばれた」

と一人が叫んだ、

「これであのならず者どもの不逞《ふてい》なるペテンがばれた。パンはない、粉はない、小麦はない、と言ったが、見てみろ、明々白々じゃないか。もう誤魔化すことは出来ないぞ。物資は豊富、万歳万歳だ」

「君に言っておくが、こんなものはなにも役に立ちやしない」

ともう一人が言った、

「これは水に穴を掘るみたいなもんだ。いや、きちんと裁判をして見せしめにしないと、事態はもっと悪くなる。パンは安くなるかもしれないが、きっと毒を入れるに相違ない。そうなりゃ蠅がばたばた死ぬみたいに俺たちは死ぬにちがいない。俺たちの数が多過ぎる、口減《くちべ》らしが必要だ、と世間ではもう言ってるそうじゃないか。評議会でそう言った。間違いない。そう言うのを俺は聞いた。この耳で俺の家の名付親から聞いた。その名付親はお偉方のお一人の皿洗いの親戚の者の友達だ、間違いない」

もう一人は、口角泡《こうかくあわ》を飛ばして、ここに繰返《きれはし》しかねる下卑《げび》た言葉を連発していた。その男は片手にぼろぼろになったハンカチの切端をつかんで、それを血塗《ちまみ》れの縺《もつ》れた髪に押し当てていた。誰か近くの者が、その男を慰めるつもりでか、男が発した下卑《げび》た言葉を鸚鵡返しに繰返していた。

「皆様、どいて、どいて。はい、失礼いたします。家の五人の子供のために食物《たべもの》を持って帰る哀れな一家の父をどうぞ通らせてくださいませ」

大きな粉の袋を担《かつ》いでよろめきながら男がこう言った。みんなはどうかこうか男を通そうとして左右へ後退《ずさ》りしようとつとめた。

「俺か?」

ともう一人が、囁くように、仲間に言った、

「俺はここを抜け出す。俺はこれでも世故《せこ》にたけているから、事態がどうなるか見当はついている。いまこれだけ大騒ぎをやらかしている阿呆鳥《あほうどり》どもは、明日か明後日になってみろ、みんなぶるぶる震えて家に引っ込むにきまっている。俺はもう何人かの顔をしかと見た。なにくわぬ顔をしてこのあたりをうろついているが、あの連中はここに誰がいて誰がいないか観察しているのだ。そして万事収まった後で、決着をつけるつもりなのだ。その時は痛い目に遭《ひ》うぞ」

「パン屋を庇護《ひご》したのは」

と声高《こわだか》に叫ぶ者がいて、レンツォの注意を惹いた。

「そ奴は調達役《ちょうたつやく》の代官《だいかん》だ」

「そいつらは皆不逞《ふてい》の輩《やから》だ」

と近くの男が言った。

「それはそうだが、不逞の輩の大将は奴だ」

と最初の男が言い返した。

調達役の代官は、都市参事会が推薦する六人の貴族の中から総督によって毎年選ばれるのが定めで、その人が都市参事会の主席となり、かつ調達役の長ともなるのであった。この調達役はやはり貴族である十二人から成っていて、それ以外にもいろいろ役目はあったが、最重要の仕事は年間備蓄の管理であった。こうした役職についた者は、飢餓の時期には世間の無知ということもあって、無理矢理にいわゆる諸悪の根源にされてしまうものである。それもフェレールがしたような、自分の頭の中ではあり得たが、自分の力では及ばぬようなことをしでかさなければ、話はまた別であったのだが。

「悪党め！」

と別の者が叫んだ、

「これ以上悪い事をやれるのかね？　大尚書の信用にけちをつけ、自分たちだけで支配しようとして、大尚書は年を取って耄碌《もうろく》したと触れまわっているが、こうなりゃ大きな鳥籠でも拵えて、その中へその全員を突込むがいい。連中は俺たちに烏《からす》の豌豆《えんどう》や毒麦を食わそうとしたんだから、それでも餌《えさ》にくれておけばいい」

「パンだって？」

と急いで立去ろうとしながら一人がいった、

「小石を何斤《きん》も頂戴して、こんな出来の大石をいただいた。まるで霰《あられ》みたいに降ってきた。

もうすこしで肋骨《あばらぼね》がへし折れちまうところだった。はやく家へ帰りたくてたまらないよ」

こうした話を次々と耳にしながら、レンツォは人に押されたり突かれたりして、ついに例のパン屋の前までやって来た。耳にはいった話で事態がはっきりつかめたのか、それとも頭がますます混乱したのか、なんとも言えない感じだった。人だかりは余程減っていた。それだけにはっきりと今しがた起ったこの大混乱の生々しい跡を見てとることが出来た。壁は漆喰《しっくい》が剝《は》げ、石や煉瓦が当って凹んでいる。窓は蝶番《ちょうつがい》がはずれ、扉はぶち壊されている。

「これはどう見てもいい事じゃないな」

とレンツォは心中で独語した、

「こんな風にしてパン屋をみんな叩き壊してみろ。一体どこでパンを作るんだ？　井戸の中でか？」

時々その店から誰かが出て来る。ある者は長持の一部を担ぎ、ある者はパンの捏箱《こねばこ》を、またある者は篩《ふるい》、また中には捏鉢の擂粉木《すりこぎ》、さらにはベンチや籠、大福帳、要するにあの哀れなパン屋の持物ならなんでもかでも持ち出して、

「そこをどけ、どけ」

と叫びながら群衆を分けて進んで行く。こうした連中は皆同じ方角を目指していた。どうやら行く先は決まっているらしい。

「一体これは何事だ？」

とレンツォはあらためて心中で問うた。そしてある男にくっついて行った。その男は折れた板や砕けた木を束にすると、それを背負って、他の人と同様、大聖堂の北側沿いの道を歩き始めた。その道は昔そこにあったが今はもうない石段にちなんで名づけられていた。騒動を見物してやれという気持は強かったが、それでも山出しのレンツォの目の前にミラーノの大聖堂の途轍《とてつ》もなく大きな建築物が姿を現した時は、立止って、口を開けたまま、上を見あげずにはいられなかった。それから歩調を速めて、自分がくっついて来た男の後に追いすがった。角を曲ると、大聖堂の正面に一瞥《いちべつ》を投げた。当時はまだ完成にほど遠くて、大半がまだ造りかけのまま放置されていた。そして男の後について広場の中央へ向った。前へ進めば進むほど人混みは繁《しげ》くなる。しかし木の束をかついだ男が進むと人は左右に分

れた。男は人の波をわけて進んだ。そのすぐ後にくっついていたレンツォは、その男とともに群衆の中央に来た。そこには空間があって、真中に真赤な火が山となっていたが、それが先ほど述べた道具類のなれのはてであった。それを取囲んで周囲で人々は手を拍《う》ち足を踏み、口々に凱歌《がいか》を奏し、また呪詛《じゅそ》を発した。

束を背負って来た男はそれを火の山の中へ抛りこんだ。もう一人の男が半ば焼け焦げたシャベルの柄で火をかきおこした。煙がもくもくと立ち昇り、炎がまためらめらと高くあがった。それとともに人々の叫び声も一層強くなる。

「物資は豊富、万歳万歳！　出し惜しみをする役人はくたばれ！　腹ぺこは御免だ！　調達役の役人共はくたばってしまえ！　評議役は死んでしまえ！　パンはあるぞ、万歳！」

実際、篩《ふるい》や捏箱《こねばこ》をぶち壊したり、パン屋を荒らしたり、主人や小僧をこづいたりしたところで、パンが出来るというわけではない。それは一番手っ取り早い手段でないわけだが、しかしそんなことをとやかくここで言うのは例の形而上学的な煩瑣《はんさ》な論議というやつで、群衆の理解はとてもそこまでは及ばない。さりながら、大哲学者でなかろうとも、その問題にはじめて頭を突込んでまだ新鮮なうちは、朴念仁《ぼくねんじん》であろうと田舎者であろうと、時には一気に理解が及ぶこともある。人間ものがわからなくなるのは自分で話したり、人が話すのを聞いたりするからなのだ。「これでは困るじゃないか」という考えは、すでに見た通り、レンツォの胸中に最初から湧いた。そして時々刻々《じじこくこく》その思いは募った。もっともその思いは自分の胸中に秘めていた。というのははたを見まわした時、「おい兄貴、もし俺が間違ってるなら、直してくれ。恩に着るぜ」と言いそうな顔付をした者は一人も見当らなかったからである。

また炎は弱くなった。もうこれ以上火にくべる材料を持って来そうな人も見えなかった。人々がいささか倦《う》んで来たと見えた時、コルドゥージオで（というのはそこからほど遠からぬ広小路というか四辻《よつつじ》だが）もう一軒パン屋が襲われている、という声がひろまった。こうした事態に際しては、なにか事が報ぜられると、その報せでもって事そのものが実際に起きてしまう。その声とともに、群衆の間には自分もその場へ駈けつけたいという気持がひろまった。

「俺は行く。行く。お前行くか？」

「行く。行こう」

そういう声がいたるところで交わされた。人々の群はにわかに崩れて、群をなして動き出した。レンツォは後ろに残っていた。ほとんど動かなかったが、それでもその奔流《ほんりゅう》のような人の列に引き摺られて前へ進んだ。心中でこの馬鹿騒ぎから抜け出した方がよくはないか、ボナヴェントゥーラ神父様に会いに修道院へ引返した方がよくはないか、それともこいつもついでに見て行くか、と考えていた。物見高さの方がまた勝ったが、この暴走の真中にいるのはまずい、骨でも折ったり、もっと酷い目に遭ったら大損だ、すこし離れて見ていようと心に決めた。それにもう多少皆から離れていたので、ポケットから二番目のパンを取出して、それを齧《かじ》りながら、この騒然たる一団の後尾について行った。

一団は道幅の狭い旧ペスケリーア通りにもう差しかかっていた。そこをすぐ抜けると傾いたアーチの下をくぐり、メルカンティ広場へ出た。そこまで来ると、当時学士会館と呼ばれていた建物の開廊の中央にしつらえてある壁龕《へきがん》の前を通った。通りしなにそこに陣取った図体《ずうたい》のでかい立像に目をやらぬ者は少なかった。その立像は厳粛で無愛想で、両眉《りょうまゆ》を寄せ、なんとも言葉に出しようのない苦々しい表情をして立っていた。それがフェリペ二世王なのだが、このスペイン王は、たとい大理石の像であろうと、なんともいえぬ畏怖《いふ》の念をあたえた。とくに腕を突き出した恰好は、まるで「よし、いま朕《ちん》が駈けつける。この烏合《うごう》の衆めが」と言い放っているかに思われた。

その石像は、妙なめぐりあわせで、いまはもうそこには立っていない。いま物語っている時期よりもおよそ百七十年後に、ある日その立像の頭がすげかえられ、手から王権の象徴の笏杖《しゃくじょう》が取りあげられ、それに代って短剣をもってするという事件が起ったのである。新しい像にはマルクス・ブルートゥスという名がつけられた。このような形でこの像はそこになお二年ほど立っていた。しかしある朝、ブルートゥスなどに同情のない連中が、いや単にないどころか心中ひそかに怨恨《えんこん》を抱いていたに相違ない連中が、その石像の首のまわりに太い綱を捲いて引倒し、散々な目にあわせたのである。そうして手足をへし折ってなんとも様にならぬ胴体像《トルソ》にしてしまった挙句、市中を引き摺りまわした。皆目《かいもく》を剝《む》き、舌をはあはあ出して引き摺りまわしたのである。そして疲れはててぐったりとした時、皆はそれをどこかへ転がしてしまった。かつてアンドレーア・ビッフィがその石像を刻んで

いた時に、誰がこんな哀れな結末を予言し得ただろうか！

　メルカンティ広場からその群衆は、別のアーチを通って、フスターニャイ通りへ繰りこんだ。そしてそこからコルドゥージオの四辻へ出た。皆、その広小路へ出るやいなや、すぐに名指しされたパン屋の方を向いた。しかしもう仲間が仕事に取りかかったはずという予期に反して、そこに見かけたのはずっと小人数の仲間で、しかも遠慮したのか、店から相当離れたところに突っ立っている。店はもちろん閉まっている。窓という窓には、守備配置につき武具で身をかためた人々の姿が見える。さあそうなるとある者は茫然自失し、ある者は罵声を発し、ある者は笑い出した。中には後ろを振向いて後から続々と詰めかけてくる連中に事の次第を告げる者もいた。立止る者もいれば、後戻りする者もいる。「前進、前進」と叫ぶ者もいる。背後からせきたてるかと思えば、前では踏み留まっている。その様は堰《せき》の前で澱《よど》む大川のようで、躊躇逡巡《ちゅうちょしゅんじゅん》するかと思えば、ぶつかりあい、隅で相談するかと思えば、大勢は騒然たる気配《けはい》で、じりじりと詰め寄せてきた。だが水嵩《みずかさ》が増し、圧力が加わってきたと感じられた時、呪われた一声が中央から甲高《かんだか》く空に響いた、

「この近所に代官《だいかん》の邸《やしき》があるぞ。ひとつ思い知らせてやれ。調達役の代官だ。その家を荒らしに行こうじゃないか」

その声はさながら皆がもう取決めて一致してやるはずになっていた事を皆に思い起させたかのごとくであった。誰かの新提案を受けた、などというものではなかった。皆は一斉に叫んだ、

「代官の邸へ！　代官の邸へ！」

聞えるのはその叫び声だけである。群衆は次々に動き出した。よりによってこんな間《ま》の悪い時に名指《なざ》しされた代官の邸のある通りの方へ群衆は揃って動き出した。

第13章

この不運な代官は、その時、進まぬ食事を了えると、腹が重たくて胸に酸気《さんき》を感じて一休みしていた。食欲はなかったし、焼立てのパンもなかった。代官はあの騒動が一体全体どうやって終るものか、非常な不安をもって報せを待っていた。しかしその災難がかくも空恐ろしい姿でわが身の上に振りかかってこようとは夢にも思っていなかった。誰か気立てのいい人が暴民より先に駈けつけて代官の身に迫っている危急を告げた。その騒然とした物音をいちはやく聞きつけた使用人たちは、茫然と戸口に突っ立って、物音が近づいてくる方角の道を見やっていた。危急の報を聞いているうちにも、暴民の先頭が見えはじめた。使用人は大慌てでその報を主人に伝えた。これは逃げねばなるまい、さてどうして逃げよう、と考えているうちに次の報せが来て「もう時間がない」とのことだった。使用人たちにしても門を閉めるのがやっとのことだった。閂《かんぬき》を掛け、突張《つっぱ》りをつめた。走って窓

を閉めに行った。さながら一天俄に搔き曇り、霰がいま降るか降らぬか、と待ち構えているような感じであった。外部での喚声《かんせい》は高まる一方で、中庭にいるとまるで雷鳴が天から轟《とどろ》きつつ落ちて来るかのようである。代官の邸の空間という空間はその喚声でこだました。この巨大で混乱した騒音の只中で、扉にぶつかる石の音が強く激しく聞える。

「代官を出せ！　悪党！　俺たちを殺す気か。腹が減ったぞ！　俺たちに身柄《みがら》を引渡せ、生身《いきみ》でもいい、死骸《しがい》でもいい、引渡せ！　早く引渡せ！」

　みじめにも代官は部屋から部屋をぐるぐるめぐった。顔面は蒼白で、吐く息も途絶えがちとなり、手を拍《う》って神に救いを乞い、使用人たちには踏みとどまって頑張れ、自分が逃げ出す方法はないか、とたずねた。だがどのようにして、どこへ逃げればいいというのか。屋根裏まで昇って、そこの隙間から恐る恐る大通りを眺めた。通りはぎっしりと熱狂した民衆でもって埋《うず》まっている。代官を殺せ、殺せと叫ぶ声が聞えた。いよいよ狼狽して引き退り、どこかいかにも安全そうな目につかぬ隠れ場所はないか、と探してまわった。その奥に蹲《うづくま》り、不吉な喚声や騒音が多少静まることを祈って、そっと聞き耳を立てていた。ところがこの唸り声は騒然としてますます狂暴の度を加えるばかりである。下の扉を叩く音は前に倍する感じとなった。こうなると心臓はどきどきする一方で、急いで両耳をふさいだ。それから突然我を忘れたかのように、歯を喰いしばり、顔面に皺を寄せ、両腕を伸ばし、拳《こぶし》を前に突き出した。まるで自分で扉を内から押えようとするかのように……といっても、その時代官がした仕種《しぐさ》のことははっきりしているわけではない。なにしろその時の彼は一人きりだったからである。それでこの間の話はどうしても推測を余儀なくされるわけだ。ただし幸いなことに歴史物語というのはそうしたことにはいたって慣れっこになっていて、見て来たように物語ることも許されているのである。

ところで一方、レンツォはといえば今度は騒動の真只中にいた。人だかりに押されてそうなったというのでなくて、わざと人に押されてそこへ来たのである。殺せ、という血に餓えた発議《ほつぎ》がなされた時、身内をわが血が逆流する思いがした。略奪《りやくだつ》についてはこうした場合、いいか悪いか言いかねたレンツォだったが、人殺しという話は聞いただけでもはっきり嫌悪《けんお》が先に立った。それは直接な混り気のない嫌悪だった。興奮してのぼせた人間というものは周囲で大勢の者が興奮して声高に主張すると実に情けないほどその言いなりになってしまうものだが、その雰囲気に押されてレンツォも、代官こそがこの飢餓にまつわる諸悪の根源で、弱者の敵であることは間違いないと確信していたが、それでも群衆が動き出した時、「いや私はどうかしてあの人を救い出す」という気持を洩らした言葉をたまたま聞きつけた。するとレンツォもすぐさま自分もそうした仕事なら喜んで手を貸そうと心に決めた。そしてそうしたつもりで、代官の邸の門のすぐ脇までわざと人に押されて来たのである。その門は実に様々なやり方でぶち壊されつつあった。ある者は錠の釘を抜こうとして石でもってぶっ叩いている。またある者は棍棒や、鑿《のみ》や、金槌でもって、もっと正攻法で壊そうとしている。また別の者は石や先の折れた小刀や、釘や、杖や、なかには別になにもなくて自分の爪でもって壁の漆喰を剝がし、壁を粉々に壊そうとしている。なかには煉瓦をはずして突破口をつくろうと骨折る者もいる。その作業に加勢できない連中は大声をあげて気勢《きせい》を添えている。もっともそれと同時に人をぐいぐい押すものだから、我勝ちに無茶をやらかしてもういい加減互いに邪魔しあってる連中の仕事の邪魔になるばかりであった。そうしたわけで善事においても頻繁《ひんぱん》に起ることだが、「一番御熱心な連中が、結局その仕事の一番の邪魔になる」という図がやはり悪事においても生じたのである。それも天の御恵《みめぐ》みであろうか。

事態の報告を最初に受けた役人は、ただちにミラーノ城砦守備隊司令官《じょうさい》に援けを求めた。ミラーノの城砦は当時はジョーヴィア門の城として知られていた。司令官は即座に何名かの兵を急派した。しかし報告、命令、集合、出発、道順、等々で手間取ったものだから、兵士が現場に到着した時は、代官の邸はもう夥《おびただ》しい数の群衆によって取囲まれてしまっていた。兵士等はそれだから邸からほど遠い地点で、群衆の裾《すそ》からやや離れた地点で停止した。その分隊の指揮をしていた士官はいかなる処置を下せばよいかわからない。眼前《がんぜん》にいるのは、遠慮なしにいわせてもらえば、年恰好も様々の、男も女も混った烏合《うごう》の衆で、見物に押寄せた弥次馬である。「そこを退《ど》け、さっさと帰れ」という命令に対し、「ぶーっ」という長い、不平たらしい呻きがあがった。誰一人動こうとしない。この下衆《げす》どもに向けて発砲するのは単に残忍なばかりか撃つ方にとっても物騒な処置だと士官は見てとった。そんな事をすれば怪我するのはもともと無害な連中に決まっている。それでいて荒っぽい連中はそれこそ憤《いき》り立つに決まっている。それに群衆に向って発砲せよなどとの命令は受

けていない。手前の烏合《うごう》の衆の中に駈け入って、この連中を左右へ蹴散らし、前進して、向うで荒れている連中に勝負を挑むのが上策だろうが、問題はその実行だ。まず兵士が隊伍を組んで前進できるか否か。万一、群衆を蹴散らす代りに群衆の中で兵士がてんでんばらばらとなり、兵士が群衆に捕まって吊るし上げられたらどうする？　それも群衆を圧迫し、彼等を激昂させた挙句にだ。

士官のこの優柔不断と兵士の停頓《ていとん》状態は、弥次馬連には怖気《おじけ》づいた証拠と受け取られた。兵士のすぐ近くにいた連中は、「お前さんなんかどうなろうと、こちらの知ったことか」といった我関せずの態度で、せいぜい相手の顔を覗きこむだけだったが、少し離れた弥次馬連中はかえって罵声《ばせい》を発したり赤んべえをしてみせて兵士等をしきりと挑発した。それより奥になると、もう兵士のことは全く念頭になかった。連中は先頭に立って代官の邸の壁をぶち壊すのに熱中している。早く邸の中へ突入したい一心である。その背後の弥次馬連も盛んに喚声をあげて「早く中へ突っ込め」と前にいる連中をけしかけた。

その弥次馬連の中で一際《ひときわ》目立ったのはろくでなしの一老人で、その姿それ自体が一つの見物《みもの》だった。彫《ほ》りの深い、赤く血走った両の眼をかっと開き、皺だらけの顔面《がんめん》を歪《ゆが》めると悪魔的な満悦の冷笑を浮べた。恥にこそなれ名誉にはならぬ白髪《はくはつ》の上に左右の手を高々と掲げ、空中に金槌と綱と四本の五寸釘を振りかざし、もし代官がぶち殺されたならこれでもってすぐさま奴を邸の扉に磔《はりつけ》にしてやる、と叫んだ。

「えい、この恥知らず」

その老人の言葉に怖気を覚えたレンツォは、周囲の連中の多くがその老人の言葉に賛同する様を見て、大声でそう叫んだ。それというのも他の何人かの顔には、口にこそ出さね、自分が覚えたと同じ恐怖心が浮かんだのを見て、勇気づけられたからである。

「えい、この恥知らず。まさか首斬り役人から職を奪って、俺たち自身が死刑執行人になれ、なんて魂胆《こんたん》じゃあるまいな？　人間様を殺すだって？　そんなそら恐ろしいことをしでかして、それでも神様からパンのお恵みにあずかれるとでも思っているのか？　そんなことすりゃパンの代りに雷様に打たれちまうぞ！」

「ああ、この犬野郎め、俺達の国を裏切る気か！」

と悪魔に取り憑《つ》かれたような面《つら》をこちらに振向けて、群衆の一人が叫んだ。この騒然たる中で男はレンツォのこの信心ぶかい言葉を聞き捨てならぬと思ったのだ。

「待て、待て！　そこにいるのは代官の子分だ。それが百姓に化けている。犬だ、打ち殺してしまえ、殺せ、殺せ！」

途端に周囲に一斉に声がひろがった。

「なんだと？」

「どこにいる？」

「どいつだ？」

「代官の子分だ」

「犬だぞ」

「代官が百姓に化けて逃げ出した」

「どこだ、どこだ？」

「殺せ、殺せ！」

レンツォは慌てて口を噤《つぐ》んで、小さく身をすぼめた。その場から姿を消したかった。近くの二、三の者がレンツォのまわりを囲んでくれた。そして高い声をあげたり別の事を叫んだりして、敵愾心《てきがいしん》に溢れた「殺せ、殺せ」という声を掻き消すようにつとめてくれた。だがなににもましてレンツォの役に立ったのは、

「そこを退《ど》け、そこを退け！」

という大声が近くで響きわたったことである。

「そこを退け！　援けが来たぞ。ほれ、そこを退かんか！」

それが何であったかといえば、長梯子《ながばしご》が何人かの手で運ばれて来たのである。それを邸の壁に掛けて窓から屋内へはいろうというのだ。ところが一旦その場所に立て掛けられたなら、事はやすやすと成就《じょうじゅ》したに相違ないのだが、そこはよくしたもので、なかなかその場所に立て掛けることが出来ない。梯子を担いで来た連中は、その長い梯子の前や後ろや右側や左側にくっついている。ところがその連中は群衆に突かれたり押されたり、左右に引離されたりして、どうかこうか前へ進むものの、その進み方が大波を打っていた。とくに一人、頭を梯子の段と段との間に突っこんだ男は、二本の縦木《たてぎ》を両肩で担いで来たのだが、いまや軛《くびき》の下に押しつけられ獣《けだもの》のように左右に揺さぶられ悲鳴をあげている。もう一人は突き飛ばされてついに梯子から手を放した。放り出された梯子の先が今度はそこにいた人々の肩を突き、腕に当り、肋骨《ろっこつ》をしたたか打った。そうした目に遭った連中が口々になんと罵ったか察しもつくだろう。別の人が今度は引き摺られて行く梯子の端を持ち上げて背に担ぎ、

「頑張れ、さあ行こう」

と叫んだ。この運命の道具はこうしてよろよろと蛇行しつつまた進み出した。その長梯子がついに到着したものだから、レンツォの敵方は一瞬気をゆるめて四方に散った。レンツォはこの混乱中に生じた混乱に乗じて、身をまるめ、出来るだけ肘を使って、その場から遠のいた。どう見てもその辺りの雰囲気はレンツォにとって好意的でなかったからであ

る。どうかしてこの大群衆の外へ早く逃げ出そうと思った。そして本当に修道院へ行ってボナヴェントゥーラ神父様の帰りをお待ちして神父様にお目にかかろうと思った。

　だがその時、一隅でなにか異常な動きがあったと思う間にそれが群衆全体に拡がった。

「フェレール！　フェレール！」

　という声が口から口へ伝わった。そしてその名前が伝わるやいたるところで驚きや喜び、怒りや反撥やらが爆発した。その名前を愛着をこめて声高に叫ぶ者、その声を掻き消そうとする者、フェレール賛成と叫ぶ者、反対と叫ぶ者、祝福する者、罵倒《ばとう》する者。

「フェレール様がここへ来たぞ」

「違うぞ、違うぞ！」

「本当だぞ、フェレール様万歳！　パンを安くしてくれたフェレール様だ」

「嘘だ、嘘だ！」

「ここへ来た、馬車で御到着だ」

「それがどうした？　奴がなにした？　誰にも用なぞないぞ！」

「フェレール！　フェレール様万歳！　貧乏人の味方のフェレール様だぞ。代官を捕まえにやって来た、牢屋へ引っ張って行くぞ！」

「いや、いや、俺たちが自分の手で裁こうじゃないか。退れ、退れ！」

「いや、いや、フェレール様万歳、おいでください。代官を牢屋へ引っ立ててくださいまし！」


こうなると全員爪先立《つまさき》ちで、この思いもかけぬフェレールの到着が報ぜられた方角を見やった。皆が皆背を伸ばしたものだから、結局皆が爪先立ちしないのと同じくらいしか見えない。それでもとにもかくにも全員が背を伸ばしたのである。

事実、群衆の一隅、丁度兵士たちが突っ立っているのと正反対の一隅に、大尚書アントーニオ・フェレールは馬車で到着した。自分が途方もない案を立て、その実施にこだわったためにこの騒動が起きた、その原因とはいわずとも少なくともそのきっかけを作った、という良心の呵責にさいなまれてのことだろうが、この騒動を鎮めるべく、少なくともこの騒動の結果、取返しのつかぬ恐るべき事態が発生することだけは防ごうとして、フェレールは現場へ駈けつけたのである。彼は自分が怪しげな手口で獲得した大衆的名声をこの場ですべて費《つか》いはたすべく到着したのであった。

一体、人民が集合して騒動が持ち上る際は、必ずといってよいほど次のような人間が何

人か混じる。その種の人間はすぐかっとする気質のせいか、狂気のせいか、それとも邪悪な底意《そこい》や、混乱のための混乱、破壊のための破壊を望む性のせいか、事態を出来るだけ悪化させることに全力を傾注する。火が消えかかるたびに必ず煽り立て、およそ容赦仮借《ようしやかしやく》ない提案を次々と行なうばかりか、どしどしそれをけしかける。この連中にかかっては、いくらやってもやり過ぎるなどということは絶対ない。騒動が規《のり》を越えて見境なく大きくなればなるほど結構結構と手を叩く連中である。ところが世の中にはそれと釣合を取ろうとでもするように、そうした連中と同じくらいの熱意もあれば同じくらいの頑張りもある別種の人間も何人かいる。この連中はその連中とは逆の結果を生み出そうとして尽力《じんりよく》する。この幾人かは、生命の危険にさらされた人々に対する友誼《ゆうぎ》や情誼《じようぎ》から、また別の幾人かは流

血沙汰や凶悪無残な真似を嫌うという信心深い天性から、進んで力を藉《か》し、手を藉すのである。——こうした人々に祝福あれ！

この対立する両派の内部では、たといあらかじめ共同謀議がなされておらずとも、それぞれ不思議に同気《どうき》相呼んで、その場でもって同じような活動が始まる。それで、残りの大部分はというと、それはいわば騒ぎの原材料とでもいうべき人々で、この大衆《マス》は一方の極《きょく》から他方の極まで、その色彩りはさまざまで、それこそピンからキリまで混《まざ》りあっている。多少激昂している者、多少狡猾な者、多少偏《へん》した自分勝手な正義感の持主、なにか荒っぽい即決の処刑でも持上らないかと手ぐすねひいている者、その場で平然と残忍なことをしでかす者、人を許す者、憎む者、褒めあげる者。どれもこれもことごとく機会次第で、心中に漲《みなぎ》り湧いたいずれかの感情に左右されるのだった。なにか途方もない事を待ち望み、そんな報せでもあれば喜んで信じようとする。誰でもいい、怒鳴りつける相手、喝采《かっさい》する相手、背後から罵倒する相手を見つけたがる。「がんばれ！」と叫ぶか「くたばれ！」と叫ぶか、ともかく連中の口からいちばん盛んに飛び出すのはこの二つの言葉であった。そうした連中を説得して、誰某は八つ裂きするには値しない、と言いおおせた者は、その先はもう少々言葉を使えば、その誰某は胴上げして凱旋するに値する、とまで持ちあげることもできる。要するにこの大衆というのは、風の吹きまわし次第で、役者でもあれば見物人でもあり、事を運ぶ上の道具でもあれば邪魔物でもあった。一旦叫び声が聞えなくなれば鸚鵡《おうむ》返しにスローガンを繰返すこともなくなるし、はたで煽る者がいなくなれば叫び声すらあげなくなる。まわりの意見が割れず、みんなが声を揃えて「さあ行こう、今日は終り！」と言えば、ばらばらになって家路につく。そして互いに「結局、これはなんだったのかね」と訊きあう始末である。

だがこの大衆こそが圧倒的な力を持ち、かつその力を望む側に貸し与えることが出来るのだから、その力を我が物にしようとして、互いに激しくせめぎあう両派は、それぞれ秘《ひ》術《じゅつ》を尽して大衆を味方につけようとする。それはいってみれば一個の馬鹿でかい図体《ずうたい》の中に敵対する二個の魂が入りこんできて、そいつをやっきになって動かそうとし、互いに争うようなものだった。それぞれ自派の都合の良い方へ大衆を動かし、人々の情念を煽ろうとして、そのためにもっとも効目《ききめ》のありそうな掛声を掛け、噂を流す。民衆に義憤を発せしめるよう巧みに情報を流す者もいれば、民衆の激昂を鎮めるようまことしやかな情報を流す者もいる。希望を持たせるような報せや、また逆に恐怖心を呼びさますような噂を流す者。また恰好《かっこう》の合言葉《あい》や掛声を見つけて、それをだんだんと大声で繰返し唱えさせるうちに、いつしかそれが多数の意見となって承認され、過半数の票を獲得し、ついにどちらか一方の党が勝利をおさめてしまう。

いまここでこうした談義をしたのは、結局次のことが言いたいがためである。互いに拮《きっ》抗《こう》する二派は、代官の私邸に押しかけた群衆を自分の方にどうかして引きつけようとして争ったが、その真最中にアントーニオ・フェレールが現れたことは、ほとんど一瞬のうちに穏健派の決定的有利となって働いた、ということである。穏やかな人々はその時までは明らかに劣勢であったから、かりにこの救いの神の出現がほんの僅かでも遅れでもしようものなら、その人々はもうすでに無力化して、戦おうにももはや守るべき人はいなくなった、という事態に陥ってしまったことだろう。だがその時そこに現れたフェレールは大衆の間に人気があった。それというのは、この大尚書は買手の庶民にとってはすこぶる有利なあのパンの公定価格の設定者で、それに反対する論をことごとく突っぱねた人だったからである。それは英雄的な態度と思われていた。人々はその彼に前々から好感を抱いていたが、いまその年老いたフェレールが、護衛もなしに、丸腰で、この嵐のごとく激昂したミラーノの群衆の前へ平然と現れたのである。人々は一層の好意をこの大尚書に対して抱かずにはいられなかった。フェレールが行政府の長として民衆を信頼している、その勇気ある態度が人々の心を打ったのである。その彼がついで、調達役の代官を牢獄へ入れるべく今ここへ来たのである、と宣言した時、その言葉は奇蹟的ともいえる効果をあらわした。もしその時、誰かがぶっきら棒な態度で民衆に相対して、相手に対し一切なにも譲歩しない、というような姿勢に出たら、暴動は必ずやとりとめもなく悪化し、代官に対する彼等の激昂はおさまらなかったに相違ない。だが民衆を納得させ、喜ばせたその約束のお蔭で、民衆はいわば骨《ほね》をしゃぶらせてもらった結果、いままで騒ぎ立てていた声も多少は鎮まった。すると多くの人々の胸中にはいままでとは逆の感情がそれに代って湧いてきたのである。

穏便《おんびん》な解決を支持する連中は、そこで勢いを盛り返して、ありとあらゆる方策を講じてフェレールを助けた。まずその側《そば》にいた連中が、自分たちの歓声と一緒に民衆皆の喝采を湧きあがらせようとし、それと同時に馬車に通路を開くべく、人々を後退《あとずさ》りさせようとした。他の連中も、拍手しながらフェレールが言った言葉——というか、そうした場合に彼が言い得たであろう最良の言葉なるもの——を繰返し、それを隣人に伝えた。そして乱《らん》を好む頑《かたくな》な連中を大声で制した。そして気の変りやすい群衆の鬱憤《うっぷん》を今度はその連中の方へ注がせたのである。

「一体誰だ、フェレール様万歳を言おうとしないのは？　お前はパンの値段が安いのがいやなのか？　こういう連中はまっとうな人間らしい正義が行なわれるのを欲しない悪党だ。ここには代官を逃がすためにわざと騒ぎ立てる連中がいるぞ。代官は牢屋へぶち込め！　フェレール様万歳！　フェレール様の道を広く開けろ！」

　このように主張する連中の声音が高くなればなるほど、それにつれて反対派の声はますます萎縮《いしゅく》していった。それだものだから前者は気を強くして、はじめは説諭していたが、しまいには手を出して、依然として壁をぶち壊し続ける連中の仕事を停め、その連中を後方へ追い払い、連中が握りしめている道具を力づくで取りあげた。連中は怒りに身をふるわせ、脅迫的言辞も混え、さらに仕事にとりかかろうとしたが、しかし乱を好む連中の形勢は明らかに非であった。その場を制した喚声は、「牢屋へ入れろ！」「正義の裁きを！」「フェレール万歳！」だったからである。なお言い合いが多少続いたが、連中は大勢に押されて退き、別の一群が門を占拠した。そして新しい攻勢に備え、かつフェレール様の入

場を許す準備を整えた。一群の誰かが家の中にいる者に声をかけ――声が通る穴や割目には事欠かなかった――救援の到着を告げ、

「いいか、代官様がすぐ……牢獄へ行く、その準備を整えろ。いいか、わかったな?」

と言った。

「これがあの布告を出す際に力をおかしになるフェレール様ですか?」

と我等のレンツォは見も知らぬ隣の男にたずねた。レンツォはアツェッカガルブーリ弁護士が、あの布告の一枚の下の部分に書きこまれていた「認証済、フェレール」という文字を、耳もとで大きな声で自分に説明しながら見せたことを思い出したのである。

「その通り、大尚書様さ」

というのが返事だった。

「立派な方でしょうね?」

「立派な方でしょうもなにも、パンの価格を安くしてくださった方だ。だが他の連中が反対したのだ。いまここへ来て代官を引っ立てて牢屋へぶち込みに行く。あの代官は理にかなったことはなにもしなかった」

レンツォが即座にフェレール党になったことは言うまでもない。すぐさまフェレール様にお目にかかりたいと思ったが、それは容易でなかった。それでも人を押したり肘で突いたりして、この山から来た男はどうかこうか道を開けさせると第一列の丁度馬車の脇まで出た。

この馬車はもうすでに群衆の中に多少のめりこんでいた。こうした種類の道中であってみれば、どうしたって何度も立往生せざるを得ないものだが、その時も馬車は停止していた。フェレールはその老顔を、あるいは右の小窓から、あるいは左の小窓から群衆に示した。つつましやかにへりくだった、満面に笑《え》みを湛《たた》えた、愛想《あいそ》の良い顔であった。それは本来ならばこの大尚書がフェリペ四世王陛下の御前《ごぜん》へ罷《まか》り出る時のための取っておきの表情であったが、いまはここでもその笑顔を振り撒かねばならぬ仕儀《しぎ》に追いこまれていたのである。フェレールは話しかけもした。しかし人々の騒然たる喚声や、万歳万歳と叫ぶその声そのものが邪魔になって、彼の言葉はごく僅か、それも僅かの人に聞えたにとどまった。それで彼は身振りでもって出来るだけのことを伝えようと、両手の先を唇に当て、その手をすぐ離して、群衆の好意に対する謝意の表明として、キスを左右の人々の上に投げた。またある時は手を小窓の外へ伸ばし、それをゆっくり動かして、すこし場所を開けてくれるよう頼み、またその手を優雅に下げて、すこし静かにしてくれるよう頼んだ。皆がすこし静まった時、すぐ近くにいた者はフェレールの言葉を聞きつけて、それを大声で繰返した。

「パンは……豊富にあります。私は裁きを下すために来ました。どうかすこし場所を開けてください」

だがあまりにも数多い人々の声に気押され、まるで騒音に息の根もつまったかのようになった。なにしろ夥しい顔、顔、顔がぎっしりと立て混んで、じっと自分を見ている、そ

の眼、眼、眼。フェレールは一瞬窓から後退《あとずさ》りして、両頬をふくらますと、大きな息を吐いて、スペイン語で独り言をいった、

「いやはや、またなんという人数だ！」

「フェレール様万歳！　御心配なさいますな。あなたはいい人だ。パンをお願いします、パンだ、パンだ！」

「左様、パンです」

とフェレールは応じた、

「豊富にあります。お約束します」

と言って手を胸に当て、

「すこし場所を開けてください」

とすぐ言い添えた、

「私は代官を牢屋へ引立て、ふさわしい正義の懲罰《ちょうばつ》を加えるべく参りました」

そして低い声でスペイン語でつけ足した、

「もし有罪であるならば」

それから馭者《ぎょしゃ》の方に身をかがめてやはりスペイン語で早口に言った、

「ペドロ、出来るなら、前進」

馭者も心得たもので群衆に向って微笑を絶やさなかった。その優雅で穏やかな様を見ると、まるで大人物ででもあるかのようであった。なんともいえぬ愛想の良さで、ゆっくり

と右手や左手で鞭を使い、道をふさいでいる人々に身を縮めてすこし後退りするよう頼んだ。

「済みませんが」

と馭者も言った、

「済みませんが、旦那様、ちょっと道をお開けなさって、一寸でよござんす、はい、車が通れるだけ」

そうこうする間、穏便《おんびん》に事を解決しようと動いた連中は、このように穏やかな口調で頼まれて、通路を開けさせようといろいろ骨を折った。馬の前にいた何人かは、優しく言葉を掛けて、相手の胸に手を置き、上手に押して、人々を背後へ戻らせた。

「はい、あちらへどうぞ、皆さん少し場所をお開けになって」

馬車の両脇でも何人かが同じように骨折ってくれた。馬車が人の面《つら》にぶつかったり、足を轢いたりするようなことがあれば、その当人に傷を負わすばかりか、アントーニオ・フェレール大尚書の名声にも疵《きず》がつくことになりかねなかったからである。

レンツォは暫くの間うっとりと品のある老政治家の顔に見とれていた。心配のためやや気がせいており、心労のために一層老《ふ》けた感じもしたが、しかしそれでも一人の人間を絶望の不安から救おうとする決意のために表情は生き生きと美しく輝いていた。するとレンツォも、この場を立去るという考えは一切捨て、フェレールを助けよう、見捨てるまい、と覚悟を決めた。どうしてもこの人の願いを実現させねばならぬ、そう思うとすぐ実行に移って、その場に居合せた人々とともに道を開けるのを手伝った。おそらく一番頑張って働いた一人だったに相違ない。道は開いた。

「どうぞ前へお進みください」

と何人もが馭者に声を掛けて、自分は後ろに退ったり、前へ行ってさらに道を開けにかかったりした。

「急いで前進、ただよく気をつけろ」

と大尚書も馭者にスペイン語で命令を下した。馬車は動いた。フェレールは大勢詰めかけている群衆に向って惜しみなく会釈《えしやく》を振り撒いたが、意味ありげな微笑を浮べた特別の挨拶を、謝意をこめて、自分のために働いてくれた人々に向って送った。その微笑を浮べた表情は一度ならずレンツォの方を見た。実際レンツォはその感謝の微笑に値したのだし、その日、大尚書の配下の誰よりも、大尚書のために働いたのであった。その大尚書の温容《おんよう》に接して恍惚となった山出しの若者には、まるで自分がアントーニオ・フェレールと親しく友情を結んだかのごとき気持がしたのであった。

馬車は、一旦動き出すと、ゆっくりと、時にちょっと停ることもないわけではなかったが、とにかく動き続けた。その道程は多分鉄砲を一発撃てば届く射程内を越えてはいなかっただろう。しかしそれに要した時間からいえば、たといフェレールのように是非とも急がねばならぬ立場の人でなくとも、ちょっとした旅路のように思えたに相違ない。人々も馬車の前後左右で動いたが、その様は嵐の最中に進む船の前後左右に立つ大波に似ていた。しかし嵐が立てる音よりも一層鋭く、一層調子はずれで、耳を聾《ろう》さんばかりであったのは群衆が奏する騒然たる物音であった。フェレールは、ある時は一方を、またある時は他方を見渡して、威厳を整えるかと思えば手を振って挨拶し、相手の言分《いいぶん》に応じた答をしようとして、相手の言葉を多少なりとも了解しようとつとめた。この友人の一団と少しでもよいから対話を交わそうとにかく彼は努力したのである。しかしそれはなかなかの難事であった。大尚書の職を長年勤めたけれども、これほど面倒な仕事はほかにかつてなかったかもしれない。しかしそれでも時々、通りすがりに誰かが声高に繰返す言葉なり文句なりが、耳に飛びこんできた。それは花火の一連の大爆発の中で一番強い花火の破裂音が耳に聞えるようなものであった。それで彼は、その叫ぶ相手を満足させ、納得させるように、あるいは工夫をこらし、あるいは皆に一番受けがいいに決まっている言葉を、なにはともあれ、そのあたりにばら撒いた。もうそうなればその場で必要に迫られるままに、道中勝手に話し続けたのである。

「はい、皆さん、パンは、豊富にあります。はい、私が牢屋へ連れて行って処罰いたします……もし有罪であればです。はい、左様、私が命令いたします。パンは安い価格で分配いたします。その通り、その通りです。我等の王は皆様忠良なる臣民が餓えに苦しむことを決してお望みにはなりません。お、お、気をつけて。怪我をさせぬよう気をつけなさい。ペドロ、前進、ただし気をつけろ。豊富に、潤沢《じゅんたく》に。ちょっと、済まないが、場所を開けて。パンです、パンです。牢屋へ、牢屋へ。なんですと？」

誰か一人小窓の中に上半身を突っ込んで、忠告だか懇願だか賞讃の辞だか知らないが、それを大声で叫んだ。だがその男は「なんですと？」と相手が問い返す言葉を聞く間もあらばこそ、背後へ引戻された。彼の足が車輪に踏み潰されそうになったのを見てとった見物の一人が気を利かせたからである。こうした打てば響く問答や絶え間ない歓迎の拍手の中を進むうちに、時には反対のざわめきも聞えぬでもなかったが、それはじきに押し潰された――フェレールはついに彼を支持する人々の好意ある手助けのお蔭で、目標の邸の前に到着したのである。

同じような善意の人々が、すでに述べたように、もうそこには詰めかけていて、どうかこうか多少でも道を開け、すきを作ろうとしていた。頼んだり、すかしたり、脅したり、押したり、押し返したり、あちらこちらでぐいぐいせめたてていた。なにしろ目標はすぐそこなので、それだけ意気もあがるし、力も加わろうというものである。ついに群衆を二分した挙句、その二分した群衆をさらに後方へ押し戻すことに成功した。そんなものだから、入口の前に停った馬車と門の間には多少の空きが出来た。レンツォは、あるいは車の先駆けとなり、あるいは車の付添いとなり、結局車とともにその門前へやって来たが、その善意の人々の最前列の一方に居並ぶことが出来た。その人々は馬車の両翼を形作ったが、同時に人海のように押し寄せる人々を防ぐ防波堤ともなったのである。レンツォはそのがっしりした両肩でその人々の波を押えていたが、そこは事態を観察するにはもってこいの場所でもあった。

フェレールは門前に多少のすきが出来、門がまだ閉ざされたままなのを見て、ほっと深い安堵《あんど》の息をついた。閉ざされたままと言ったが、まだ開いてない、と言った方が良かった。蝶番《ちょうつがい》はもうほとんど門柱からはずれんばかりになっている。半ば砕け、凹み、無理矢理に左右に引き離された左右の扉は、その中央の大きな隙間から、閂《かんぬき》の一部を覗かせていた。その閂はよじれ、根が抜けそうになるまで、弛められていたが、その閂がどうかこうか左右の扉を一緒に合せておいてくれたのである。一人威厳のある市民がその隙間に顔を当てて、中の者に扉を開くよう呼び掛けた。もう一人の男が急いで馬車の戸を開けた。老フェレールは外へ首を出し、すっくと身を起すと、右手でその男の腕をつかみ、外へ出て、踏台の上に降り立った。

左右の群衆は皆爪先立ちでこの光景を注視した。幾千の顔、幾千の髯面《ひげづら》が宙に浮んだ。皆の注意が一斉に注がれたために一瞬あたりは静まった。フェレールはその瞬間、踏台の上で停って、あたりをぐるりと見まわした。会釈《えしやく》して群衆に挨拶したが、まるで説教壇から俗衆に相対《あいたい》するかのごとくである。左手を胸に当てて一声高く、

「パンは配ります、正義は行ないます」

と叫んだ。いかにも率直で、胸を張って、長衣を身にまとった長者の風をもって、大地に足をおろした。歓声はもう天の星まで届かんばかりであった。

そうこうする間に内部の者どもは扉を開けた。というかもう半ばはずれかかっていた環《わ》もろとも閂をはずすことによって扉を開けることに成功した。この救い主の客人にはいっていただくだけの隙間をつくると、

「早く、早く」

とフェレールが言った、

「きちんと開けてわしがはいれるようにしてくれ。そしてお前たち、頑張って人々を押えて、皆がわしの後について雪崩《なだ》れこむことのないようにしてくれ……よいか、頼んだぞ。よいか、ほんの暫くの間でいいから少し場所を取っておいてくれ。……さあ、皆さん、ほんの僅かの間」

と内部の人にも呼び掛けた、

「ゆっくり扉を押して、わしを中に入れてくれ。おい、わしの肋骨《あばらぼね》が折れる。頼む、わしの骨が折れる。さあ、今度は扉を閉めて。いかん、いかん、わしの法衣が、法衣が！」

法衣は実際左右の扉を閉める際にはさまれもしたであろうが、そこをフェレールはすば

やく器用に裾を引いた。その裾はそれだから穴の中へもぐる蛇の尾さながらにするすると中へ消えた。

左右の扉はまたぴったりと閉められ、またどうかこうか門もかけられた。外ではフェレールの親衛隊を自称する連中は、肩や腕を突っ張り、大声をあげ、どうかしてそこに隙間を作っておこうとした。どうか早くすむようにと心中神に祈りながら。

「早く、早く」

とフェレールは中にはいっても車寄せの柱廊の下で繰返した。使用人たちはおどおど不安に慄えながら彼のまわりに集まったが、口々に「あー」とか「うー」とか叫んだ。

「閣下、閣下がお見えになって助かりました。閣下にお恵みあれ」

「早く、早く」

とフェレールは繰返した。

「一体どこに代官殿はおりますか？」

代官は階段を、半ば引き摺られるごとく半ば自分の手下に担がれるがごとく、まるで洗い立ての布のような真白な顔をして降りて来た。救い主を見るや、ほっと息をつき、脈も搏《う》ち出したらしく、手足にも多少力が戻り、頬にも生色《せいしょく》が蘇った。そしてどうかこうかフェレールの方へよろよろと寄ると、

「私の運命は神様とあなた様の御手《みて》のうちにありまする。しかしどうしたらここから外へ出られますか？　いたるところ、私が死んだ方がいいと思っている連中が待ち構えている」

「私と一緒に参りましょう、元気を出して。この外に私の馬車を待たせてあります。お急ぎください」

と言って相手の手を取り、門の方へ、相手を励ましながら連れて行った。だがその間フェレールも心中でこうスペイン語で呟いた、

「ここが難所《なんしょ》だ。神よ、擁護《おうご》を垂れ給え！」

扉が開いた。フェレールが先に出、代官は後から身を屈《かが》め、救い主の衣《ころも》にぴたりとくっついて出て来た。その様は母親のスカートにしがみついた幼児の姿にも似ていた。広場に空きをどうかこうか作っていた連中は、いまや手を振りかざしたり、帽子を振ったりして、まるで網だか雲だかを中空に張ったみたいである。連中はこうして代官の姿が群衆の目にふれる危険を防いでいるのだ。代官が先に馬車に乗り、隅に小さくなった。フェレールが後から馬車に上った。戸は閉められた。群衆はなにが起ったか、その事を混乱の中である

いは見、あるいは聞き、事態を察したらしい。一斉に歓声や罵声をあげた。

　これから先行く道程が一番面倒で一番物騒なように思われもしたが、それでも代官を牢屋へ連れて行くことに賛成する声がその場を制したと見え、フェレールの到着に手を貸した連中の多くは、馬車が停っていた間に、この大群衆の中央に通りのようなものをとにもかくにも作りあげ、それを開けておくことに成功した。それだから馬車は、今度は、前よりも速く、停らないで、走り去ることが出来たのである。馬車が次第に進むにつれ、いままで両側に分れて押えられていた群衆が背後でどっと一緒に落ち合って入り乱れた。

　フェレールは、坐るやいなや、すぐに身を曲げて代官に、いいですか、出来るだけ奥で身を縮めていなさい、姿を人に絶対見せてはなりませんぞ、と注意した。もっともそんな注意は余計だった。それに反してフェレールの方は、これはどうしても外に姿を見せ、自分のところに民衆の注意をことごとく引きつけねばならなかった。そしてこの道中の間《かん》も、やはり先の到着に際してやったと同様、気分の変りやすい群衆に向って演説をぶちまくったが、それは時間的にはこれほど延々と続きながら、内容的にはこれほど支離滅裂な話はかつてあるまい、という体《てい》のものだった。もっとも時々そのイタリア語の演説を中断して、馬車の内を振向いて蹲《うづくま》っている相客の耳もとに二、三スペイン語をすばやく囁いた。すなわち群衆に向っては、

「左様、皆さん、パンと正義です。城の中に、牢屋の中に、私が監視する。有難う、皆さん有難う。いや、絶対に逃がしはしません。いや、いや」

とイタリア語でぶちながら、そのすぐ後にはスペイン語で、

「なに、皆を宥《なだ》めるためですよ」

と囁いて、また正面を向いて大声で、

「まったくその通り。調査します。確めます。私も皆さんの善《よ》きよう取計らいたい。厳罰を必ず加えます」

と言って、またスペイン語で代官に、

「これもあなたのために言っているのですよ」

と囁いて、また正面に向ってては大声を張りあげた。

「公正なる価格、誤魔化しのない価格。民衆を餓えさせる者を処罰せよ。はい、そこはどいて、どうぞどいて。左様、左様。私は嘘は申しません。私は民衆の味方です。厳罰を必ず加えます。その通り、あれは怪しからぬ、不逞《ふてい》の輩《やから》です」

そう言ったかと思うとまた内に向って、

「いや、失敬しました」

とスペイン語で会釈したと思うと、もう外に向き直って大声で、

「ひどい目にあわせますぞ、ひどい目にあわせますぞ」

そしてスペイン語で小声でつけ加えた、

「もし有罪であるなら」

そしてまた大声で、

「わかりました、パン屋にはきちんとパンを焼かせます。王様万歳！　ミラーノの良き市民諸君万歳！　君たちは忠良なる臣民であります。あの男はひどい目にあっています。ひどい目にあっています」

そこでイタリア語をスペイン語に換えて内に向って、

「元気を出して。私たちはもうじき外へ出ます」

実際もう大群衆の間は通り抜けて、いまやすっかりその外へ出るところであった。フェレールは、ほっと胸をなでおろし一息ついたが、玩具の兵隊でもあるまいに、やっとそこでスペイン兵の例の一隊に出会ったのであった。まあ考えようによっては、来たことはやはり全くの無駄ではなかった、ということにもなる。というのは兵士等は何人かの市民に支持され、案内され、多少は人々を鎮静化させるのに役立ったからで、通りの最後の口を開けておいてくれたのも彼等スペイン兵の一隊であった。馬車が到着するや一列に並んで馬車を通過させ、大尚書に向い捧《ささ》げ銃《つつ》をした。大尚書はここでも右や左の人々に会釈や挨拶を送ったが、自分に近づいて敬礼した隊長の士官に向って、右手を伸べて合図をし、わざと恭しく、

「貴君の手に接吻をいたします」

と言った。ところがなんとそのスペイン語の挨拶を士官は「貴君はよく私を助けてくれました」の文字通りの意味に解してしまった！　それで相手にもう一つ礼を送り、それから肩をすぼめた。この場合は、

「武器ハ法衣ニ道ヲ譲ルガヨシ」

とでも言えば良かったのだろうが、しかしフェレールはその時そんなラテン語の引用を思い出すだけの心のゆとりはなかったのである。それにそんな洒落た引用をしてみたところで豚に真珠であった。なにしろ士官はラテン語をまったく解さなかったのである。

駅者のペドロは、この二列に並んだスペイン兵士が、恭しく捧《ささ》げ銃《つつ》をしている間を通って行く間に、だんだんと元の勇気が胸中に戻って来た。一時は狼狽したが今はすっかり落着きを取戻して、自分が誰で、誰を馬車にお乗せしているかはっきりと自覚した。それで、余計な言分《いいぶん》は一切つけ足さずに、

「はいよー、はいよー、どけ、どけー」

と声を掛けて、馬に鞭を当てて進んだ。そのあたりでは人々の数も減って来たので、横《おう》柄《へい》な口の利き方をしてももはや問題はなかったのである。馬は城を目ざして勢いよく走って行った。

「お起きなさい。お起きなさい。もう外へ出ました」

とフェレールが代官に言った。代官は罵詈《ばり》雑言《ぞうごん》がもう聞えぬことに安心して、このすばやく進む馬車の中で、大尚書の言葉に勇気づけられた者のごとく、屈《かが》めていた身を伸ばして、起きあがった。そしてなにがしか気力を取戻すと、いやそれから救い主に向って礼を言ったこと、言ったこと。救い主の方は最初、いや酷い目にお遭いでしたなと同情を申し述べ、相手が助かったことに喜びを述べたが、それから、

「ああ」

と手でつるつるの頭を叩いて叫んだ、

「ああ、閣下はこの件でなんと言われますかな。あの不幸なるカザーレの一件で閣下の御機嫌はもういい加減悪かった。なにしろ敵は降伏しようとしないし……ああ、オリバレス公爵伯はなんと言われますかな、あの方は木の葉がふだんより少しでも余計ざわめくともうそれで御気分が難しい……ああ、我等の主《しゅ》国王陛下はなんと言われますかな、こうした騒ぎのことはきっとなにかのはずみでお聞きつけになるだろう。それにこの件はこれで落《らく》着《ちゃく》といえますかな？　神のみぞ知る、でございますな」

「いや、私としてはもうこうした件にかかわりたくはありません」

と代官は繰返した、

「もう御免蒙りたい。もう一切を閣下の手中にお委せいたします。私はもう洞穴の中に引込むか、山の上に行って暮すか、とにもかくにもこういう畜生奴《め》らからは遠く離れて、世《よ》捨人《すてびと》になって暮したい」

「貴君は陛下に尽すためその任務をきちんと果せばそれで宜しい」

と大尚書は厳《おごそ》かな口調で答えた。

「陛下はよもや私めが死ぬことをお望みではございますまい」

と代官はそれでも言い続けた、

「どこか洞穴へ、この連中から遠く離れたところへ行きとうございます」

この彼の願いがその後実現したか否か、われらの原著者はなにも言っていない。原著者はこの哀れな代官の後を追って、ミラーノの城まで行ってはいるが、代官のその後の事蹟についてはそれ以上なに一つ言及していないからである。

（中巻につづく）

イタリア社会が眼前にそそり立つ

丸谷才一

十七世紀の二〇年代、北イタリア、コーモ湖畔の村。村の若者レンツォとその恋人でありいひなづけであるルチーアは、予定してゐた結婚式がとつぜんあげられなくなる。ルチーアに横恋慕した領主のロドリーゴが、ごろつき二人に命じて、村の司祭を脅迫させたためだ。(流れるやうな導入部での、臆病者の司祭と出しやばりでおしやべりな下女との挿話はじつに喜劇的。われわれはそのおもしろさに夢中になつて、物語に引きずりこまれる。)あまつさへ領主はルチーアを誘拐させようとする。レンツォとルチーアとその母は小舟でコーモ湖を渡り、他領へと逃れることになつた。

この、湖上から故郷の村に別れを告げるくだりの、小説的叙述と自然描写との組合せは、嘆賞するしかない技巧の妙だが、開巻第一のコーモ湖近辺の地形の説明と言ひ、その他いろいろの箇所と言ひ、一体にマンゾーニは地理と風景を描くのが上手だつた。これは小説史的にはもちろんスコットの系譜に属する。スコットの歴史小説が十九世紀ヨーロッパを席捲した結果、バルザックやプーシキンを含む諸国の弟子たちは、自国の過去を探求しながら自国の国土を愛惜しつづけたわけだが、なかんづくマンゾーニはこの技法に最も長じてゐた。かうして「艫《とも》の後ろで皺の寄った一筋の航跡となって湖畔からだんだんに遠ざかってゆく」波、ルチーアの家の中庭の壁越しに見える「高く生えている無花果《いちじく》の樹の葉の繁った梢」、「湖面からのびて、天高く聳える山々、その山の懐《ふところ》に抱かれて育った者には馴染深い、高低《たかひく》さまざまのあの頂き」は、みな、ナショナリズムのしるしとなる。

わたしは牽強付会の説をなしてゐるのではない。この歴史小説のあつかふ十七世紀の二〇年代、イタリアはスペインの支配下にあつたし、マンゾーニがこれを書く十九世紀の二〇年代には、オーストリア軍に占領されてゐた。『いいなづけ』は彼が発見した匿名の著者の原稿に手を入れたもの、といふ古来よくある形式を借りてゐて、このため、作者が筋をはしよつたり、韜晦《とうかい》したり、いろいろ綾をつけることがしやすくなつたが、しかし基本的には、これは過去を借りて現在を批判しようとする才覚であつた。作者はイタリアが外国に隷属してゐる状態を憂へ、十九世紀になつても統一国家を作ることができない自国の、封建性と後進性を悲しんだのである。

その際にマンゾーニが期待を寄せたのは、イタリアの民衆であつた。一般に十九世紀は民主主義の時代であつたし、そして民衆は実際にはまだその力を試されてゐない新しい切札で、イタリアでは殊にさうだつた。若いころパリに学んで、ヴォルテールの徒であつたマンゾーニは、後年カトリックに転じたとはいへ、上下支配関係（ハイアラーキー）に対する啓蒙思想ふうの反感は、依然として鬱勃たるものがあつたに相違ない。それゆゑ、長いものに巻かれるなといふ民衆へのメッセージは、この壮大な社会小説の基本的な主題となつた。村の若者と娘の、暴君の圧制に対する抵抗と反逆の物語は、まづさう読むのが妥当なはずである。

しかしこのことは意識しにくいかもしれない。あるいは、気づきたくない人は気がつかずにすむかもしれない。たとへばこの翻訳にはホフマンスタールの評論が付録としてついてゐるが、この瀟洒な、趣味のよい文学者は、何とかして政治的含意、社会的煽動を読み取るまいとして努力してゐるやうに見える。すなはち若者と娘の恋と冒険は、一篇の見事な藝術品を製作するための枠組となるわけだ。これは世紀末から今世紀初頭にかけての文藝批評の弱点を典型なくらゐに見せてくれるものだが、しかし逆に、『いいなづけ』が傑作であるゆゑんをよく示すとも言へよう。すなはち、ホフマンスタールほどの知力と洞察力の持主ですらメッセージを見のがすふりができるほど、あるいは、彼のやうに洗練された美食家ですら陶然となることができるほど、それほど玲瓏《れいろう》たる出来ばえの宣伝の書をマンゾーニは書いたのだといふ意味で。

この壁画的な大長篇小説は、イタリア社会を上流から下層まで縦断する多様な群像が描かれてゐて、どれもみなすばらしい。最も魅力の乏しいのは、訳者も言ふやうに、女主人公ルチーアかもしれないが、しかしそれとても、純潔な娘役をこれだけ描ける小説家が、十九世紀のヨーロッパに、ほかに何人ゐるだらうか。そして最も忘じがたいのは、一時はルチーアをかくまふことを引受けながら、しかし保身のために彼女を裏切る尼僧院長ジェルトルーデ。ここでマンゾーニは、小説に悪を定着するといふ至難なことに、奇蹟的なくらゐに成功してゐる。この、公爵令嬢でありながら俗世の喜びを奪はれることになつた女の哀れな伝記が最上の例だが、一人ひとりの登場人物の過去が小説的に充実してゐるし、その分だけ物語の奥行が深くなる。そしてさういふ彼らの伝記の巧緻を極めた結合により、われわれの眼前にイタリアの社会がそそり立つことになるのだ。

風景や登場人物の描き方と並んで賞讃に価するのは、筋を展開してゆく語り口である。暴動やペストや戦乱を含む、大規模な流転の物語を、新しい局面ごとに手口を工夫し、二度と同じ細工は使はずに、恋人たちの結婚といふ到着点まで一糸乱れず運んでゆく筆力は恐しいくらゐだ。それはもちろんマンゾーニ個人の才能によるものだが、しかしかなりの程度、小説が知識人向きと大衆向きとに分れる以前の作品だといふことと関係がある。この小説家は共同体のために『いいなづけ』を書いたからこそ、物語作者としての幸福をこれだけ存分に味はふことができた。しかもその共同体は、実は彼の希望のなかにしかないものだつたから、それゆゑ彼の本は、藝術品としての比類ない魅惑をこんなに誇ることができるのかもしれない。

このイタリア文学の代表作は、在来、とても読む気になれない翻訳しかなかつた。平川祐弘の新訳の刊行は、文学的事件とでも言ふべきものである。暢達な文章を自在に操つて、彼はわれわれに小説の醍醐味を味はせてくれる。

（『本の話』一九九五年十一月号初出　文藝春秋）

この作品は一九八九年十一月、小社より単行本として刊行されました。

Alessandro Manzoni:
I PROMESSI SPOSI, 1827

いいなづけ　17世紀《せいき》ミラーノの物語《ものがたり》　上

二〇〇六年　五　月二〇日　初版発行
二〇二〇年　三　月三〇日　2刷発行

著　者　A・マンゾーニ
訳　者　平川祐弘《ひらかわすけひろ》
発行者　小野寺優
発行所　株式会社河出書房新社
〒一五一－〇〇五一
東京都渋谷区千駄ヶ谷二－三二－二
電話〇三－三四〇四－八六一一（編集）
〇三－三四〇四－一二〇一（営業）
http://www.kawade.co.jp/

ロゴ・表紙デザイン　粟津潔
本文フォーマット　佐々木暁
印刷・製本　中央精版印刷株式会社

定価はカバーに表示してあります。
落丁本・乱丁本はおとりかえいたします。

Printed in Japan ISBN4-309-46267-7

銀河ヒッチハイク・ガイド

ダグラス・アダムス　安原和見〔訳〕　46255-3

銀河バイパス建設のため、ある日突然、地球が消滅。地球最後の生き残りとなったアーサーは友人の宇宙人フォードと、宇宙でヒッチハイクをするはめに。シュールでブラック、抱腹絶倒のＳＦコメディ大傑作！

宇宙の果てのレストラン

ダグラス・アダムス　安原和見〔訳〕　46256-1

宇宙船が攻撃され、アーサーらは離ればなれに。元・銀河大統領ゼイフォードとマーヴィンがたどりついた星で遭遇したのは!?　宇宙の迷真理を探る一行のめちゃくちゃな冒険を描く、大傑作ＳＦコメディ第２弾！

百頭女

M・エルンスト　巖谷國士〔訳〕　46147-6

古いノスタルジアをかきたてる漆黒の幻想コラージュ一四七葉——永遠の女「百頭女」と怪鳥ロプロプが繰り広げる奇々怪々の物語。エルンストの夢幻世界、コラージュロマンの集大成。今世紀最大の奇書！

慈善週間　または七大元素

M・エルンスト　巖谷國士〔訳〕　46170-0

自然界を構成する元素たちを自由に結合させ変容させるコラージュの魔法、イメージの錬金術!!　巻末に貴重な論文を付し、コラージュロマン三部作、遂に完結。今世紀最大の芸術家エルンストの真の姿がここに!!

見えない都市

イタロ・カルヴィーノ　米川良夫〔訳〕　46229-4

現代イタリア文学を代表し、今も世界的に注目され続けている著者の名作。マルコ・ポーロがフビライ汗の寵臣となって、さまざまな空想都市（巨大都市、無形都市等）の奇妙で不思議な報告を描く幻想小説の極致。

柔かい月

イタロ・カルヴィーノ　脇功〔訳〕　46232-4

変幻自在な語り部 Qfwfg 氏が、あるときは地球の起源の目撃者となり、あるときは生物の進化過程の生殖細胞となって、宇宙史と生命史の奇想天外な物語を繰り広げる。幻想と科学的認識が高密度で結晶した傑作。

宿命の交わる城

イタロ・カルヴィーノ　河島英昭〔訳〕　鏡リュウジ〔解説〕　46238-3

文学の魔術師カルヴィーノが語るタロットの札に秘められた宿命とは……世界最古のタロットカードの中に様々な人間の宿命を追求しつつ古今東西の物語文学の原点を解読する！　待望の文庫化。

不在の騎士

イタロ・カルヴィーノ　米川良夫〔訳〕　46261-8

中世騎士道の時代、フランス軍勇将のなかにかなり風変わりな騎士がいた。甲冑のなかは、空っぽ……。空想的な《歴史》三部作の一つで、現代への寓意を込めながら奇想天外さと冒険に満ちた愉しい傑作小説。

路上

ジャック・ケルアック　福田実〔訳〕　46006-2

スピード、セックス、モダン・ジャズそしてマリファナ……。既成の価値を吹きとばし、新しい感覚を叩きつけた1950年代の反逆者たち。本書は、彼らビートやヒッピーのバイブルであった。現代アメリカ文学の原点。

ポトマック

ジャン・コクトー　澁澤龍彦〔訳〕　46192-1

ジャン・コクトーの実質的な処女作であり、二十代の澁澤龍彦が最も愛して翻訳した《青春の書》。軽やかで哀しい《怪物》たちのスラップスティック・コメディ。コクトーによる魅力的なデッサンを多数収録。

大胯びらき

ジャン・コクトー　澁澤龍彦〔訳〕　46228-6

「大胯びらき」とはバレエの用語で胯が床につくまで両脚を広げること。この小説では、少年期と青年期の間の大きな距離を暗示している。数々の前衛芸術家たちと交友した天才詩人の名作。澁澤訳による傑作集。

ブレストの乱暴者

ジャン・ジュネ　澁澤龍彦〔訳〕　46224-3

霧が立ちこめる港町ブレストを舞台に、言葉の魔術師ジャン・ジュネが描く、愛と裏切りの物語。“分身・殺人・同性愛”をテーマに、サルトルやデリダを驚愕させた現代文学の極北が、澁澤龍彦の名訳で今、蘇る!!

葬儀

ジャン・ジュネ　生田耕作〔訳〕　46225-1

ジュネの文学作品のなかでも最大の問題作が無削除限定私家版をもとに生田耕作の名訳で今甦る。同性愛行為の激烈な描写とナチス讃美ともとらえかねない極度の政治的寓話が渾然一体となった夢幻劇。

フィネガンズ・ウェイク　1

ジェイムズ・ジョイス　柳瀬尚紀〔訳〕　46234-0

20世紀最大の文学的事件と称される奇書の第一部。ダブリン西郊チャペリゾッドにある居酒屋を舞台に、現実・歴史・神話などの多層構造が無限に浸透・融合・変容を繰返す夢の書の冒頭部。序文＝大江健三郎

フィネガンズ・ウェイク　2

ジェイムズ・ジョイス　柳瀬尚紀〔訳〕　46235-9

主人公イアーウィッカーと妻アナ、双子の兄弟シェムとショーンそして妹イシーは、変容を重ねてすべての時代のすべての存在、はては都市や自然にとけこんで行く。本書の中核をなすパート。解説＝小林恭二

フィネガンズ・ウェイク　3・4

ジェイムズ・ジョイス　柳瀬尚紀〔訳〕　46236-7

すべての女性と川を内包するアナ・リヴィア＝リフィー川が海に流れこむ限りなく美しい独白で世紀の夢文学は結ばれる。そして、末尾の「えんえん」は冒頭の「川走」に円環状につらなる。解説＝高山宏

世界の涯の物語

ロード・ダンセイニ　中野善夫 他〔訳〕　46242-1

トールキン、ラヴクラフト、稲垣足穂等に多大な影響を与えた現代ファンタジーの源流。神々の与える残酷な運命を苛烈に美しく描き、世界の涯へと誘う、魔法の作家の幻想短篇集成、第１弾（全４巻）。

夢見る人の物語

ロード・ダンセイニ　中野善夫 他〔訳〕　46247-2

『指輪物語』『ゲド戦記』等に大きな影響を与えたファンタジーの巨匠ダンセイニの幻想短篇集成、第２弾（全４巻）。『ウェレランの剣』『夢見る人の物語』の初期幻想短篇集２冊を原書挿絵と共に完全収録。

時と神々の物語

ロード・ダンセイニ　中野善夫 他〔訳〕　46254-5

世界文学史上の奇書といわれ、クトゥルー神話に多大な影響を与えた、ペガーナ神話の全作品を初めて完訳。他に、ヤン川三部作の入った短篇集『三半球物語』等を収める。ダンセイニ幻想短篇集成、第３弾。

最後の夢の物語

ロード・ダンセイニ　中野善夫／安野玲／吉村満美子〔訳〕　46263-4

本邦初紹介の短篇集『不死鳥を食べた男』に、稲垣足穂に多大な影響を与えた『五十一話集』を初の完全版で収録。世界の涯を描いた現代ファンタジーの源流ダンセイニの幻想短篇を集成した全四巻、完結！

女嫌いのための小品集

パトリシア・ハイスミス　宮脇孝雄〔訳〕　46121-2

放蕩な女、善人じみた偏執狂の女、芸術家きどりの無能な女。独特の冷めた視線が〈女〉たちの嫌らしさと残酷な最期を赤裸々に描き出す。女嫌い、女好き、フェミニスト、男性讃美者、その全ての人に贈る掌編集！

水の墓碑銘

パトリシア・ハイスミス　柿沼瑛子〔訳〕　46089-5

物静かで実直な夫ヴィクターと美しく奔放な妻メリンダ。郊外の閑静で小さな町を舞台に二人のわずかな関係の軋みから首をもたげる狂気と突発的に犯される殺人。ハイスミスが冷酷に描き尽くす現代人に潜む病理。

リプリー

パトリシア・ハイスミス　佐宗鈴夫〔訳〕　46193-X

「イングリッシュ・ペイシェント」のアカデミー賞受賞スタッフによる話題の映画原作。『太陽がいっぱい』としても映画化されたミステリー、《トム・リプリー・シリーズ》第一作。

リプリーをまねた少年

パトリシア・ハイスミス　柿沼瑛子〔訳〕　46166-2

『太陽がいっぱい』で世界的人気を博したハイスミスの《トム・リプリー・シリーズ》の傑作。犯罪者にして自由人であるトムを慕うフランク少年とトムの危険な関係は、父殺しを軸に急展開をむかえる——。

アメリカの友人

パトリシア・ハイスミス　佐宗鈴夫〔訳〕　46106-9

トムのもとに前科がなくて、殺しの頼める人間を探してくれとの依頼がまいこんだ。トムは白血病の額縁商を欺して死期が近いと信じこませるが……。ヴェンダース映画化作品！

死者と踊るリプリー

パトリシア・ハイスミス　佐宗鈴夫〔訳〕　46237-5

『太陽がいっぱい（リプリー）』で有名なリプリー・シリーズの完結篇。後ろ暗い過去をもつトム・リプリーに、彼が殺した男の亡霊のような怪しいアメリカ人夫婦が亀裂を入れ始める……。『贋作』の続篇。

眼球譚［初稿］

オーシュ卿（G・バタイユ）　生田耕作〔訳〕　46227-8

二十世紀最大の思想家・文学者のひとりであるバタイユの衝撃に満ちた処女小説。一九二八年にオーシュ卿という匿名で地下出版された当時の初版で読む危険なエロティシズムの極北。恐るべきバタイユ思想の根底。

空の青み

ジョルジュ・バタイユ　伊東守男〔訳〕　46246-4

20世紀最大の思想家の一人であるバタイユが、死とエロスの極点を描いた一九三五年の小説。ロンドンやパリ、そして動乱のバルセローナを舞台に、謎めく女たちとの異常な愛の交錯を描く傑作。

裸のランチ

ウィリアム・バロウズ　鮎川信夫〔訳〕　46231-6

クローネンバーグが映画化したW・バロウズの代表作にして、ケルアックやギンズバーグなどビートニク文学の中でも最高峰作品、待望の文庫化。麻薬中毒の幻覚や混乱した超現実的イメージが全く前衛的な世界へ誘う。

ボマルツォの怪物

A・ピエール・ド・マンディアルグ　澁澤龍彦〔訳〕　46189-1

ローマの近郊ヴィテルボ県にある怪奇で幻想的なボマルツォ村の庭園を、その謎と精神性を通して深く読み解いたエッセイ。その他「黒いエロス」「ジュリエット」「異物」「海の百合」などを収録した短篇集。

西瓜糖の日々

リチャード・ブローティガン　藤本和子〔訳〕　46230-8

コミューン的な場所アイデス〈iDeath〉と〈忘れられた世界〉、そして私たちと同じ言葉を話すことができる虎たち。澄明で静かな西瓜糖世界の人々の平和・愛・暴力・流血を描き、現代社会を鮮やかに映した詩的幻想小説。

ビッグ・サーの南軍将軍

リチャード・ブローティガン　藤本和子〔訳〕　46260-X

歯なしの若者リー・メロンとその仲間たちがカリフォルニアはビッグ・サーで繰り広げる風変わりで愛すべき日常生活。様々なイメージを呼び起こす彼らの生き方こそ、アメリカの象徴なのか？　待望の文庫化！

塵よりよみがえり

レイ・ブラッドベリ　中村融〔訳〕　46257-X

魔力をもつ一族の集会が、いまはじまる！　ファンタジーの巨匠が55年の歳月を費やして紡ぎつづけ、特別な思いを込めて完成した伝説の作品が、待望の文庫化。奇妙で美しくて涙する、とても大切な物語。解説＝恩田陸

三島あるいは空虚のヴィジョン

M・ユルスナール　澁澤龍彥〔訳〕　46143-3

『ハドリアヌス帝の回想』で知られるヨーロッパ第一級の文学者ユルスナールが、三島由紀夫の死の謎と作品世界における中心主題である“空虚”に正面から迫った異色の論考。澁澤龍彥の流麗な翻訳で、今甦る。

さかしま

J. K. ユイスマンス　澁澤龍彥〔訳〕　46221-9

三島由紀夫をして“デカダンスの「聖書」”と言わしめた幻の名作が待望の文庫化。ひとつの部屋に閉じこもり、自らの趣味の小宇宙を築き上げた主人公デ・ゼッサントの数奇な生涯。澁澤龍彥が最も気に入っていた翻訳。

20世紀ＳＦ① 1940年代　星ねずみ

アシモフ／ブラウン他　中村融／山岸真〔編〕　46202-2

20世紀が生んだ知的エンターテインメント・ＳＦ。その最高の収穫を年代別で全６巻に集大成！　第一巻はアシモフ、クラーク、ハインライン、ブラウン、ハミルトン他、海外ＳＦ巨匠達の瑞々しい名作全11篇。